INDOMÁVEL

S. MILLER

INDOMÁVEL

astral
cultural

Este livro foi revisado segundo o Novo Acordo Ortográfico da Língua Portuguesa.

Editora responsável Luciana Bastos Figueiredo
Produção editorial Aline Santos, Diego Dias, Karen Barbarini e Natália Ortega
Preparacão de texto DB Assessoria Literária
Foto de capa Shutterstock Images
Foto da autora Arquivo Pessoal

Dados Internacionais de Catalogação na Publicação (CIP)
Angélica Ilacqua CRB-8/7057

M592i Miller, S.
Indomável : pode alguém controlar o coração? /
S. Miller. -- Bauru, SP : Astral Cultural, 2016.
320 p.

ISBN: 978-85-8246-405-2

1. Literatura brasileira 2. Ficção I. Título

16-0788 CDD B869
CD 82(81)

Índice para catálogo sistemático:
1. Literatura brasileira

Astral Cultural é a divisão livros
da Editora Alto Astral.

BAURU
Rua Gustavo Maciel, 19-26
CEP 17012-110
Telefone: (14) 3235-3878
Fax: (14) 3235-3879

SÃO PAULO
Rua Gomes de Carvalho 1507, conj. 91, bloco B
CEP 04547-005
Telefone/Fax: (11) 3048-2900

E-mail: contato@astralcultural.com.br

"A MULHER APAIXONANTE

É DELICADA E SUBMISSA.

É INESQUECÍVEL, DOMINADORA,

ARREDIA E INDOMÁVEL."

A Pedro Henrique, meu filho, meu tudo, infinito e além. É em você que meu coração bate fora do meu peito. Não amei ninguém igual antes e não amarei ninguém a mais depois.

A Ivan Aziz, meu marido, meu porto seguro, meu amigo... "Nós dois fomos feitos muito para nós dois". Tem um pedacinho seu em cada página. É por você que meu amor é indomável e incondicional.

A Antônia (mãe) e a Ivan Flávio (irmão), pedaços preciosos do meu coração. Amores eternos. Minha mãe é uma guerreira maravilhosa, ela deu tudo de si para mim. Grata sempre.

Aos meus avós... Avós nunca morrem. Eles entardecem, tingem de nuvens os cabelos e viram pôr do sol.

Às minhas leitoras, vocês têm tornado minha vida muito mais colorida e especial. Amo vocês!

Aos autores nacionais, vocês são guerreiros! Aqui fica meu respeito, afeto e admiração.

1

O INÍCIO

— ***Corre, Lírio!*** Eles vão conseguir nos pegar! Corre, sua tonta!

— Eu não consigo correr mais, Lurdinha! Falei que a gente tinha que pegar os cavalos e cavalgar para longe deles. Agora eles vão ganhar e vamos ter que mergulhar com os dois naquela água gelada do rio.

— Que nada, boba! Corre! Eles é que terão que comer estrume de cavalo! Hahaha!

— Se a mamãe souber que eu saí dos limites da fazenda… Ai, ai! Ela vai me matar e me deixar de castigo até o ano que vem.

— A Dona Ana Flor, eu não sei, mas seu pai, o pomposo Sr. José Luiz Gomes dos Reis, é um chato. Ele vai me expulsar de novo da sua casa. Hahaha! Nem ligo! Corre, sua lesma! Corre, porque eles estão se aproximando!

Corri! Corri muito! Corri até sentir os pulmões arderem, até sentir meus pés saírem do chão. Fechei os olhos e tive a sensação de carregar asas de anjos nas costas. E corri! Corri até parar de sentir a dor nos pés e o cansaço nas pernas. Corri pela grama verdinha e úmida.

Por um segundo olhei para trás, vi Antônio e Heitor voando para me alcançar e sorri para os dois. E foi o suficiente para perder a atenção no caminho, me desequilibrar e cair com os dois joelhos raspando no chão, na terra, na grama…

— Ai! — lágrimas escorriam dos meus olhos, minha roupa toda suja e úmida e meus joelhos sangrando e ardendo como nunca. Não consegui me erguer, não tinha forças para me levantar.

Senti tantas mãos me erguendo ao mesmo tempo, mas não queria abrir os olhos. Tudo doía e eu sabia que não teria jeito, meus pais ficariam sabendo o que tinha acontecido e eu seria duramente castigada.

— Lírio! Lírio! Abra os olhos — Heitor me sacudia e gritava.

— Seu idiota, não percebe que ela desmaiou. Precisamos levá-la ao hospital em São João del-Rei— retrucou Antônio.

— Ela não desmaiou. Está apenas com dor. Vamos ajudá-la aqui mesmo. Não vê que se a levarmos para o hospital, o Sr. José Luiz ficará sabendo e vai castigá-la por ter se arriscado junto com a gente?

Abri os olhos e vi Antônio e Heitor com olhares extremamente preocupados, conferindo cada parte de mim.

— Está tudo bem. Dói um pouco. Quer dizer, dói bastante. Mas apenas preciso me limpar e colocar um curativo nesses joelhos. Vai ficar tudo bem. Pode me descer, Heitor!

— Descer? De forma alguma. Vou carregá-la até o rio, limpar esses ferimentos e depois carregá-la de volta para a fazenda. Nunca devíamos ter vindo aqui. E não adianta ficar emburrada. Não vou mudar de ideia. Não é você mesma que me chama de "cavalo empacado", de tão teimoso que sou? Pois bem, agora serei assim mesmo.

— Lírio, se quiser, eu posso carregá-la. Seu pai pode achar ruim o fato de você estar no colo do filho do capataz da fazenda dele.

— Espera aí, Antônio! Não fale assim! Crescemos juntos, somos amigos e, para mim, somos iguais. Estudamos até na mesma escola!

— Por pouco tempo — completou Antônio.

— Como assim? — questionou Heitor.

— Cala a boca, Antônio! Não é hora de falarmos disso — eu precisava mudar o foco da conversa urgentemente. Não queria contar para o Heitor que eu iria embora. Na verdade, Antônio e eu. — E a Lurdinha? Onde está a Lurdinha?

— Aquela louca disparou a correr feito uma égua brava e já deve estar no rio nos esperando — Heitor riu.

— É! E provavelmente nos chamando de lesmas! Hahaha! — Antônio caiu na gargalhada.

Heitor me apertou ainda mais em seu colo, me obrigando a sentir o calor do seu corpo que já dava sinais de que seria um homem grande e forte. E, comigo em seus braços, seguiu todo cuidadoso em direção ao rio. Ao nos aproximarmos, fechei os olhos e comecei a sentir o cheiro das flores, o barulho da água, o canto dos pássaros e o aconchego do sol brando em meu rosto. Aquele lugar, definitivamente, era meu céu.

Abri os olhos e olhei para a cachoeira. Lá estava a louca da Lurdinha, somente de calcinha e camiseta, mergulhada no rio. Lurdinha sempre foi a menina mais linda do povoado. Cabelos longos e loiros claríssimos, pele tão branca quanto uma folha de papel e olhos azuis como o céu. Mas também sempre foi a mais problemática, desde a infância. E agora que éramos adolescentes, ela tinha enlouquecido de vez. Vivia aprontando com os rapazes da região. Meu pai detestava o jeito dela e já tinha me proibido mil vezes de sermos amigas. Mas, no fundo, ela é muito legal, apenas meio perdida. E pensar nisso me fez sorrir.

— Suas lesmas! — gritou Lurdinha toda feliz da vida, jogando água para cima!

— O que você está fazendo nessa água gelada, sua louca? — gritou Antônio com a cara mais safada do mundo.

— Uai! Perdemos a aposta, porque vocês pegaram essa tonta da Lírio. Então, eu já estou pagando minha parte. Venham para a água. Está uma delícia!

Antes mesmo de Lurdinha terminar a frase, Antônio já olhava para mim com aquela carinha, perguntando se tudo bem me deixar ali com Heitor e pular na água do rio com Lurdinha.

— Vai lá, Antônio! Heitor vai me ajudar aqui e em seguida vamos para lá também.

Antônio já estava só de cueca, correndo em direção à Lurdinha.

Heitor e Antônio eram muito diferentes, ambos mais velhos que Lurdinha e eu. Nós duas com treze anos de idade e Antônio e Heitor, com dezessete anos, quase dezoito. Antônio com a pele clara, cabelos castanhos-claros e olhos azuis lindíssimos. Já Heitor era moreno-claro, com cabelos pretos e olhos castanhos-escuros. Cada um com sua beleza particular. Fortes, altos, robustos. Os traços mais marcantes de Antônio sempre foram suas sobrancelhas espessas e seu olhar sério e de Heitor, seu sorriso largo e sedutor com seu jeito sempre muito masculino. Os dois lindos e inteligentes! Impossível dizer qual me encantava mais. Ambos eram muito atraentes e interessantes. Lurdinha com certeza se derretia pelos dois e não se esforçava muito para esconder isso.

A maior diferença entre os dois eram suas famílias. Antônio era filho do melhor amigo do meu pai, o Sr. Augusto Carneiro Leão, que também era criador de cavalos Mangalarga Marchador e era casado com a Sra. Heloísa Botelho Faro Carneiro Leão, que sempre esteve muito doente desde o nascimento do irmão caçula de Antônio, o Felipe. Eram uma família tradicional até o Sr. Augusto se casar novamente, após a morte da mãe de Antônio, com a Sra. Cindy Silva, com quem teve uma filhinha, a Crystal. Cyndi era bem mais jovem que o pai de Antônio e todos na região falam que ela se casou com o Sr. Augusto apenas pelo dinheiro. Mas vai saber... Essas coisas são complicadas de avaliar e penso que cada um sabe o que é melhor para sua vida. Até mesmo porque sempre escuto minha mãe dizer que a idade é irrelevante para o amor.

Já Heitor é filho do capataz do meu pai, o Sr. Joaquim Domingos, um homem bom e de confiança. Gosto muito dele. Foi ele quem me ensinou a andar a cavalo e eu hoje faço isso muito melhor que muito homem aqui da região de Emboabas e São João del-Rei. A mãe de Heitor é a Dona Maria Helena, que é a melhor amiga da minha mãe. Foi ela quem cuidou de mim desde que nasci e quem cuida da casa até hoje. Adoro a Dona Helena! Pessoa doce, sensível, carinhosa e muito trabalhadora. Cozinha bem que é uma beleza! Eles também têm uma filhinha pequena, a Alice.

Meus pensamentos vagavam sobre minha vida e as pessoas com quem eu sempre convivi, quando me dei conta de que Heitor tinha me levado ao rio e lavava meus joelhos na água fresca e límpida.

— Está tudo bem, Heitor. Posso fazer isso sozinha se quiser ir se juntar ao Antônio e à Lurdinha.

— Eu jamais deixaria você aqui assim, machucada e com dor, para ir me divertir com aqueles dois — falou olhando em meus olhos, enquanto passava suavemente sua enorme mão em meus joelhos para remover o sangue e a sujeira.

— Obrigada — perdi o ar e foi tudo que consegui responder. Do contrário Heitor descobriria que estava suspirando por ele naquele momento.

— Lírio?

— O que foi, Heitor?

— Que história é aquela do Antônio de dizer que estudaremos juntos na mesma escola por pouco tempo? Tudo bem que ele e eu nos formamos esse ano, mas ele falou como se vocês dois fossem juntos para outro lugar. É isso mesmo?

— Eu não gostaria de falar disso agora.

— Eu não gosto de esperar por nada. Você sabe disso — falou já meio irritado.

— Ah, Heitor... É que meu pai e o pai de Antônio querem nos mandar para estudar em Belo Horizonte. — Vi quando Heitor perdeu a cor e seu olhar vagou triste pela água do rio.

— Eu já imaginava que isso fosse acontecer um dia, mas não imaginava que fosse tão cedo. O Antônio eu até entendo, ele vai fazer a faculdade de Direito que sempre desejou, mas você é tão nova ainda! Por que ir embora agora?

— Meu pai quer que eu vá para um colégio interno de freiras na capital e depois continue os estudos em uma faculdade por lá. Por mim eu ficava aqui mesmo. Eu amo a fazenda Santa Maria. Amo meus amigos, a sua companhia, as loucuras da Lurdinha. Eu nem tenho vontade de estudar. Só queria ficar aqui e cuidar dos cavalos.

— Nunca mais vamos nos ver todas as manhãs, tomar banho de rio, estudar juntos, e cavalgar por esses campos... — Eu não via uma lágrima sequer nos olhos de Heitor. O que tomou conta de seu rosto foi uma ruga de irritação, de raiva, de impotência. Aquilo estava doendo em mim.

— Você pode ir para a capital também! Seria tão bom! — e um raio de esperança brilhou dentro de mim.

— Acorda, Lírio! Como vou estudar na capital? Com que dinheiro? Morar aonde? Se puder, no máximo, farei faculdade em São João del-Rei mesmo. — Ao dizer isso seus olhos se enfureceram mais ainda.

— Faremos um pacto, nada de falar desse assunto até dezembro chegar. Faltam ainda quase três meses e semana que vem é meu aniversário. Não quero ficar triste agora. Depois vemos como dar um jeito nessa situação.

Percebi que ele se forçou a sorrir para mim e, sem responder, apenas se levantou, retirou as roupas e pulou no rio apenas de shorts. Nadou até a outra margem e lá ficou.

Meus joelhos ainda doíam insuportavelmente, minha cabeça estava a mil e meu coração, naquele momento, estava despedaçado. Eu jamais queria causar aquela dor em Heitor. Mas a vida era injusta. Eu não poderia decidir sobre qualquer coisa, muito menos passar por cima das ordens e dos planos do meu pai.

Com muita dificuldade, consegui retirar minha roupa e entrar na água, que estava congelante. E só assim consegui a atenção de Antônio e Heitor, que varreram o rio com os olhos até me encontrarem congelando de frio. Eles tinham uma brincadeira esquisita de fazer um sanduíche comigo. Um me abraçava de um lado e o outro, do outro, dizendo que era para me proteger. Sei... Até parece que eu era boba desse tanto, pensei rindo comigo mesma.

— Fico pensando no que meu pai diria se nos visse bem assim, nesse momento — comentei.

— Lírio, ele escorraçaria o Heitor da fazenda e me faria casar com você. O que já sabemos que é um fato inevitável em nossas vidas.

— Inevitável por quê? — emburrou Heitor.

— Porque desde que nascemos nossos pais planejam nosso casamento. Você sabe disso, Heitor.

— Não quer dizer que vai acontecer. Quem decidirá isso será a Lírio?

— Ih, Lírio... Acho que Heitor está com ciúme de você! Hahaha! — ridicularizou Antônio.

— Não está, não. Eu estou aqui para ele. Na verdade, eu ficaria com qualquer um de vocês dois. Ou os dois juntos, talvez. Hahaha! — Lurdinha se aproximou cheia de charme.

— Ah, cansei dessa conversa ridícula. Cansei desse rio. Para mim chega por hoje. Vou sair e me vestir para levar a Lírio para casa.

— E vai chover — eu disse para mudar o assunto e amenizar a situação.

— Como você sabe, Lírio? — perguntou Lurdinha.

— Sei lá... Eu tenho esse dom, sempre sei quando a chuva vem chegando. Vamos sair do rio. Se chover mesmo, pode ser perigoso ficar aqui. A correnteza fica forte e esse rio enche rápido. Vamos voltar!

Saímos todos em silêncio do rio. O clima tinha pesado. Aquela situação sempre fora muita chata entre nós quatro. Uma eterna ciranda: Lurdinha gostava de Antônio. E Antônio dizia gostar de mim. Eu não sabia se gostava dele ou de Heitor. E Heitor parecia gostar de mim, mas também arrastava uma asa para Lurdinha. Tudo muito cansativo.

A chuva despencou na metade do caminho de volta. Eu vestia um vestido levinho e botas e acabei ensopada, mesmo Antônio tendo colocado seu casaco sobre mim.

Tentamos chegar discretamente à fazenda, entrando pela porta dos fundos da cozinha...

— Valha-me Deus, Nossa Senhora, Virgem Maria! Vocês tomaram todo esse pé d'água? — benzeu-se dona Helena.

— Calma, mãe! Apenas pegamos uma chuvinha na volta.

— Na volta de onde, Heitor? Vocês vão adoecer!

— Do rio, Sra. Helena — informou Antônio.

— E você, Maria de Lourdes? O que faz por aqui?

— A Lurdinha foi com a gente, mãe.

— Escuta aqui, Heitor, você sabe muito bem o que o Sr. José Luiz acha da Lírio ficar por aí, fora dos limites da fazenda, especialmente com você e Lurdinha. Você deveria ser o mais responsável por aqui e evitar tais desaforos.

— Dona Helena, não tem problema. Fomos rapidinho apenas dar um mergulho no rio e a chuva nos pegou na volta. Nada demais. Além disso, todos somos amigos e cuidamos uns dos outros — eu disse.

— Sim, estou vendo — disse ela irônica e com relutância. — E esses joelhos faltando um tampo?

— Ah, eu escorreguei na ida, mas nem doem mais. Heitor cuidou de mim. Até me trouxe no colo para não sangrarem mais.

— Sangrar o quê? E quem a trouxe no colo? Que bagunça é essa na minha casa? — papai entrou na cozinha sem que nos déssemos conta. E foi logo olhando para mim da cabeça aos pés, parando nos joelhos machucados, para, em seguida, encarar os demais, fechando ainda mais a cara. — O que é isso, minha filha? Como se machucou tanto? E o que significa todos vocês assim, ensopados? E você, Maria de Lourdes, já não a proibi de vir até a fazenda? — Deu um murro na mesa, exigindo explicações.

— Calma, pai. Posso explicar. Foi tudo culpa minha.

— Não, Sr. José Luiz, a culpa é toda minha. Vou levar a Lurdinha para casa agora mesmo e prometo que isso nunca mais irá se repetir — disse Heitor me interrompendo, sempre evitando que algo de ruim acontecesse comigo, mesmo que toda culpa caísse sobre ele.

— Mas não vai acontecer mais mesmo, seu moleque! Leve essa menina maluca daqui agora mesmo. E você está proibido de chegar perto da Lírio novamente, está me ouvindo, Heitor? É bom obedecer.

— O senhor é um chato, mal-humorado! Aposto que sua esposa dorme de calça jeans. — interferiu Lurdinha.

— Viu, minha filha, o que dá andar por aí com esse tipinho de gente? Tire essa menina da minha casa agora mesmo. E ela está terminantemente proibida de colocar os pés novamente aqui. Não quero ver vocês juntas nem mesmo na escola. Ainda bem que esse ano está acabando e não terão como se verem mais. Gente medíocre!

— Mas, pai...

— Cala a boca e suba para seu quarto. Vá logo ver esses seus joelhos.

— Pai!

— Agora, Lírio! — Ele virou-se para Antônio e continuou — E você, rapaz... Devia se envergonhar. Não devia andar por aí feito um moleque qualquer, ainda por cima colocando a vida da minha filha em risco. Vá para sua casa agora mesmo.

Subi as escadas feito um relâmpago, vendo Heitor sair com Lurdinha a caminho da casa dela e, em seguida, Antônio entrando no carro com o Sr. Joaquim, que o levaria para a fazenda do seu pai.

Entrei em meu banheiro com uma tristeza sem fim. Mas, no fundo, nós já estávamos acostumados com o jeito turrão do meu pai. Ele não era tão ruim. Só queria mandar demais em tudo.

Retirei as roupas molhadas e fiquei de frente para o espelho olhando um corpo sem formas, sem curvas, sem seios. Eu não era como Lurdinha, que aos treze anos já parecia uma moça. Eu era magra demais, pequena demais. Meus cabelos castanhos-claros, com alguns fios de cobre misturados, meio enrolados, nunca ficavam no lugar. A cor da minha pele não se definia se era branca-pálida como a de Lurdinha, ou morena-canela como a de Heitor. Meus olhos ora estavam verdes, ora azuis e até cinzas. Eu era uma esquisitice indefinida. E isso era uma droga na minha idade.

Tomei um banho, me enfiei em um pijama de flanela e me joguei na cama para escutar meus CDs favoritos. Foi quando bateram à porta. Era minha mãe, com uma caixinha de primeiros-socorros na mão, e dona Helena, com um copo de leite fumegando.

— Isso não é necessário, mãe. O machucado nem está doendo mais. Heitor cuidou de mim.

— Não seja aborrecente, filha! Vamos ver esse ferimento e cuidar para que não infeccione. Além do mais, você já sabe como seu pai é. Devia evitar conflitos com ele, é você que sai perdendo. E eu fico aqui, sofrendo com esse desgaste todo, sem poder fazer nada.

Desviei do papo chato da minha mãe e resolvi pedir desculpas a dona Helena.

— Dona Helena, perdão pelo que meu pai falou sobre o Heitor. Nada daquilo é verdade. O Heitor é bom e eu gosto muito dele.

— Minha filha, não se preocupe comigo e com Heitor. Já sabemos como seu pai é e nem ligamos mais para essas coisas que ele diz. No fundo ele é um bom homem, que só quer o melhor para você. Agora tome esse leite quente para não se resfriar e deixe sua mãe cuidar dos seus joelhos.

O dia se arrastou e fiquei ainda mais chateada ao me lembrar que no dia seguinte eu nem mesmo encontraria meus amigos para poder pedir desculpas pelo meu pai, pois eu passaria o dia organizando com minha mãe os preparativos finais para minha festa de aniversário, que seria na semana seguinte. Que saco!

...

Os dias que se seguiram foram longos e cansativos. Não falei com Antônio, apenas cruzei com Heitor durante seu horário de trabalho na fazenda. Com Lurdinha só falei um pouquinho no banheiro da escola, morrendo de medo que alguém visse e nos dedurasse para meu pai.

O tão esperado dia da minha festa de aniversário tinha chegado! Um lindo e ensolarado sábado em que fui acordada com flores enviadas por Antônio e com todo o barulho dos preparativos pela casa afora. Quase no fim da tarde, resolvi sair do meu quarto e bisbilhotar um pouco a bizarrice da vez. Sim, uma bizarrice. Cada uma das minhas festas era tão exagerada que mais parecia a produção de um casamento.

Próximo à piscina tinha sido erguida uma enorme tenda. Tudo cor de rosa, branco e dourado. Lustres de cristal, candelabros de prata, telões e um palco imenso onde Bruno & Marrone fariam um show. Mesas com toalhas de tecido nobre para os convidados, poltronas para descanso e sofás com almofadas personalizadas com minha foto. Uma quantidade infinita de flores. Uma pista com globos de luz e mesa de som para um DJ animar os convidados até o sol raiar. Um bolo rosa e branco de cinco andares com uma bonequinha me representando ao lado do boneco do meu cavalo favorito, o "Faraó". A mesa de doces era um exagero à parte, com uma quantidade infinita de diferentes tipos daquelas coisinhas com açúcar em uma mesa retangular gigante, repleta de flores e com fonte de chocolate para as frutas. Candelabros e mais quinze lustres de cristal enfeitavam tudo. E pensar que eu jamais liguei para nada disso...

Tinha batido o pé com minha mãe com relação ao meu vestido. Eu não tinha mais idade de vestir aquelas saias rodadas que me faziam parecer um bolo de festa. Escolhi um vestido curto tomara-que-caia de tule preto. Na saia havia aplicações de flores no próprio tule e o forro era da cor da pele. Um broche em formato de flor com cristais e pedras decorava um dos lados da cintura.

Na hora de me arrumar, minha mãe, que já estava deslumbrante como sempre, veio me ajudar, porque sempre fui um desastre no quesito beleza. Ela domou minha juba com uma escova e fez um penteado sessentinha com um topete alto e frouxo, deixando o restante do cabelo solto para trás. Maquiou meus olhos de forma discreta e passou um batom de cor magenta em mim. É claro que acabamos discutindo quando recusei o famoso sapato de salto Louboutin e coloquei meu All Star preto nos pés. Sempre detestei esse negócio de calçado apertado e de salto alto. Nada como meu velho tênis de guerra. Hahaha!

Para finalizar coloquei minha inseparável pulseira de metal preto, que Heitor tinha me dado há anos. Eu adorava aquilo! Era meu amuleto da sorte.

— Ah não, minha filha! Até concordei com esse tênis horroroso, mas essa porcaria de pulseira de forma alguma!

— Mãe, eu respeito muito sua opinião, mas está para nascer a pessoa que vai me impedir de usar minha peça favorita hoje. Pode esquecer ou não desço para festa.

Ouvimos batidas à porta...

— Pode entrar — disse mamãe.

Papai entrou acompanhado de Antônio.

— Como você está linda, minha filha! Veja só quem veio dar os parabéns antecipados!

— Lírio, você está maravilhosa. Perfeita! Ficarei muito orgulhoso em ser seu acompanhante nessa noite.

— Acompanhante? Que conversa de gente velha é essa, Antônio? É uma festa! A gente desce, cumprimenta as pessoas, puxa os amigos para a pista e dançamos todos juntos até os pés doerem. Que besteira é essa de acompanhante? Hahaha!

— Lírio! Mais respeito! — ralhou meu pai. — Isso são modos?

— O que foi, pai? O que eu disse de errado?

— Deixa ela, Sr. José Luiz — me defendeu Antônio, que estava lindo em um terno cinza com uma gravata azul. Certamente de marca, identifiquei pelo tecido nobre.

— Lírio, eu lhe trouxe um presente. Espero que goste e use essa noite — e foi me entregando um estojo vermelho de couro escrito Cartier em dourado na tampa.

Fiquei muito sem graça ao receber. Abri e me deparei com lindos brincos de franjas em ouro amarelo com diamantes negros. Uma peça linda, mas exagerada, que não tinha nada a ver comigo. Mas, se eu dissesse aquilo na frente dos meus pais, certamente seria castigada. Antônio também não devia ter culpa, já que aqueles brincos deviam ter sido escolha de seus pais.

— Obrigada, Antônio. São lindos, mas não precisava.

— Você merece! Posso colocar?

E aquela cena ficou ainda mais constrangedora com meus pais observando e babando em Antônio, que colocou os brincos em mim bem sem jeito. Até tremia o coitado!

— Agora sim. Você está perfeita, minha filha! — exclamou minha mãe.

— Bom, então vamos descer, porque você precisa receber os convidados que já estão chegando — interrompeu papai.

— Seus convidados, não é, papai? Porque o senhor não convidou quase ninguém que eu pedi.

— Fique feliz por eu ter autorizado o Heitor e aquela menina abusada, a tal Lurdinha, de participarem. Até porque, por mim, nenhum dos dois estaria nessa comemoração hoje. Eles não são da nossa classe e só sabem causar problemas.

Preferi me calar para evitar mais atrito, pois minha mãe ficava triste.

Enquanto saíamos do quarto, com meus pais à frente, senti Antônio segurar meu braço e cochichar em meu ouvido:

— Dessa vez foram brincos, na próxima vez será um anel de noivado.

Se eu estivesse com aqueles sapatos de salto teria caído naquela escada. Minhas pernas amoleceram com a loucura que era ouvir aquilo no dia em que eu completava somente quatorze anos de idade.

Recebi todos os convidados de papai e mamãe com carinho e a todo momento eu varria a área com meus olhos em busca do único convidado que me interessava. Heitor estava demorando. Até Lurdinha já havia chegado e estava aos pulos e rebolados na pista de dança com as outras moças e rapazes. Antônio também dançava naquele momento, depois de ter passado a maior parte do tempo grudado em mim.

Comecei a me sentir péssima, triste... Heitor tinha ignorado o dia do meu aniversário. Eu não podia acreditar naquilo.

O show do Bruno & Marrone tinha começado e os convidados cantavam e dançavam as músicas mais conhecidas. Alguns já estavam superanimados com as bebidas diferentes servidas pelo buffet. Inclusive, uma das bebidas levava meu nome: tinha uma cor rosa bem forte, cheiro de champanhe misturado com alguma coisa doce e vinha com um morango dentro. Saía uma fumacinha engraçada por causa do gelo seco. E as taças para esse drink tinham sido personalizadas com um desenho de lírio no cristal.

Eu não queria estar ali, não sentia nem vontade de dançar, mesmo amando a dupla talentosa no palco. Resolvi sair um pouco e, ao chegar próximo à saída da tenda, avistei Heitor, que procurava por algo ou alguém, talvez por mim. E, nesse mesmo instante, a música que vinha do palco dizia o que eu sentia por dentro… "Choram as rosas".

"... CHORA MINHA ALMA
COMO UM PÁSSARO DE ASAS MACHUCADAS
NOS MEUS SONHOS, TE PROCURO
CHORA MINH'ALMA
LÁGRIMAS, QUE INVADEM MEU CORAÇÃO
LÁGRIMAS, PALAVRAS DA ALMA,
LÁGRIMAS, A PURA LINGUAGEM DO AMOR..."

Heitor me avistou, abriu um sorriso encantador e veio em minha direção. Estava simples e lindo, como sempre. Calça jeans preta e justa, camisa de botões preta de manga longa, com os punhos dobrados até os cotovelos e uma bota preta. E aquele relógio no pulso, que desde quando dei de presente para ele no ano passado, nunca mais tinha tirado.

— Heitor, estou tão feliz que você tenha vindo! Você nem imagina como eu estava triste, porque pensei que você não viria mais.

— Lírio, você está ainda mais linda, se é que isso é possível — pegou a margarida que estava em sua mão, quebrou o cabinho e colocou em meu cabelo. Um gesto delicado que significava muito mais do que qualquer presente que ele pudesse me dar. — Minha flor, eu não tenho como presentear você da forma devida…

— Eu não ligo, Heitor. Você estar aqui comigo já é um presente!

— Posso continuar falando, mocinha?

— Desculpa. É que estou feliz demais por você ter vindo!

— Bem, como eu dizia, não tenho como presentear uma menina que já tem tudo que o dinheiro pode comprar. Mas eu gostaria muito de pegar um violão e subir naquele palco junto com aquela dupla famosa e cantar para você. Posso?

— Claro que pode! — eu estava radiante. — Mas só depois de dançar comigo essa música que estão cantando.

— Se me concede essa dança, mocinha...

Heitor me pegou pela cintura, colou seu corpo ao meu e começamos a flutuar pelo espaço embalados pelas "rosas" de Bruno & Marrone. Seu cheiro me deixou completamente tonta. Eu não sabia como reagir ao que estava sentindo, nem quando ele se aproximou do meu ouvido e disse: — Feliz aniversário, Lírio, minha eterna princesa! Eu não posso, nem devia, mas amo você!.

Ali, naquele momento, eu me esqueci de onde estava. As pessoas sumiram ao nosso redor e só ouvia a música. Olhei naqueles olhos tão sinceros e apenas sorri. Sorri com a alma. E Heitor entendeu. Não eram necessárias palavras.

"... CHORAM AS ROSAS
PORQUE NÃO QUERO ESTAR AQUI
SEM SEU PERFUME
PORQUE JÁ SEI QUE TE PERDI
E ENTRE OUTRAS COISAS
EU CHORO POR TI."

Felicidade. A explicação era essa palavra: felicidade.

Quando a música chegou ao fim, fui até a lateral do palco com Heitor e pedi que deixassem ele escolher uma música para cantar com a dupla. Em um segundo, Heitor estava no palco pedindo a atenção de todos.

— Boa noite! Meu nome é Heitor. Estou um pouquinho nervoso porque nunca subi em um palco, muito menos com uma dupla tão famosa, mas a verdade é que eu não sabia que presente dar para essa mocinha que faz aniversário hoje — ele olhou para mim. — Nós crescemos juntos, ela é minha melhor amiga e provavelmente a pessoa que mais me entende nesse mundo. Tem gente que tem cheiro de colo de Deus, de banho de rio quando a água está quente e o céu é azul, de chuva quando molha a rosa no mato. Ao lado dessas pessoas, pode ser qualquer mês do ano, sempre parece ser Natal. Ao lado de pessoas assim como você, Lírio, é possível afirmar que a amizade é muito mais que uma palavra e que o coração pode ter uma metade batendo do lado de fora do nosso peito, vivendo em outro peito. Sabe quando você tem tanta coisa para falar, mas prefere uma música? Essa é especialmente para você, minha flor!

Meu cérebro esqueceu até como respirar depois daquelas palavras... E quando Heitor pegou o violão e começou a tocar e cantar "Alma Gêmea" com Bruno & Marrone o acompanhando no refrão e a banda arrasando ao fundo, não pude conter as lágrimas.

> ".... VOCÊ SABE COMO ME FAZER FELIZ.
> CARNE E UNHA, ALMA GÊMEA
> BATE CORAÇÃO
> AS METADES DA LARANJA
> DOIS AMANTES, DOIS IRMÃOS
> DUAS FORÇAS QUE SE ATRAEM
> SONHO LINDO DE VIVER
> ESTOU MORRENDO DE VONTADE DE VOCÊ."

Muita emoção! Foi o que senti. Toda emoção do mundo. Meu coração pulava dentro do meu peito e fiquei sem ar. Quando ele terminou, as pessoas foram ao delírio, aplaudindo, assoviando, pedindo mais. E eu só pensava que queria que ele descesse logo daquele palco para poder abraçá-lo.

— Lírio, o que significa essa besteira daquele caipira ali no palco? — berrou o meu pai ao se aproximar de mim.

— Papai, Heitor é meu amigo e só quis me agradar. O que tem de mais? A música é bonita, uma das que eu mais gosto!

— José, por favor, se acalme. Não apronte um escândalo na frente dos nossos convidados e amigos. Além do mais, o pai de Heitor é seu amigo, nosso amigo. Não estrague a festa da nossa filha. O rapaz não fez nada de mais e as pessoas adoraram vê-lo cantar.

— Olha, Lírio, eu só não ordeno que os seguranças tirem esse Heitor daqui à força por causa da sua mãe, porque ela está pedindo. Mas, se ele continuar aprontando, não me responsabilizo, está me ouvindo?

— Sim, papai.

Papai foi bufando de raiva para a mesa acompanhado de mamãe. E eu continuei ali, esperando Heitor que ainda estava no palco recebendo os elogios da dupla e da banda. Ele realmente cantava e tocava bem demais.

— Lírio, me explica que palhaçada foi aquela do Heitor? — Antônio agarrou meu braço com força.

— Solta meu braço, Antônio! Você está me machucando. Chega de rivalidade entre vocês dois. Nós três crescemos juntos e somos amigos. Chega dessa besteira de achar que, quando eu for adulta, nós dois vamos nos casar. Essa decisão é minha, não das nossas famílias. Eu só tenho quatorze anos e tudo que quero é curtir meus amigos.

— Isso não vai ficar assim — ele soltou meu braço bruscamente e saiu emburrado.

Heitor veio em minha direção.

— Lírio, o fato de eu ter cantado para você causou problemas com seu pai e Antônio?

— Não ligue para isso, Heitor. Estou feliz demais com seu presente e é isso que importa hoje.

— Precisamos conversar sobre o que eu disse enquanto estávamos dançando. Eu não devia ter dito aquelas palavras daquele jeito, muito menos para você, que é tão novinha ainda. Não sei o que me deu. A verdade é que... Fomos interrompidos por Antônio que estava no palco ao microfone dizendo alguma coisa…

— Peço licença aos nossos amigos e familiares aqui presentes para dizer algumas palavras para a Lírio. Nada de nervosismo aqui, estou muito seguro do que vou falar. Lírio, você é um presente na minha vida. Quero muito que lá na frente, daqui alguns anos, você seja minha terra firme quando algo desmoronar e minhas asas quando eu precisar de impulso para os meus planos. Ao longo dos nossos poucos anos, nossa amizade se tornou profunda, fincada à terra. E são essas raízes profundas que tornam uma árvore resistente às intempéries. Se a felicidade só é verdadeira quando compartilhada com a pessoa certa, quero compartilhar a minha vida com você, Lírio, que colore minha vida com sua alegria de viver. Você é especial. Ao seu lado eu não acho que o amor é possível, eu tenho certeza! Eu sei que você vai dizer que somos muito novos agora e aposto que nossos pais também pensam a mesma coisa. Mas eu quero garantir meu futuro hoje. Porque é isso que fazem os grandes homens. Algumas músicas se transformam em pessoas quando fechamos os olhos. Essa em especial eu só poderia cantar para você, porque o que eu quero te perguntar é: *Quer? Quer? Quer? Quer casar comigo?*

E foi seguindo cantando junto a banda. E eu fui ficando completamente envergonhada e chocada ao lado de Heitor, que estava controlando sua raiva. Todos perceberam que ali tinha sido travada uma guerra entre Antônio e Heitor. Era terrível. Eu estava envergonhada, podia perceber as pessoas comentando e minhas amigas rindo discretamente umas com as outras. A situação era ridícula.

Heitor me deu as costas e saiu a passos largos em direção à saída. E Lurdinha saiu correndo atrás dele. Não acreditava que aquilo estava acontecendo no meu aniversário!

— Heitor, por favor, espera! Heitor! Eu não imaginava que Antônio faria algo do tipo. Heitor! — ele apenas me ignorou e saiu porta afora sem olhar para trás.

Foi quando ouvi a voz do meu pai ao microfone:

— Lírio, venha até o palco, minha filha.

Respirei fundo, me vesti de toda coragem que eu tinha e segui para o palco. Mas o que eu queria mesmo fazer era agir como um avestruz e enfiar minha cara em um buraco na terra. — Lírio e Antônio, eu como pai quero dizer que fico muito feliz, principalmente com essa iniciativa sua, Antônio. É uma coisa que seu pai e eu vínhamos confabulando desde que vocês eram criancinhas. Apenas acho que os dois precisam estudar e fazerem faculdade primeiro. Mas no que diz respeito ao casamento no momento certo, vocês têm a minha bênção. Na verdade, minha esposa Ana Flor e eu ficamos felicíssimos.

Queria morrer bem ali, em cima do palco, naquele momento. Estavam definindo minha vida sem a minha opinião. Estavam decidindo meu destino, meu futuro, sem se importarem com a minha opinião. E na frente de todos! O que eu podia fazer se até minha mãe tinha se calado? Era desesperador!

Meu alívio só veio quando Bruno & Marrone tomaram a iniciativa e aproveitaram a situação e chamaram os convidados para cantarem "Parabéns" para mim.

...

Os dias que se seguiram foram os piores possíveis. Heitor me evitava e não queria me ver. Antônio passou a ir à minha casa todos os dias, fazendo planos para nossa ida à capital. E eu só queria morrer. Não sabia se devia aceitar o destino que escolheram para mim ou se devia ir atrás do que eu queria. Mas, afinal, o que eu queria? Eu era uma adolescente no mínimo idiota. Heitor não queria saber de mim, mas Antônio era um rapaz muito inteligente e legal, e queria que eu me casasse com ele. Tudo bem, se era assim que tinha que ser, era melhor deixar tudo para trás mesmo. Heitor acabaria namorando a Lurdinha... Esse era nosso destino.

Bruno & Marrone continuaram a tocar na minha cabeça durante muito tempo... *Apenas mais uma de amor.*

> "EU GOSTO TANTO DE VOCÊ QUE ATÉ PREFIRO ESCONDER
> DEIXO ASSIM, FICAR SUBENTENDIDO
> COMO UMA IDEIA QUE EXISTE NA CABEÇA
> E NÃO TEM A MENOR OBRIGAÇÃO DE ACONTECER."

...

Os dias passaram. Os meses passaram. Antônio e Heitor se formaram com honras na escola e o Natal chegou frio e úmido. E estava tão perto de ter que me despedir de todos.

Heitor havia completado dezoito anos há duas semanas. Tentei entregar um presente, mas ele fugiu de mim. O jeito foi pedir à dona Helena.

Antônio tinha completado dezoito anos, mas somente um mês depois fomos todos à fazenda de seus pais para a comemoração, pois queríamos finalizar as provas primeiro.

O jantar seguia bem, com Antônio como sempre muito gentil comigo. Mas, no momento em que o pai dele foi entregar o presente de aniversário para o filho, a situação ficou complicada.

O Sr. Augusto nos chamou para a varanda da casa para uma surpresa que tinha preparado para Antônio. Ao sairmos, ficamos espantados com a caminhonete de cabine dupla maravilhosa, com um laço vermelho, que estava do lado de fora. Antônio ficou radiante e pulou da varanda para o pátio para estrear seu carro novinho. É claro que me chamou para ir junto. Quando eu descia as escadas da varanda, vimos Heitor chegando de bicicleta. Mesmo tendo sido convidado para o jantar, ele tinha preferido não aparecer e eu entendia e respeitava muito bem o motivo.

Ficamos sem graça, mas Antônio foi recebê-lo com toda educação.

— E aí, cara? Que bom que resolveu aparecer. E em um ótimo momento! Olha o que meu pai me deu! Vamos dar uma volta juntos. Quem sabe não vamos até São João del-Rei ver o que essa belezinha faz na estrada daqui até lá. Vamos?

— Parabéns pelo aniversário e pelo presente, Antônio. Muito bonito. Mas eu só vim me despedir de vocês. Vou embora amanhã muito cedo — não pude me controlar e acabei interrompendo.

— Vai embora? Para onde? O que vai fazer?

— Não posso ficar aqui, Lírio. Mas antes eu queria me despedir de você do meu jeito. — Heitor pegou seu violão. Esse sempre foi o jeito dele encarar os problemas e pensar na solução. Ele se entocava em algum canto e tocava por horas e horas. Não sei porque, mas sabia que aquilo seria um aviso. Minha mãe teve que segurar meu pai, que queria descer e expulsar Heitor dali a pontapés. Seguimos prestando atenção nele em silêncio. Heitor começou os acordes de uma música que eu conhecia muito bem, *Por te amar assim* de Marlon e Maicon. Era um aviso, uma retirada de campo e um adeus ao mesmo tempo.

"POR TE AMAR ASSIM, A FELICIDADE É O MEU CASTIGO
SERÁ QUE TANTO AMOR PRA MIM É PROIBIDO
ESTOU MORRENDO AOS POUCOS POR SONHAR CONTIGO

POR TE AMAR ASSIM, DESEJO A TUA BOCA SEM PODER BEIJÁ-LA
DESEJO A TUA PELE SEM PODER TOCÁ-LA
E QUEIMO DE VONTADE A CADA MADRUGADA

POR TE AMAR ASSIM, POR TE AMAR ASSIM, POR TE AMAR...."

Terminou, colocou seu violão nas costas, subiu na bicicleta e já ia se embrenhar no escuro da noite...

— Heitor, por favor, espera! — gritei desesperada.

— Lírio, mais um passo seu e eu desapareço de vez com esse rapaz insolente — esbravejou meu pai.

— Papai! Você não entende.

— Volta para dentro de casa agora, Lírio.

— Papai...

— Meu bem, deixa a menina se despedir do rapaz. Eles cresceram juntos e provavelmente não se falarão por um bom tempo agora que ela vai se mudar para a capital. Todos aqui entenderão, até mesmo Antônio, já que eles são amigos também — falou mamãe, convencendo-os com sua serenidade de sempre.

— Mas, Ana Flor, veja o que está acontecendo!

— Eu estou vendo, meu bem. Faça isso por mim.

Papai não respondeu. Mamãe olhou para mim e foi suficiente para eu entender o que devia fazer.

Fui até Antônio, dei um beijo em seu rosto para que entendesse que eu voltaria, que eu apenas queria me despedir de Heitor, e então corri noite adentro pela estrada de terra da entrada da fazenda de Antônio, gritando a plenos pulmões: — Heitor! Heitor! Espera, por favor!

Ele olhou para trás e me viu correndo feito louca. Parou e me esperou no meio do nada, no escuro, no mato, em uma noite iluminada por algumas poucas estrelas no céu. Desceu da bicicleta e veio em minha direção.

— Você ficou maluca? Da última vez que resolveu correr assim se machucou muito. Agora à noite pode ser ainda pior e pode ter bichos peçonhentos por aqui.

— Eu não me importo, precisava falar com você.

Ele me amparou em seus braços e olhou nos meus olhos. Senti que seu corpo todo tremia e fiz de tudo para acalmar a minha respiração. Passou um tempo até que eu conseguisse juntar as ideias em um raciocínio lógico e formular frases que fizessem sentido.

— Olha, Heitor, eu não queria que você fosse embora chateado comigo e com o Antônio. Sempre fomos amigos e acho que devemos continuar assim.

— Filha de patrão e filho de empregado não podem ser amigos. Será que você não entende, Lírio? Não posso continuar acompanhando sua vida, vendo você crescer e um dia se casando com Antônio. Não posso.

— E o que vamos fazer?

— Vamos nos despedir aqui.

— Não.

— Por favor, Lírio, não dificulta.

— Tudo bem, Heitor. Mas o primeiro tem que ser você.

— O primeiro o quê?

E antes que batesse o arrependimento dos meus atos, joguei meus braços no pescoço de Heitor e lhe tasquei um beijo como de novela, com língua e todo o sentimento que se derramava dentro de mim. No primeiro momento ele tentou me afastar, mas não conseguiu resistir por muito tempo. Retribuiu o beijo com tudo que tinha direito. Com um braço me apertando pela cintura, tirando meus pés do chão, levou a outra mão até minha nuca para controlar a intensidade do beijo, cada vez mais forte. Era tanta vontade que nossos dentes em alguns momentos se chocavam. Foi incrível! Heitor interrompeu o beijo e começou a cheirar meu rosto, meu pescoço, meu cabelo, minha orelha, cada vez apertando mais as mãos na minha cintura. Eu nem sabia o que fazer com minhas mãos, apenas o abracei e deixei que tomasse as rédeas da situação. Foi quando ele falou ao meu ouvido:

— Vai embora. Eu vou te soltar e você vai correr até chegar à casa de Antônio. Se ficar aqui mais um minuto, farei uma besteira.

— Me leva com você.

— Não faz isso comigo, Lírio. Vai embora. Eu quero o melhor para você. E o melhor para você é o Antônio. Vai! — gritou comigo, bravo e arrogante. Tentei voltar para seus braços, mas ele me empurrou, deu as costas e subiu em sua bicicleta.

— Vai ser assim? Vai desistir como um frouxo? Onde está o peão forte e destemido como um cavalo?

Heitor sequer respondeu, só sumiu na escuridão triste daquela noite. E foi a última vez que o vi desde então. Tudo que sei sobre ele é que há alguns anos dona Helena nos deixou. E nem mesmos nas vezes que retornei à fazenda, vi Heitor. Tudo que seu pai me disse foi que ele estava trabalhando e fazendo faculdade em São João del-Rei.

...

Agora estou com vinte e quatro anos, formada em um curso universitário como meus pais queriam, fiz biologia, e ainda namoro Antônio, que já é um brilhante advogado e trabalha em um dos escritórios mais conceituados da capital. Há pouco ele resolveu que quer se casar logo para vivermos em São Paulo, onde fizeram para ele uma proposta de trabalho irrecusável. E advinha só? Eu não quero. Não estou pronta. Na verdade, quero fazer o que desejei todos esses dez anos, voltar para a fazenda Santa Maria. Está na hora de tomar as rédeas da minha vida!

Hoje, depois de muito discutir com meus pais, eu divido um apartamento com as minhas duas melhores amigas: Ana Clara e Roberta. É claro que meus pais queriam que eu morasse sozinha em meu próprio apartamento, mas eu acho muito mais divertido ter com quem rir, chorar, dividir um vinho, comer brigadeiro de panela, ver bons filmes... Além do mais, as meninas são ótimas!

— Lírio! Lírio! Lírio! O que você está fazendo?— disse Roberta entrando esbaforida na sala e me arrancando da poltrona onde eu lia tranquilamente o novo livro de uma das minhas autoras preferidas, Nana Pauvolih. *Rendida* era de tirar o fôlego de tão bom!

— Estou lendo, Beta — respondi.

— Hmmm. Esse é quente como o *Cinquenta Tons de Cinza* do meu muso? — disse ela, fazendo cara de safada.

— Ai, Beta, você e o Christian Grey… — caí na risada.

— Eu? Você que vive em outro planeta com aquele seu noivo engomadinho. Todas querem o Grey e o Gideon Cross da Sylvia Day, minha filha! Todas!

— Antônio não é engomadinho, ele é apenas sério. E não é meu noivo, é uma espécie de namorado a longo prazo. Quanto ao seu Grey, seu Gideon e a achar que vivo à parte de tudo isso, depois eu vou te apresentar o Theo Falcão — sorri porque o Theo era demais mesmo!

— Quem é Theo Falcão?

— É um personagem fodástico de uma das minhas autoras favoritas, a Nana Pauvolih. Você precisa começar a ler literatura nacional, viu? Temos mentes brilhantes por aqui!

— Pensei que sua autora favorita fosse a S. Miller! — falou com um tom de desdém.

— S. Miller também está na minha lista de favoritas. Aquele Adam Collins do livro *De Repente O Destino* é de matar qualquer mortal que se preze e é meu preferido — disse, suspirando de paixão.

— E o que você está lendo agora? — perguntou toda engraçadinha.

Apenas balancei o livro da Nana Pauvolih que eu segurava e dei uma boa risada.

— O livro *Cinquenta Tons de Cinza* é bacana demais! Vou ser a primeira da fila para comprar todos os livros da série.

— Beta, você não existe! — caí na risada.

— Sabe o que é? Esse livro deu tanta coragem para tantas mulheres, para elas viverem mais o sexo. É claro que tem as amargas que criticam a ideia do livro, a coisa da submissão e sadomasoquismo. Mas essas são da turma que não compreendeu o verdadeiro significado que o livro imprime.

— Eu entendo. No meu ponto de vista, o termo pornografia pode ser tratado de diversas formas, em um sentido bem amplo. Acho inaceitável coisas antinaturais e criminosas como incesto, estupro, violência gratuita, tapinhas fora de um contexto consensual, pedofilia, necrofilia e bizarrices com animais. O que mais considero de positivo nesse tipo de literatura é o efeito de lembrar a todos da parte quente, engraçada, amorosa, saudável e agradável que a vida sexual pode ter. O que a maioria das mulheres realmente quer não é um bilionário com um "quarto vermelho da dor", mas que os homens fiquem mais atentos aos momentos íntimos e com vontade de experimentar novidades, dar mais atenção aos pequenos prazeres e ousar um pouco mais.

— Exato, *friend*! Falou bonito agora! O mundo feminino não exclui o sexo seguro e responsável como uma atividade prazerosa e essencial. O que o Grey fez por nós foi nos proporcionar mais coragem diante da nossa sexualidade. Estamos aceitando e falando sobre coisas que até ontem eram vistas como inapropriadas para o nosso gênero. E vamos combinar, não tem nada de mais em curtir um estilo BDSM.

— Sim. E isso acaba também despertando um outro lado muito significativo, até mesmo culturalmente. Antes, uma parte das mulheres ficava indecisa se denunciava ou não a agressão doméstica, por medo do parceiro ou por vergonha. Com essa disseminação de uma espécie de liberdade sexual e coragem perante ao machismo, as mulheres estão mais firmes em tomar decisões sobre seus próprios corpos e estão entendendo melhor a diferença que existe entre um sexo *hard* consensual e apanhar gratuitamente de um babaca.

— E o que você acha, amiga? Vale a pena levar uns tapinhas na hora do sexo? O Antônio é desses? — eu precisei rir. Se ela soubesse! Ai, ai!

— Deixando Antônio de lado... Acho que quem decide isso somos nós com nossos parceiros. Os livros não estão aí para disseminar a violência contra as mulheres. Pelo contrário, eles ensinam que se você tem gostos excêntricos, precisa ter a liberdade e a decência de discutir isso com o seu parceiro. E, se rolar, que seja consensual, seguro e com muito respeito. Sem se esquecer, óbvio, dos limites de cada um.

— Ah, mas alguns religiosos caem matando em cima desse assunto...

— Olha, amiga, nunca li sobre a condenação do *Kama Sutra* na *Bíblia*. Acho que Deus tem preocupações maiores, como por exemplo, a sujeira que se instalou entre os pastores de seu rebanho — eu odiava essa hipocrisia social e pseudorreligiosa!

— Sim. E há sempre dois lados de uma mesma moeda. São essas mesmas pessoas que promovem filmes em que as mulheres são tratadas como *amélias*, sempre à beira de um fogão e de um tanque de roupas sujas, servindo mesas de cafés e levando os filhos para a escola, enquanto o marido passa a imagem de um empresário bem-sucedido que chega em casa cansado, depois de longas horas de muito trabalho, para fazer amor com a esposa e no dia seguinte foder a secretária no escritório. E tudo isso sem se esquecer da presença obrigatória no culto religioso nas manhãs de domingo.

— Ai, Beta! Você me mata de rir! Mas veja só, nisso preciso concordar. Faz parte da nossa cultura sermos escravizadas veladamente por trás de uma falsa igualdade de gêneros, que até hoje não vi nenhuma mulher conquistar de fato na sociedade. Só para começar, compare o salário de um executivo do gênero masculino com o salário de uma mulher ocupando mesmo cargo. Você já observou, por exemplo, que em propaganda de carro esportivo de luxo é sempre um homem ao volante? Por que o carro da mulher é sempre o utilitário básico ou aquelas banheiras enormes para carregar mil filhos? E outra coisa, vi muitos homens dizendo que as mulheres estão ficando mais safadas porque leem e apoiam esse tipo de literatura, mas se esquecem de que a própria mídia vende uma imagem da mulher que a reduz a um mero corpo para ser usado. As propagandas de cerveja e cigarro estão aí para provar isso. Lixo de sociedade machista!

— Verdade. Cacete! Na profissão que escolhi, então, essa merda de preconceito é gigantesca! Mas olha, amiga, pelo menos agora podemos foder com liberdade! — Caí na risada. — Esse é o principal ganho que tivemos com esses romances eróticos. Agora fodemos e somos fodidas devidamente — gargalhamos juntas!

Roberta era doidinha, mas muito estudiosa. Havia acabado de se formar em Medicina e estava estudando para sua residência. Já a Ana Clara, ou Clarinha, como a chamamos, é um doce de pessoa. Tinha se formado em Psicologia e se preparava para trabalhar com crianças carentes.

No jantar daquela noite eu estava preparada para comunicar às meninas a minha mais recente e corajosa decisão. E foi o que fiz...

Enquanto as meninas se serviam, comecei a falar:

— Beta, Clarinha, esses últimos anos com vocês aqui, desde que saí daquele "prisionato" de freiras onde meu pai tinha me trancado, têm sido fabulosos! Mas eu acho que chegou o momento de cada uma seguir sua trilha. E para dar um impulso nisso tudo, eu resolvi voltar para o lugar de onde nunca devia ter saído, a fazenda dos meus pais no interior.

— Como é, Lírio? — Roberta parou boquiaberta com o garfo no ar.

— Quando você decidiu isso? E o Antônio? Seus pais concordaram? — Ana Clara se antecipou, que analisava tudo à sua volta.

— Calma, meninas! Vocês são as primeiras a saber. Ainda não falei com meus pais e para eles acho que farei uma surpresinha. Quanto ao Antônio... Bem, não somos casados, ele terá que aceitar.

— Não sei se o Antônio aceitará coisa alguma. Ele é muito autoritário com você, Lírio.

— A Beta está certa. E você deixa isso acontecer, Lírio. Já conversei com você sobre isso — continuou Clarinha, com sua mania de analisar tudo sob sua ótica psicológica.

— Gente, dá um tempo. *Hello!* Acabei de dizer que vou embora e a preocupação de vocês é com o Antônio?

— Ai... Você está certa. Mas, convenhamos, sabíamos que esse dia chegaria. Eu também estou vendo se consigo uma vaga em um hospital do Rio de Janeiro. Meu sonho é viver na ferveção daquela cidade maravilhosa! — Rimos juntas. Não tinha como não dar boas risadas com a Beta.

— E você, Clarinha? Vai continuar mesmo com seus trabalhos sociais? — perguntei.

— Sim, gente. Essas comunidades... As crianças dessas comunidades precisam de orientação, de apoio. As famílias delas precisam aprender a lidar com as situações sem ver somente o lado negativo. Eu sinto que nasci para cuidar disso.

— Mas isso não dá dinheiro e uma hora você morrerá de fome — retrucou Beta.

— Sim, verdade. Mas não faço só isso. E além do mais, Pedro quer se casar logo. Depois disso vejo como fica minha vida.

— Então é isso. Cada uma com uma direção em frente para seguir — refleti.

— Bem, todas não. Acho que você quer regredir. O que ficou naquela fazenda que não a deixa seguir em frente, hein, Lírio? — perguntou Roberta.

— Nada. Eu gosto demais de lá. Nunca desejei ter vindo para cá, ter ficado tantos anos longe.

E o telefone tocou...

— Deixa que eu atendo. Deve ser o Antônio mesmo — me levantei e fui atender.

— Alô?

— Lírio!

— Oi, Antônio.

— Vou pegar você em vinte minutos.

— Você não me perguntou se posso sair hoje ou mesmo se estou interessada em ver você.

— Eu quero e você vem, simples assim.

— Precisamos conversar.

— Claro, querida. Só que antes eu vou conferir se tudo o que é meu está em seu devido lugar.

— E por que não estaria, Antônio?

— Porque sei da quantidade de idiotas que babam por você.

— E daí? Os idiotas, como você mesmo diz, podem querer, mas se eu não deixar...

— Chega dessa conversa, Lírio. Estou sem paciência. Não vejo a hora de tocar em você. Tem uma semana que não a vejo. Você não vai dormir hoje. Vai se arrumar, porque já estou chegando.

— Antônio? Antônio? Ele desligou. Que babaca!

...

Vinte minutos depois, Antônio e sua pontualidade inglesa estavam na portaria do meu prédio. Encostado em sua Mercedes prata, ele estava lindo e elegante como sempre, em seu terno italiano bem cortado e chique. O terno era azul-marinho, assim como a gravata, contrastando com a camisa azul-clara que fazia destacar seus olhos que reluziam sob a luz da noite. Antônio tinha ficado ainda mais bonito ao longo dos anos e a maior parte das minhas colegas me considerava uma sortuda. Cabelos castanhos volumosos e sempre no lugar, nunca com a barba por fazer e com suas sobrancelhas espessas, que eram sua característica marcante desde criança. Antônio era alto e forte, andava sempre impecável e passava a imagem de um homem muito poderoso, mais do que deveria para a sua idade. É claro que ele abusava da fortuna do pai...

Parei em frente ao espelho do hall de entrada para dar uma conferida na minha aparência e fiquei com vergonha do homem que me esperava do lado de fora. Nunca fui ligada a essas coisas de moda como minha mãe. Eu estava usando um vestidinho rosa simples e uma sapatilha. Pelo menos agora, que eu era adulta e podia decidir o que fazer com meu cabelo, ele ficava no lugar. Cortei abaixo do queixo e o mantinha liso, assim era tão prático! Enfim, respirei, estampei meu melhor sorriso no rosto e fui encontrar o Antônio.

— Oi, minha princesa!

— Oi, Antônio.

— Passo uma semana sem ver minha mulher e não ganho um beijo?

— Passou uma semana sem me ver porque prioriza sempre seu trabalho. E não sou sua coisa alguma...

Nem mesmo esperou que eu acabasse de falar e já foi logo me puxando, me apertando pela cintura e me beijando enfurecidamente. Quando me largou, ele continuava impecável e eu certamente estava com o cabelo em estado de desastre.

— Vamos! — Abriu a porta do carro para mim, fechou e deu a volta para assumir o volante. Até seu andar era elegante. Antônio tinha sido criado para dominar o mundo e humilhar os mortais.

— Para minha casa ou quer jantar em algum restaurante antes?

— Jantei hoje com a Beta e a Clarinha — vi as duas linhas de desgosto se juntando no meio dos seus olhos. — Não começa, Antônio. São minhas amigas e gosto demais delas.

— Mas elas não têm... Ah, deixa pra lá. Daqui a pouco isso acaba. Nossa vida vai ser muito diferente na nobre sociedade paulistana.

— Não quero falar disso agora, Antônio.

— E não vai me perguntar como foi minha semana?

— Claro, Antônio. Como foi sua semana no escritório?

— Você não se interessa pelo meu trabalho, não é mesmo?

— Não é isso, Antônio. É que no seu escritório vocês só defendem gente do mal.

— Durante a Revolução Francesa, quantos exemplos houve de advogados que arriscaram suas vidas na defesa dos decaídos, dos vencidos, da nobreza de então?

— Ah, não, Antônio. Não me venha com essa. Tudo bem que todos merecem defesa, mas onde ficam os princípios com os quais você foi criado?

— Querida, a área criminal é onde temos os profissionais mais bem-sucedidos. O crime não compensa, exceto para o advogado, claro.

— Que coisa horrível de se dizer. E certamente para defender esse tipo de gente você chega ao tribunal e fala como Berryer: "Aqui trago a minha palavra e a minha cabeça. Podeis dispor da segunda, depois de terdes ouvido a primeira." Isso é quase como vender a alma. Fico me perguntando se pagam você por algo mais...

— Causas difíceis exigem os melhores, minha querida, e eu sou o melhor. Apenas isso. Chegamos. Ainda bem, porque estou louco para arrancar esse seu vestidinho! — Sorriu com um ar maquiavélico.

Antônio morava na cobertura de um apart-hotel de luxo na zona sul da cidade. O lugar era lindo e masculino, assim como o dono. Entramos no elevador e, antes que eu fizesse qualquer coisa, Antônio me pegou pela cintura, me encaixou entre suas pernas, me segurou forte pela nuca e me beijou. Um beijo intenso e molhado. Começou a descer a alça do meu vestido e distribuir beijos em meu pescoço e ombros. A outra mão subiu lentamente pela perna e, ao chegar à barra do meu vestido, a subiu descaradamente, espalmando sua mão em mim logo em seguida.

— Chega, Antônio! Aqui não é lugar para isso. — disse para ele com um tom de voz enérgico.

— Onde, quando e o que faremos quem decide sou eu, entendeu, Lírio? — disse isso com a segurança que sempre teve, olhando no fundo dos meus olhos, sem se mexer nem um centímetro e sem arredar suas mãos do meu corpo.

As portas do elevador abriram, ele se endireitou e se dirigiu à porta do seu apartamento. E lá estava eu, sem respirar, flutuando e excitada. Antônio sabia o que estava fazendo e isso me deixava irritada. Era um sentimento ambíguo, porque eu o odiava e o amava ao mesmo tempo. Ele conhecia meu corpo e meus desejos mais do que eu mesma. Muitas vezes sabia o que eu precisava, antes mesmo de eu saber o que eu queria.

Entramos, ele fechou a porta, retirou o paletó, largou no sofá e foi até ao barzinho pegar bebidas. Serviu um líquido âmbar apenas em um copo. No caminho de volta, parou para colocar uma música para tocar e reduzir a iluminação. Quando chegou perto de mim, estava certa que ele podia ouvir as batidas fortes em meu peito, que subia e descia com a tentativa desesperada de sugar o ar. Eu devia parecer patética.

— Não vai me oferecer uma bebida?

Antônio não respondeu. Sorveu um gole de seu copo e veio até meus lábios. Em um beijo quente despejou o líquido amargo em minha boca. Como aquilo era erótico! Ele conseguia me surpreender nos mínimos detalhes. Há anos tínhamos uma vida sexual ativa e nunca caíamos na rotina. Antônio era o máximo na cama, isso eu não podia negar. De repente ele pegou minha mão, levou aos seus lábios, fechou os olhos e suspirou...

— Comprei algo para você, princesa.

— É? E o que comprou?

Antônio abriu os olhos, soltou minha mão e pegou uma caixinha de joia, que me pareceu ser de um anel, no bolso da calça. Ah, meu Deus! Era o momento de me desesperar! Será que era o que eu estava pensando?

Ele abriu a caixinha e lá estava, um anel prateado rodeado de brilhantes com um diamante enorme no centro. Minha reação foi levar a mão na boca. Minhas pernas tremeram e realmente me faltaram as palavras e o ar.

— Eu sempre soube que era você — Antônio disse.

Não tive condições de responder. Fiquei olhando aquele anel brilhando na minha frente.

— Diga alguma coisa, Lírio, ou pensarei que detestou esse anel.

— Não é isso, Antônio. Eu não posso. Não estou pronta.

— Por Deus, Lírio! Você tem vinte quatro anos e já se formou. Quero casar com você antes de me decidir sobre viver em São Paulo. Por mim já estaríamos casados. Não acha que já me enrolou por tempo demais?

— Antônio, você não entende. Eu não quero ir para São Paulo. Eu quero voltar para a fazenda.

— O que? Você enlouqueceu? Ouça o que está dizendo! Acha que seu pai permitiria uma loucura dessas?

— Mas...

— Aceite.

Não pude responder. Mas Antônio tomou minha mão e enfiou o anel em meu dedo.

— Lírio, entenda uma coisa de uma vez por todas, você já é minha há muito tempo. Seu pai jamais permitirá que você se envolva com outro. Eu posso dar a você a vida que merece. Então, pare de nadar contra a corrente. Essa sua causa é perdida. No mais, tenho certeza de que você é feliz comigo.

Continuei sem dizer uma só palavra. Na minha mente e no meu coração, mantinha somente a vontade de seguir meus sonhos verdadeiros pela primeira vez na vida.

Foi quando percebi que ele tinha trocado a música suave pela exótica e erótica *Closer*, do Nine Inch Nails. Aquilo era pesado e queria dizer muita coisa. Tinha a ver com as cenas de BDSM que vivíamos com certa frequência. A conversa tinha acabado. Antônio caminhou em minha direção lentamente, com passos firmes, desabotoando a camisa e retirando a gravata, jogando tudo no chão. Parou bem na minha frente e levantou meus braços acima da minha cabeça. Em seguida deu a volta e parou bem atrás de mim, colando seu corpo quente ao meu.

— Sabe, Lírio, você me deixou muito irritado e eu não pretendo ser bonzinho com você hoje. Se bem que você gosta, não é, safada? — ele falou com os lábios encostados na minha orelha, do jeito mais sexy possível, me pressionando contra seu corpo, me fazendo morder o lábio inferior e sentir um arrepio longo percorrer todo meu corpo. Heitor sabia bem como me provocar e satisfazer os meus desejos.

Notando minha alteração de humor, Antônio agarrou meus cabelos e os puxou com toda força para trás, tendo assim acesso à minha boca e ao meu pescoço, por onde passeou com seus lábios e língua. Era o mesmo fogo de sempre. Podia até não ser amor, mas ali tinha, sim, uma paixão descontrolada. E aquela música perturbadora não parava de tocar. Repetia, repetia e repetia.

Ele me virou em seus braços e, sem muita delicadeza, arrancou meu vestido me deixando somente de calcinha. Passou os olhos pelo meu corpo e pude ver quando se excitou profundamente. Suas mãos começaram a me tocar com violência e sua boca não deixava escapar um só centímetro da minha pele. Eu me desmanchava em seus braços fortes. Quando ele rasgou minha calcinha em muitos pedaços, o fogo do tesão explodiu em nós dois de uma forma incontrolável.

Seu cheiro inundava meu corpo, adentrava minhas narinas, descia por minha traqueia e perfurava meus pulmões. Era um instinto selvagem que fazia o sangue ferver. Seu toque indelicado e desesperado despertava um desejo primitivo. E Antônio continuava arrancando de mim gemidos, gritos e suspiros, ali, naquela sala à meia luz.

— Antônio…

— Diga! O que você quer, Lírio?

— Você.

— Eu estou aqui.

— Dentro de mim.

— Ah, não. Ainda não. Tenho outros planos para a senhorita hoje — ele me largou na sala, nua e excitada, e foi em direção ao quarto. Em segundos voltava com uma caixa preta nas mãos. A caixa preta era nossa caixa de brincadeiras. Tinha de tudo lá: algemas, lubrificantes, vibradores, chicotes. Com a gente era assim, nada normal, gostávamos de coisas mais pesadas, tínhamos desejos peculiares e a cama era o único lugar em que eu realmente curtia o lado dominador de Antônio. Aquele pensamento me fez sorrir.

Antônio me pegou e me levou até a pilastra que dividia a sala, a cozinha e o barzinho. Passou meus braços pela pilastra e me algemou ali. Nem que eu quisesse teria como escapar.

— O que você vai fazer, Antônio?

— Desde quando preciso avisar ou pedir?

Foi até à sala e voltou com um vibrador e o lubrificante. Conferiu se eu estava preparada, ajeitou o acessório e, sem a menor delicadeza, deslizou tudo de uma vez para dentro de mim. Foi inevitável soltar um grito. Sua resposta foi um tapa ardido em meu traseiro.

— Agora, meu amor, você vai ser surrada até me dizer sim.

— O quê? Do que está falando, Antônio? — foi quando percebi o chicote de couro longo de nove tiras em suas mãos.

— Lírio, quer se casar comigo?

— Já disse que não estou pronta.

— Eu quero que você conte as chibatadas, minha princesa.

E foi desferindo uma atrás da outra, com uma força que nunca tinha usado antes nas nossas brincadeiras.

— Para com isso, Antônio. Você vai me machucar de verdade!

— Comece a contar. Não estou de brincadeira.

— 1, 2, 3, 4.

— Vou perguntar mais uma vez. Você quer se casar comigo?

— Não — saiu mais como um suspiro do que como uma resposta.

E lá vieram mais chibatadas. Mas à medida que ele me batia, começou também a fazer carícias e ligou o vibrador na potência máxima. Era muito estímulo de uma só vez. Meu corpo começava a amolecer novamente e meus sentidos estavam se perdendo em meio a dor e tantas outras sensações.

— Lírio, você vai se casar comigo o mais breve possível?

— Não posso, Antônio — falei engasgando com lágrimas escorrendo pelo rosto.

Não podia mais contar as chibatadas. Meu traseiro ardia demais, minha mente vagava e meu desejo explodia com aquele vibrador no máximo me estimulando. Sentia que estava quase chegando ao clímax, quando Antônio arrancou o vibrador e me penetrou com toda força, me segurando firme pela cintura.

— Chega, Antônio. Estou esgotada. Quero parar.

— Eu nem comecei, gostosa! E quem manda nessa porra sou eu. Só tiro você daqui quando nós dois estivermos satisfeitos. Agora me responda, quer se casar comigo?

— Não — Fui curta e seca.

Antônio soltou minha cintura, agarrou meus cabelos com as duas mãos, se afastou e tomou impulso para me penetrar duramente mais uma vez. E assim o fez por inúmeras vezes, aumentando a força e a velocidade.

De repente saiu de mim sem a menor delicadeza e foi até a cozinha. Percebi quando abriu a geladeira, pegou um copo e vendou meus olhos com sua gravata de seda. De repente eu era apenas sensações, amarrada ali, sem ver, apenas sentindo. Comecei a sentir algo gelado e molhado escorregar pelo meu corpo. Antônio tinha buscado gelo. Então era isso! Ele brincou com o gelo durante um tempo, passou por minhas costas e em meu traseiro, que estava quente e ardia, me fazendo sentir um alívio imediato. E continuou com o gelo pelos meus seios, alternando entre a quentura de seus lábios e o frescor do gelo. Escorregando-o pela minha barriga, fazendo meu corpo se arrepiar inteiro. Mas quando chegou à minha região mais íntima, foi como se uma corrente elétrica tomasse conta de todo o meu ser. E ali ele se demorou. Achei que gozaria se ele continuasse por mais um segundo, mas seus planos eram outros...

— Eu amo você, porra! Diz logo que quer se casar comigo.

— Eu não posso ainda, Antônio. Espera mais um pouco, por favor. Terá o momento certo.

Então ele se desesperou. Nunca aceitava que uma situação fugisse do seu controle. Dobrou meu corpo ainda mais, me segurou pela cintura e me penetrou forte, transando comigo como se fosse um animal. Foi assim que gozamos. Foi assim que perdi as forças nos seus braços. Era sempre assim, intenso demais, insano demais.

Com os olhos fechados, senti quando soltou meus punhos das algemas, retirou a venda dos meus olhos e me pegou no colo. Logo em seguida disse em meu ouvido:

— Não acabamos. Ainda não estou satisfeito. Mas como você está cansada, vou ser bonzinho e fazer um sexo bem normalzinho lá na nossa cama — e assim me levou para o quarto e me amou por um longo tempo. Tempo o suficiente para minhas forças chegarem a zero e me fazerem praticamente desmaiar em um sono profundo.

Acordei no meio da madrugada com o peso do corpo de Antônio sobre mim, provocando um calor absurdo. Eu estava transpirando e certamente precisava de um banho. Entrei no banheiro enorme, todo em tons de bege e cinza, e vi minhas coisas de uso pessoal, meus produtos favoritos, todos ali, esperando por mim, e me dei conta do quanto havia entrado na vida de Antônio e ele na minha.

Tínhamos uma vida sexual ativa há muito tempo e eu sabia que meus pais imaginavam isso, mas nem se importavam. Sempre fizeram questão de que o Antônio e eu nos aproximássemos mais. Tudo isso era muito cansativo! A primeira vez que fiz amor foi com Antônio e foi perfeito. Sempre foi. E sempre tivemos esse lado mais agressivo. Curtíamos os jogos, os acessórios, as surras... As brincadeiras, que para muitos casais eram até mesmo ofensivas, faziam parte do nosso cardápio desde o início. E eu adorava tudo isso. Mas odiava a forma como ele se sentia meu dono.

Era paixão, não amor. Não tinha me permitido conhecer mais ninguém em todos esses anos. E a lembrança de Heitor sempre me assombrou, principalmente pelo fato de ele ter ficado tão chateado com tudo e se afastado totalmente de mim. Não era necessário aquilo. Eu gostava demais dele.

Se eu ficasse aqui em pouco tempo estaria casada com Antônio, embarcando para uma vida que não me pertencia. Frustrada e triste. Não podia fazer Antônio feliz. Não agora. Não antes de voltar para a fazenda e talvez descobrir que aquele mundo não me pertencia mais.

Durante o banho rápido, tomei a decisão de interromper minha relação com Antônio. Decidi retornar para a fazenda por um tempo e deixaria um bilhete falando sobre isso para ele. Se o esperasse acordar para conversarmos, não adiantaria, não me escutaria. Ele era controlador demais para deixar suas vontades em segundo plano. Mas eu desejava e precisava viver por mim, ao menos uma vez.

Estava em construção. É ridículo dizer isso, mas é a mais pura verdade. Sentia que ainda havia muita coisa para aprender e outras tantas para esclarecer. Não sei se eu era exatamente o que queria ser. Buscaria respostas. Ignorei minhas vontades por muito tempo, mas elas iriam se tornar minhas prioridades. Eu queria viver.

2

LÍRIO

Depois de algumas horas de estrada com todas as malas definitivamente enfiadas no carro e de fazer somente uma paradinha para saborear o melhor pão com linguiça de Minas, tradição de quarenta anos do Belvedere Lanches, cheguei à estradinha de terra que dava na fazenda. Não pisava ali há três anos. Fiquei na capital e viajei muito pelo mundo. Conheci países e pessoas diferentes, tudo na companhia de Antônio, mas nada que fizesse meu coração vibrar tanto quanto aquela terra, aquele mato, aquele lar. Sim, meu lar. Lar é onde o coração está. E o meu sempre esteve ali.

Parei o carro no meio do caminho. Eu precisava pisar naquela terra e mergulhar naquela água antes de entrar na fazenda. Sempre foi dali que tirei minhas forças. Eu precisava daquele cheiro de mato no corpo. Era aquilo que me fazia feliz. Olhei ao redor e não vi uma só alma viva, era muito cedo ainda. Naquela região do riacho, onde costumava brincar com Antônio, Heitor e Lurdinha, nunca tinha empregados da fazenda. Era um pedacinho isolado. Meu pequeno paraíso.

Saí do carro e tirei as botas. Só de pisar na terra pude sentir uma corrente elétrica atravessando meu corpo dos pés à cabeça. Dei pulos, girei ao meu redor, toquei as plantas e puxei o ar o mais forte que consegui. Meus pulmões queriam respirar aquele oxigênio diferente de qualquer lugar do globo terrestre. Quando me senti pronta, retirei cada peça de roupa que eu usava, uma a uma. Corri os olhos por todos os lados para me certificar de que eu realmente estava sozinha.

Corri a plenos pulmões, como eu costumava fazer quando era criança e adolescente, e mergulhei de uma só vez na água gelada e cristalina do riacho. Senti mil agulhas espetando meu corpo. Ainda assim era a melhor sensação do mundo! Nadei, mergulhei, brinquei e, quando me dei por satisfeita, estava na hora de terminar o caminho e adentrar os portões da Fazenda Santa Maria. Tremendo de frio, vesti logo minhas roupas e fui me aquecer dentro do carro. Com o corpo mais desperto, era o momento ideal para colocar os pensamentos em ordem e decidir o que eu falar para minha família. Precisava explicar o fim do meu romance com Antônio, a fuga da capital e o retorno à fazenda. Mas, para ser sincera, nem eu mesma sabia o que significava tudo aquilo.

Segui pela estradinha de terra e peguei a entrada dos fundos. Queria fazer o menor alarde possível. A essa hora eles deviam estar tomando café, o que me fez lembrar e sentir muita saudade da dona Helena, que tinha falecido há alguns anos.

Estacionei, desci do carro e senti a adrenalina do momento gelar meu estômago. Entrei pela cozinha, onde estavam três senhoras conversando e cozinhando. Deviam ser empregadas novas, porque eu não fazia ideia de quem eram. Já o contrário não acontecia, elas pareciam saber muito bem quem eu era. Claro, minha mãe devia ter espalhado fotos minhas por toda a casa.

— Bom dia, senhoras!

— Bom dia, senhorinha! — responderam em coro.

— Não conheço as senhoras, faz tempo que não venho à fazenda. Meu nome é Lírio, sou filha dos patrões. Eles estão tomando café?

— Seja bem-vinda, senhorinha Lírio! É um prazer conhecê-la. Seus pais estão tomando café, sim.

— Por favor, me chamem somente de Lírio. Não gosto de formalidades comigo. Estamos entre iguais — disse sorrindo para que entendessem que eu era bem diferente do meu pai. Nunca tinha gostado de manter distância dos trabalhadores da fazenda como meu pai me obrigava a fazer. Na verdade, sempre foram pessoas muito honestas e boas.

— Sim, senhora Lírio. Quer dizer, sim, Lírio! Vá até seus pais. Sua mãe ficará feliz demais em recebê-la. A senhora Ana Flor sempre fala do quanto sente sua falta. Vá até lá. Daqui a pouco vou servir o café para você.

Respirei fundo, sacodi meu cabelo, que ainda escorria água por causa do mergulho no rio, ajeitei o ombro, empinei o nariz e fui enfrentar o Sr. José Luiz Gomes dos Reis. Quando cheguei à porta da sala de jantar, ouvi meu pai discutindo alguma coisa com minha mãe. Ela parecia muito chateada. Eles não me viram de imediato.

Fiquei observando aquelas duas pessoas que representavam tudo para mim. Minha mãe, ainda tão linda, conservava sua juventude apesar do rosto amadurecido. Morena com seus cabelos lisos pintados em tom de chocolate. As mechas cheias e pesadas caíam brilhantes e sedosas em um suave repicado sobre os seus ombros. A sobrancelha arqueada pelo botox e os traços finos e delicados davam à minha mãe um ar muito sofisticado. Eu invejava o corpo que ela mantinha na idade que tinha, ainda tão lindo. Vestia-se sempre de forma elegante. Eu deveria ter herdado esse dom dela, mas sou um desastre quando o assunto é moda e beleza. Já meu pai tem uma imagem muito aristocrática. Alto, firme, branquíssimo e com o semblante sempre carregado, até mesmo sisudo. Mas, quando sorria, ficava evidente sua beleza, mesmo com os sinais da idade marcando seu rosto. Seus olhos azuis sempre me encantaram, e agora, com boa parte do cabelo preenchido por fios brancos, tinha ficado ainda mais bonito. Só precisava sorrir mais.

Continuei admirando os dois por mais algum tempo, tomando coragem para entrar e contar que tinha voltado definitivamente para a fazenda. Meu pai enlouqueceria com isso, mas não teria como mandar na minha vida. Eu era adulta e dona do meu destino e das minhas escolhas. De repente me dei conta do diálogo tenso que ele e minha mãe mantinham.

— José, eu não aceitarei que faça isso comigo. Estamos casados há tempo demais para você decidir me fazer de idiota com uma menina que tem a idade da sua filha. Não permitirei que as pessoas riam de mim. Tome uma posição definitiva. Do contrário eu pedirei o divórcio e você não me verá mais. Irei embora da fazenda.

— Flor, você está acreditando nas fofocas desse povinho da vila? Você está colocando minha palavra em dúvida? Vou deixar uma coisa bem clara, do meu lado você sai somente para sua sepultura. Não sou homem de ser abandonado pela mulher. E nessa casa quem manda sou eu, nunca mais repita uma loucura dessa, pois sou capaz de enfiá-la em uma clínica para loucos.

— Você não é meu dono. Eu escolhi você, caso não se lembre. Eu tinha muitos outros pretendentes, mas escolhi você, então eu exijo respeito. Caso contrário, eu o deixarei, sim — minha mãe jogou o guardanapo em cima da mesa, levantou, se curvou para que seus olhos ficassem em frente aos do meu pai e concluiu. — Me mate se quiser, mas, se continuar me traindo, você me terá somente em uma sepultura. Não me desafie, José.

Aquilo estava ficando feio. Que hora eu tinha escolhido para chegar!

— Ana Flor! — Meu pai se levantou bruscamente e, antes que a coisa ficasse feia de verdade, resolvi intervir e entrei de repente na sala, sorrindo e dizendo um bom dia bem animado.

— Bom dia, pai! Bom dia, mãe! Que cheiro bom do café da fazenda! Meu estômago está roncando.

— Filha! — Mamãe mudou o semblante na hora em que colocou os olhos em mim. Ela se levantou endireitando o corpo, assumindo sua postura de mulher altiva, e veio me apertar em seus braços. Melhor abraço do mundo.

— Mamãe! Que saudade que eu estava da senhora! Como a senhora está linda! — Ela continuou, segurando as lágrimas que teimavam em querer cair e me apertando no abraço mais aconchegante do mundo.

Foi quando me dei conta de que meu pai estava ali perto, esperando para me cumprimentar. Me soltei do abraço da minha mãe e fui falar com ele.

— Oi, papai! — Ele me deu um beijo no topo da cabeça, me analisou dos pés à cabeça e soltou seu costumeiro resmungo.

— Lírio, o que faz aqui sem avisar? Por que está toda molhada? O que está acontecendo? Sua mãe sabia que você viria e resolveu deliberadamente não me contar?

— Eu estou ótima, papai! Obrigada por perguntar e por me receber tão bem — é claro que estava sendo irônica. — A mamãe não sabia que eu viria. Resolvi fazer uma surpresa já que o Natal, aquela época do ano em que queremos ficar com a família, se aproxima. — Ufa! A ideia de colocar a desculpa no Natal foi providencial. Depois eu veria como contar que ficaria indefinidamente, mas aquela não era a melhor hora.

— É claro que estou feliz em vê-la, minha filha. Só não a esperávamos. E você sabe que não gosto de coisas não programadas.

— Se me programasse, não iria se chamar surpresa, não é, papai? E quanto ao fato de eu estar molhada, é porque eu não resisti em dar um mergulho no rio — sorri, tentando quebrar a tensão do momento.

— Vai acabar adoecendo e não está na capital, onde está acostumada a bons médicos e hospitais. E por falar em bons profissionais, onde está o Antônio? Foi direto para a fazenda do Augusto? — Sabia que ele perguntaria do Antônio. Que coisa mais chata! Fala como se já fôssemos casados.

— Papai, a vida do Antônio é muito corrida por causa do trabalho. Ele não veio comigo — desviei o olhar, para que meu pai não percebesse que eu mentia descaradamente, mas meu olhar cruzou com o da minha mãe. E ela enxergou minha alma, como sempre, e ali eu tive certeza de que ela já sabia que algo não estava bem entre Antônio e eu. Ainda bem que não disse nada, mas tinha certeza de que eu não escaparia de uma conversa mais tarde.

— Lírio, você está me dizendo que encarou a estrada de madrugada sozinha? — papai esbravejou. — Você enlouqueceu, menina? — gritou.

— José, a menina acabou de chegar e está feliz por estar em casa com seus pais. Não é o momento de sofrer por algo que não aconteceu. Graças a Deus ela chegou bem — minha mãe interveio, com a mesma doçura de sempre e obviamente disfarçando a discussão que ela estava tendo com meu pai quando cheguei.

A ignorância do meu pai acabava ali. Por mais que ele fosse um homem duro e controlador, ele tinha sim muito medo de perder minha mãe. Ainda mais naquele momento em que parecia que ela tinha resolvido encará-lo de frente.

Tomei café com eles, contei as últimas novidades da minha vida na capital e falei de Antônio devido à pressão do meu pai. E depois ele nos deixou para ir cuidar dos assuntos da fazenda.

— Mãe, por que vocês ficaram tanto tempo sem me visitar em Belo Horizonte? Depois da Nacional do Cavalo Mangalarga Marchador, não os vi mais. E nos falamos menos ainda por telefone. O que está acontecendo? Aconteceram diversos leilões. Achei que vocês apareceriam e nada.

— Filha, seu pai anda muito ocupado com o haras e você sabe que ele não gosta que eu o deixe aqui sozinho ou viaje sem ele. Mas estou muito feliz que você esteja aqui. Pretende ficar até quando? — Pronto. Sem meu pai ali era o momento ideal para contar meus planos para minha mãe. Ela, sim, iria me apoiar.

— Mãe, meu plano por enquanto é ficar aqui indefinidamente. Ou pelo menos até que eu descubra o que realmente quero fazer da minha vida — ela abaixou a cabeça, dispensou a xícara de café que bebia, apoiou os cotovelos sobre a mesa e cruzou os dedos das mãos, apoiando o queixo. Olhava para mim como se eu fosse um fantasma ou como se eu tivesse dito uma loucura. Essa não era a reação que eu esperava da minha mãe.

— O que foi, mãe? Não é uma boa ideia que eu fique em casa?

— Minha filha, seu pai não permitirá isso. Eu fico feliz que queira ficar em casa por um tempo, mas você sabe como é seu pai. Inclusive ele esperava que Antônio já estivesse preparando o casamento de vocês — disse olhando para mim com um semblante de consternação.

— Mãe… — abaixei os olhos para minhas mãos que estavam em meu colo e continuei. — Eu abandonei o Antônio. Não tenho certeza de que ele seja o homem certo. Eu não o amo o suficiente para querer passar o resto da minha vida ao lado dele — deixei que uma lágrima escorresse do canto do meu olho.

— Minha filha! Apesar de saber que seu pai não aceitará essa situação, eu ficarei do seu lado. Não acho correto que se case sem amor. Mas quero saber uma coisa. Como foi que o Antônio recebeu essa notícia? Afinal, ele sempre demonstrou estar muito apaixonado por você.

— Mãe, quando eu disse que o abandonei foi no sentido literal da palavra. Eu não disse nada para ele. Simplesmente saí no meio da madrugada, da cama dele, sem a menor intenção de voltar. O Antônio é muito controlador. Se eu iniciasse uma conversa, terminaria com ele me dando uma ordem para aceitar o anel de noivado que tentou enfiar no meu dedo ontem. Não daria certo.

— Você e ele já tinham uma vida íntima, de casal? — minha mãe arregalou os olhos. Me sentia na década de cinquenta, quando o maior pecado era fazer sexo antes do casamento.

— Mãe, todo casal de namorados faz isso antes de casar hoje em dia. Qual é o seu problema?

— Não é que exista um problema, minha filha. Eu, particularmente, não ligo mesmo. Mas, se seu pai souber que vocês dormem juntos, ele obrigará você a se casar com o Antônio. Você sabe como ele é tradicional.

— Ele é careta! Isso não existe mais. Além do mais, eu tenho plena certeza de que não sou a única mulher a frequentar a cama de Antônio.

— Ele trai você? — Mamãe parecia mais espantada ainda. Aquilo estava ficando desconcertante e engraçado ao mesmo tempo.

— Mãe, o Antônio é um homem bonito, inteligente, rico e bem-sucedido. Acha mesmo que não tem um fã-clube esperando apenas que ele estale os dedos? Acredita mesmo que ele deixa passar as oportunidades? Claro que não. Não sou tão boba para pensar assim. Apenas ignoro, afinal ele sempre voltava para minha cama mesmo.

— Milha filha!

— É verdade, mãe! Só estou falando o que penso. E é a verdade.

— É melhor continuarmos essa conversa em um outro momento. Não quero que os empregados escutem e isso chegue aos ouvidos do seu pai.

— Por falar em empregados, como sinto falta da dona Helena e sua doçura pela casa!

— Eu me sinto da mesma forma, minha filha. Você sabe que, mesmo sob os protestos do seu pai, a Maria Helena sempre foi minha melhor e mais dedicada amiga. Quando ela adoeceu, passei dias e noites à beira de sua cama no hospital. Mas foi tão rápido. O câncer judiou demais dela. Quando a Helena faleceu, não era nem sombra do que havia sido um dia — vi quando as lágrimas escorreram pelos olhos da minha mãe. — O Joaquim, a Alice e o Heitor sofreram tanto! — Era a primeira vez em anos que eu escutava alguém falando do Heitor comigo e não deixaria a oportunidade passar.

— Como eles estão, mãe?

— O Joaquim continua sendo o braço direito do seu pai aqui na fazenda. A Alice ainda estuda e há algum tempo me pediu um trabalho aqui em casa, pois quer juntar dinheiro para viajar para fora do país. O Joaquim não gostou da ideia, mas como você me conhece, apoio os sonhos de todo mundo, então acabei dando um trabalho para ela. Tarefas leves, até porque ainda é muito jovem. Alice é como uma filha para mim, então ela está sempre por perto, me ajudando com as minhas coisas pessoais. A menina chega no horário do almoço, depois da escola. Você vai gostar muito dela, é uma garota boa, muito bem-criada — foi irônico notar que minha mãe desviou da conversa para não falar de Heitor.

— Tenho certeza de que vou gostar muito da Alice. Mas, e o Heitor? A senhora sabe dele? Ainda mora aqui nessas bandas ou foi embora de vez? — Minha mãe suspirou fundo, mas eu queria muito saber dele.

— Heitor se formou em Zootecnia pela Universidade Federal de São João del-Rei. Até onde sei, ele se especializou em genética e melhoramento animal de grande porte. Dizem que é um excelente profissional da área. Aqui na região todos os donos de fazendas e haras o procuram. Até seu pai já o contratou algumas vezes.

— Sério? O papai deu o braço a torcer e se relaciona com Heitor?

— Não é relacionamento, filha. É trabalho. Eles não se toleram muito. Você sabe…

— E Heitor já se casou? Você sabe algo a respeito disso?

— Por que o interesse? Não acha que já vai ter problemas demais com seu pai? Agora isso também? Pensei que Heitor tinha ficado no passado.

— Não quero saber dele com esse tipo de interesse. Fomos amigos durante anos. Quero saber dele com a mesma saudade que sinto da Lurdinha — foi só tocar no nome da Lurdinha para minha mãe estampar o mau humor no rosto.

— Heitor não está casado, mas acho que namora com essa menina aí, essa Lurdinha. Seu pai sempre esteve certo sobre essa menina, ela não presta — não fiquei muito feliz em saber do namoro de Heitor e Lurdinha, mas eu não podia cobrar nada, afinal estava quase casada com Antônio. Quase.

— O que tem a Lurdinha? Tudo bem que ela sempre foi maluquinha, mas daí dizer que ela não presta é demais, não acha, mãe? A Maria de Lourdes sempre foi minha amiga. Ficarei feliz de me reencontrar com ela. Tem notícias de onde eles vivem? Heitor e Lurdinha? — E lá estava, um bico emburrado no rosto lindo da minha mãe e, o mais esquisito, em seus olhos havia mágoa. Eu não estava entendendo nada.

— Até onde sei os dois vivem em São João del-Rei, em casas separadas, mas o Heitor está sempre por aqui, trabalhando em uma fazenda ou outra. Ele também viaja muito, dizem que o trabalho dele é reconhecido em vários estados. Essa Lurdinha é formada em Pedagogia e leciona em uma escolinha infantil particular, o que eu acho um absurdo. Uma moça com a índole dela trabalhando com crianças!

— Mãe! — eu a repreendi. — Não é para tanto. A não ser que tenha acontecido algo que eu não saiba. Mas é a cara da Lurdinha trabalhar com crianças. Ela sempre teve energia e gostou muito de crianças. Deve estar feliz.

— E você, minha filha, quando a verei feliz de verdade?

— Assim que eu me encontrar, mãe. E foi por isso que voltei. Este aqui é o lugar onde mais tenho certeza de quem eu sou — ela sorriu orgulhosa. Minha mãe também sempre gostou muito da fazenda.

Terminamos nossa conversa e subi para meu quarto. Precisava descansar um pouco. Meu quarto estava como sempre o deixei, acho que minha mãe o mantinha assim para matar a saudade que sentia de mim. Ela estava bastante feliz por eu estar de volta, devia se sentir muito sozinha desde que a dona Helena morreu. Se bem que a Alice fazia companhia e eu tinha ficado muito feliz em saber disso. Se a menina tivesse o mesmo caráter que o irmão, era maravilhosa.

Tomei um banho rápido, coloquei um pijama e pulei na cama. Peguei meu celular para enviar uma mensagem para Clarinha e Roberta avisando que tinha chegado bem e liguei a rádio local para saber notícias das redondezas. Para minha surpresa, a música que preencheu o quarto foi "Por te amar assim", de Marlon e Maicon. Nada podia me lembrar mais do Heitor. Que droga! O que era aquilo? Um aviso? Um sinal?

Então, Lurdinha tinha finalmente fisgado o Heitor. Se bem que a preferência dela sempre foi por Antônio. Eu nem tinha o direito de sentir ciúme. Que merda fiz com minha vida durante todos aqueles anos? A vida de todo mundo seguiu em frente e a minha ainda estava estagnada em um beijo no escuro de uma estradinha de terra. Droga!

E foi ouvindo aquela canção, que me tocava nas feridas da minha alma, que adormeci abraçada à saudade de algo que realmente eu nunca tive e que provavelmente não tinha mais o direito de querer.

3

ANTÔNIO

Acordei com o maior sorriso de satisfação no rosto. A noite tinha sido melhor do que havia planejado. Virei para o lado para agarrar minha Lírio em um abraço gostoso e quem sabe convencê-la a começarmos o dia melhor do que a noite havia terminado. E, para minha surpresa, encontrei um espaço vazio ao meu lado na cama. Onde ela estava?

Não acreditava que ela tinha saído da cama sem me acordar, ela sabia que eu odiava isso. Detestava acordar sozinho quando ela estava comigo. Ela devia estar tomando banho. Tudo bem, podia aproveitar a situação. Nada melhor do que a Lírio molhadinha de café da manhã. Levantei bastante animado e fui a caminho do meu banheiro.

— Lírio, princesa?

Uai! Nada dela. Banheiro vazio. Meu coração começou a sacudir dentro do peito. Será que eu havia pegado pesado demais com ela na noite passada? Droga! Mas ela sempre curtiu um BDSM. Procurei minha mulher por todo o apartamento e nada. Aí bateu o desespero. Peguei o telefone e liguei para o celular dela, mas estava desligado. Liguei para o apartamento dela e a Clara atendeu.

— Clara, bom dia. É o Antônio. Chama a Lírio, por favor.

— Oi, Antônio. É... Vai ser meio impossível atender seu pedido.

— Clara, eu preciso falar com ela agora. É muito urgente. Se ela estiver dormindo, vá lá e a acorde.

— Antônio, não posso ir acordar a Lírio, porque ela não está aqui.

— O quê? — gritei ao telefone. — Não brinca comigo, Clara.

— Ela não mora mais aqui Antônio. Lírio voltou para a fazenda. Achei que ela tinha falado com você ontem. Antônio? Antônio? Ainda está aí? Antônio?

Desliguei sem nem ao menos me despedir. Naquele momento as regras de educação eram no que eu menos pensava. Que porra a Lírio tinha feito? Liguei mil vezes no celular dela e deixei outras mil mensagens no WhatsApp. Que droga! Mas não ficaria do jeito dela! Não sou homem para ser deixado.

Tomei uma ducha rápida e decidi o que fazer. Se a Lírio achava que podia me dispensar, depois de anos, ela estava completamente enganada. Quando entrei em meu quarto notei no chão, ao lado da cama, um papel junto ao anel de noivado. Devia ter caído. Desgraçada! Deixou um bilhete de despedida? Que porra era aquela? Abri o papel e lá estava aquela letrinha feminina me dando uma rasteira sem a menor piedade:

"Antônio,

Eu sei que você deve estar decepcionado e muito chateado comigo, mas eu precisava assumir as rédeas da minha vida. Você sabe que nunca foi minha intenção vir para a capital, eu jamais pensei em sair da fazenda, meu mundo é lá. E quando você veio com esse anel e o pedido de casamento, eu simplesmente me desesperei. Eu não tenho certeza de que é você. Na verdade, nunca tive essa certeza. Preciso de um tempo. Preciso me conhecer. Preciso tomar as decisões por mim mesma. Eu preciso de tempo. Quando eu me sentir inteira, completa, satisfeita, eu o procurarei e você saberá o que eu decidi. Enquanto isso, toque a sua vida sem mim. Faça o que tiver de fazer. Eu só desejo o melhor para você. Afinal de contas, sempre seremos amigos, melhores amigos. Sempre. Um beijo!

Lírio."

O bilhete tinha um motivo com nome e sobrenome: Heitor Domingos. E se ela pensava que podia me largar para ficar com ele, estava totalmente enganada.

Eu sabia exatamente o que fazer, ela seria encurralada. Não teria escapatória. Só precisava fazer uma ligação...

— Alô!

— Felipe? Chama o pai!

— Antônio? Brother? Cara, que saudade! Eu estava mesmo falando com o pai que queria ir à Belo Horizonte te ver e...

— Felipe, não estou com tempo para isso. Chama o pai agora.

— Que mau humor! Não sei como a Lírio aguenta você!

— Caralho, Felipe! Eu só pedi para passar a porra do telefone para o pai!

— Tudo bem, apressadinho! Vou passar a ligação para o escritório, o pai está lá. Vê se aparece, estamos com saudade, a Crystal só fala em te ver. Lembre-se de que ainda tem uma família aqui.

Respirei fundo. Felipe, meu irmão mais novo, não tinha nada a ver com as merdas que a Lírio fazia. Me despedi dele de forma mais educada e esperei meu pai atender a ligação.

— Meu filho querido! Quanta saudade! Que bom que se lembrou de que tem um pai aqui no meio do mato — senti a voz do meu pai bastante embargada pela emoção, sabia que fazia tempo que não o visitava. Fazia tempo que não via nenhum deles.

— Oi, meu pai! Sinto saudade também, mas estou trabalhando muito, o senhor sabe que tenho meus planos e que eles são grandiosos. Mas, para que eles aconteçam, preciso me dedicar ao trabalho de forma árdua.

— Sim, meu filho. Eu entendo. Mas, me diga, a que devo essa ligação? Está precisando de alguma coisa? Aconteceu algo? Como posso ajudá-lo, meu filho?

— Pai, a Lírio e eu decidimos nos casar.

— Antônio, mas essa notícia é maravilhosa! Esperávamos por isso há tanto tempo! Precisamos comemorar! Venha à fazenda! Vamos nos reunir com meu compadre José para festejar. Faço questão de fazer uma festa para deixar essa vila de boca aberta!

— Calma, pai. A Lírio e eu programamos algumas coisas e eu preciso da ajuda do senhor para que tudo seja perfeito.

— Diga, meu filho! Farei tudo que precisar.

— Com relação ao casamento civil, eu mesmo me encarregarei de dar entrada com os documentos em um cartório em São João del-Rei para o processo de habilitação judicial. Conheço o juiz aí e ele facilitará as coisas para mim e, de toda forma, o processo leva cerca de trinta dias, mas terei de encontrar uma forma de acelerar o passo com tudo isso. Pedirei que o juiz realize o casamento na fazenda Santa Maria, como a Lírio deseja. O que peço que o senhor faça por mim é dar entrada com os proclames matrimoniais na Igreja de São Francisco de Assis e que peça ao padre Quirino, que nos batizou, que realize o casamento religioso também na fazenda. Combine tudo com ele. É preciso total sigilo da igreja e do padre, pois faremos uma surpresa aos pais da Lírio. Inclusive, ela não sabe que o senhor já está ciente do casamento, meu pai. Portanto, se encontrar com a Lírio não comente nada, ela acha que eu estou cuidando de tudo pessoalmente e ficará chateada se souber o contrário. Sabe como são as mulheres. Não comente nada por aí, nem mesmo com meus irmãos e sua esposa. Será uma grande surpresa para todos!

— Como eu encontraria com a Lírio? Ela não está aí com você?

— Não, pai. A Lírio foi descansar na fazenda. E também ela já quer cuidar de tudo para nos casarmos pouco depois do ano novo, talvez mais para o fim de janeiro por causa da burocracia dos proclames.

— Entendo, filho. Com relação ao que me pediu, considere feito. Não terei problema em pedir sigilo ao padre Quirino. Tem muito dinheiro meu nas obras daquela igreja, tenho certeza de que ele ficará feliz em nos atender e realizar o maior casamento que essa região já teve.

— Enviarei meus documentos e os da Lírio por e-mail, para que arrume tudo no escritório da igreja — agradeci aos céus nesse momento por ter cuidado das finanças da Lírio em todos esses anos. Sendo assim, sempre tive acesso aos documentos dela e tenho cópias autenticadas guardadas comigo.

— Tudo bem, meu filho. E você, quando vem?

— Para o Natal, meu pai. Estarei aí para o Natal. Não conte à Lírio. Ela acha que não poderei ir e farei uma surpresa para ela. E prepare uma ceia farta e maravilhosa para recebermos alguns amigos mais íntimos e a família da Lírio.

— Você está realmente apaixonado não é, meu filho?

— Sempre estive, meu pai. Desde sempre.

Me despedi e segui com meu plano. Agora eu precisava organizar tudo e, claro, ligar para o Sr. José Luiz. Teria de ser para o celular dele, para que ninguém naquela casa soubesse que eu estava ligando para lá. Torcia para que a sorte estivesse do meu lado e que ele estive sozinho para atender minha ligação. Lírio não me escaparia. Não mesmo!

— Alô! Antônio, meu filho! O que está fazendo ainda em Belo Horizonte? A Lírio já chegou aqui e está bem. Não sei como você deixou aquela menina pegar estrada de madrugada!

— Como vai, Sr. José Luiz? O senhor sabe como a Lírio é, ninguém segura essa mocinha quando coloca algo na cabeça. Ela estava com muita saudade de vocês e queria passar o Natal aí na fazenda. Mas, me diga uma coisa, o senhor está sozinho nesse momento?

— Estou sim, filho. Aconteceu alguma coisa?

— Não exatamente. Eu precisava pedir algo ao senhor, mas como é uma surpresa para a Lírio, não queria que outra pessoa soubesse.

— Diga, Antônio! Estou bastante curioso.

— A Lírio e eu decidimos que enfim chegou a hora de nos casarmos.

— Mas essa notícia é maravilhosa!

— Pois é. Como o senhor sabe, recebi o convite do escritório de advogados mais renomado do país, que tem sede em São Paulo e, portanto, a Lírio vai comigo, como manda os bons costumes, devidamente como minha senhora. E tenho muito orgulho disso.

— Meu filho, vocês dois já têm minha bênção há vários anos.

— Eu sei e fico feliz com a confiança que deposita em mim, me entregando sua filha para fazê-la feliz.

— Como sabe, Antônio, não tive a felicidade de ter outros filhos, muito menos um filho homem. Ficarei muito satisfeito em saber que será você a cuidar das minhas terras, do meu haras e da minha fortuna quando eu não estiver mais aqui. E que, posteriormente, meus netos herdarão tudo isso que levei toda uma vida para construir. Fico mais feliz ainda em saber que será um homem como você que cuidará de minha filha. E, se eu faltar antes da hora, que cuidará também da minha esposa. As mulheres jamais saberão o que fazer com o dinheiro e você foi criado para assumir a fortuna do seu pai e saberá fazer o mesmo com a minha. Esse casamento unirá duas famílias tradicionais muito importantes. Como estou satisfeito!

— Fico honrado com suas palavras, meu sogro. E prometo fazer jus a tanta confiança e respeito. Tem minha palavra, meu compromisso e, o mais importante, a certeza do meu amor pela sua filha.

— Certo, filho. E como posso ajudá-lo?

— Bom... A Lírio acha que não poderei passar o Natal com vocês, mas é claro que eu jamais faria isso. Apenas quero surpreendê-la. Quero aproveitar a ceia para formalizar nosso casamento então gostaria que esse ano passassem o Natal na fazenda de meu pai.

— Mas é claro que sim, meu filho!

— E por favor, Sr. José Luiz, não deixe a Lírio saber que já contei ao senhor. Não deixe ninguém saber, nem mesmo em minha casa e nem a sua senhora. Será uma surpresa para todos e nós mesmos queremos ter a felicidade de fazer o comunicado.

— Não se preocupe com isso, Antônio. Mas me faça mais feliz ainda, vocês já têm uma data para o casório? Porque precisarei organizar uma festa à altura do acontecimento.

— Então, o senhor pode se apressar, pois pensamos em nos casar em sua fazenda até o fim de janeiro. Tirarei férias e pretendo retornar direto para assumir meu novo emprego em São Paulo. Já estou, inclusive, comprando uma casa lá à altura da sua filha.

— Está brincando?

— De forma alguma brincaria com um assunto tão sério e importante para mim.

— Mas como...?

— Não se preocupe, sogro. Os trâmites legais estão por minha conta. Se organize apenas para a festa.

— Estou tão feliz!

— Eu também, meu sogro. Eu também!

Nunca me senti tão perverso e manipulador. Ao desligar aquela ligação eu tinha mudado toda a vida da Lírio sem que ela pudesse se dar conta. Mas eu precisava correr contra o tempo, ainda faltavam diversas providências a tomar. E uma delas eu resolveria imediatamente.

— Alô! Dr. Antônio?

— Você está acompanhada, Sueli?

— Sim, doutor. Em que posso ajudar?

— Vá imediatamente para um lugar onde não precise conversar comigo como uma secretária. Eu preciso falar com você... Pedir uma coisa... Na verdade, duas.

— Sim, senhor. Um momento, por favor. — Percebi que Sueli falava com alguém, pedia licença. Depois de um tempo, que mais pareceu uma eternidade, ela voltou a falar comigo.

— Podemos falar agora, Antônio.

— Com quem você estava?

— Meus pais, Antônio. Caso não tenha se dado conta, é fim de semana.

— Não seja ridícula! E chega de enrolação. Escute bem o que vou pedir porque não admito falhas. Do contrário, esqueça que irá comigo para São Paulo.

— Peça, Antônio!

— Você está cansada de comprar presentes para a Lírio, já que eu não tenho tempo, nem lembro dessas datas idiotas, então suponho que você tenha todas as medidas dela e a numeração de roupas.

— Sim, tenho — respondeu emburrada.

— Quero que compre um vestido de noiva, o mais caro e especial que encontrar. Um que sirva perfeitamente na Lírio.

— Para que um vestido de noiva? — perguntou totalmente surpresa.

— Para limpar o piso do escritório, Sueli. Para que serve um vestido de noiva? Para casar, sua burra!

— Ela aceitou? Vocês vão se casar? Mas eu achei que…

— Sueli, não pago você para ficar de "achômetro" com minha vida. Detenha-se às minhas ordens, apenas. Quero um vestido deslumbrante. Precisa ser de um tecido leve e rendado, já que nos casaremos no campo. E lembre-se de que Lírio gosta de coisas simples, porém não precisa deixar de ser chique.

— Mas Antônio…

— Anotou, Sueli?

— Sim. Para quando?

— Essa semana?

— Você enlouqueceu? Onde conseguirei um vestido tão específico em uma semana?

— Com dinheiro se consegue tudo, minha querida. Tudo. É hora de provar que você é realmente eficiente e fará falta em minha vida em São Paulo.

— Tudo bem, Antônio.

— Agora meu segundo pedido, aliás, uma ordem. Venha para meu apartamento em uma hora. Quero foder você. Preciso relaxar da tensão de toda essa novidade de casamento.

Sueli ficou totalmente em silêncio do outro lado da linha. Eu a conheço perfeitamente bem para saber que ela estava se roendo de ódio e de desejo ao mesmo tempo e isso me excitava ainda mais.

— Estou a caminho — foi tudo que ouvi. Elas sempre vêm. Sempre.

Meu plano era perfeito. Com tudo organizado e o pai dela me apoiando, Lírio jamais teria coragem de declinar o meu pedido. Ela seria minha, como estava escrito desde sempre. Como sempre foi. Eu a amo e não existe outra mulher mais perfeita para estar ao meu lado, cumprindo o papel de minha esposa. Todas as outras são apenas diversão. Lírio é a única constante, a única que sempre fica. Só ela. Minha. E eu não podia acreditar que ela havia me abandonado feito um cachorro. Que não me amava mais. Aquilo doía, mas eu podia reverter essa situação. Sempre fui dono do meu destino e isso não mudaria agora.

Fui até a sala pegar uma bebida enquanto esperava Sueli. Liguei o som e não tinha música mais conveniente: *Um homem também chora* de Bred & Breno:

> "HOJE EU OLHO PRO MEU LADO E NÃO TE VEJO
> CORPO QUEIMA DE DESEJO, DESCOBRI NAQUELA HORA
> UM HOMEM TAMBÉM CHORA, UM HOMEM TAMBÉM CHORA.
> UM HOMEM TAMBÉM CHORA QUANDO SE ENCONTRA
> FRENTE A FRENTE COM A SOLIDÃO"

4

HEITOR

— *Lurdinha, acorda!* Você vai perder o horário. Precisa ir, as crianças daqui a pouco estarão chegando à escolinha e você ainda estará aqui. Acorda, Lurdinha!

— Jura que já é segunda, gato? — ela me respondeu com a cara mais preguiçosa do mundo e se enfiou embaixo do meu lençol novamente.

Puxei o lençol e fiquei olhando aquela pele alva e os fios dourados dos seus cabelos espalhados em meu travesseiro, com aquele corpo cheio de curvas. Lurdinha tinha ficado linda com o passar dos anos.

— Levante-se. O café está pronto. Estou esperando por você na cozinha. Não demore!

Eu me sentei à mesa e fiquei lendo o jornal enquanto esperava por Lurdinha. Sempre abria a coluna social do jornal da capital, era um tipo de tortura, porque quase sempre ela estava lá, acompanhada do namorado. Eu me forcei a esquecer a Lírio, mas aquele único beijo torturava meus pensamentos e sentimentos até hoje.

Ouvi um sorriso serelepe e já sabia que Lurdinha estava no ambiente. Aquela menina era a felicidade em pessoa. Não éramos namorados de verdade, mas as noites com ela pegavam fogo e eu precisava me aliviar, já que não tinha interesse em nada sério. Mas nunca escondi isso dela ou prometi qualquer coisa que lhe fizesse ter esperanças. No fim, Lurdinha queria o mesmo que eu: sexo de qualidade com gente de confiança. Levantei os olhos do jornal e esbocei um sorriso pela transformação de mulher fatal na professorinha de escolinha infantil.

— Que é? Tem algo de errado comigo? — sorriu de forma leve e divertida. Não tinha tempo ruim com Lurdinha.

— Nada de errado, gostosa! É engraçado ver você vestida como uma menina depois de tudo que fizemos à noite — lá estava ela na minha frente, com as mãos enfiadas no bolso de uma jardineira jeans folgada, tênis nos pés, uma blusa ciganinha cheia de flores e um rabo de cavalo mal feito que completava o visual. Sem maquiagem, as únicas coisas que me lembravam a Lurdinha que estava na minha cama eram aqueles olhos azuis enormes e sedutores e aquela boca sexy pra caralho.

— O que você esperava, gato? Vou dar aula para crianças, não tentar seduzir os pais delas. Se bem que há alguns que me tiram o ar, viu! — aquela gargalhada outra vez. Ela me divertia, tinha que confessar. A doida da Lurdinha me divertia muito, em vários sentidos!

— Toma logo seu café. Vou deixar você na escolinha e depois tenho que atender um criador de cavalos que vem de Lavras para conversar comigo sobre a reprodução e melhoramento de um cavalo campeão.

— Ai que nojo, Heitor! Precisa falar desse assunto à mesa?

— O que tem isso? É meu trabalho.

— É um trabalho nojento — Lurdinha fez aquela carinha de nojo muito engraçada.

— É nada! Termina logo seu café, você vai nos atrasar.

Depois de deixar Lurdinha na porta da escolinha infantil onde ela trabalhava, fui direto para a universidade, onde eu estava desenvolvendo um projeto de melhoramento de animal com alguns alunos em fazendas aqui da região. Afundar-me no trabalho foi a forma que arrumei de fugir dos meus pensamentos e desejos. Desde que fui embora da Fazenda Santa Maria, estudei feito um louco e me apaixonei ainda mais pelos animais de grande porte. Não podia ter escolhido outra profissão.

— Bom dia, Cristina! Algum recado?

— Sim, senhor professor. Aquele senhor da criação de cavalos Mangalarga Marchador o aguarda em sua sala.

— Ah, vai, Cristina, chega dessa formalidade. Por favor, me chame de Heitor e pronto, tudo bem? — ela sorriu para mim. Cristina era minha assistente, uma aluna exemplar e uma jovem muito bonita.

Entrei em minha sala e lá estava um senhor simpático de idade já avançada esperando por mim.

— Bom dia, senhor Alfredo Guerra. Peço desculpas pelo meu atraso, isso normalmente não acontece.

— Bom dia, doutor! Fica tranquilo, meu filho. Cheguei há pouco tempo e aquela mocinha bonita lá fora até me serviu um cafezinho muito bom. — Foi impossível não sorrir da simplicidade do senhor que estava à minha frente.

— Sr. Alfredo, não precisa me chamar de doutor. Pode me chamar apenas de Heitor.

— Uai, filho, mas achei que você fosse uma espécie de médico dos bichos. — Acabei soltando uma gargalhada.

— Neste caso eu estaria mais para um cientista maluco de bois, vacas e cavalos — rimos juntos.

— Mas diga o que trouxe o senhor aqui.

— É o seguinte, filho. Eu tenho uma égua premiada demais da conta. Ô animal bonito! Mas ela está ficando velha e queria que ela reproduzisse da melhor forma possível. Até comprei o tal do esperma de um cavalo premiado de uma fazenda ao lado da minha, mas penso que precisarei de ajuda para coletar o material e fazer o tal cruzamento. E tudo que é site que minha filha entrou só fala de você. Parece que você é realmente muito bom no que faz.

— Se estão dizendo, Sr. Alfredo, talvez eu seja. Mas terei de ir até sua fazenda e à fazenda do cavalo doador para ver a condição dos dois animais, para depois concluir se o que me pede pode ser feito e ser bem-sucedido ou não. Compreende?

— Compreendo sim. E está fácil porque as fazendas ficam aqui perto de São João del-Rei.

— Então, Sr. Alfredo, podemos fazer quase milagres hoje em dia com o melhoramento animal. É importante que os senhores criadores compreendam que não basta apenas investir em boas pastagens para a criação, suplementação mineral e alimentação adequada. É importante também a preocupação com o valor genético dos animais para obter respostas satisfatórias com a criação.

— É isso que minha filha Ângela sempre me fala. Ela diz que o animal é aquilo que herdou de sua genética. Tem aquilo que lhe é dado, como higiene, abrigo, alimentação, que são importantes para sua saúde e desenvolvimento. E ele será aquilo que produzir, que no meu caso são as competições e venda de material genético ou venda do próprio animal.

— Sua filha é zootecnista?

— Não, filho, ela é veterinária. E gosta mais de lidar com animais domésticos de pequeno porte.

— Entendo.

— E o investimento é muito alto, filho?

— Depende do que faremos. Na verdade, os artifícios são simples, não há gastos astronômicos, muito menos a necessidade de recursos sofisticados. Normalmente o ganho genético é compatível com os investimentos realizados.

— Tenho uma dúvida. O melhoramento não é feito somente entre raças diferentes? Porque gosto dos meus cavalos Mangalarga Marchador puros.

— Não, Sr. Alfredo. Podemos fazer o melhoramento com animais de origens diferentes, com animais de qualidade superior aos seus. Por isso, antes de fazer o cruzamento, procuro conhecer a procedência genética e as condições físicas e de saúde do animal doador de material genético. O meu trabalho é buscar a maior produtividade possível.

— E você tem conseguido atingir seus propósitos, filho?

— Acredito que sim. Há algum tempo atendo uma fazenda de gado de corte no sul do país. Meu objetivo era conseguir reunir, através do cruzamento, o aumento da taxa de concepção; produção de novilhos mestiços com grande procura no mercado; menor taxa de mortalidade; maior precocidade reprodutiva; diminuição de problemas no parto; maior produção de leite e carne; maior longevidade ou vida útil; maior adaptação às condições adversas; maior velocidade de crescimento; absorção de uma raça em outra mais produtiva; aumento da fertilidade e até a criação de uma nova raça de cavalos. E todos esses objetivos estão sendo atingidos ao longo do tempo.

— Isso parece brincar de Deus, filho. Tem alguma desvantagem nessa bagunça toda?

— No caso da fazenda do gado de corte, perdemos a uniformidade da pelagem dos animais e foi preciso contratar mais mão de obra especializada, o que gerou um custo. Nada disso aconteceria em seu haras, porque não cruzaríamos animais de raças diferentes. Ainda assim o benefício e o lucro foram bem maiores para essa fazenda de gado de corte. E não, Sr. Alfredo, eu não brinco de Deus. Eu dou uma aperfeiçoada nas maravilhas que ele criou.

— E como é o processo todo? — ele me questionou, bastante interessado em entender as técnicas de melhoramento animal.

— Como disse anteriormente, o primeiro passo é conhecer os animais que cruzaremos. É feita uma seleção criteriosa. Afinal queremos o melhor do melhor, não é isso? Acredita que até o clima da região onde o animal vive conta? Em seguida são feitos o preparo e o cruzamento. Como o senhor disse que sua égua está velha, no lugar do acasalamento natural eu recomendaria provavelmente a inseminação. Seria mais seguro e eficaz. E o mais importante, precisamos avaliar se realmente a sua matriz, ou seja, a sua égua, ainda tem habilidade materna, do contrário, todo o dinheiro investido no processo seria jogado fora.

— Filho, é muita informação.

— Mas na prática é simples, Sr. Alfredo. Vamos agendar uma visita à sua fazenda e à do doador?

— Claro!

— Então, eu vou pedir ao senhor para ir lá fora agendar com aquela moça bonita que o recebeu e nos vemos em breve em sua fazenda. Foi um prazer conhecer o senhor!

— A alegria foi minha, filho. Nos vemos muito em breve. Até!

O dia seguiu a galope. Já era mais de dezenove horas quando me dei conta de que ainda estava ali, enfiado em minhas pesquisas. Estava sozinho, perdido em meus pensamentos. Digitava uma pesquisa no banco de dados da universidade quando uma corrente elétrica atravessou meu corpo e um arrepio tomou conta de mim. Meus dedos congelaram no teclado, mas não precisei tirar os olhos da tela do computador para ver quem tinha entrado em minha sala. Meu coração disparou com a possiblidade tão real. Tentei me controlar, porque sabia que um dia isso aconteceria, mas não estava pronto, nunca estaria. Então meu cérebro resolveu me lembrar de sua função mais vital… E eu respirei.

— Como vai, Lírio?

— Como sabia que era eu? Nem fiz barulho.

Girei com minha cadeira só para perder os sentidos mais uma vez. Como ela poderia estar mais bonita do que já foi um dia? Quanto tempo eu não a via? Um século? Meu Deus, me ajuda!

Ela enfiou as mãos nos bolsos e corou, ficando ainda mais linda.

— É bom ver você depois de tanto tempo, Heitor — e sorriu com aquele sorriso de lado, quase fechando um dos olhos. Aquilo ainda me matava. — Parece que você é uma celebridade por aqui.

Levantei porque o espaço estava ficando pequeno para mim. Tentei ignorar a presença dela ali e comecei a organizar minhas coisas para ir embora. Eu tremia tanto que tive medo de sair derrubando tudo feito um adolescente idiota.

— É sério isso, Heitor? Vai ficar aí me ignorando? Fico anos sem te encontrar e… não mereço um abraço?

— Como você me encontrou aqui, Lírio? — precisava ser ríspido com ela, comigo mesmo. Só assim para me controlar. Se eu a tocasse, não poderia parar.

— Sua irmã. Esqueceu que ela trabalha lá em casa? Na verdade, não trabalha. Minha mãe meio que a adotou. Todos gostam muito dela por lá. Sinto falta da sua mãe...

Deus! Faça-a parar, se calar, ir embora.

— Lírio, eu preciso ir, estou atrasado para...

Antes que eu concluísse a fala, braços delicados circularam meu corpo e uma respiração agitada aqueceu minhas costas.

— Está atrasado para quê? Hein, Heitor? Para encontrar com sua namorada? Lurdinha? Ao menos tenha a decência de olhar nos meus olhos e dizer que está feliz com meu retorno. Eu não voltei para interferir na vida de vocês dois. Apenas quero recuperar meus amigos.

— E seu namorado? Não veio com você me visitar também?

— Não estou mais com Antônio.

Achei que meus ouvidos ou meu cérebro me enganavam com aquelas palavras. Girei nos braços de Lírio, apertei sua cintura e olhei em seus olhos. Fiz a expressão mais confusa que me rosto conseguiu.

— É, Heitor, terminei com ele antes de voltar.

— Lurdinha não é minha namorada. A gente tem um lance, nada de compromisso — não sei porque senti necessidade de me explicar. Talvez porque naquele momento eu acreditasse que isso fizesse alguma diferença. A merda chamada esperança!

Abracei a Lírio. Na verdade, minha brutalidade a sufocou e a tirou do chão. Eu ainda era o mesmo que ela conhecia. Mas ela tinha mudado e muito. Estava mais firme, mais decidida, parecia mais forte, mais mulher. E definitivamente tinha se transformado fisicamente. Os cabelos estavam curtos, lisos e mais escuros. Ela ainda era magrinha, mas agora tinha curvas, deliciosas curvas que se encaixavam tão bem em mim! Ela está linda!

— Quer dizer que você trocou os cavalos por um laboratório, peão? — mordeu o lábio, me proporcionando aquele sorriso tímido de lado, que me matava desde... desde sempre.

— Não exatamente. Isso aqui é só o protocolo do meu trabalho. Ainda lido muito com os animais que tanto amo. Sempre foram minha paixão.

— Então você ama o que faz?

— Muito.

Lírio começou a remexer de um canto ao outro, olhando minhas planilhas nos painéis da parede e as fotos de matrizes e doadores com os quais eu estava trabalhando recentemente. Por fim parou, me olhando com a cabeça de lado, e me perguntou como era o meu trabalho.

— Basicamente, Lírio, eu transformo as próximas gerações dos melhores animais em melhores ainda. Trabalho com produção animal. Na verdade, me envolvo desde a produção até a comercialização do animal, tornando o processo mais eficaz. Minha área de especialização é em reprodução e melhoramento genético. Além de considerar a sustentabilidade econômica e ambiental, quero sempre um animal com qualidade e biossegurança. Em resumo, me preocupo com o bem-estar do animal, como sempre fiz.

Ela me olhava com fascínio, como uma aluna no primeiro dia de aula. Deus! Aquilo me desconcertava, me alucinava. Trazia de volta todos os sentimentos que deixei guardados por tantos anos.

— É, peão, para quem achava que não seria alguém na vida, parece que você ficou bem grande, hein! Estou aqui perdida na sua explicação.

Aqueles lábios sorrindo para mim. Eram tentação demais. Demais para um homem com uma essência rústica como a minha. O animal dentro de mim estava a ponto de rasgar as roupas e montar na égua bem à frente. Puta que pariu! Como me segurar?

— Lírio, eu realmente preciso ir. Agradeço a visita. Fico feliz com sua volta, mas tenho que ir. Vida que segue, não é mesmo?

— Pensei que poderíamos sair. Fazer alguma coisa juntos. Quer dizer... Você, a Lurdinha e eu. Em nome dos velhos tempos.

— Velhos tempos? Olha Lírio, a Lurdinha tem a vida dela e não a vejo sempre, não sei se ela já tem planos para hoje.

— E você?

— Eu preciso rever uma documentação em casa de umas vacinas que preciso solicitar com urgência em um laboratório em São Paulo.

— Tenho certeza de que isso pode esperar uma horinha.

— Lírio, vamos ser diretos, essa é uma cidade pequena, que sofre influência do seu pai. Não que isso tenha importância para mim, mas acho que para você sim. E acredito que ele não deseja que sua filha saia com um ex-peão da fazenda dele.

— Como é? Escuta aqui, Heitor, caso não tenha notado, eu já sou uma mulher e tomo as minhas próprias decisões. O que meu pai deseja não interfere nas minhas vontades. E gostaria que não interferisse nas suas também.

— Não estou pensando nele, Lírio. E sim em você. As pessoas falam. Seria questão de minutos para a notícia chegar à fazenda.

— Eu pago para ver. Você não?

E sorriu me desafiando.

— Nunca tive medo do seu pai, tenho respeito. Ele sempre ajudou muito a minha família nos momentos mais difíceis. Tanto que meu pai, por uma questão de honra e lealdade, preferiu não largar seu trabalho na fazenda Santa Maria. E minha irmã… Bom, é como você mesma disse, ela colocou a sua mãe no lugar da minha. Ela ainda sofre muito, sente saudade, então respeito essa decisão e essa relação. Mas nunca fingi que gostava do seu pai. E nunca fui amigo da sua família.

— Sinto falta da dona Helena. Na verdade, sinto falta do carinho da sua mãe, das conversas com ela, dela me ensinando a cozinhar e da comida dela… O que era aquilo! Só delícias saíam daquelas mãos de fada.

— Sim, Lírio, minha mãe era especial e ela sentiu sua falta quando você partiu. Ainda sinto saudade dela. E sinto muito pelo tanto que ela sofreu em seus últimos meses. Aquela doença acabou com a alegria de viver que ela sempre teve.

Em um segundo Lírio estava frágil, feminina. No outro segundo, estava dependurada em meu pescoço, me consolando, como se fosse a mais forte. Me dei conta do cheiro que invadiu minhas narinas e meus sentidos e tomei completa consciência do seu corpo encaixado ao meu. Sonhei e desejei tanto esse dia que por um momento achei que fosse apenas um delírio da minha cabeça.

Mas toda a realidade caiu sobre mim quando ela passou as unhas na minha nuca e beijou o meu pescoço bem em cima da jugular, onde o sangue corria quente e desesperado. Os sentidos se perderam e tudo que percebi foi minha ereção tomando proporção e doendo na minha calça. Droga! Meu parco controle foi por água abaixo.

— Lírio, me solta. Precisamos ir — ela não me soltou e se encaixou ainda mais em mim.

— Então me leva para conhecer a sua casa.

Aquela mulher tinha enlouquecido...

— O que você fez com minha amiga Lírio? Porque certamente outro ser tomou conta do corpo dela. Lírio jamais falaria assim — ela me soltou. Minha respiração estava a galope. E quando ela me olhou com um olhar submisso de baixo para cima, como se suplicasse algo, e umedeceu os lábios, pensei que ia morrer bem ali, na frente dela.

Mas para piorar a situação, que já estava bem constrangedora, aquela Lírio que eu não conhecia mais, mas adoraria conhecer, colocou o dedo indicador da mão esquerda na boca e me tocou com a outra mão. Sim, ela me tocou intimamente. E se eu já estava excitado, aquilo terminou de me enlouquecer completamente.

— Foda-se essa merda de controle!

Foi tudo que consegui dizer. Agarrei Lírio pela cintura e ela enganchou suas pernas nos meus quadris. Ali nos perdemos em um beijo profundo e erótico, algo que ela me devia há muitos anos. Girei pela sala, caminhei até minha mesa e a coloquei ali sem me desgrudar dela nem por um segundo.

Lírio me agarrava, arranhava meu pescoço e se esfregava desavergonhadamente em mim. Quando foi que ela se transformou em um furacão? Então ela parou nosso beijo e jogou sua cabeça para trás. Quando voltou a se sentar, mordia os lábios. Suas pupilas estavam dilatadas, seus lábios inchados e sua respiração descompassada. Ela me puxou pela blusa, mordeu o lóbulo da minha orelha e falou em tom de sussurro: — Faz amor comigo, Heitor! Deixa eu saber como é ser possuída por você!

E nesse momento eu me dei conta de que estávamos em meu ambiente de trabalho, porra! E que além do mais, depois de tudo que tinha aprendido ao longo dos anos, eu não era mais homem para a Lírio. Merda! Aquelas palavras me deram um banho de água gelada. Não disse nada, apenas a desci da mesa e a deixei lá com uma expressão de quem não entendia nada. Ela merecia um aviso.

— Lírio, eu não sou homem para você.

— Heitor, se você vier com aquele papo de que Antônio é melhor para mim porque é de família de nome, e meu pai aceita e...

— Não é nada disso, Lírio, apesar de essas coisas fazerem diferença para sua família. Mas não é só isso. Eu não sou homem para você. Eu não poderia fazer isso com você.

— Fazer isso? Você ficou louco, Heitor? Ainda acha que eu sou virgem? Porque se for isso, eu quero deixar bem claro...

— Cala a boca, Lírio! Apenas entenda que não pode acontecer. E não vai acontecer.

— Pelo menos me dá um motivo? Você não me deseja? É isso? Ou é por causa da Lurdinha? Você mesmo disse que não tem nada sério com ela.

— Chega, Lírio! Não é nada disso. Apenas não quero fazer isso com você. O único jeito que eu conheço não é para você. Vai embora.

— Eu não desistirei, Heitor. Só para você saber — ela bateu o pé e saiu pela porta, deixando mais uma vez a minha vida no maior turbilhão. Só não sabia dizer se eu tinha deixado a porta do meu coração aberta mais uma vez...

Com a Lírio seria sempre assim. Ela sempre transformava minha vida em uma montanha-russa. Mas eu não me permitiria fazer com ela o que fazia com as outras. Eu não sabia mais fazer amor. Eu desisti do amor quando desisti da Lírio. E não sabia se seria capaz de recuperá-lo.

Mas de uma coisa eu tinha certeza. Precisaria muito da Lurdinha.

5

LURDINHA

— **Alô!**

— Estou passando para pegar você.

— Heitor?

— Não. É o lobo mau, literalmente.

— Ai, Heitor. Você é insaciável! Mas infelizmente hoje eu não posso. Já tenho um compromisso inadiável.

— Ah, qual é Lurdinha?

— É sério! Você acha que eu recusaria mesmo um convite seu se já não tivesse me comprometido com outra pessoa?

— Como fala assim na minha cara que vai dormir com outro homem?

— Espera aí, Heitor! Desde quando rola cobrança no que temos? A gente apenas se diverte, sempre foi assim e sempre vai ser enquanto os dois estiverem confortáveis com a situação. E eu nunca te enganei, você sempre soube que eu saía com outros... Espera aí, você bufou ao telefone comigo? Foi isso que eu ouvi? O que aconteceu, Heitor? Quer me contar?

— Não, porra! Vai encontrar o trouxa da vez! E vê se não me procura por um tempo. Estou de saco cheio de você.

— Escuta aqui, Heitor, se você acha que vai me tratar como uma qualquer, que você... Heitor? Heitor?

Olha só... O filho da mãe desligou na minha cara! Depois é só mulher que tem TPM. Caramba! O que deu nesse peão hoje? Quer saber? Que se dane! Que se dane! Eu vou curtir a minha noite com o meu "puro-sangue" e não estou pensando em um cavalo. Eu só preciso fazer uma ligação...

Depois de dois toques, lá estava aquela voz que me deixava doida!

— Menina, já disse para não me ligar. Eu ligo quando quiser e puder.

— Ah, puro-sangue delícia, vai sonhando que é quando você puder e quiser. Essa brincadeira é uma estrada de duas vias, você controla de um lado e eu do outro. E se não quiser assim, homem não me falta. Aliás, está sobrando aqui na cidade. Acabei de dispensar um agorinha mesmo.

— Você acha que está falando com quem, menina?

— Com meu puro-sangue — ouvi o barulho de uma cadeira se arrastando. Eu sabia que ser chamado dessa forma mexia com ele e eu fazia de propósito.

— O que você quer?

— Se você não vier hoje, não precisa vir mais.

— Não posso, estou com problemas.

— Não me interessa — ouvi um raspar de garganta. Ele estava ficando agitado e raivoso e eu confesso que adorava ver meu puro-sangue assim, bem nervoso.

— Não posso mais ir à sua casa e ponto final. Se não tem maturidade para entender a complicação disso que nós dois estamos fazendo, então realmente é melhor encerrar esse caso por aqui. Porque não vou sacrificar minha família, meu nome, minha moral e muito menos a imagem da minha esposa por você, de forma alguma.

— Tudo bem, José. A escolha é sua. Para mim, tanto faz. Não me procura mais.

— Não desliga, menina.

— Adeus, José.

— Desgraçada! Daqui três horas no Hotel Ponte Real. Não posso mais ir à sua casa e não vou para qualquer espelunca. Pelo menos lá eu conheço o gerente. Ele é meu amigo, vai saber o que fazer e tem a discrição que precisamos. Veja se consegue ser menos imbecil e entra de forma discreta, sem dizer o meu nome. Quando você chegar, já saberão o que fazer com você. Vá discreta e não com essas roupas de vagabunda que você costuma usar com esses rapazes com quem sai.

— Eu não vou — pude ouvir mais uma vez a cadeira fazendo barulho no chão. A ideia agora era irritar aquele homem e fazer com que ele experimentasse um pouco do seu próprio veneno.

— Escuta aqui, menina, não me faça perder a cabeça. Você já me irritou o suficiente por hoje. Esteja lá em três horas e não me faça me arrepender dessa merda.

E desligou o telefone na minha cara.

O que deu nos homens hoje? Que saco! Estão chatos! Por isso que gosto de lecionar para crianças, adultos são seres complicados demais. E já que eu tenho alma de criança, me dou muito bem com os pequenos.

O jeito era me arrumar um pouco e ir descobrir o que o José tinha. Ele nunca era assim grosseiro comigo, na verdade era bastante carinhoso fora da cama, já que nela ele conseguia ser literalmente um puro-sangue. Nunca, nem em meus sonhos mais loucos e pervertidos, imaginaria que um homem na idade dele fosse dar conta de mim! Antes ele se mostrava tão apaixonado e agora me despreza. Depois da merda que aconteceu há algum tempo, tudo ficou pior.

A ideia era passar no Restaurante Bistrô, pegar alguns pães caseiros, uma boa garrafa de vinho e levar para esse encontro, que sinceramente não sei como acabaria. Liguei o som e fui tomar um banho enquanto pensava na vida… Em como tudo tinha mudado. Bateu aquela saudade danada do Antônio e fiquei curiosa para saber se ele realmente vai se casar com a Lírio, que obviamente sempre foi apaixonada por Heitor. Que rolo!

E eu? Até que eu gostava do Heitor. Não para casar. Meu caso com José começava a me machucar e, pela primeira vez, precisava assumir que tinha um prazo de validade que podia estar próximo. Mas meu coração sempre bateu mesmo por Antônio, que sequer me consideraria para estar ao seu lado, já que me faltava berço e dinheiro. Droga de vida!

Coloquei uma camiseta regata cinza, um shortinho jeans destroyed, uma bota biker e pronto! De que me serviria ficar me arrumando tanto se o mais provável é que eu tomaria um fora? Sem maquiagem mesmo, fiz algumas ondas à la Gisele nos cabelos e saí para me encontrar com o José no hotel que ele havia escolhido.

O Bistrô estava lotado. Claro... Tinha me esquecido. Segunda-feira era noite de poker. Mas minha atenção foi direto para Heitor, que estava alcoolizado, tocando sua viola e cantando com sua voz rouca. Sob os olhares masculinos, fui direto até ele:

— O que faz aqui, Heitor?

— Não disse que não queria ver você por muito tempo? — parou de cantar para falar com uma voz arrastada de quem já tinha bebido além da conta. Estava tão bêbado que seus olhos não conseguiam focar no meu rosto e suas pupilas dançavam em meio a um mar de vermelhidão. Aquilo estava muito errado, Heitor não era disso.

— Vamos, Heitor! Levante-se! Vou levar você para casa antes de ir para o meu compromisso.

— Ficou doida, Lurdinha? Não vê que hoje é noite de jogar poker? O que você faz aqui? Não percebe que é um ambiente puramente masculino? Um só homem para você não é suficiente?

— Passei aqui somente para comprar algumas coisas, mas já me arrependi. Você está um animal ultimamente — virei as costas e já ia sair pisando duro quando senti mãos fortes me agarrar pelos braços.

Fui de impulso para trás e num segundo estava encostada na parede de músculos que era o corpo de Heitor. Como resistir? Como fazer o cérebro funcionar naquele momento? Até tentei me afastar, mas ele era forte demais e sabia exatamente o que fazer comigo.

— Chega disso, Heitor! Solta meu braço! — eu continuaria resistindo se não fosse pega de surpresa por seu beijo profundo, intenso e molhado. Heitor sabia exatamente o que fazer com aqueles lábios deliciosos. Nem muito forte, nem sem força. Um pouco de umidade e muita língua. Língua por todos os cantos... Ah!

Quando ele resolveu interromper o beijo, eu tinha esquecido até o motivo pelo qual estava ali. Respiração aeróbica total, como se eu estivesse correndo uma maratona. Heitor era homem demais!

— Vamos para casa, cachorra! — disse num rosnado, puxando meu cabelo para trás para dar acesso ao meu pescoço, onde ele deixou um rastro quente com seu nariz.

— Não vou a lugar algum com você. Já disse, tenho um compromisso — me afastei dele ou me perderia.

— Tem certeza de que não quer vir comigo? As cordas e o chicote ainda estão lá em cima da minha cama, nos esperando. Podemos repetir a dose do fim de semana.

— Outro dia quem sabe. Para hoje já tenho planos, Heitor. E você devia voltar para casa, tomar um banho, comer comida de verdade e dormir. Você está péssimo!

— Você está ficando velha e desanimadora! — saiu pisando duro de volta para a cadeira onde estava, já pegando o violão.

Decidi não render o assunto e dei meia volta a caminho da saída. E, de onde eu estava, era possível ouvir as primeiras melodias de *Seu Amor Ainda é Tudo* na versão de Luiz Cláudio & Giuliano. Mesmo a distância, Lírio estava retalhando o coração de Heitor mais uma vez, porque eu tinha certeza que aquela música e toda aquela bebedeira eram por causa dela.

> "…. DAQUELE MOMENTO ATÉ HOJE ESPEREI VOCÊ
> DAQUELE MALDITO MOMENTO ATÉ HOJE, SÓ VOCÊ
> EU SEI QUE O CULPADO DE NÃO TER VOCÊ SOU EU
> E ESSE MEDO TERRÍVEL DE AMAR OUTRA VEZ É MEU…"

É claro que tudo aquilo era culpa da Lírio. Quando ela deu as costas e foi embora com Antônio, fui eu que segurei a barra do Heitor. Tinha visto esse cara virar as noites tocando seu violão, chorando e cantando no meio do mato. Ele passou por tantas fases! Veio a dor, a revolta, o desprezo, a depressão, mas só depois que ele morreu — sim, porque um pedaço dele morreu no dia em que ele desistiu da Lírio — só depois disso ele teve condição de recomeçar. Só que já era outro, um cara mais duro, mais calejado, mais indignado com a vida e com as circunstâncias. Mas foi exatamente isso que deu a ele forças para correr atrás do seu futuro, para estudar, trabalhar e ser tão reconhecido no que faz hoje. E ele ainda vai longe. Eu sei! Eu torço por ele. Sempre.

Desci pela ruela entre a igreja e o Bistrô e, quando cheguei à pracinha em frente ao museu, vi que ela estava repleta de adolescentes conversando, namorando e andando de bicicleta. Mas o que faziam àquela hora da noite? José estava complicando minha vida. Como eu seria discreta entrando em um hotel àquela hora da noite? Em uma cidade pequena aquilo iria se tornar a fofoca da semana. Que saco! O pior era o fato de eu dar aulas para crianças. Se esse tipo de comentário chegasse aos ouvidos dos pais, eles pediriam minha cabeça à direção da escola.

Ajeitei os ombros, empinei o nariz e atravessei a ponte como se fosse fazer a coisa mais comum da vida. Mas, à medida que me aproximava do hotel, meu coração disparava. Entrei sem nem ao menos olhar para trás, não fazia questão de saber se alguém tinha me visto entrar ali. Fiquei olhando ao redor sem saber exatamente a quem procurar, não sabia o que devia falar, mas não foi preciso. Vi um rapaz de terno se aproximando de mim com um sorriso no rosto como se quisesse me engolir.

— Boa noite! Deve ser a senhorita Maria de Lourdes?

— Lurdinha. Eu procuro por... — ele não me deixou concluir a frase.

— Sei o que procura. Venha comigo!

Fomos direto para o segundo andar. Fiquei pensando que a qualquer momento aquele rapaz iria me perguntar quanto eu estava cobrando por hora. Ele devia pensar que eu era uma garota de programa, uma puta! Droga! Tudo culpa do José.

— Por aqui, senhorita! — a voz dele me tirou do meu devaneio e eu o segui. Paramos em frente a uma porta que ele me indicou com a mão.

— E então? — eu já estava impaciente e surpreendentemente constrangida com aquela situação.

— Bata à porta, senhorita. E tenha uma noite animada! — virou as costas e saiu rindo. Desgraçado!

Bati duas vezes e fiquei ali naquele corredor aguardando a droga da porta abrir. De repente a porta se abriu e vi José todo sorridente com uma das mãos segurando a porta e a outra no bolso da calça. Como ficava diferente quando não usava terno. Aparentava ser bem mais jovem. Trajava calça jeans preta, camiseta preta e uma camisa preta aberta por cima, com as mangas dobradas até parte do braço. Que delícia, meu Deus!

— Você veio, menina! — e sorriu mostrando aquelas covinhas nas bochechas que me deixavam derretida.

— Para seu governo, quero que saiba que estou bastante puta com você! — entrei pisando duro, jogando minha bolsa em cima da cama e cruzando os braços, olhando para ele.

José fechou a porta calmamente, mas era possível ver o rastro de um sorriso dominar seus lábios. O desgraçado estava achando engraçado o fato de eu estar nervosa com ele. Virou-se e veio em minha direção. Levantei minhas mãos como se dissesse "fica quietinho aí", mas a verdade é que tinha vontade de agarrar aquele homem pela camisa, o jogar em cima da cama, montar por cima e só sair dali depois de morrer de gozar.

— O que foi, menina? Está bravinha comigo? — antes mesmo que eu pudesse responder, ele me agarrou pela cintura com uma das mãos e com a outra puxou meus cabelos com força para trás, para olhar bem nos meus olhos. Ali eu já tinha me entregue e me perdido. E veio aquele beijo selvagem, agressivo, com fome, como só meu puro-sangue sabia fazer.

— Vamos, menina! Pede para eu parar e diz que vai embora! — puxou com mais força ainda os meus cabelos.

— Você está me machucando, José!

— Você gosta, menina! — sorriu para mim com a cara mais safada do mundo e começou a beijar o meu pescoço. Subiu até meu ouvido e disse — Tira logo essa roupa para mim! — como recusar um pedido desses?

Eu me afastei dele e comecei a tirar minhas botas. Ele tirou o iPhone do bolso e colocou uma música country para tocar.

— O que isso é que está tocando? — perguntei, porque realmente não conhecia o artista.

— Como assim, menina? É um dos maiores compositores e cantores de música country norte-americana. O nome dele é Alan Jackson. Sempre que eu escuto essa música, me lembro de você — ele respondeu, me encarando da cabeça aos pés.

— Qual o nome da música?

— E para que quer saber?

— Quero ouvir depois com calma, para saber por que ela tem a ver comigo — ele soltou uma risada descarada. — Que foi? É engraçado o que eu falei, por acaso?

— Você não fala inglês, não é, menina? — e continuou gargalhando.

— Não, puro-sangue! Meus pais são pessoas simples. Não tinham dinheiro sobrando de fazendas de criação de cavalos para me pagar um cursinho, sabe?

— Que papo é esse agora, menina?

— Vai me falar o nome da música ou não?

— A música se chama *Tall Tall Trees*. Agora cala essa boca e continua tirando essa roupa para mim.

Enquanto eu tirava a roupa em uma tentativa inútil de dançar aquele ritmo de música, ele me deu as costas e foi até o frigobar pegar um whisky. Sem gelo, puro, do jeitinho que ele gostava.

Quando eu estava completamente nua ele veio em minha direção, me segurou pela cintura e começou a se mexer, totalmente fora do ritmo da canção. Levou os lábios até meu ouvido e começou a cantar junto à música que tocava... *Eu sou louco, louco, louco por você*... Imagino que estava traduzindo a música para mim. Aquilo me deixou doida! Avancei em sua boca, segurando sua cabeça em uma tentativa inútil de controlar o beijo. Com José era sempre ele no comando. E eu não me importava com isso, porque o cara era bom no que fazia.

Ainda colado em mim e totalmente vestido me levou até a beirada da cama, sentou-se e olhou para mim como quem dizia "O que está esperando para começar a me satisfazer?". Não esperei por nada mais mesmo. Me ajoelhei no chão e comecei a abrir o cinto e o zíper de sua calça. E a música se repetia e eu ficava cada vez mais alucinada com o cheiro dele, com o toque rústico dele na minha pele, era demais!

Para a idade do José, eu achava o máximo ele já estar excitado! Será que era meu efeito sobre ele? É claro que eu queria proporcionar o melhor sexo oral da vida dele! Não era só colocar o puro-sangue na boca. Ele era vigoroso demais, sempre queria algo mais intenso. Acho, inclusive, que comecei a prestar mais atenção ao sexo oral depois do José. O sexo com ele sempre tinha mais contato, nada moderno, nada daquelas coisas loucas, repletas de brinquedinhos, como o que eu vivia com o Heitor. José era apenas intenso no sexo mais normal do mundo. Muitas posições, sim, mas nada moderno demais. Tudo era tão intenso, que ultrapassava mais limites do que meu corpo, às vezes, conseguia suportar.

Senti que ele puxava meus braços para cima, me erguendo. Ele era impaciente para penetrar, o que era engraçado. Quase nunca eu chegava ao fim do sexo oral, ele não deixava. Ele terminou de retirar toda a roupa, colocou um preservativo e em seguida voltou a se sentar na beirada da cama, me puxando para o seu colo. A penetração foi tão rápida e vigorosa que senti uma pontada de dor na parte mais profunda do meu corpo e acabei fazendo uma careta. José segurou meus cabelos e olhou no fundo dos meus olhos só para ter certeza de que estava tudo bem. Eu sabia que, no fundo de toda aquela pose de durão, ele se preocupava comigo, sim. Não era só sexo.

— O que foi, menina? Não está dando conta de mim hoje? — abriu aquele sorriso lindo com aqueles olhos azuis que me entorpeciam. José nunca era muito falante na hora do sexo, por isso ele sempre colocava músicas, para não ficar um silêncio quebrado apenas pelos sons dos nossos corpos. Não respondi nada, apenas comecei a cavalgar meu puro-sangue que em um minuto tomou novamente o controle do ato, me segurando pela cintura e pelos cabelos, para imprimir a força, a pressão e a velocidade que ele gostava e que sabia que me agradava.

Ficamos naquela posição por um tempo, até ele me jogar na cama, abrir minhas pernas e vir com beijos, lambidas e mordidas em meu clitóris. Eu juro que tinha que me segurar para não gozar quando ele fazia isso. O cara era bom, sabia onde tocar, onde suavizar a pressão, onde colocar mais força, onde me enlouquecer e me matar de prazer. E quando percebia que eu gozaria, parava e me penetrava, porque ele gostava de sentir os espasmos do meu interior no corpo dele.

Lá estava José, alternando as posições que ele mais gostava, de ladinho, comigo sentada em seu colo, o bom e velho "papai e mamãe" que nunca foi sem graça com ele. Até por fim me colocar na posição que mais gostava — de quatro, onde ele conseguia colocar mais força, mais vontade, mais tesão e alguns tapas nos lugares mais excitantes. E foi nessa posição, com ele apertando minha bunda e puxando meus cabelos ao ponto de jogar minha cabeça quase toda para trás que nós gozamos como dois animais, até que eu urrasse: "Você me mata, puro-sangue!".

José gostava de ficar deitado em cima de mim enquanto se recuperava. E eu ficava ali, entorpecida, sentindo tudo em uma escala altíssima de prazer, vivenciando um estado de semiconsciência. Com José, o sexo era uma necessidade urgente, mas nada de gozo imediato. Ele se preocupava que a experiência fosse totalmente satisfatória para ambos e não se cansava, não parava até sugar quase toda a minha energia.

Estava quase dormindo quando senti que ele se levantava e começava a recolher sua roupa pelo chão.

— Aonde você vai, puro-sangue?

— Banho, menina.

— Não vai passar a noite comigo?

— Eu disse ao telefone, menina, estou com problemas em casa. Não posso dormir fora por um tempo até que tudo volte à sua normalidade — precisei rir.

— Normalidade, José? Você acha normal ter uma amante?

— Você não é minha amante, Lurdinha! É apenas uma mulher bonita com quem me divirto de vez em quando — pronto! Lá estava aquela agressividade toda novamente. Eu sabia que ele falava aquelas coisas para me ofender, na tentativa de me afastar. Ele apenas queria mentir para si mesmo sobre o quanto realmente gostava de estar comigo. Mas eu não aceitaria toda aquela merda dele. Ele nunca fora assim antes. Era hora de colocar um basta nesse tipo de tratamento.

Eu me levantei com um pulo da cama e entrei no banheiro antes dele. Tomei cuidado para não molhar meus cabelos e sair do hotel com cara de piranha. Apenas passei uma ducha rápida pelo corpo. Saí do banho e o silêncio permanecia entre nós dois. Enquanto eu me vestia, ele resolveu dizer algo:

— Lírio voltou.

Foi o suficiente para que eu entendesse o que tinha acontecido com Heitor mais cedo. Certamente ela já o tinha procurado. Que merda! Heitor precisava de mim e eu estava ali, me humilhando para aquele desgraçado do José. Isso já estava virando uma relação masoquista para mim. Peguei minha bolsa e já ia saindo porta afora, quando ele segurou meu braço.

— Ana Flor desconfia que tenho um caso com você — olhei para ele com fogo nos olhos. Estava cansada de ficar sempre em segundo plano. Aliás, nem segundo plano eu era. Que idiota eu estava sendo.

Não respondi nada. Saí e bati a porta. Era meu recado sendo dado: "Não me procure mais. "

Passei como um foguete pela recepção do hotel e nem me dei o trabalho de olhar para trás, até porque meus olhos estavam com lágrimas escorrendo e eu não queria que ninguém me visse assim.

Voltei a pensar em Heitor. Mudar o foco naquele momento era o melhor. Eu precisava deixar minha dor de lado para cuidar da dor do Heitor. Era o melhor a se fazer, já que minha dor era ridícula. O que eu podia esperar me envolvendo com um cara casado?

Atravessei a ponte correndo, tomando aquele ventinho gelado da madrugada, e fui direto para o bistrô. Não podia deixar o Heitor ali, bêbado e afundado na tristeza. Ao chegar na porta, o dono do local amparava Heitor pelos ombros, enquanto seus funcionários desciam as portas do estabelecimento.

— O que aconteceu? — perguntei bastante preocupada.

— Excesso de bebida. Vamos levá-lo para casa porque ele não tem a menor condição de assumir o volante.

— Pode deixar comigo. Eu cuido do Heitor. Apenas coloquem ele no banco do carona. Levo ele para casa e cuido desse porre. Ah, Heitor... Ela não merece isso! — disse fazendo um carinho em sua cabeça.

Segui para o sobrado onde ele morava, na esquina da pracinha da Igreja de São Francisco. Estacionei a caminhonete e foi uma dificuldade acordá-lo para subir as escadas de sua casa, até o quarto, onde despencou na cama, meio dormindo, meio acordado.

— Vou fazer um café forte para você. Amanhã vai estar com enxaqueca e aquele humor do cão. Você nunca foi de beber assim, Heitor. Que droga!

— Não vai embora, Lírio — soltou Heitor com aquela voz arrastada e trocando as palavras. Trocou tanto que me chamou de Lírio.

— Não sou a Lírio. Sou a Lurdinha — droga de dia! Por que me levantei da cama hoje? Pensei comigo mesma.

— Lurdinha! Lurdinha! — e caiu na gargalhada falando meu nome. — Lírio voltou. Aquela mulher voltou. Vai acabar com minha vida. Por que ela tinha que voltar?

— Vai ficar tudo bem, Heitor. Você só precisa dormir um pouco.

— Eu não quero dormir. Vem aqui, Lírio! — e riu mais uma vez. — Quer dizer, Lurdinha. Lur-di-nha! — soletrou meu nome em sílabas, rindo e desenhando letras no ar com o dedo indicador.

Quando percebi, ele estava arrancando a própria camisa e me puxando para a cama. Ele me beijava com aquele hálito de cerveja e percebi as lágrimas caírem de seus olhos. Que droga! Heitor estava sofrendo. Pelo menos um alento eu poderia proporcionar a ele. E foi com esse pensamento que me entreguei a mais uma noite de sexo com meu melhor amigo.

Infelizmente isso não resolveria a vida dele, nem a minha. Mas pelo menos a gente podia esquecer das desgraças por um minuto a mais.

6

LÍRIO

— *Acorda, Lírio, dorminhoca!* Seus pais querem tomar café com você! — aquela voz animada da jovem Alice me tirava do pesadelo que eu estava tendo, em que me casava com Antônio à força porque estava grávida dele. Ah, meu Deus, jamais permita que isso aconteça!

— Bom dia, Alice! Eles já desceram?

— Já sim!

— E o que você faz cedo aqui? Não devia estar no colégio a essa hora?

— Agora eu estou de férias. E a dona Ana Flor pediu que eu viesse fazer companhia a você. Aí eu aproveito e junto mais uma graninha!

— Ah, que ótimo, Alice! Fico feliz de ter sua companhia. Você é uma menina muito agradável.

— Obrigada, Lírio.

— Alice? — ela abria minhas cortinas e se enfiava em meu closet para buscar uma roupa para mim. Essa menina não parava.

— Oi! — respondeu enquanto voltava animada com um monte de cabides na mão.

— Ontem eu fui ver seu irmão — notei quando seu semblante se fechou e ela ficou tensa.

— Já sei, ele foi mal-educado com você? Já falei com Heitor que ser grosseiro assim só afasta as pessoas dele. Peço desculpas se ele a ofendeu de alguma forma.

— Não é isso, Alice. Eu acho que você não se lembra, porque quando fui embora para a capital, você era bem pequena, mas seu irmão e eu éramos grandes amigos. Agora ele me ignora. Fico triste. Gosto muito dele. Quer dizer, gosto muito de todos vocês.

— Olha, Lírio, eu sei o que escuto por aí. E já ouvi falar que o Heitor queria namorar você há muito tempo, mas seu pai não gostou da ideia, porque queria que você se casasse com o irmão mais velho do Felipe, o filho advogado do Sr. Augusto Carneiro Leão.

— E o que mais você sabe, Alice?

— Sei que meu irmão foi embora daqui quando você foi estudar lá em Belo Horizonte e depois disso ele nunca mais foi o mesmo. Olha, eu não estou culpando você de nada, mas será que é mesmo uma boa ideia procurar o Heitor depois de tanto tempo? Ainda mais sabendo que daqui a pouco você vai se casar com o tal de Antônio? Entenda o meu lado, Lírio, tenho medo de que meu irmão vá embora daqui por causa disso e nunca mais volte. E eu já perdi minha mãe, não quero ficar longe do Heitor.

— Não é nada disso, Alice. Mas é claro que eu entendo você. Só não quero que fique pensando que meu propósito é fazer seu irmão sofrer. Na verdade, tenho muita vontade de reparar essa dor do passado.

— E como pretende fazer isso? Não percebe que meu irmão ainda é caidinho por você? Passaram-se anos e ele nunca a esqueceu.

— Mas ele namora a Lurdinha!

— Ninguém namora a Lurdinha! — caiu na gargalhada. Fiquei olhando para ela sem entender aquele comentário, ela percebeu e continuou a me explicar. — É que a Lurdinha é, digamos, aquele tipo de mulher que não se contenta só com um namorado, sabe? Dizem lá na cidade que ela até tem um caso com um senhor casado.

— Como você sabe de tudo isso, Alice? — ela apenas deu de ombro como se fosse a coisa mais normal do mundo.

— Esse negócio de relacionamento impossível por causa de classe social é um saco! — soltou ela, olhando para a linha do horizonte pela minha janela.

— Você está apaixonada por alguém que eu conheço, Alice? — me levantei e fui trocando de roupas enquanto prestava atenção na menina parada na janela, olhando para fora. Alice era bem diferente de Heitor. Ela se parecia mais com sua mãe, apesar de parecer ter o gênio teimoso do pai. Era uma menina linda! Pele clara, olhos azuis intensos e cabelos longos castanho-claros, repicados e cheios de ondas displicentes. Seu nariz pequenino e seus lábios volumosos davam um ar exótico à sua imagem. Ela tinha uma estatura ideal para sua idade, nem alta nem baixa. E bem diferente de mim na adolescência, ela já tinha um corpo bonitinho, com curvas femininas. Mas o que será que se passava na cabecinha e no coração dessa menina que queria viajar e conhecer o mundo? Será que um amor prenderia ela a esse lugar como aconteceu comigo?

— Felipe — foi tudo que ela disse.

— O irmão de Antônio?

— Sim. Por favor, não fale nada para ninguém. Se meu pai souber, ele me mata.

— Vocês estudam juntos?

— No mesmo colégio, mas ele nem sabe que eu existo. E nunca vai saber. Aquela meia-irmã dele sempre me humilha.

— A Crystal?

— Sim, ela é igualzinha à mãe. Mas, mesmo que fosse diferente, de que adiantaria? Ele jamais olhará para mim. Sou filha de um capataz, não tenho mãe, muito menos um grande haras para me dar algum tipo de status nessa região. Sendo assim, estou fadada a engolir o que sinto para não ficar ainda mais envergonhada.

— Você está errada, Alice. Quanto uma pessoa tem no bolso não diz quem ela é e o quanto ela vale. Ter caráter, bondade e educação são coisas que o dinheiro não compra. Para mim você é uma menina ótima, além de ser muito linda. Qualquer um teria orgulho em namorar você.

— Vamos deixar essa conversa por aqui. Vamos descer? Seus pais devem estar impacientes. — saiu me puxando pelo braço em direção da porta.

— Alice? — ela parou e olhou para mim.

— O que foi, Lírio?

— Vamos fazer um trato? Você me ajuda a me encontrar com seu irmão, um único e inofensivo encontro para que eu possa esclarecer algumas coisas com ele, e eu levo você à casa do Felipe. Estando comigo, eles te tratarão muito bem e quem sabe não será uma oportunidade para o rapaz descobrir a maravilha que ele está perdendo? E então, topa?

— Fechado — foi tudo que ela respondeu com o maior sorriso nos lábios. Ali nascia uma amizade para a vida toda.

Quando chegamos à sala, papai e mamãe esperavam para tomar o café comigo.

— Bom dia! — dei um beijo em cada um e me sentei no meu lugar à mesa. Notei que Alice tinha ficado de pé.

— Alice, senta logo para tomar café comigo — ela olhava para meu pai, intimidada, com medo de ser expulsa dali. Tive que intervir, me levantei, peguei a menina pelo braço e a sentei ao meu lado.

— Deixa de ser boba, Alice! Você é minha companhia, amiga e uma convidada querida para as refeições nessa casa. Quero que considere essa casa como se fosse sua. Sua mãe foi como uma segunda mãe para mim, então o seu lugar nessa casa é como uma irmã que eu nunca tive. Combinado? — ela apenas balançou a cabeça concordando e ficou quietinha. Notei com os cantos dos olhos o olhar de desgosto do meu pai, mas ele não se atreveria a falar nada. Não depois do que eu disse. Ele não tiraria minha autoridade como sua filha na frente dos empregados que estavam ali para nos servir o café.

Tomamos o café tranquilamente e minha mãe entrou em um papo animado com Alice. Aquelas duas realmente se davam muito bem. E meu pai continuava olhando aquela cena como se fosse o maior absurdo do mundo.

— Então, meu pai, como estão as coisas aqui no haras e na associação de criadores?

— Vão bem demais, minha filha. Apesar da crise econômica que está assolando o país, nossa associação e criadores permanecem fortes e com lucros adequados à situação.

— Fiquei sabendo que vocês investiram em uma ação social. Acho isso muito bom!

— Sim, minha filha. O nome do projeto é "Marchadores Pela Vida". Queremos ajudar pessoas em tratamentos de saúde ou psicológicos e a promover a responsabilidade social no Brasil. Arrecadamos doações em dinheiro para instituições ou pessoas em situação de vulnerabilidade física e psíquica, tais como em tratamentos de recuperação de câncer, dependentes químicos, de álcool e outras drogas ilícitas, e em outras condições. O projeto faz isso por meio de leilões de coberturas de garanhões, embriões e óvulos, e animais; carnês para contribuição periódica; e campanhas específicas.

— Trabalho social bonito esse da associação. Não podemos fechar os olhos para as questões sociais. E não podemos também abandonar essas pessoas à própria sorte. Acho que isso só tem a acrescentar à associação, tornando ela mais forte, mais humanizada e mais eficaz. Encaminhe meus parabéns aos idealizadores do projeto.

— Levarei a ele sim, minha filha. Mas esse ano temos mais uma novidade que não sei se sua mãe já contou. Vamos participar do Carnaval no Rio de Janeiro no ano que vem — minha cara de espanto devia estar engraçadíssima, pois todos riram de mim.

— Como assim participar do Carnaval? Você vai levar a mamãe para ver os desfiles na Sapucaí?

— É mais que isso, minha filha — interrompeu mamãe. — Esse ano, a escola de samba Beija-Flor de Nilópolis vai desfilar com o tema "Amigo Fiel, do cavalo do amanhecer ao Mangalarga Marchador" e estamos contribuindo como podemos. Os criadores estão animadíssimos! É uma ótima oportunidade de divulgar a associação e fazer o país conhecer todo o negócio. É uma sacada de mestre!

— Que máximo, gente! Ah, eu quero desfilar naqueles carros alegóricos enormes! Quero ser destaque em um deles!

— De jeito algum! Ficou doida, Lírio? — berrou meu pai.

— O que foi, pai? Qual o problema em desfilar?

— Você não vai sair por aí com aquelas roupas que mostram todo o corpo para quem quiser olhar. Não quero ver você metida nisso!

— Pode parar por aí, pai. Eu quero e vou! Sou maior de idade, dona do meu nariz e ninguém pode me impedir. — Era bom eu começar a me posicionar. Ele precisava entender que não tinha mais o direito de mandar na minha vida.

— O que tem, José? Deixa a menina desfilar. Acho ótimo ela pensar em outra coisa que não seja estudo e casamento — falou mamãe com aquela carinha de quem não estava pedindo, o que para mim era novidade, já que normalmente ela nunca ficava contra as vontades do meu pai.

— Essa conversa não acabou. — meu pai jogou o guardanapo em cima da mesa e saiu bufando de raiva.

— Deixa ele, minha filha. Daqui a pouco o seu pai pensa direito e verá que não tem problema algum em desfilar. Na verdade, outras filhas de criadores também vão desfilar na avenida do samba.

— Que delícia, mãe! Já estou sentindo toda aquela animação da avenida! Estou animadíssima!

— E vocês, o que farão hoje? Está um dia lindo para cavalgar.

— Não, mãe. Vou levar a Alice até São João del-Rei. Quero comprar roupas novas para ela e levá-la ao salão de beleza — ouvi uma tosse de engasgo e, quando olhei para o lado, vi que a menina estava pálida de tão envergonhada. — O que foi Alice? — perguntei.

— Não, Lírio. Não preciso que me compre roupas. Meu Deus, que vergonha! Desculpa, dona Ana Flor, não sei de onde Lírio tirou essa ideia.

— Pois eu acho ótimo, Lírio! E quer saber, vou com vocês! Faz tempo que não faço comprinhas para mim e meu cabelo também está precisando de cuidados — animou minha mãe.

— Mãe, que a ideia das comprinhas tenha animado a senhora até concordo, mas dizer que seu cabelo está menos que lindo e perfeito é maldade com as outras mortais.

— Ah, minha filha, agradeço o elogio, mas você vai entender o que eu digo quando chegar à minha idade. Além do mais, é sempre bom trazer novidades para agradar o marido. Vá aprendendo de uma vez! — Ela deu aquela piscadinha, mesmo sabendo que eu não tinha mais a menor intenção de me casar com Antônio.

— Podemos aproveitar para fazer as comprinhas de Natal. Vou avisar o papai que vamos sair.

— Pode deixar, minha filha, eu mesma faço isso. Poder ir se arrumar e me espere na varanda com a Alice. Aviso seu pai e vou apenas pegar minha bolsa para irmos em seguida.

Saí abraçando Alice em direção à varanda principal. Ela ainda estava calada, o que me dizia que era vergonha ou receio do que o pai dela falaria do fato de comprarmos coisas para ela.

— Alice, não seja boba! Afinal, minha mãe gosta de você como uma filha. E se seu pai falar qualquer coisa sobre isso, peça para ele vir se entender comigo, combinado?

— Tudo bem. Obrigada, Lírio! Faz um século que não compro roupas ou vou a um salão. Viver só com homens acaba matando a vaidade da gente — riu da situação. Ainda bem, o clima ameno e divertido tinha retornado entre nós.

Preferimos dispensar o motorista para podermos conversar com mais liberdade no caminho até a cidade. Rimos muito das histórias de Alice sobre o colégio. Na verdade, acho que fazia tempos que eu não dava boas risadas. Minha mãe realmente ganhou uma filha mais nova. Como elas se dão bem! E eu não tenho ciúme, fico muito feliz por ela ter encontrado uma companhia que ocupe seu tempo na fazenda de forma tão carinhosa, já que ela quase nunca tem algo para fazer. Além do mais, Alice precisa da figura de uma mãe, já que infelizmente perdeu a dela.

Confesso que essa parte de comprar roupas, sapatos e maquiagem é muito chata, mas ver a felicidade no rostinho adolescente de Alice deixou tudo mais leve e o tempo passou rápido. Nem percebi que já era hora do almoço, quando meus pensamentos foram interrompidos por minha mãe.

— Meninas! Precisamos comer alguma coisa. Que tal irmos até o Hotel Garden Hill Small Resort e almoçarmos no Restaurante Albatroz?

— Desnecessário sairmos aqui do centro histórico, mãe. Vamos ali no Bistrô Café do Carmo!

— Tem como opção também os restaurantes Villeiros e Colher de Pau — completou Alice.

— O Bistrô está ótimo, filhas! Assim, aproveito para dar uma passada na igreja e depois vamos ao salão de beleza!

O ambiente do Bistrô é sempre ótimo, divertido e com boa gastronomia. A decoração de lá deixa o local lindo e aconchegante. E o atendimento é sempre impecável. Eu me rendi ao medalhão com mel e mostarda e não resisti em pedir um crepe com chocolate e amendoim de sobremesa. Mamãe, sempre de dieta para manter a aparência jovem, ficou entre as saladas. Alice tentou acompanhar minha mãe, mas, quando viu o meu prato, acabou não resistindo.

Enquanto aguardávamos nosso costumeiro cafezinho, sentaram-se na mesa ao lado da nossa dois rapazes que eu realmente não reconheci, mas foi impossível não chamarem a atenção quando falaram o nome de Heitor. Alice e eu olhamos uma para a outra e falamos com os olhos o que não era necessário expressar em palavras. Observei mamãe que continuava perdida no tempo enquanto escrevia uma mensagem de texto em seu celular.

Os dois rapazes falavam da noite passada, algo sobre a bebedeira de Heitor e o fato de ele ter quase desmaiado de tão alcoolizado. Só entendemos realmente que era do meu Heitor, quer dizer do Heitor, meu amigo, de quem eles falavam, porque faziam piadinhas sobre ele trabalhar com reprodução animal. Não podia existir outro. Principalmente quando comentaram sobre o tal Heitor ter tocado violão boa parte da noite. Heitor e sua viola... Inseparáveis!

Foi impossível não sentir aquela pontada de culpa me corroendo por dentro. É claro que tinha a ver com minha volta. Não sou tão ingênua para pensar que Heitor não sente mais nada por mim e, depois da visita de ontem, tive ainda mais certeza não só dos seus sentimentos, mas também de toda dor que causei a ele. Infelizmente, naquela época eu não tinha como fazer valer minhas vontades. Hoje é diferente, eu posso e vou correr atrás para ter realmente certeza do que sinto por Heitor e, se for tudo o que penso, eu vou lutar por ele, mesmo que eu tenha que lutar contra ele mesmo e essa vontade de me afastar.

Passamos pela Igreja do Carmo, mas eu queria mesmo era falar um pouco com padre Quirino. Só ele para me aconselhar sobre minhas incertezas e planos. Em breve iria procurá-lo. No caminho para o salão de beleza, notei Alice bastante quieta e calada, imaginei que tinha a ver com o que tínhamos ouvido no restaurante sobre o irmão dela.

— Então, Alice, pronta para mudanças?

— Não sei se quero mudar alguma coisa, Lírio — ela me respondeu bastante desanimada.

— Alice, querida, desde que você se entende por gente usa esse mesmo cabelo. Você já é uma moça, está na hora de começar a valorizar o que a natureza e Deus deram a você. Se a sua preocupação é com o que seu pai vai pensar, já disse para não se preocupar, eu mesma falarei com ele quando voltarmos à fazenda — interviu mamãe.

Entramos no salão e fomos recebidas pela dona do local, a Magna, que parecia bastante íntima da minha mãe. Se não me engano, mamãe tinha falado algo sobre se conhecerem desde a infância. Fomos levadas para uma sala especial, onde faríamos spa dos pés, máscara facial, manicure e pedicure. Nunca fui íntima dessas coisas de vaidade, mas confesso que fazer aquilo entre amigas — no caso Alice e minha mãe — era bem mais prazeroso e divertido. O dia, que estava ótimo, ficou tenso no momento que a Magna sugeriu deixar a Alice loira e com um corte repicado, mais moderno. A garota tremia tanto que fiquei me perguntando se aquela modernidade e força que ela aparentava não eram apenas uma casca, uma máscara para esconder uma menina frágil e perdida.

— Mas, Alice, vai ficar ótimo em você! — tentei incentivá-la.

— Meu pai vai me deixar de castigo pelos próximos vinte anos se eu fizer uma mudança tão radical assim sem o consultar antes.

— Espera aí, Alice, seu pai não é esse homem controlador e chato que você está pintando. Eu o conheço desde muito pequena e sempre o considerei um cara legal e carinhoso — precisei retrucar.

— Não é isso, Lírio. Sua mãe sabe do que estou falando. Papai ficou muito diferente depois da morte da mamãe. Acho que ele tem medo de me perder, de que aconteça algo ruim comigo ou que eu vá para caminhos errados.

— Fazer luzes nos cabelos e maquiagem não leva ninguém para o mau caminho. Se for de sua vontade fazer, sem pressão, faça. Vou repetir, eu lido com seu pai. Tem minha palavra de mãe — e foi com essa última palavra tão encorajadora, "mãe", que Alice, com os olhos embargados pelas lágrimas de saudade e de emoção, resolveu tomar uma atitude por si mesma, algo que ela realmente desejava fazer. E assim foi cuidar dos cabelos.

Mais de duas horas depois, minha mãe e eu já estávamos com os cabelos hidratados e escovados e estávamos colocando a conversa em dia no milésimo cafezinho, quando vimos saindo da sala da Magna uma nova Alice. Com os cabelos ainda longos, mas bastante repicados e com franja, ela era outra pessoa. Os fios totalmente hidratados em um loiro com tom de mel, ela exalava juventude, luminosidade e vivacidade. Quanta diferença! A maquiagem suave, bonita e totalmente adequada à sua idade destacava ainda mais seus lindos olhos azuis. Minha mãe não conseguiu se conter, levantou-se e foi abraçar Alice e girar a menina em 360 graus para conferir todo o resultado.

— Alice, você está não menos que perfeita! — virou-se para a amiga Magna para agradecer. — Obrigada! Ela está ainda mais linda, se é que isso é possível.

Alice estava realmente radiante, era possível ver a felicidade brilhando em seu olhar. Enquanto minha mãe conversava com a Magna discretamente sobre algum assunto que eu não fazia ideia de qual era, precisei fazer uma piadinha com Alice porque era inevitável.

— Irmãzinha, quero ver um tal de Felipe resistir a essa nova loira deslumbrante que apareceu na cidade há alguns minutos!

— Até parece, Lírio! Tudo isso é apenas roupa, maquiagem e cabelo. Não muda quem eu sou e o fato de ele nunca ter me enxergado de verdade — falou desanimada.

— Ah, muda sim, querida! E eu vou provar isso para você quando formos até à fazenda dele essa noite.

— Essa noite? Você enlouqueceu? Papai nunca vai me deixar sair à noite — falou num susto com os olhos arregalados.

— Claro que ele vai deixar! Você vai como minha companhia, afinal de contas, é seu trabalho — e dei uma piscadinha para ela, que acabou caindo na risada.

Enquanto confabulávamos sobre nossa saidinha noturna, eis que entra no salão ninguém menos que a madrasta do Felipe, a senhora Cindy, que não hesitou em vir falar comigo imediatamente.

— Lírio, minha querida! Que maravilha ver você aqui, não sabia que estava na fazenda. Antônio não falou nada. Ele está hospedado com você? — falou toda fanhosa e com aquele nariz arrebitado.

— Oi, Sra. Cindy! Como estão todos na sua casa? Eu vim sozinha para o Natal, mas de certo o Antônio deve aparecer por esses dias também.

— Claro! Será ótimo passarmos as festas de fim de ano juntos — falou naquele tom arrogante, de quem se considera a dona do mundo. Não pude deixar de observar como eram discrepantes suas roupas, tudo preto e um salto que talvez fosse do tamanho do seu orgulho. Foi impossível não rir. São João del-Rei, assim como as demais cidades históricas de Minas Gerais, tem as ruas estreitas, íngremes e com um calçamento totalmente irregular de paralelepípedos. Sendo assim, o ideal é sempre optar por calçados confortáveis e baixos. Mas é claro que a senhora "sou rica" não desceria de seus saltos como as mulheres normais. E aquele cabelo brilhante de tão laranja estava me dando nos nervos. Ela adorava se gabar por ser uma "ruiva perfeita", quando todos sabíamos que era à custa de muita tinta e rios de dinheiro gastos em salão. Até sua sobrancelha ruiva era por pigmentação. Fico me perguntando o que mais ela teria pintado de ruivo! Foi impossível segurar uma risada interior.

— Na verdade, Sra. Cindy...

— Por favor, Lírio, vou ser sua sogra, pode me chamar apenas de Cindy.

— O que eu ia dizendo, Cindy, é que irei visitar vocês essa noite, assim dou um beijo no senhor Augusto e vejo o Felipe.

— Será ótimo, querida! E quem é essa mocinha linda? Sua amiga? Veio da capital com você? — e já foi agarrando Alice em um abraço. Dei uma piscadinha discreta para ela, para que entendesse que era para ficar quieta e deixar que eu falasse o que fosse preciso.

— É Alice, uma amiga muito querida e conhecida dos meus pais desde que nasceu. Na verdade, minha mãe a tem como filha.

— Alice, você também será muito bem-vinda à minha fazenda. Com licença, meninas, vou cumprimentar a Ana Flor e me apressar, ainda preciso cuidar de todo esse meu cabelo hoje — e lá se foi a dona Cindy, rebolando como se estivesse em uma passarela das semanas de moda. Como era exagerada!

Enquanto ria com a Alice do fato da senhora Cindy não a ter reconhecido, observei o ar de desgosto da minha mãe por encontrá-la. Tratou logo de dispensá-la e caminhou rapidamente em nossa direção para nos arrastar porta afora.

— Essa mulher me dá nos nervos. Muita futilidade para uma só pessoa — desabafou minha mãe.

— Mãe, preciso passar no Empório Gourmet ou no Restaurante Villeiros para comprar uma bebida especial para levar para o senhor Augusto. Pretendo fazer uma visita essa noite e vou levar a Alice comigo.

— Não precisa, filha. Pode escolher a garrafa que quiser da adega do seu pai. Temos vinhos muito especiais e tenho certeza de que encontrará o que deseja.

— Duvido muito, mãe. Diferentemente do papai, que é um exímio apreciador de vinhos e bebidas finas, o senhor Augusto gosta mesmo é da boa e velha cachaça mineira.

— É verdade, minha filha. É só chegar na fazenda dele para ouvirmos seu bordão mais famoso:"Vai uma pinguinha aí, sô?"— dissemos juntas.

— E bobo é quem não aceita, não é mãe? Afinal de contas, a boa cachaça corre nas veias do típico mineiro — nossas risadas foram divertidas e exageradas. O dia estava saindo melhor que o esperado. Na verdade, já estava anoitecendo.

Enquanto atravessávamos a pracinha em frente à Igreja de São Francisco para irmos até o carro, vi uma moça tocando a campainha de um sobrado e, eu podia estar muito enganada, mas para mim era Lurdinha.

— Alice, por acaso aquela moça ali na frente é a Lurdinha? — e apontei na direção.

— É sim, Lírio. E pelo visto está indo visitar meu irmão — fazendo aquela carinha de decepção.

— Heitor mora ali?

— Sim.

— Lurdinha! Lurdinha! — gritei, mas ela pareceu não me ouvir.

— Não chama essa moça, Lírio! — minha mãe me repreendeu.

— Mãe, o que tem de mais? É a Lurdinha! Sinto saudade dela.

— Pois não deveria — respondeu secamente e apressou o passo em direção ao carro. Nunca vi minha mãe assim antes. Tinha algo de muito errado acontecendo e eu queria saber o que era.

No caminho de volta para casa, meu celular tocou e vi que era a Roberta, minha amiga de Belo Horizonte.

— Oi, Roberta! Saudade de você, amor! Só para saber, estou ao volante e, portanto, você está no viva-voz do carro com minha mãe e uma amiga minha — era preciso esclarecer antes que ela dissesse algo que me comprometesse. Apesar da minha mãe estar ciente do meu rompimento com Antônio, não achei que fosse o momento mais oportuno para tratar daquele tema, ainda mais com Alice ali.

— Uma amiga? O que é isso? Nem bem foi embora e já nos substituiu? Escutou isso, Clara? — era possível ouvir as risadas da Clara ao fundo.

— Não é nada disso, querida. Vocês sabem que são minhas irmãs do coração. A Alice, a amiga com quem estou aqui, é uma jovem de dezessete anos que é como filha para minha mãe.

— Estou de olho nisso aí, viu, Lírio! Tudo bem, dona Ana flor? Tudo bem, nova amiga Alice? — disparou Roberta.

— Oi, Roberta! Oi, Clara. Como vocês estão? — cumprimentou minha mãe.

— Ótimas, dona Ana Flor! Mas morrendo de saudade da sua filha que nos abandonou.

— E eu não pretendo devolver minha filha tão cedo!

— Tenho certeza que ela também não quer ser devolvida.

— E então, Lírio? Já estamos com saudade e, por isso, resolvemos ligar. Só me diga uma coisa, tudo certo por aí?

— Tudo certo! Cheguei bem, já dormi bastante e comi todas as delícias da roça das quais estava com saudade. E até fui fazer compras de Natal e dar um upgrade no visual no salão de beleza que minha mãe frequenta.

— Nossa! E eu achando que não havia nada para se fazer no interior. Quem diria, você em um salão de beleza e fazendo compras, Lírio! Eu dava o dedo mindinho para ter visto! — e caiu na gargalhada.

— Por que não vem ver de pertinho?

— Como assim?

— Venham passar o Natal aqui. Você e a Clara. Será ótimo! Assim matamos a saudade e vocês descansam um pouco de toda a agitação da cidade grande.

— Concordo com a minha filha e refaço o convite, Roberta. Venham passar as férias aqui conosco na fazenda. Será ótimo! E eu sei que minha filha ficará muito feliz.

— Sendo assim, fica difícil recusar. Estamos a caminho! *Let's go*, Clara! — e eu podia sentir a animação na voz da minha amiga, de quem eu realmente já estava com saudade.

— Ficarei esperando por vocês! — disse mais animada ainda.

— Estaremos aí antes do Natal. Um beijo, querida!

— Outro enorme para vocês! — encerrei a ligação.

Aumentei o som do carro, porque a música que tocava na rádio local tinha tudo a ver com minhas amigas e principalmente com o quanto aquele dia estava sendo gostoso! E era impossível não cantar a plenos pulmões o refrão de *Girls just wanna have fun*, na voz jovem de Miley Cyrus.

Quando chegamos à fazenda Santa Maria, a noite já havia chegado e o cansaço tinha abatido mamãe e eu, mas Alice estava renovada com o dia totalmente diferente que ela tinha vivido. Jamais deixaria de levá-la, como prometido, para ver Felipe. Eu esqueceria o cansaço que sentia para ver a felicidade daquela menina.

Mas nem bem tinha desligado o motor do veículo, quando vi o senhor Joaquim arrancar Alice do banco de trás e começar a sacudir a menina. Eu não estava entendo nada. E a cena que se seguiu depois deixou tudo ainda mais estranho. Mamãe desceu e começou a discutir com ele. Alice veio para próximo de mim e ficamos as duas olhando com uma sensação esquisita de que algo ali não estava normal. Nunca tinha visto o senhor Joaquim levantar a voz para alguém dentro dessa casa, muito menos com minha mãe, a quem ele reservava especial respeito e cortesia.

— Dona Ana Flor, a senhora pode ser a patroa e mandar em todas essas terras e na cidade, até mesmo em mim como capataz dessa fazenda, mas não pode de forma alguma querer mandar na minha vida, na criação que dou a ela e muito menos fazer minha menina de boneca. Minha filha não é brinquedo. Olha para ela! Esse cabelo, essa cara toda maquiada! Minha filha não é uma qualquer! Ela pode não ter mãe e nem dinheiro, mas é uma menina ainda. E uma menina de respeito. Não vou deixar que ninguém estrague minha filha dando a ela ilusões desnecessárias — falou tudo isso de forma bastante brusca. Ele estava realmente irritado.

— Acha que quero mal a Alice? Amo essa menina como se fosse minha filha e você sabe muito bem que ela poderia ser — disparou mamãe.

Opa! Foi aí que Alice olhou para mim com uma interrogação enorme no rosto. Aquele momento foi estranho. Continuamos de expectadoras da cena que se desenrolava.

— Mas a senhora não pode tomar decisões por ela. Eu também gosto da Lírio como se fosse minha filha, mas nem por isso dou a ela os conselhos que acho que ela merecia receber.

— Antes de morrer, a Maria Helena pediu que eu cuidasse de perto da Alice. E não acho que fiz mal algum em lhe comprar algumas roupinhas e a levar ao salão. Sei que isso não é função de pai e que você tem muito o que fazer por aqui. Só quis ajudar. Não estou passando por cima da sua autoridade, estou apenas assumindo um papel que me foi dado. E você tenha certeza de que o faço com alegria em meu coração. Só assim para eu recuperar um pouco do que a vida não me permitiu ter...

— Chega disso, dona Ana Flor! Para mim basta! — deu as costas e saiu pisando duro. Precisei intervir.

— Senhor Joaquim! Senhor Joaquim! Espera um minuto, me escuta, por favor!

— O que foi, menina?

— Não fique chateado. Tudo isso foi ideia minha e me sinto péssima em ver o senhor se indispondo com minha mãe.

— Não se preocupe, menina. Vai passar logo. Estou com a cabeça fervendo. Preciso só respirar um pouco e acalmar os nervos.

— Posso pedir mais uma coisa, senhor Joaquim?

— Diga, filha!

— Terei de ir até a fazenda do senhor Augusto e não gostaria de ir sozinha. Minha mãe está exausta do dia de hoje. Será que Alice poderia me acompanhar? Trago ela cedo, sã e salva, prometo.

— Não fiquem até tarde — foram suas únicas palavras. Olhou para minha mãe mais uma vez, com um olhar que dizia muito mais do que as palavras que foram ditas anteriormente. E seguiu rumo à sua casa.

Quando me aproximei da minha mãe, percebi lágrimas em seus olhos. Mas entendi que não era o momento para termos essa conversa. Puxei Alice pelas mãos e entramos em casa.

— Vou para o meu quarto, minha filha. Estou exausta e vou guardar essas compras e presentes.

— Está tudo bem, mãe? A senhora está pálida, triste, abatida, bem diferente de alguns minutos atrás. Quer que eu chame o papai?

— Está tudo bem, Lírio. Só preciso de uma banho, um chá e minha cama. Seu pai certamente não está em casa... Ele quase nunca está em casa, ainda mais à noite. Eu só preciso... Só preciso dormir — senti sua voz embargada por lágrimas que ela teimava em engolir.

— Tudo bem, mãe. Vou pedir para levarem seu chá, um lanche e um analgésico. — respondi.

— Obrigada, minha filha. Mas o que eu tenho é crônico, vem de muito tempo e analgésico algum vai curar — e subiu as escadas.

Fiquei ainda mais confusa com o que ela disse. Minha mãe precisava falar comigo. Eu só adiaria essa conversa por um tempo curto, não parecia algo que pudesse esperar.

— Lírio, você realmente ainda quer ir à casa do Felipe? Porque se for apenas por mim, não se preocupe, pode deixar isso para outro dia... Ou talvez nunca.

— Não seja boba, Alice! Vamos lá sim! Suba para o meu quarto, leve as coisas que compramos para você, tome um banho e se arrume. Saímos em seguida. E não discuta comigo! — Dei um sorriso forçadamente animado para ela.

Eu podia estar muito enganada, mas acho que minha mãe tinha um passado complicado que podia estar teimando em ressurgir. E tinha quase certeza de que isso tinha a ver com amor ou talvez a dor da traição do meu pai, se isso fosse verdade. Por que amar era tão complicado? Não devia ser a coisa mais simples da vida? Mas parece que as grandes histórias, apesar de terminarem em finais felizes e com muito amor envolvido, sempre tinham um hiato de dor e sofrimento.

O amor podia ser muitas coisas: bom, bonito, doloroso, quente, molhado, sufocante, restaurador... A verdade é que nossas vidas dependiam dele e muitas vezes parecia que nosso planeta pararia de girar sem ele. O coração partido não é só uma metáfora e o sofrimento emocional por vezes é tão profundo que chega a causar dor física. E, no fim de tudo, o amor era realmente tudo que importava. Mas o amor também costumava não ser justo, apesar de acabar dando certo... um dia.

7

ALICE

Lírio me colocaria em apuros com meu pai se ele ao menos sonhasse que eu estava indo à fazenda do senhor Augusto com o intuito de ver o Felipe. Mas, se eu não me arriscar agora, quando terei outra oportunidade? Ele simplesmente não me enxerga. Não sei se essas roupas novas e o cabelo diferente farão ele me notar, mas tenho que tentar.

Morrendo de vergonha, tomei um banho rápido no quarto da Lírio e me enrolei na primeira toalha que encontrei. Tinha tomado cuidado para que meu cabelo não molhasse. Estava tão lindo que eu não queria tirar um só fio do lugar. Agora era hora de abrir as sacolas e escolher entre as inúmeras novas possibilidades uma roupa que me fizesse ficar bonita. Eu queria algo que saltasse aos olhos, mas que fosse despretensioso. Não podia ser nada sexy porque estávamos indo a uma fazenda, mas podia ser mais adulto do que tudo que já tinha vestido até hoje. E agora?

Depois de minutos experimentando todas as coisas e mais algum tempo girando feito uma boba na frente do espelho, acabei me decidindo por um vestido de fundo branco e estampa floral na cor laranja. A saia era plissada e tinha um decote discreto na frente. Uma sapatilha nos pés e pronto, estava ótimo. Eu estava tão nervosa com a situação que era capaz de chegar lá e esquecer até o meu nome.

De frente para o espelho, fiquei olhando minha imagem refletida, totalmente diferente de como havia acordado aquela manhã e desejei muito que minha mãe estivesse viva para me aconselhar, me apoiar e me oferecer algumas palavras de incentivo. Mas como isso era impossível, me contentei em fazer uma oração. Quando abri os olhos, vi que a Lírio estava encostada no batente da porta do quarto olhando para mim.

— Ficou tão ruim assim? — perguntei, imaginando se ela estava achando inadequada a roupa que eu tinha escolhido. Lírio veio em minha direção, me pegou pelas mãos e me fez girar.

— Você está linda, Alice! Nunca vi uma menina mais bonita que você.

— Mas eu acho que devíamos desistir dessa bobagem de ir à fazenda e ver o Felipe. Não vai dar certo e eu corro risco de passar a maior vergonha. Você não entende, eu não tenho a elegância que você e sua mãe têm.

— Calma, Alice! Em primeiro lugar, não estou levando você para um sacrifício ou algo do tipo. Para todos os efeitos estou indo visitar o pai de Antônio, o resto será consequência. Você não pode se esconder a vida toda. Eu não sei se sou a pessoa mais indicada, mas posso dizer algumas palavras que sua mãe diria se estivesse viva — ela me puxou para sentar na poltrona em frente sua cama e continuou falando.

— A primeira coisa que você deve se lembrar é que você ainda é uma adolescente e essa fase é difícil para todo mundo. Há muitas dúvidas, incertezas e questionamentos sem respostas. Isso é muito normal. Seu corpo mudou totalmente, seus hormônios estão enlouquecidos e seu cérebro está evoluindo rapidamente. Eu sei que muitas vezes você passa por situações desconcertantes e se sente infeliz com quase tudo. Mas eu preciso informar que você não é a única a passar por isso. E não, você não é um ser infeliz. Apenas acha que é assim, porque eleva seus sentimentos à milésima potência. E como eu sei de tudo isso? Passei pelo mesmo na adolescência, se não pior. Todos passam. E o que eu vou dizer agora pode parecer cruel, mas, acredite, é a melhor coisa que você poderia escutar de um adulto. Eu sei que você sente falta da sua mãe e que isso dói. Ninguém pode substituí-la, nem mesmo o carinho da minha mãe. Eu sei que você se sente inferior por não ter tanto dinheiro quanto gostaria, apesar de eu achar que isso é uma grande tolice. Mas o mundo não vai parar e esperar a sua dor diminuir e a sua autoestima voltar. A vida segue. É preciso superar e ter coragem de seguir em frente. Eu sei que no momento tudo é muito desafiador, frustrante e aparentemente traz pouca recompensa, mas, se você for gentil com a vida e com as pessoas e manter o foco nos seus sonhos, você verá como as coisas se acertarão. O que a vida quer de nós é coragem.

— Meu pai não me ajuda muito, Lírio. Ele não consegue conversar comigo, não sei se de tristeza por eu fazer com que se lembre da minha mãe ou por falta de jeito mesmo. Tenho tantas perguntas e ninguém para perguntar — ela comentou.

— Como não tem ninguém? Eu sou o quê? Um bicho? E minha mãe? Está aqui o tempo todo disposta a ajudar e de braços abertos para você.

— Mas eu não tenho coragem de falar com sua mãe, ela já me ajuda demais, não vou ficar ocupando a vida dela com meus dramas idiotas.

— Não são dramas idiotas e você não precisa ter vergonha. Estamos aqui para ajudar. Se não quer falar com minha mãe, eu estou aqui.

E de repente me bateu um alívio tão grande no peito e, por impulso, levantei e abracei a Lírio.

— Agora chega disso! Levanta esse rosto, estampa um sorriso e vamos lá ver qual é a desse Felipe! E, ó, conselhos úteis que sua mãe daria a você e eu ouvi da minha mãe um dia. Não faça algo só para agradar os amigos e 'entrar' para a 'turma'. Não beba no copo de outras pessoas e não largue seu copo em qualquer lugar. Não pegue carona com ninguém. Drogas realmente matam. E sexo só pode ser feito por quem já tem maturidade e isso não tem nada a ver com idade, isso é outra coisa. Ah... E sempre use camisinha! — caí na gargalhada, o que me colocava em um estado totalmente bipolar, um minuto triste demais, no outro exageradamente feliz. Mas era engraçado ver a Lírio se esforçando para fazer o papel da minha mãe ou de irmã mais velha. Sei lá!

— Eu entendi agora por que meu irmão é caidinho por você... Você é perfeita, Lírio! Eu já te amo também!

— Perfeita? Eu? Não seja boba, Alice! Eu sou um córrego de virtudes e um oceano de defeitos, como todo mundo — e lá estávamos rindo outra vez. Lírio sabia colocar graça e alegria até nos momentos mais desastrosos. Mas de repente ela ficou calada e quieta demais…

— O que foi, Lírio?

— Isso que você falou.

— O que eu falei?

— Que Heitor me ama.

— E o que tem?

— Sinto medo disso.

— Por quê?

— Porque um coração que muito ama quando ferido, tende a ferir. E, às vezes, fere em proporção ainda maior ao sofrimento ao qual foi submetido.

— Não entendi o que você falou.

— Não se preocupe com isso. Deixa para lá! — saiu me puxando porta afora.

Minha tensão só foi aumentando no decorrer do caminho. A Lírio até tentava me convencer do contrário, mas eu fiquei pensando o tempo todo que seria expulsa da fazenda assim que soubessem que eu era a filha do capataz da fazenda dos pais dela. Ainda mais com a filha irritante da dona Cindy por lá, a tal Crystal. Essa menina me odiava gratuitamente, já que nunca tinha feito nada para ela.

Quando chegamos, eu tremia por dentro e transpirava frio por fora. O pânico estava tomando conta de mim. A empregada da casa nos recebeu e em minutos estávamos sentadas na sala luxuosa da fazenda. Tudo era tão exagerado para uma fazenda que me fez ter vontade de rir, mas, enfim, refletia bem a personalidade da dona da casa.

Enquanto a fazenda da dona Ana Flor refletia sua personalidade moderna e elegante, com um ambiente limpo e bastante iluminado por janelas de vidro que iam do chão ao teto, uma lareira moderna, móveis de madeira clara, estofados confortáveis em cores claras e diversos livros de arte e moda espalhados nas mesas, sem contar as orquídeas raras por todos os cantos. Já a casa da dona Cindy era bastante exagerada com ambientes escuros, iluminação que deixava o ambiente em tons de amarelo e bordô, lareira tipo aquelas americanas que vemos em filmes, móveis e cortinas na cor preta e poltronas com tecido xadrez nas cores vermelha e preta. Sem contar as obras de arte caríssimas por metro quadrado. Eu definitivamente não pertencia àquele lugar. Estava deslocada e com medo.

Eu estava bastante "pilhada"! Sentei e minhas pernas não paravam de balançar. Lírio percebeu meu nervosismo e colocou uma de suas mãos por cima do meu joelho numa demonstração clara de que estava ali para me apoiar e que não deixaria ninguém me ofender. Ela tentava me acalmar. Quando me virei e olhei para ela, percebi o quanto ela era bela, não era à toa que meu irmão morria de amores por ela há anos. Ela usava um vestido vermelho transpassado. Tinha me dito que era de uma grife famosa, uma tal de Diane von Furstenberg e que era muito antigo. Não! Espera! A palavra que era usou foi vintage. Vai saber qual a diferença para algo velho! E usava botas pretas de montaria da tal marca Donna Karan. Ela estava adequada ao ambiente de fazenda, mas também estava muito sensual.

Lírio me disse que não tinha habilidade para moda ou para ficar tão bonita e bem cuidada como sua mãe, mas, na verdade, eu achava que aquele ar despretensioso que ela passava a deixava ainda mais sedutora e bonita, tipo única, singular. Eu definitivamente queria ser como ela um dia, inteligente, bonita, segura e sensual.

Os minutos foram passando e comecei a ficar impaciente. Será que o Felipe estaria na fazenda? Será que ele apareceria para cumprimentar a Lírio? Será que finalmente ele iria me enxergar? E se a Crystal aparecesse e me humilhasse na frente de todos? Ela certamente me reconheceria, mesmo com todas as mudanças na minha aparência. O que eu estava fazendo ali, meu Deus? O tiro sairia pela culatra! E agora, o que eu devia fazer? Levantar, sair correndo e me esconder no carro até que a Lírio resolvesse ir embora? Não! Não! Não! Eu não podia me acovardar, me esconder mais do que eu já estava escondida nessa vida. Pelo menos, se nada desse certo, se o Felipe continuasse me ignorando, era a minha oportunidade de deixar a ficha cair e esquecer de vez esse sentimento idiota.

Droga! Você já desejou tanto uma coisa que não era capaz de imaginar como seria se não a conseguisse? Eu sei que isso é idiota de se dizer na minha idade, mas é como me sinto em relação ao Felipe. Acho que gosto daquele garoto desde que eu tinha uns oito anos de idade e o vi chegar à Fazenda Santa Maria montado em um cavalo. Ele sempre foi lindo, com aquele cabelo todo arrepiado, fios dourados que pareciam refletir a luz do sol, os olhos de um azul tão claro que pareciam terem sido feitos para nos lembrar a cor do céu e as sobrancelhas tão marcantes quanto as sobrancelhas do seu irmão Antônio. Lindo! Forte, alegre, sempre com um sorriso no rosto e lindo, lindo demais! Talvez lindo demais para mim. Já falei o quanto ele era lindo? Certo! Estou parecendo uma idiota até com meus próprios pensamentos.

Respirei fundo e tentei me acalmar. Se não desse certo, pelo menos eu teria tentado sem me acovardar. Apesar do meu encorajamento mental, perdi todo o fôlego ao ver andar em nossa direção a família Carneiro Leão. O senhor Augusto com a dona Cindy e entre eles vinha Felipe, sorridente e animado. Nem sinal da Crystal, graças a Deus! Juro que comecei a ver tudo em câmera lenta e momentaneamente meu cérebro se esqueceu de sua função mais básica, respirar.

Respira, Alice! Respira! Comecei a falar comigo mesma. E comecei a tirar os pés do chão novamente quando aqueles olhos azuis cruzaram com os meus…

— Boa noite, senhor Augusto! Cindy… Já nos vimos hoje! Felipe, que saudade de você, garoto! E onde está a Crystal? — cumprimentou Lírio a todos.

— Oi, querida! Seja muito bem-vinda a essa casa que você sabe muito bem que também é sua! Crystal está na capital. Foi com os pais de uma amiga. Fará compras de Natal e retornará em breve.

— Entendo.

— Lírio, minha norinha! Que alegria receber você! — o senhor

Augusto apertou Lírio em um abraço sufocante que a ergueu do chão. Era possível perceber o quanto ela estava constrangida com tudo aquilo.

— Oi, Lírio! Você está mais linda do que de costume! Se meu irmãozinho não ficar esperto, roubarei você dele!

— Ah, não seja bobo, Felipe, você sabe que é o meu preferido! — Deu uma piscadinha e um beijo no rosto dele.

— Vamos nos sentar — convidou o senhor Augusto.

— Claro, senhor Augusto. Trouxe esse vinho, espero que goste.

— Obrigada, filha! E que tal experimentar uma das minhas cachacinhas premiadas? — deixei um riso discreto tomar meus lábios, porque lembrei imediatamente da piadinha sobre a cachaça que dona Ana Flor e Lírio falaram mais cedo.

— Claro, mas antes quero apresentar ao senhor a minha amiga que está me fazendo companhia hoje — apontou para mim. E tenho certeza que naquele momento estava com as bochechas bastante coradas. — Essa é Alice, filha de amigos queridos dos meus pais. É como se fosse uma irmã para mim. Menina de caráter, inteligente e muito bonita.

— Claro, querida! Como disse mais cedo quando nos encontramos no salão, as amigas da minha norinha sempre serão bem-vindas nessa casa. Que bom que veio! — dona Cindy continuava sem me reconhecer. Aquilo era um alívio naquele momento constrangedor.

Quando senti braços fortes me esmagando, fiquei totalmente sem graça com aquele abraço do senhor Augusto, que completou que eu era sim muito bem-vinda ali. Só queria saber como seria isso depois que soubessem realmente quem eu era.

— Olá, Alice! — comecei a tremer quando Felipe estendeu sua mão para mim. E quando nós tocamos as mãos, senti uma corrente elétrica varrer meu corpo dos pés à cabeça. Ele também sentiu! Pude perceber um arrepio. Só podia ser estática, não tinha outra explicação. — Nós já nos conhecemos? — ele perguntou.

— Oi, Felipe! Acho que nos conhecemos sim, estudo com sua irmã. Você e eu já nos esbarramos algumas vezes no colégio antes de você se formar.

— Engraçado.

— O que é engraçado?

— Dificilmente me esqueço de um rosto bonito — e sorriu para mim. Eu desmaiaria se a Lírio não tivesse nos interrompido.

— Senhor Augusto, conte-me sobre o haras. Como estão as coisas por aqui?

— Tudo vai muito bem, filha! Desde que a associação tomou uma nova direção, temos mais apoio e visibilidade. Estou investindo em uma nova matriz e em breve terei cavalos mais fortes e especiais por aqui.

— Eu o incentivei a procurar novos recursos, essas tecnologias que a ciência oferece, sabe Lírio? — interrompeu a senhora Cindy. — Mas é claro que você sabe, você é bióloga, oras!

— Imagina, Cindy. Sou bióloga, mas não entendo nada desse assunto de reprodução e melhoramento de animais. Meu forte é a sala de aula, ensinar o básico. Para esse assunto, o melhor seria um bom veterinário ou zootecnista — claro que eu sabia que naquele momento a Lírio estava se lembrando do meu irmão Heitor. Esse era o nosso segredinho!

— Você tem quantos anos, Alice? — ah, meu Deus! Felipe estava conversando comigo outra vez. Respira, Alice! Respira!

— Tenho dezessete, como sua irmã.

— Quer dar uma volta e conhecer a casa comigo? Esses aí vão ficar nesse papo chato pelo resto da noite, só falando de cavalos e do casamento da Lírio com o Antônio.

— Tudo bem — acalme-se, Alice! Eu dizia para mim mesma. Era apenas um passeio inofensivo e simples pela propriedade.

— Com licença, família! Enquanto vocês falam desses assuntos chatos, vou levar a Alice para conhecer a casa — disse Felipe.

— Claro, filho! — concordou o senhor Augusto.

— Não demorem muito, pois em breve serviremos o jantar — emendou a dona Cindy.

Lírio apenas deu uma piscadinha para mim. Ela estava me encorajando. Era como se dissesse "vai que essa é a sua chance! ". E eu agarraria aquela oportunidade com unhas e dentes. Levantei e fui atrás do Felipe que andava em direção a um corredor.

— E então, Alice? Gostaria de ir para um lugar tranquilo para conversarmos e ouvirmos um pouco de música?

— Pode ser — pode ser? Como eu soava idiota! Pode ser... Eu devia esmurrar a minha própria cara por não formular uma resposta mais inteligente e demonstrar mais animação. Burra!

Seguimos em silêncio. Claro, eu tinha dado o primeiro tiro no meu pé com toda a falta de ânimo do meu "pode ser". Passamos por um corredor e algumas salas, mas ele não entrou em nenhuma. Onde iríamos ouvir música? Ele começou a subir uma escada e me dei conta que estava a caminho da parte íntima da casa, certamente lá em cima ficavam os quartos. Ah, meu Deus! O que fazer? Ir com ele ou ficar aqui parecendo uma criança idiota?

— Você vem, Alice? — quando saí do meu devaneio, percebi que tinha parado com o pé no primeiro degrau da escada. Outra idiotice! Certamente Felipe já estava rindo de mim.

Fui incapaz de responder qualquer coisa, apenas segui em frente, degrau a degrau.

Quando entrei no quarto dele, me senti pequena, mais pequena do que jamais me senti. Aquilo era muito rico! Um quarto perfeitamente masculino, organizado e bem decorado. Não vi o closet e o banheiro, mas podia imaginar pelo que meus olhos capturavam. Móveis escuros, iluminação aconchegante, estantes com troféus, provavelmente das competições de hipismo e muitos souvenirs que, imagino, ele trouxe de cada viagem internacional que já fez nessa vida. Em um canto, emoldurada em vidro, uma guitarra Epiphone Les Paul Traditional assinada por ninguém menos do que o cantor Lenny Kravitz. Em frente à cama, uma bancada para notebook, uma TV enorme e consoles de jogos. Ao lado da cama havia uma parede toda decorada com capas de HQs de pinups, bem retrô. Era tudo lindo demais! Com um quarto desses eu jamais sairia de casa! Isso devia explicar porque ele ainda não tinha decido ir fazer faculdade na capital até hoje.

— Gostou do meu quarto, Alice? — ah, meu Deus! Por quanto tempo fiquei parada feito idiota babando no quarto dele? Definitivamente eu mesma estava eliminando toda e qualquer chance que pudesse ter com Felipe.

— Adorei, Felipe! É lindo! A decoração é incrível! — ele apenas riu.

— E então, o que gosta de ouvir?

— Ouvir? — do que ele estava falando. Pensa, Alice! Pensa!

— É! Que tipo de música? Que cantores ou bandas você curte? O que toca no seu iPod? — ah! Era disso que ele estava falando.

— Curto muito Nina Simone, The Beatles, Oasis, Rolling Stones, U2, Barão Vermelho, Capital Inicial, Scorpions, Simply Red, Engenheiros do Hawaii, The Pretenders, The Cranberries, Van Halen, Rod Stewart, Cazuza, Cindy Lauper, Lionel Ritchie, Def Leppard, Alanis Morissette, Ellie Goulding, Ana Carolina, Bryan Adams, Lauryn Hill, Adele. Ah! São tantos bons e que eu curto! — quando lembrei de calar a minha boca, percebi que Felipe olhava para mim como se olhasse para um fantasma. — O que foi?

— Nada. É que... Bom, eu estava preparado para ouvir nomes como Miley Cyrus, Justin Bieber, Paramore, Anita, Beyoncé, Katy Perry, Justin Timberlake, Bruno Mars, Rihanna, One Direction e todos os sertanejos do interior do país. Mas... Nina Simone? Scorpions? Rod Stewart? Def Leppard? Você tem mesmo só dezessete anos? — os olhos dele saltavam para fora, enquanto um sorriso tomava seus lábios.

— Meu gosto musical é tão esquisito assim? Eu sei que é meio misturado, nada a ver com nada. Mas é tão ruim assim?

— Ruim? Você enlouqueceu? Você só falou nomes ótimos! Estou positivamente surpreso.

— Que bom, fico aliviada. Minhas amigas me acham uma velha. E eu me sinto mesmo, às vezes. Mas é o que eu curto! Aprendi a gostar com meu pai. Apesar de toda a simplicidade, ele tem um gosto musical que eu considero impecável. Já meu irmão é mais parecido com minha mãe, adora um sertanejo — droga! Por que eu estava tagarelando tanto?

— E quem são seus pais? Eu os conheço? Eles também têm fazenda aqui na região? — por que eu tinha que falar tanto? Agora todo o encanto ia por água abaixo. Mas não, eu não teria vergonha de falar da minha família, nunca tive. Tenho orgulho das minhas raízes! E mentir é a pior coisa que se pode fazer ao se iniciar qualquer tipo de relação, mesmo amizade. Se ele fosse ser ao menos meu amigo, tinha que saber exatamente quem eu era e de onde eu vinha. E me aceitar assim.

— Meus pais são Maria Helena e Joaquim Domingos. Minha mãe morreu há algum tempo e meu pai ainda trabalha como capataz na fazenda dos pais da Lírio. Seu irmão e meu irmão eram amigos, ele se chama Heitor. É isso. Essa é a minha família amada demais! — Felipe olhava para mim com uma cara de paisagem incrível, era impossível dizer o que ele estava pensando.

— Joaquim! Como esse mundo é pequeno! Aprendi a montar com seu pai, devo muitos dos meus troféus a ele. Seu velho é um cara fantástico, sabia? — sorri, e sorri muito, porque aquilo era bom demais!

— Claro que sei! Sou filha dele. Sei disso desde sempre.

— Nossa, leva um abraço meu para ele. Faz tempo que não o vejo por aí. Diga que qualquer hora dessas irei visitá-lo.

— Claro. Tenho certeza de que ele ficará feliz. Acho que todo mundo aprendeu a montar com ele. Lírio, Antônio, Heitor, você e eu.

— Vou escolher aqui para tocar uma coisa que você vai gostar — e começou a preencher o quarto o som bom demais da música *Can't Stop Loving You*, do Van Halen.

— Você conclui o colégio ano que vem, certo? — Felipe perguntou, me encarando nos olhos.

— Sim, junto com sua irmã.

— Ela é chatinha, não é?

— O que? Quem?

— Minha irmã. Minha meio-irmã, na verdade.

— Não. Quer dizer... Não a conheço direito. Não somos amigas. Acho que só estudamos no mesmo colégio porque é o único da região.

— Não esperava que fossem — e olhou sorrindo para mim.

— E você, pretende fazer faculdade na capital como seu irmão?

— Para falar a verdade, Alice, ainda não estou pensando nisso por enquanto. Quero competir no hipismo por mais um tempo. Aí, depois, eu me decido sobre isso. E você? Vai fazer o que depois da formatura.

— Heitor, meu irmão, acha que devo ir estudar na capital. Já meu pai prefere que eu estude em São João del-Rei mesmo. E, convenhamos, a faculdade aqui também é ótima. Mas por mim esperava um tempo, assim como você. Tenho um sonho.

— É mesmo? Que sonho? Se não for muita indiscrição perguntar...

— Não, tudo bem. Eu sonho em viajar mundo afora. Colocar minha vida em apenas uma mochila e pular de albergue em albergue, de cidade em cidade, de país em país.

— Nossa! Isso sim é um sonho ousado! Eu viajei bastante. Aproveitei cada uma das minhas férias para conhecer um país diferente. E entendo esse seu sonho. Espero que se realize.

— Duvido muito, Felipe. Meu pai jamais me deixaria fazer uma loucura dessas.

— Mas imagino que você faça dezoito anos em breve...

— Para o meu pai, filho não tem idade. Quero te perguntar algo, qual país você mais gostou de conhecer?

— Difícil responder essa questão, muitas pessoas já me fizeram essa mesma pergunta. Talvez eu possa citar alguns lugares que foram incríveis demais! A Austrália é linda, e Dubai, nos Emirados Árabes, me surpreendeu. Mas, se eu fosse morar em outro país, optaria por Londres ou Paris.

— Que máximo poder conhecer tantas culturas! Isso, sim, deve valer cada centavo gasto. Esse é outro empecilho para mim. Como viajar tanto sem dinheiro? Mesmo que seja como mochileira, tenho que ter um certo suporte financeiro. Eu trabalho ajudando a mãe da Lírio quando não estou no colégio. Mas tenho certeza de que ainda não tenho nem um centésimo do que preciso para viajar tanto.

— O dinheiro ajuda, mas não é tudo. Continue com seus planos e não desista — e piscou para mim. Até parei de respirar por um momento. — Sente falta da sua mãe? Ela morreu há muito tempo? Não me recordo muito da minha. Ela se chamava Heloísa e morreu quando eu era bem pequeno. Tenho algumas fotos. Ela era linda!

— Imagino a falta que sente. Sei que tem a dona Cindy, mas não é a mesma coisa... Nunca é. A dona Ana Flor me trata como filha, mas não substitui minha mãe.

— E namorado?

— O quê?

— Você tem namorado? É muito bonita, deve ter um monte de babacas no seu pé no colégio — ah, meu Deus! Ele perguntou se tenho namorado? Isso deve ser positivo. Será? Respira, Alice! Respira!

— Não tenho namorado. Os caras do colégio são realmente bem babacas e os outros rapazes com quem convivo na fazenda não me despertam interesse.

— Sei...

— E você, tem namorada?

— Não — a resposta foi seca e direta. — Tive alguns rolos por aí, mas nada que valha a pena mencionar — não respondi ou perguntei mais nada.

Aquele momento tão incrível foi interrompido pela empregada que foi nos avisar que nos aguardavam para o jantar. Saímos do quarto e, quando fomos descer a escada, ele segurou minha mão. Ah, meu Deus! Ele segurou minha mão! E lá estava aquela corrente elétrica novamente que eu tenho certeza de que ele também sentiu outra vez.

Nós nos olhamos na mesma hora. Aquele contato, olho no olho, foi suficiente para acelerar meu coração e deixar minha respiração mais rápida e profunda. Eu estava parecendo uma idiota.

Já na sala de jantar, Felipe puxou a cadeira ao seu lado para mim e me sentei à mesa com todos. Eu estava bastante envergonhada, mas não podia demonstrar. Durante todo o jantar, enquanto os outros falavam de cavalos e prêmios, Felipe e eu permanecemos em silêncio e vez ou outra ele colocava uma de suas mãos embaixo da mesa e apertava o meu joelho. E eu apenas olhava para ele e sorria.

A noite terminou da forma mais perfeita possível. Felipe prometeu me visitar e me chamar para passear na cidade. Ele queria me ver outra vez! Sabia quem eu era e queria me ver outra vez! Despediu-se de mim com um abraço e um beijo no rosto. E mesmo que eu não o visse outra vez ou se ele resolvesse voltar a me ignorar, jamais, nem em cem anos, poderia me esquecer dessa noite. Jamais.

Quando entramos no carro, Lírio foi logo dizendo:

— Conta tudo!

— Ah, Lírio, não aconteceu nada demais. Apenas fomos para o quarto dele ouvir música. E conversamos um pouco sobre coisas normais.

— Só isso?

— O que esperava?

— Um beijinho! — e caiu na gargalhada!

— Não seja boba! Claro que não nos beijamos. Falamos sobre coisas normais — fiquei em silêncio por um tempo e Lírio respeitou isso, me dando espaço. — Lírio, contei para o Felipe quem são meus pais.

— Ótimo! E qual foi a reação dele?

— Acredita que ele nem ligou? E ainda me disse que gosta do meu pai.

— Todo mundo que conheço gosta do seu pai, Alice. Adorei você ter falado quem era. Não gosto de mentiras e acho que nenhum relacionamento deve começar baseado em mentiras.

— Relacionamento? Ficou doida, Lírio?

— Ah, Alice, vai me dizer que não percebeu como ele ficou olhando para você durante todo o jantar? E eu percebi bem como ele se despediu de você, cheio de carinho e segredinhos ao pé do ouvido. Conta outra, viu mocinha!

E foi assim que esse dia totalmente inesquecível terminou. Com a promessa de momentos mais felizes e sonhos encaminhados. Era demais! Demais!

8

HEITOR

Acordei com a pior dor de cabeça dessa vida. Parecia que alguém martelava o meu cérebro. Fora a vontade horrível de colocar o estômago para fora. Trabalhar hoje? Sem chance! Precisava levantar, tomar um banho e o café mais forte que conseguisse preparar. Precisava também de uma omelete, já tinham me dito que ajudava a curar ressaca.

Enquanto tomava banho, tentei me lembrar da noite anterior, mas tudo que vinha à minha mente era a música, o poker, o álcool e algo a ver com Lurdinha. O resto era um grande borrão. Não fazia ideia do que eu tinha feito e muito menos de como tinha chegado em casa. Mas seu eu tinha conseguido chegar em casa inteiro, era um sinal de que tudo estava relativamente bem.

Coloquei uma calça de pijama e fui para a cozinha, afinal precisava comer ou desmaiaria. Qual foi minha surpresa ao ver a mesa servida com um café da manhã completo e Lurdinha com os fones de ouvido, dançando vestida só com minha camisa e preparando mais alguma coisa no fogão.

Eu me aproximei com cuidado para não a assustar e retirei um dos fones do seu ouvido, de onde saía uma daquelas músicas doidas que ela gostava, misturando pop e sertanejo. Ela se virou para mim, sorriu, me deu um beijo nos lábios e continuou a cozinhar.

— Bom dia, garotão! Sinceramente, se você continuasse na cama mais um pouco, eu chamaria um médico para o examinar. Nunca vi você perder os sentidos...

— Como assim perder os sentidos, Lurdinha? Eu apenas apaguei por causa do porre que tomei na noite passada.

— Você está pior do que eu pensava... Heitor, o porre você tomou na outra noite, quando chegou em casa carregado por mim. Dormiu o dia todo pelo visto, ou bebeu mais aqui na sua casa, porque quando voltei ontem, depois do trabalho, já no fim do dia, você ainda estava desmaiado na sua cama. Toquei a campainha e quando vi que você não respondia, usei a chave reserva que você me deu faz tempo, lembra? Disse para mim mesma que se você não se levantasse hoje para o café da manhã, eu chamaria um médico e o levaríamos para o hospital.

— Você ficou louca?

— Louca? Pegue o seu celular e confira a data.

E foi o que eu fiz, me sentei à mesa e conferi a data do dia no celular. Não podia acreditar! Além da Lurdinha estar completamente certa, ainda tinham vinte chamadas não atendidas no meu celular, algumas de Lurdinha, outras do trabalho e duas da minha irmã. Droga!

— Preciso ligar para o trabalho — Lurdinha veio até a mesa e serviu uma omelete em meu prato. Aquela garota lia meus pensamentos!

— Não, Heitor! Primeiro você come, depois faça as ligações que tiver que fazer. E sugiro que, caso não tenha alguma urgência no trabalho, fique em casa hoje também. Você está com uma cara péssima!

— Obrigado — respondi em tom irônico.

— É a verdade.

— O que aconteceu?

— Primeiro me fala do que você se lembra.

— Me lembro de estar tocando violão lá no Bistrô e de jogar poker depois. E claro, me lembro que bebi demais, tudo que tinha no menu de bebidas.

— Estava tentando se matar?

— Só estava chateado.

— Ponto um, eu sei o motivo da bebedeira. Lírio voltou e com certeza vocês se viram. Ponto dois, muito conveniente você se lembrar só disso... Muito importante ter se esquecido de que me tratou feito uma vagabunda na frente de todo mundo lá no restaurante e principalmente de ter ido para a cama comigo me chamando de Lírio depois de toda bebedeira. Ponto três, eu sou mesmo uma idiota por estar aqui cuidando de você, mas sou sua amiga. Só que não mereço isso. Ouviu, Heitor? Não mereço! — Lurdinha acabou se exaltando.

— Calma aí, Lurdinha! Como assim a tratei mal? E que história é essa de termos transado...

— É Heitor! Isso mesmo! Fui buscar você no restaurante, porque achei que estaria péssimo para dirigir até em casa e, quando chegamos aqui, eu o coloquei na cama e você não me deixou ir embora. Acabamos transando. Não que isso seja novidade ou anormal, mas me chamar de Lírio foi bem estranho e ofensivo.

— Peço desculpas, Lurdinha! Eu não sou assim. Você sabe. Não me lembro o que falei com você, mas por favor, esqueça. Certamente foi a raiva e o álcool. Não tem nada a ver com você. E isso de eu ter dito outro nome enquanto estava com você, eu devia estar fora de mim. Não teria motivos para fazer isso, você sabe que eu curto muito ficar com você. Como posso me redimir?

— Que tal começar tomando esse café e mudando essa cara de ressaca, de doente? — Lurdinha abriu um sorriso jovem e encantador. Ela sabia que eu jamais a magoaria. Ela era minha melhor amiga.

— Você vai trabalhar hoje?

— Claro, Heitor. Minhas crianças me esperam. Mas, repito, acho que você não deve ir. Precisa tomar bastante água, se hidratar, curar essa ressaca toda, para só amanhã voltar bem ao trabalho.

— Tentarei fazer isso.

— No fim do dia passo aqui para ver você. Qualquer coisa me liga no celular — Lurdinha se levantou e pegou a mochila da cadeira.

— Aonde você vai? — perguntei.

— Está na minha hora. Não posso me atrasar, as crianças já devem estar chegando.

— Obrigado — ela veio até mim, me deu um beijo nos lábios, sorriu e partiu para o trabalho. Éramos amigos demais para precisarmos de muitas palavras ou explicações.

Fiz as ligações pendentes e avisei à minha assistente que só retornaria ao trabalho no dia seguinte. Ainda bem que ela era discreta o bastante para não perguntar o motivo. Provavelmente os boatos de que fiquei alcoolizado já tinham se espalhado pela cidade, dispensando qualquer comentário. Eu me lembrei de que precisava ligar para Alice, ela tinha me ligado e normalmente não era uma menina de ficar incomodando quando não tinha motivos. Em resumo, devia ser algo importante.

— Até que enfim resolveu se lembrar de que tem uma irmã, não é Toi? — atendeu Alice toda animada.

— E se continuar a me chamar por esse apelido horrível, vou me esquecer de que tenho uma irmã mesmo, ouviu, pirralha! — é claro que estava brincando, só para irritar a pestinha.

— Ah, Heitor, vai...

— Continua essa frase e descobrirá como é ficar de castigo pelo resto da vida.

— Eu tenho quase dezoito anos de idade.

— Pode ter cinquenta que eu continuarei sendo seu irmão mais velho e, como tal, tenho obrigação de ensinar a você bons modos. Agora me fala, o que você quer comigo, já que me ligou ontem? E pelo horário da ligação, no fim da noite. Fiquei preocupado. Está tudo bem com o pai? Aconteceu alguma coisa?

— Fica tranquilo! Está tudo bem com o pai, exceto pelo fato de que ele continua pegando no meu pé. Liguei em primeiro lugar porque estou com saudade e depois porque quero me encontrar com você hoje, entre São João del-Rei e Tiradentes, na Cachoeira do Urubu.

— Como é? Ficou doida, garota? A estrada para essa cachoeira, ali próximo à entrada da Gruta Casa da Pedra, é muito perigosa. O que você pensa em fazer lá? Como pensa em chegar lá? Olha, vou falar com o pai. Você enlouqueceu de vez. O que você aprontou?

— Não é nada disso, Heitor. Alguns amigos se reunirão lá para comemorar o encerramento do ano letivo e o papai me deixou ir somente se você estiver junto.

— Só me faltava essa. Eu trabalho, sabia? — Quem sabe dizendo isso ela não desistia.

— Mas eu sei que você pode se ausentar quando quiser. Seu trabalho praticamente não exige que você fique na faculdade. E eu sei que pode fazer isso por mim. Papai não pode sair da fazenda e infelizmente a mamãe não está mais aqui. Faça isso por mim, Heitor. Só posso contar com você. A turma vai se afastar de mim porque nunca participo de nada com eles. Não quero sofrer bullying ano que vem — saco! Pensei comigo.

— Chantagem emocional não vale, pirralha! Irei acompanhar você porque, apesar de muito chata, amo a minha irmãzinha! A que horas precisamos ir?

— Na verdade estarei lá às quatorze horas, terá uma van para levar a turma. Você pode ir para lá de carro e encontrar comigo nesse horário? Voltarei com você.

— Não gosto da ideia de você enfiada em uma van com essa pirralhada toda, principalmente naquela estrada perigosa.

— Não, vai ser tranquilo. Amo você, sabia? Beijo e apenas me encontre lá para me proteger do lobo mau — caiu na risada e desligou na minha cara. Que pirralha! Lobo mau…

Decidi dormir mais um pouco, principalmente porque teria de pegar aquela estrada sinuosa e esburacada e, para isso, precisava manter os reflexos e um bom estado de alerta.

Algum tempo antes do horário combinado me levantei e já me sentia bem. Acho que o banho, o café da manhã de Lurdinha e o analgésico fizeram o efeito esperado. Lavei o rosto, vesti a primeira camiseta que avistei, um jeans, botas e coloquei um boné e óculos escuros para encarar a claridade do sol.

Já na estrada, liguei a rádio e parecia o destino cantando para mim *When you came into my life* do Scorpions. Como conter as lágrimas e não chorar feito um frouxo? ... *Cause your love has found it's way to my heart...*

...

Ao chegar à cachoeira, estacionei minha caminhonete o mais próximo possível, mas não avistei a tal van. Será que estavam atrasados? Que merda!

Peguei a trilha e andei até a pedra no topo da cachoeira. O dia estava com um clima gostoso e o sol não me incomodava, estava ameno. Os raios se refletiam no esverdeado da água, tornando-a convidativa, mas de jeito nenhum eu tiraria minhas roupas ali, na frente de um bando de moleques e pirralhas. Estava silencioso, só ouvia os pássaros e o som da queda da cachoeira. A turma de Alice realmente ainda não tinha chegado.

Eu me deitei ali mesmo na pedra para esperar que Alice chegasse. Coloquei o boné no rosto para proteger do sol e fiquei pensando na vida, na bebedeira ridícula que tomei, em Lurdinha e no quanto ela ainda devia estar magoada comigo e em Lírio e no amor sem explicação que eu sentia por ela, era doentio... E acho que a chamava com meu desejo porque tive a nítida ilusão de ouvir sua voz me chamar.

— Não sei o que é mais bonito de se ver, os raios de sol fazendo a queda d'água da cachoeira mais bela da região ficar ainda mais prateada ou o sol refletindo no seu corpo perfeito, Heitor — não, eu não estava sonhando, nem imaginando coisas, nem era efeito da ressaca que já estava curada. Era Lírio, e ela estava bem ali em pé olhando para mim.

Levantei-me com um pulo e fiquei olhando, sem acreditar, a mulher na minha frente. Lírio estava ainda mais linda com uma roupa simples: de camisa xadrez vermelha, jeans bem justinho e botas de montaria. Sem contar o chapéu em sua cabeça, tão típico dela antigamente, e aquele bracelete em seu braço, que eu havia lhe dado há tanto tempo... Ela ainda tinha aquela coisa sem valor. Tudo bem, o relógio que ela tinha me dado ainda estava guardado em uma caixinha especial em minha casa. Por um momento parecia que tudo estava no lugar outra vez, como sempre devia ter ficado. Lírio e eu, como sempre devia ter sido.

— Então, peão? O touro comeu sua língua? — Lírio sorria como há anos atrás, com aquele olhar jovem e feliz, aquele sorriso largo e aberto. Mas ela não era minha, ela escolheu Antônio. E o que queria ali? Brincar comigo?

— O que você faz aqui?

— Que isso, Heitor? Tenho certeza de que sua mãe lhe deu educação. Esqueceu como se cumprimenta os amigos? — veio até mim, ficou na ponta dos pés, empurrou um pouco a aba do chapéu para trás e me deu um beijo macio e carinhoso nos lábios.

— Mas o que pensa que está fazendo? O que você faz aqui no meio da semana?

— Eu estou de férias, peão! E você, o que faz aqui? Não devia estar trabalhando? — e ria como se aquela situação constrangedora fosse apenas engraçada.

— Estou aguardando minha irmã que chegará com uma turma de colegas. Não permito que ela fique sozinha nesse ambiente perigoso com uma turma de moleques.

— Tão cuidadoso e sério como sempre, não é, Heitor?

— Acho melhor você vir aqui outro dia. A molecada não dará paz.

— Está me expulsando daqui? — e começou a gargalhar de mim.

— Não, Lírio. Só não acho que seja o melhor dia para vir nadar aqui. Posso sugerir que vá para a Cachoeira do Mangue, bem mais perto da cidade. Lá você terá paz para fazer o quer que tenha vindo fazer aqui.

— E se eu disser para você que o que eu vim fazer aqui não posso fazer em outro lugar? — permaneci em silêncio. Aquela mulher estava me enlouquecendo.

— Estou aqui para falar com você, Heitor. E não sairei daqui até que isso aconteça como deve ser, uma conversa entre adultos.

— Alice disse a você que eu estaria aqui? — pirralha!

— Não, Heitor. Eu pedi a Alice que inventasse alguma coisa para trazer você até aqui. Ela não virá, seremos só nós dois e essa natureza exuberante.

— Você só pode ter enlouquecido! — eu estava oficialmente puto com Alice. Ela não podia ter feito isso.

— Estou enlouquecendo sim, com essa sua frieza comigo. Você nunca foi assim. — Lírio veio até próximo de mim e acariciou meu rosto com uma de suas mãos.

— Vou embora. Se quiser, que fique. Não ligo. Não tenho mais nada para tratar com você.

— Pode ir, só não sei até onde você vai conseguir chegar a pé, porque deixei meu carro fechando a saída entre a trilha e a estrada e sua caminhonete está presa. Você não me escapa! Mas fique tranquilo, trouxe uma cesta de piquenique para nós dois e temos o restante do dia para colocar os pontos nos lugares certos. Vamos encerrar uma história e começar outra bem aqui.

— Você não pode me obrigar...

— Não, mas vou.

Lírio se virou de costas para mim, pegou uma cesta e veio até onde eu estava. Tirou da cesta uma toalha xadrez e estendeu na pedra, sentou-se por cima e começou a tirar um monte de coisas para comer e beber. Olhei a cena como se assistisse a um filme no cinema, era muito inacreditável. Lírio tinha se tornado uma mulher forte, de personalidade, totalmente indomável. É isso! Ela era uma mulher indomável.

— Ficará o resto do dia aí, de pé? Não seja cabeça dura! Sente-se aqui e coma algo. Tudo está delicioso! — Eu me sentei porque era impossível fazer Lírio entender que aquilo era um erro.

— Ainda curte sertanejo, peão? — retirou o celular do bolso e colocou para tocar a música *Longe Daqui*, de Munhoz & Mariano.

— Essa música... Essa música é muito nossa, Heitor! — fechou os olhos e começou a cantar junto.

"SE PREFERE EU POSSO INVENTAR

UM LUGAR DIFERENTE

ONDE NÃO HÁ NINGUÉM PRA FALAR

MAL DA VIDA DA GENTE

EU TE LEVO PRA GENTE SE AMAR
EU TE LEVO PRA GENTE SE AMAR
PRA BEM LONGE DAQUI

AGORA SE PREFERIR
EU TE LEVO PRA GENTE SE AMAR
EU TE LEVO PRA GENTE SE AMAR
PRA BEM LONGE".

— O lugar diferente é esse aqui. Não tem mais ninguém aqui. E agora, qual será sua desculpa? Hein, Heitor? — é provável que eu tenha ficado pálido com cada palavra que saiu dos lábios dela. O que ela estava fazendo? Brincando comigo? O que ela queria? E como se pudesse ler meus pensamentos, ela respondeu:

— Eu quero fazer amor com você, Heitor! Eu preciso disso, deixamos esse hiato em nossa vida. E, se não acontecer, passarei a vida inteira pensando como teria sido. Não estou brincando com seus sentimentos, estou tentando entender os meus. E se não sente nada por mim, o que não acredito ser verdade, faça como tem feito com a Lurdinha, pense que está apenas ampliando seu relacionamento de amizade comigo — e riu. Como assim ela riu? Estava achando graça da situação?

— Em primeiro lugar, Lírio, eu não faço amor, eu fodo. E se não sei ser carinhoso e tirar prazer disso, é sua culpa. Desde que você preferiu Antônio, eu fiquei assim. A vida me endureceu e não sei gostar de carinho, de fazer amor. Apenas uso o sexo para aliviar as tensões do dia a dia. Isso funciona com a Lurdinha, sim, porque ela pensa como eu. Sexo é apenas uma forma de buscar prazer para o corpo.

— E onde você busca prazer para a alma?

— No meu trabalho.

— E o seu coração?

— Você arrancou do meu peito, esfaqueou e jogou no inferno.

— Heitor...

— Chega, Lírio! — gritei com ela. — Não posso mais fazer isso, não posso ser um monstro com você. Não entende? Quero ir embora! E vê se não me procura nunca mais!

— O que eu disse naquele dia é verdade. Eu deixei Antônio. E, para falar a verdade, nunca escolhi ficar com ele, apenas deixei a vida ir tomando um curso sem que eu segurasse as rédeas. Todas as vezes que voltei à fazenda, nunca vi você... Parecia ter fugido. Você escolheu desistir de mim, de nós. Mas eu não amo Antônio, não para casar. O amor que sinto por ele é o mesmo que sinto por Lurdinha, por sua irmã Alice.

— Mas você dormia com ele, não é? — a raiva e o ciúme explodiam dentro de mim.

— E você dorme até hoje com a Lurdinha. Vi quando ela entrava em sua casa ontem, no fim da tarde — eu estava completamente sem palavras, apenas a encarei.

Lírio veio até mim, sentou-se em meu colo e começou a fazer carinho em meu cabelo e passar os lábios em meu rosto. Como resistir, meu Deus? Por favor me diga como!

— Não resista, Heitor! Eu sei que você pode fazer amor comigo — eu a empurrei e a tirei do meu colo. Em segundos, a mulher indomável estava novamente no mesmo lugar. Que difícil!

— Você quer me enlouquecer? É isso?

— Ah, quero sim, Heitor! Do jeito mais gostoso possível!

— Chega disso, Lírio! Ah, merda! — senti na pele uma eletricidade que era maior do que a que eu já conhecia bem demais. Um arrepio varreu o meu corpo chegando a atingir até mesmo a alma. Meu corpo queria tudo aquilo há tempo demais e, naquele momento, eu queria negar isso a ela. Eu não podia ferir o amor da minha vida. Machucar, castigar... Eu não queria fazer nada disso. Mas era só o que eu sabia fazer. Sem isso eu não conseguiria ter prazer... Mas e seu eu ao menos tentasse?

Lírio estava sendo sexy, atirada e doce ao mesmo tempo. Ela tinha um perfume irresistível. Eu reconheceria aquele cheiro até em meio a uma multidão. Que se foda a vida! Eu precisava fazer aquilo. Eu precisava ter aquela mulher e, se a oportunidade que eu tinha era aquela, não jogaria fora. Não iria resistir mais.

— O que foi? — parou e olhou no fundo dos meus olhos, praticamente tocando minha alma.

— Não entendi.

— Seus olhos, Heitor.

— O que tem meus olhos?

— Seus olhos adquiriram um brilho perverso.

— Eu avisei — e foi tudo que falei.

A tensão era tanta que ficou difícil respirar. Eu inspirava fundo como se fosse um adolescente que nunca tinha transado antes. Eu era um predador e podia sentir o desejo que emanava do corpo dela. Meus músculos estavam contraídos e eu me sentia duro e repleto de tesão... Um tesão que nunca senti antes. E assim começamos a nos beijar de verdade, com os dois se entregando. A língua dela deslizava em meu lábio inferior como uma promessa evidente do que ela faria comigo quando estivéssemos sem roupas.

Enfiei as mãos em seu cabelo para tomar o controle da situação. Todo o controle desapareceu, restando apenas meu lado animal. Envolvi as pernas dela em meus quadris e percebi que aquela pressão a estava enlouquecendo. Lírio começava a soltar gemidos e empinar o corpo para trás... Um sinal que ela preferia estar deitada. Devia ser sua posição mais confortável. E tudo que eu queria é que ela tivesse muito prazer, todo o prazer necessário para que nunca se esquecesse de quem havia proporcionado àquilo ao seu corpo.

Abri sua camisa botão a botão, retirei seu lingerie e acariciei cada seio. Primeiro de forma suave, com adoração, e depois forte o suficiente para causar uma dor que extrapolasse o limite do suportável. Ela precisava entender onde estava se metendo.

A girei em meu colo e a deitei sob a toalha. Desci o zíper de seu jeans, retirei suas botas e praticamente arranquei o restante de sua calça. Rasguei sua calcinha, porque estava muito difícil de manter o controle. Eu sentia que transpirava com a antecipação daquele momento que tinha aguardado por tantos anos.

— Meu Deus, você é linda! — Lírio suspirou e sua cabeça pendeu para trás em busca de ar para encher seus pulmões.

Comecei a fazer aquilo que eu fazia melhor, com força percorri cada centímetro do seu corpo com minhas mãos e meus lábios, enquanto ela se contorcia de dor e prazer. Marquei seus seios, sua barriga, suas coxas... Senti o sabor de cada centímetro da mulher que mais amei nessa vida. E ela estava lá, disposta e entregue, apenas sussurrando meu nome a cada toque de prazer. Era meu nome que saía dos lábios dela e aquilo era tudo que eu sempre desejei ouvir. Quanto mais o bico de seu seio ficava rígido, mais eu sugava com prazer. Cada puxão fazia com que ela se arrepiasse. Belisquei, apertei com firmeza e fiz movimentos circulares com a palma da mão.

Arranquei o cinto que eu usava e com ele amarrei os pulsos da Lírio para trás. O mais incrível foi ela não ficar surpresa ou reclamar. Como eu queria estar na minha casa com todos os meus brinquedinhos disponíveis! Retirei minha bota e minha calça, mal tive o bom senso de retirar a camisa ou pensar em qualquer outra coisa. Mas era o bastante.

Coloquei-a de quatro, abri suas coxas e me enterrei nela sem o menor cuidado. Eu não podia mais esperar por aquilo. A primeira investida fez suas costas arquearem e sua cabeça pender para frente. Eu latejava dentro dela, grande, grosso, forte e fundo. Sentia um zumbido no ouvido e podia notar o sangue percorrendo minha jugular. Minha mente vagou e tudo que eu via era Lírio sendo minha. Só minha. Como sempre devia ter sido. E não parei mais de meter, rápido, forte e fundo. Às vezes eu retirava meu pau só para roçar com força o clitóris dela e vê-la gemer meu nome e ficar sem ar. Segurei o seu cabelo com uma das mãos e com a outra agarrava as mãos dela, que estavam imobilizadas para trás. Com isso, conseguia imprimir mais força, muito mais força. Eu sabia que doía, mas era assim que eu gostava, era assim que ela não me esqueceria. Eu a fodia com um instinto animal. Não era apenas uma emoção fugaz como as que tive com as inúmeras mulheres com quem já fodi nessa vida. Ali era sentimento puro. Foder com amor. Era isso.

Dei alguns tapas em sua bunda, nada demais. Era apenas para deixá-la ainda mais quente para mim. Se ela soubesse o que eu podia fazer com um chicote de montaria... E cada vez que eu a surrava, ela comprimia a boceta, me deixando ainda mais alucinado. Estimulei seu clitóris mais uma vez com meus dedos.

— Heitor, espera um pouco. Estou quase lá, mas está doendo muito. Preciso de um tempo — ela quase não conseguia falar, tentando manter o ar em seus pulmões. Fiz de conta que não a ouvi e continuei minhas investidas com força.

— Tem certeza que deseja que eu pare? — segurei ainda mais forte e investi com toda a força que tinha.

— Ah! — ela gemeu trêmula. — Não, não pare! Acaba comigo Heitor! Me mata de prazer!

Saí de dentro dela e enfiei logo três dedos de uma só vez. Queria ir fundo, fazer com que gemesse de dor... Aquilo me enlouquecia. Empurrei com tanta força os dedos para dentro, que logo eram quatro ocupando aquele espaço minúsculo. Ela urrava e eu senti que explodiria de prazer a qualquer momento.

Voltei a penetrar Lírio com toda força. Como ela estava encharcada! Eu deslizava com facilidade para dentro dela... E voltei a meter com toda pressão. E, quando percebi que ela não aguentava mais, meus lábios roçaram suas orelhas e, com uma voz de comando, ordenei: — Goza para mim, me deixa sentir, Lírio! — peguei aquela mulher com ainda mais força e deixei meus dedos marcados na pele da bunda dela com os tapas que ela merecia receber por ter escolhido outro, por ter se entregue a outro. Um tapa atrás do outro com o limite da força que eu sabia que ela suportaria naquele momento do fim de suas energias. E aquela mulher indomável aguentava muito! E com um gemido rouco, onde identifiquei uma tentativa de gritar meu nome, ela gozou. Lírio tremia e se tencionava em espasmos enlouquecidos ao redor de mim.

— Ah, gostosa! — e com mais um tapa voltei a investir pesado dentro dela.

— Você está tão duro! — gemeu.

— É por sua causa. Desejo isso há tanto tempo que começo a pensar que estou apenas imaginando que está acontecendo — meu quadril se projetava reivindicando em estocadas enfurecidas aquilo que sempre foi meu.

Acelerei meu ritmo e segurei seus cabelos com ainda mais força. E gemendo o nome daquela mulher, atingi meu clímax de uma forma como jamais tinha acontecido antes. Naquele momento eu a marquei como minha, do meu jeito. E ela sentiu muito prazer.

Soltei seus pulsos e massageei o local onde o cinto tinha apertado, estava um pouco arroxeado e marcado. Saí lentamente de dentro dela e deitei na toalha para colocar novamente os pensamentos em ordem e tentar enfim respirar.

Lírio se aconchegou em meu ombro e passou seus braços sobre meu peito. Aquilo era tão bom que eu podia morrer ali mesmo. Eu chegaria ao céu ou ao inferno feliz, com um sorriso ridículo nos lábios e muito prazer no corpo e na alma. Foi então que senti o coração dela acompanhando o ritmo do meu... Será que eu poderia querer mais da vida? Sim, poderia. Queria ela só para mim. Definitivamente. Para sempre. Por toda a eternidade.

— Você foi incrível, Heitor — Lírio sussurrou.

— E você aguentou bem — respondi.

— Foi um pouco difícil porque você é muito grande, mas acho que dei conta — e sorriu. — Você gozou dentro de mim, sem preservativo — tomei um susto e me sentei na hora olhando para ela com o olhar mais enfurecido do mundo.

— Fala para mim que você toma contraceptivo! — urrei.

— Relaxa, Heitor! Eu tomo sim. Apenas fiz um comentário.

— É que você veio com toda aquela investida, eu simplesmente parei de pensar e apenas agi.

— Está tudo bem. Fui eu que quis assim. Pode se acalmar, por favor?

— Acho melhor irmos embora.

— Ficou doido? Olha esse dia! Olha essa água! Eu vou pular ali.

— O quê? — E antes que eu pudesse interromper as ideias doidas daquela mulher, ela se levantou, correu e pulou no rio lá embaixo. Morri por um segundo, ela poderia ter se machucado sério ou morrido.

Corri como um louco até a ponta da pedra, de onde era possível ver a queda d'água e me joguei lá embaixo, de camiseta e tudo, sem pensar duas vezes. Agora que ela estava na minha vida, era minha responsabilidade cuidar dela e a manter em segurança. E como seria difícil com essa versão indomável da Lírio!

Mergulhei e a vi quando voltei à superfície. Linda, nua, com o sol fazendo brilhar as gotas de água em seu corpo e o desejo me consumiu forte outra vez. Ela jogava água para cima e sorria feito uma criança. E eu fiquei olhando aquela cena, digna de uma obra de arte que eu desejava eternizar.

— Você é louca! Podia estar morta ou no mínimo muito machucada depois dessa queda.

— O que a vida quer de nós é coragem, Heitor! Ela quer coragem! — Lírio ria e jogava a água para cima como se fosse uma criança feliz e inocente, não uma mulher que acabara de trepar feito um animal.

Eu a arrastei para fora da água e voltamos para a parte de cima, onde ficamos nos secando sob os raios de sol. Conversamos sobre trivialidades da vida e ela me contou um pouco sobre o tempo que viveu fora, as viagens que fez para outros países, as amigas novas que tinha. Tudo isso tomando o maior cuidado para não citar o nome de Antônio em momento algum. Percebi que ela não queria me ofender.

Também falei um pouco sobre como tinha sido minha vida durante esses últimos anos. As dificuldades que passei, as coisas que enfrentei e tudo que conquistei.

— Desculpa — lembrei de falar.

— Exatamente pelo o quê?

— Pelas marcas no seu pulso, pela surra, pelos sinais arroxeados na sua pele, pelo que fiz ao seu corpo. Acho que você está sentindo dor, mas eu avisei que não sei fazer de outra forma.

— Não me importo — foi tudo que ela respondeu.

— Mas eu sim. E não fiz nem a metade do que posso fazer.

— Isso é uma promessa? — olhou para mim com um sorriso sedutor e mordeu o lábio inferior me seduzindo ainda mais.

— Não vai se repetir. A gente não pode...

— Não faça isso, Heitor. Não tome tudo de mim, não se aproveite por eu ter me entregado tão livremente a você. E agora me ignora como se o que aconteceu aqui não tivesse representado nada. Não é justo.

— Foi um erro, Lírio.

— Não. Eu desejei. Você desejou. E isso definitivamente não foi só sexo.

— O que foi? Agora vai dizer que fizemos amor? Não seja patética.

— Amor não, amor vem com o tempo, com calma, com aceitação, com cumplicidade. Isso aqui foi a mais pura, desesperada e digna paixão. E você precisa reconhecer isso. Eu quero você. Você me quer. Seja honesto quanto a isso e vamos viver esse sentimento.

— Lírio, eu...

— Não, Heitor. Eu sei que você precisa de um tempo para entender e aceitar o que aconteceu. Eu apenas quero que saiba que nesses anos todos eu nunca o esqueci. Você fez parte de mim o tempo todo. Eu jamais escolhi Antônio, apenas deixei a vida me levar. Mas agora decidi assumir minha vida e seu percurso e tomar as decisões somente com a minha cabeça.

Ela se levantou e começou a se vestir. Como era linda! Minha cabeça fervia. Meu corpo ainda estava dormente com todo o prazer que o tinha assolado. Apenas levantei e me recompus. Enquanto Lírio recolhia as coisas do piquenique, eu a olhava e a admirava ainda mais, por tudo, pela coragem, pela beleza, pela mulher decidida e firme na qual havia se transformado.

— Vamos? — segurou minha mão e seguimos pela trilha até onde os carros estavam.

— Tome cuidado com a estrada, é bem perigosa. E essa iluminação do fim de tarde é horrível para dirigir.

— Você também, Heitor. Posso anotar seu telefone? Seu celular? — peguei o celular da mão dela, anotei meu número e disquei para que o número dela ficasse gravado no meu celular.

— Ligarei para você, Heitor.

— Eu preciso de tempo, Lírio.

— Apenas saiba que eu ligarei para você. Isso aqui é só o começo — ela veio até mim, ficou na pontinha dos pés e beijou meus lábios. — Fiquei na vontade de sentir seu sabor. Você se empenhou muito em sentir o meu, mas não me deixou fazer mais nada.

— Você está me beijando.

— Não estou falando disso. Precisa deixar de ser tão mandão e apenas aproveitar tudo o que eu posso oferecer. Pensa nisso para a nossa próxima vez — piscou para mim e entrou em seu carro.

Entrei em minha caminhonete e a segui até uma parte da estrada, onde ela se dividia rumo à cidade e em outro caminho para a fazenda Santa Maria. Se eu pudesse descrever o dia de hoje, que terminara de um jeito deliciosamente inesperado, eu diria "Deus existe e ele gosta de mim! "

Liguei a rádio para curtir a estrada e lá estava César Menotti & Fabiano cantando *Evidências*.

Inacreditavelmente a vida podia mudar e, às vezes, virar do avesso. Mas o avesso podia ser o lado mais certo de todos.

Eu tinha várias coisas em que pensar e muito sentimento para lidar.

9

LÍRIO

Sabe quando o estado de êxtase toma conta do seu corpo, sua mente, seu coração e sua alma? É assim que me sentia naquele momento, a caminho da fazenda. Eu já esperava que Heitor fosse o máximo, mas ele realmente conseguiu me surpreender. Ficaria dolorida por vários dias.

O mais engraçado foi ter de me segurar para não dizer a Heitor que não tinha nada de esquisito no fato de gostar de um sexo mais intenso, mas eu teria de dizer que estava acostumada, porque Antônio também gostava. E não achava adequado citar o ex-namorado enquanto está com o relacionamento atual. Homens são possessivos e ciumentos por natureza. Preferem esquecer que temos um passado. E é bem melhor mesmo que seja assim.

A diferença entre ambos? Antônio era mais controlador, meticuloso e sofisticado. Heitor era mais animalesco, parecia que esse instinto corria em suas veias... E ele nem entendia seus próprios gostos... Mas não podia negar que os dois eram bem intensos. Precisei parar com aquele pensamento idiota! Não podia ficar comparando os dois. Entendia porque Heitor enxergava seus gostos peculiares como "errados", fazia parte da criação interiorana e tradicional que tivemos, em que qualquer coisa que estivesse fora do contexto bíblico virava pecado. Hipocrisia!

A questão é que Antônio e eu tivemos a oportunidade de conhecer o mundo e pessoas de mente muito aberta, como nas férias que passamos na Rússia, onde frequentamos alguns clubes de BDSM. Tenho certeza de que o Heitor amaria conhecer o clube Nobleman em Cazã, capital e a maior cidade da República do Tartaristão, na Rússia. Talvez assim ele se entendesse melhor e deixasse essas culpas e remorsos para trás. Não é anormal ser assim.

BDSM significa Bondage, Disciplina, Dominação, Submissão, Sadismo e Masoquismo. É apenas um padrão de comportamento sexual humano. Não tem nada a ver com doenças mentais ou taras. A prática agrega toda uma subcultura, incluindo não apenas o ato de fazer sexo algemado ou de dar e levar tapas, mas também roupas, costumes e dinâmicas de relacionamento, mesmo que não se encaixem estritamente nas categorias da sigla.

Há pessoas que adoram o bom e velho "sexo baunilha" ou "papai e mamãe" e há pessoas que curtem uma versão mais *hard*. Já eu adoro os dois e tiro o melhor de cada uma das práticas.

O BDSM não inclui apenas aquela imagem estereotipada de pessoas com chicotes e roupas esquisitas, mas abrange uma enorme diversidade de expressões sexuais fetichistas. É possível dominar sem necessariamente disciplinar, poder sentir dor sem ser humilhado, pode-se até mesmo ser amarrado e sentir dor sem absolutamente nenhum objetivo sexual. A grande verdade é que quase todas as pessoas usam pelo menos um elemento BDSM em suas vidas sexuais. Quem nunca puxou o cabelo do parceiro ou arranhou as costas do outro na hora do sexo?

Para praticar o BDSM é preciso ter muita responsabilidade e conhecimento. Especialmente se desejar manejar brinquedos como chicotes, cordas ou velas. Cada objeto requer medidas de segurança específicas e não são todas as partes do corpo humano que podem ser atingidas. A irresponsabilidade pode custar muito caro, pois podem acontecer acidentes graves com efeitos irreversíveis. É importante só topar uma sessão com quem entende do assunto e passa confiança. O Antônio e eu demoramos meses para tentar nossa primeira brincadeira ou cena, como os praticantes chamam.

E o mais importante nisso tudo é que a cena deve ser consensual e com regras e palavras de segurança pré-estabelecidas. Um dos slogans mais famosos do BDSM é a tríade SSC, que significa São, Seguro e Consensual. E realmente, o consentimento é o pilar que sustenta a prática e o estilo de vida e que o separa de situações de abuso e crime. O BDSM não exclui o amor, o respeito e o carinho entre os praticantes. É apenas um jogo de prazer.

...

Quando cheguei à estradinha de terra no caminho da fazenda, vi o riacho e quase não me segurei de vontade de pular. Meu corpo ardia tanto e não tinha nada a ver com dor, ardia de prazer e, talvez, somente um banho de água fria acalmaria meus desejos e pensamentos. Mas já era início da noite e aquele horário podia ser perigoso ficar no rio sozinha.

Estacionar em frente à varanda da casa foi o suficiente para Alice vir correndo feito louca e pular no banco do carona. Certamente estava curiosa para saber o que havia acontecido em meu encontro com seu irmão.

— Conta tudo! — gritou ofegante e com um sorriso tremendo no rosto.

— Essa frase é minha! — disse rindo da situação.

— É sério, Lírio! Como foi com o cabeça-dura do meu irmão?

— Você também o chama de cabeça-dura? Saiba que esse apelido eu que dei ao Heitor anos atrás.

— Conta! Conta! Conta logo! Por favor, estou morrendo de curiosidade! — A animação juvenil era engraçada demais.

— O encontro foi bom.

— Só bom? Quero os detalhes! Vocês se entenderam? Já posso chamar você de cunhada?

— Calma, mocinha! Em primeiro lugar, ninguém deve saber que Heitor e eu nos encontramos. Para todos os efeitos, fui visitar algumas amigas em São João del-Rei. E em segundo lugar, não sei dizer se ele e eu nos entendemos. Você sabe como seu irmão é. Tenho para mim que ele ainda acha que estou noiva de Antônio.

— Mas você explicou tudo?

— Conversamos um pouco, sim. Mas Heitor foi muito resistente, aquele cabeça dura. O importante é que, no balanço geral, o dia foi lindo. Bem melhor que o esperado!

— Não acredito! — Alice gritou. — Vocês transaram! *Oh my God!* Vocês transaram na cachoeira!

— Alice! O que é isso? O que aconteceu ou deixou de acontecer não é da sua conta e, se fosse isso mesmo, seria algo muito íntimo para você ficar gritando por aí.

— Desculpa, Lírio. É que fiquei animada demais! Você ama meu irmão... — e não foi uma pergunta. — Você quer se casar com ele?

— Opa! Cedo demais para assuntos assim, não acha? Vamos entrar? Deve estar quase na hora do jantar.

— Seu pai ainda não chegou e sua mãe está no quarto dela. Mas hoje eu jantarei com meu pai. Ele tem ficado muito sozinho e vou cozinhar para ele. Preciso me redimir depois das loucuras que fiz sem que ele soubesse, como essa coisa de mudar a cor dos cabelos.

— Ah, mas você ficou tão linda! Mais linda do que já era. E por falar em linda, e o Felipe?

— Então, ele ainda não me procurou. Mas também nos vimos ontem. Querer que ele aparecesse aqui hoje seria demais — e riu, não sei se de nervoso ou se achou a situação hilária mesmo, como de fato era.

— Você está certa. Vá com calma que tudo dará certo. Vá lá jantar com seu pai e diga que mandei um beijão para ele.

— Sim! Amanhã nos vemos! — Alice me deu um beijo no rosto e pulou do carro na mesma rapidez que entrou. Ah, a juventude e toda sua alegria e animação. Não devíamos deixar isso morrer nunca!

Fui ver a minha mãe, afinal estávamos com uma conversa pendente, mas quando cheguei à porta do seu quarto, eu a ouvi chorando ao telefone. Ela falava com alguém:

"Mas, Magna! Ele me hostilizou. Você sabe o quanto sofro por isso. Tenho cuidado da Alice como se fosse minha filha, mas ele continua

achando que faço isso somente pela Helena. Você, a Helena e eu sempre fomos amigas, desde a juventude. Eu jamais faria qualquer coisa para magoar minha amiga, mas me arrependo muito de não ter lutado pelo amor do Joaquim. Tentei ser uma filha obediente e aceitei me casar com o José Luiz, como meu pai queria. Não que eu não o tenha amado, mas o Joaquim... O Joaquim jamais saiu do meu coração. E agora que o José tem me traído, meu coração está despedaçado e tenho pensado em coisas que jamais me permiti pensar antes. Mas acho que não devemos ter essa conversa por telefone. Tentarei passar no seu salão antes do Natal, ainda essa semana. Até mais, minha amiga! "

Deus do céu! Como ignorar o que acabara de ouvir? Não dava para adiar mais. Bati à porta e entrei. Com o rosto todo borrado de maquiagem e lágrimas minha mãe em nada lembrava a mulher linda, fina, elegante e forte que era. Ali era apenas uma mulher frágil, sofrida, de coração partido e muito sensibilizada. Ela definitivamente precisava de mim.

— Mãe, precisamos conversar.

— Minha filha, não acho que esse seja o melhor momento. Podemos fazer isso outra hora? Seu pai deve estar chegando para o jantar e preciso tomar um banho e me preparar — ignorando suas palavras, fui até a porta e tranquei com a chave. Voltei e me sentei de frente para ela.

— Mãe, sem querer, eu ouvi sua conversa ao telefone com a Magna. E também ouvi sua discussão com o pai no dia que cheguei — ela ficou pálida e por um momento achei que fosse desmaiar bem na minha frente. — Por favor, se acalme, mãe! Não estou aqui para criticar ou julgar, eu só quero entender e ajudar.

— Lírio, sinto muito que tenha ouvido tudo isso. Você não tem que se preocupar, é apenas uma fase ruim, todo casal passa por isso.

— Eu sei, mãe. Mas eu já sou adulta e gostaria de ser sua melhor amiga. E me sinto na obrigação de entender o que aconteceu e o que está acontecendo. O que for falado aqui, ficará aqui. Confie em mim!

— Eu confio, Lírio. Só não sei se consigo — apertei suas mãos e sequei suas lágrimas com um lenço de papel.

— Vamos com calma e chegaremos ao fim. Quem sabe, juntas, não achemos uma solução?

— O que você ouviu da minha conversa com a Magna?

— Sobre você e o pai. Sobre você e o senhor Joaquim. Mãe...

— Espera, Lírio! Vamos do começo. Acho que tudo que eu contarei agora poderá servir como lição de vida para você. Mas você precisa me prometer que essa conversa morrerá com você.

— Você sabe que sim, mãe.

— Seu pai, o Joaquim, a Helena, que Deus a tenha, a Magna e eu nos conhecemos desde jovens. A família de seus avós, tanto paternos quanto maternos, sempre foram criadores de cavalos e fazendeiros aqui na região. Mas isso você já sabia. Os pais do Joaquim trabalhavam para o meu pai e os pais da Helena trabalhavam para o pai do seu pai. Nós conhecemos a Magna no colégio e foi assim que crescemos juntos.

— Nossa! Como o Antônio, o Heitor, a Lurdinha e eu.

— Ironicamente sim, minha filha.

— Acabei me apaixonando pelo Joaquim e ele por mim, mas nunca vivemos isso e a única pessoa que sabia disso na época era a Magna, que nos ajudava a marcar encontros escondidos. Mas um dia, assim como fizemos com você, seus avós enviaram seu pai e eu para estudarmos em Belo Horizonte. Eu fiz faculdade de Design de Moda e seu pai de Administração e depois ficamos noivos. Quando voltamos para nos casarmos em São João del-Rei, o Joaquim já tinha se casado com a Maria Helena e já tinham o Heitor. Acho que você pode imaginar como senti meu coração esmagado.

— Ah, mãe... Sinto muito — e as lágrimas que escorriam não eram mais só as dela, era impossível não me emocionar e sensibilizar com a história.

— Não, filha, tudo bem. Superamos isso e segui minha vida. Seu pai e eu nos casamos e tivemos você tempos depois. Enterrei todo o passado e dediquei minha vida a cuidar de você e do seu pai. O mais difícil era conviver com o Joaquim aqui todos os dias, trabalhando para seu pai. Mas eu até gostava, pelo menos podia ver e participar um pouco da vida dele.

A Helena se tornou essencial em nossa vida, foi como uma segunda mãe para você até o dia em que morreu com aquela doença horrorosa. O câncer a consumiu aos poucos. E eu me sinto digna de nunca ter traído a amizade dela e o casamento com seu pai.

— Deve ter sido difícil demais conviver com eles por perto. Eu não sei se teria conseguido.

— Acredite, minha filha, nós mulheres temos muito mais força do que acreditamos realmente ter. Nossa função é muito mais do que cuidar do lar, independentemente se trabalhamos fora ou não. Mantemos a casa em ordem. E não estou falando de roupas limpas, comida à mesa e casa arrumada, é muito mais do que auxiliar o marido no controle doméstico-financeiro. A função de uma esposa vai muito além de tudo isso. É preciso ser mãe exemplar e orientadora dos filhos e essa função inclui ser professora, psicóloga, médica, nutricionista, divulgadora da palavra de Deus e amiga. Como esposas, precisamos ser o porto-seguro de nossos maridos, o braço direito e, por vezes, até mesmo o esquerdo. Não podemos enxergar o casamento somente como uma tarefa romântica e social. É preciso olhar para o marido todos os dias e ver além, decifrar os olhares, entender as olheiras e buscar uma solução. Os homens são muito complicados para cuidarem de si mesmos. É preciso que façamos o possível para os conduzir a desenvolverem todo o potencial que têm, mas sem tirar a autoridade deles. Acredite, minha filha, é nossa função não deixar as situações difíceis desmoronarem tudo que construímos para nossa família. Jamais se esqueça que o homem bem cuidado também cuida e é muito mais feliz. Uma família bem conduzida dentro dos princípios de Deus, com respeito, dignidade, honestidade, companheirismo e amor, não termina mal. Filhos orientados de perto por uma boa mãe, que ora por eles, não fazem coisas erradas. Eu só não sei em que ponto errei com seu pai — a emoção e as lágrimas dominavam minha mãe outra vez.

— Por que você acha que errou com meu pai? — questionei.

— Porque seu pai sempre foi um marido exemplar, um pai amoroso, um homem digno e honesto. Até onde eu sei, claro. Só que um dia resolveu me trair e parece que faz isso até hoje. E não dá indícios de que se arrepende ou vai parar. Onde pensa que ele está nesse momento? Seu pai não saía de casa sem mim. Quando estava fora, ligava diversas vezes ao dia para saber se estava tudo bem comigo. Agora ele passa dias longe de casa, dorme fora sem dar a menor explicação e há muito tempo não me procura como mulher — ah, meu Deus! Era tão difícil ser imparcial quando o problema envolvia os dois lados, duas pessoas que sempre vi com proteção e moral irretocável.

— Mãe, eu sei que é difícil. Na verdade, é horrível, nem imagino o quanto isso dói. Mas pode ser apenas uma fase.

— Já faz tempo, minha filha. Se fosse uma fase, ele já teria entendido o erro que está cometendo. E eu sei que ela é bem mais nova.

— Você sabe quem é? Eu conheço?

— Prefiro não falar e peço que respeite isso — estava sendo evasiva.

— Tudo bem, mãe. Mas espero que você compreenda que não tem culpa de nada disso. Você é uma mulher linda, inteligente, elegante, honesta, amorosa, uma mãe exemplar e uma esposa dedicada. Se tem alguém errado nessa história, infelizmente é o pai.

— Eu sei de tudo isso, Lírio. E tenho certeza de que seu pai também não tem do que reclamar de mim enquanto mulher na cama dele, nunca fui uma mulher de frescuras e pudores. E mesmo assim estou sendo traída, trocada. Entende o peso disso? Minha alegria de viver acabou. Não escuto mais música pela casa, não canto mais enquanto cozinho, não tenho vontade de viajar e conhecer novos lugares ao lado dele. Não sinto mais a menor vontade de fazer amor com seu pai. E tudo isso... Tudo isso trouxe à tona o que eu sentia pelo Joaquim. Tudo que estava adormecido, enterrado no mais profundo do meu coração. E eu vejo o quanto ele se dedicou à Helena e aos filhos e sinto uma dor ainda maior. Uma culpa que está me rasgando por dentro. E a culpa é do seu pai. Ele abriu espaço para tudo isso. Há mágoas que são incuráveis.

— Mãe... Eu queria poder colocar tudo no lugar novamente. Mas não posso. Saiba que estarei aqui para você. Seja para um abraço, uma palavra ou apenas para a escutar.

— Eu sei, minha filha. Você cresceu. É uma mulher feita, uma mulher linda, corajosa e determinada. Tudo que eu não fui. Você está certa em decidir seu destino sozinha, com base apenas naquilo que seu coração manda. Fui uma covarde por não lutar pelo que eu realmente queria e olha só para mim, terminarei a vida como uma mulher fraca, sem amor e frustrada.

— Não, mãe. Você precisa conversar com o pai. Esclarecer tudo. Jogo aberto, sabe? Ter um diálogo franco e definitivo. E, se ele realmente não estiver disposto a riscar essas ideias da cabeça e da vida dele, um divórcio será necessário. Não gosto disso, mas não tenho como criticar se sua decisão for essa. Inclusive, antes mesmo dessa conversa, você precisa decidir se deseja perdoar e recomeçar ou não. Afinal, você é a maior prejudicada nessa história toda. Essa conversa precisa ser com a cabeça fria para que a solução seja justa. Atitudes tomadas de cabeça quente nem sempre correspondem ao que de fato temos vontade de fazer. Minhas amigas dizem que ser traída é apenas uma questão de tempo. A verdade é que as tentações e as facilidades que o mundo de hoje oferece para que a pulada de cerca se concretize são inúmeras e é muito difícil encontrar aquele mocinho de cinema, que não nos fará passar por essa situação. Eu sei que é meio radical pensar assim, mas é a realidade. Ou aprendemos a conviver com isso sem sofrer ou seguimos em frente sem estarmos tão ligadas a alguém. Optar por uma relação aberta, entende? E é aí que o casamento passa a ser um mero protocolo com o qual eu, particularmente, não concordo. Valorizo muito uma relação monogâmica.

— É por isso que não quer se casar com Antônio? Pois sabe que ele trai você?

— Não é só por isso, mãe. Nunca exigi fidelidade dele, por isso não posso colocar um ponto final na nossa relação cobrando esse tipo de comportamento. Mas eu não amo o Antônio para escolher passar o resto da minha vida ao lado dele. Pensamos muito diferente. Antônio é possessivo e controlador, além de colocar o dinheiro e a posição social acima de tudo. Ele não escuta ninguém. Eu sou uma pessoa de espírito livre e desafiador. Não gosto de ser controlada fora da cama e sempre espero que minhas opiniões sejam respeitadas. Além do mais, pouco ligo para a opinião das pessoas, afinal meu caráter não é feito de opiniões. Não penso no dinheiro como algo importante e nem ligo para essa coisa chata de posição social. Na verdade, tudo isso é uma grande besteira. Eu busco um amor como dos livros vitorianos, onde o amor ideal é fiel, leal e cúmplice. Não que eu queira ser uma senhora cuidadora do lar, pelo contrário, quero ajudar meu marido com meus braços. Mas, quando eu me decidir pelo casamento, espero que seja pela vida toda. Eu preciso de alguém que seja carinhoso, mas também firme e decidido e que não tenha medo de viver qualquer coisa que seja ao meu lado. E principalmente, que compartilhe tudo isso comigo, inclusive seus medos, frustrações e decisões. E tem mais, eu gosto do cheiro da terra, do mato. Eu quero uma vida na fazenda com filhos sujos de lama e cavalgando por campos verdes e Antônio não vê a hora de se mudar para São Paulo e viver no agito daquela cidade, no hall da mais alta classe social. Eu morreria. Eu morreria, mãe!

— É nesse ponto da história que o Heitor se faz presente, certo? Eu sabia! Desde sempre, minha filha, eu sabia que você gostava mais do Heitor, apesar de não saber exatamente o que você sentia por Antônio. Sinto muito por ter contribuído para a minha história se repetir com você. Fui fraca até nisso. Mas não serei mais, juntas enfrentaremos seu pai e todo o resto. Saiba que você e Heitor têm a minha bênção.

— Obrigada, mãe! Antônio foi importante na minha vida. Ele parece ser um homem bom, eu acho, apenas faz coisas descabidas para conseguir o que quer. E ele será sim um profissional reconhecido no país inteiro. A mulher que estiver ao lado dele terá tudo, mas ele jamais a colocará acima de tudo, sempre existirão coisas mais importantes. Talvez, se ele encontrar a mulher certa para ele, isso mude. Ele mude. Mas Heitor… o Heitor é perfeito para mim. A família sempre será o mais importante para ele e o seu porto seguro. Ele saberá dosar a hora de mandar e a hora de compartilhar. E quando eu falo dele, meu coração balança, sabe? As borboletas dançam no meu estômago e eu sinto uma alegria e uma força de viver que nunca senti ao lado de Antônio.

— Vocês se viram? Você foi procurar por ele?

— Sim. E hoje nos encontramos na cachoeira. Foi mágico!

— Vocês...

— Sim! Apenas aconteceu o que devia ter acontecido há muito tempo.

— E como fica Antônio nessa história?

— Depois do Natal vou voltar à capital para falar com ele. Não sei como o farei compreender, mas eu terei de conseguir uma forma.

— Acho que não será necessário. A Cindy me ligou hoje e nos convidou para a ceia de Natal na fazenda deles. Não tive como recusar, uma vez que seu pai já havia intimado a todos a virem para a festa de réveillon aqui. Então imagino que o Antônio deva vir para as festas.

— Eu estou surpresa dele não ter me ligado ou feito um escândalo até agora! Achei que ele ligaria para o pai assim que encontrasse meu bilhete. Talvez ele tenha enxergado o óbvio e resolvido me deixar em paz e seguir a vida dele.

— Não fique tão certa disso, minha filha. Se o Antônio é tão controlador como você disse, fique à espera do que ele possa aprontar. Homens como ele quando são subjugados ou desprezados ficam enfurecidos e tramam suas vinganças.

— Ele que venha! Não sou mais uma menina que todo mundo controla. Eu sou uma mulher e luto pela minha vida com presas e garras.

— Apenas não se esqueça de que nenhum homem merece uma confiança ilimitada. Nem mesmo Heitor — e lá estava aquela tristeza profunda nos olhos da minha mãe outra vez. — O homem é capaz de trair e amar ao mesmo tempo. A mulher tem que admirar para trair, ter algum envolvimento, um motivo. O homem só precisa de uma mulher. Por mais bem-intencionado que alguém seja, por mais votos e compromissos de fidelidade que tenha definido, há sempre a possibilidade de beijar, transar e se apaixonar por uma terceira pessoa. E a frequência dessas relações paralelas é muito maior do que imaginamos. Agora eu sei disso. Então, mesmo você sendo de uma geração que preza a relação com mais liberdade, não se esqueça que isso é ilusão e essa tal liberdade é o que aumenta e oferece margem para outras possibilidades. Sofremos mediante uma traição não porque perdemos alguém, já que amor não é apego, sofremos porque nos perdemos. Perdemos o rumo e a direção. E o foco some de nossa visão.

— Você está muito magoada, não é, mãe?

— Magoada é pouco, me sinto ferida. Meu peito está aberto e meu coração exposto. E descobri da pior forma possível, porque me senti boba já que confiava demais. Seu pai começou a sair de perto de mim para atender ligações no celular, trocava mensagens de texto com alguém e quando eu questionava me dizia que era com o pessoal da associação. Começou a me tratar de forma diferente, sem interesse. Sempre tinha viagens de última hora para as quais não me levava como antes e compromissos misteriosos que não estavam na agenda que eu sempre cuidei. E por fim começou a elogiar pessoas que até ontem detestava. Todos os sinais estavam na minha frente e eu me recusei a acreditar — seu o choro começou a ficar incontrolável. Fui para perto e a abracei forte. Precisava demonstrar que ela não estava sozinha.

— E quanto ao senhor Joaquim? O que pensa em fazer? Enterrar a história e seus sentimentos mais uma vez?

— E o que eu posso fazer, minha filha?

— Sei lá, mãe. É muito difícil para mim falar sobre isso. Mas eu quero que saiba que apoiarei qualquer decisão que venha a tomar. Assim como também estarei com meu pai se ele precisar de alguém nessa fase que está por vir. Adoro o senhor Joaquim, cresci ao lado dele e da família dele, aprendi a cavalgar com ele e o considero uma pessoa maravilhosa. Tenho um sentimento incontrolável por Heitor, vejo Alice como irmã, mas meu pai ainda é o meu pai. E não posso reclamar dele.

— Eu a entendo, Lírio. E nem pediria que fizesse o contrário. Vamos dar tempo ao tempo…

— Então vá para o banho, fique linda e vamos jantar. Obrigada por ter sido tão honesta sobre seus sentimentos comigo e compartilhado sua história. Foi muito importante.

— Eu que agradeço. Foi bom desabafar. Nós nos vemos lá em baixo daqui a pouco — eu lhe dei um beijo e, enquanto fechava a porta ao sair, ouvi ela colocar o seu CD preferido — *Falabella de Cartola*, da Vanessa Falabella. Enquanto pensava em tudo, ouvia do lado de fora *As Rosas Não Falam*, que dessa vez falavam sobre a tristeza da minha mãe. E aquilo doía demais.

...

Já à mesa de jantar, o clima estava esquisito. Mamãe com um semblante entristecido e papai parecia estar com os pensamentos distantes.

— E então, pai? Como foi seu dia?

— Foi bom. Encontrei com seu sogro e ele me disse que a Cindy ligaria para combinar a ceia de Natal na fazenda deles. Achei uma ótima ideia!

— Ela já ligou e aceitei o convite por todos nós — foi tudo que minha mãe se limitou a dizer.

— Ótimo! — assentiu meu pai.

— As minhas amigas, Roberta e Ana Clara chegam amanhã da capital. Gostaria de pedir ao senhor Joaquim para as receber em São João del-Rei e trazê-las até à fazenda.

— Por mim está tudo certo, filha. Fale você mesma com o Joaquim e diga que sua mãe e eu não precisaremos dele por aqui amanhã, para que ele se encarregue disso. Será um prazer receber suas amigas.

— Obrigada, pai!

— Quero comunicar mais uma coisa — paramos o jantar para ouvir meu pai com a atenção que ele sempre exigia. — Logo após o Natal teremos um leilão em Tiradentes. Será na Pousada Pequena Tiradentes. Nosso haras, entre outros, participará e eu irei acompanhar.

— Você sempre envia nosso administrador. Por que fazer diferente nesse leilão? — questionou minha mãe.

— Porque decidi assim, Ana Flor. Acho que eu ainda sei administrar meus negócios — falou ríspido.

— Mas isso é ótimo! Aquela posada é maravilhosa! Mamãe e eu podemos aproveitar para descansarmos antes das festividades de Ano Novo — tentei suavizar a situação.

— Irei sozinho. Vocês duas ficam — olhei para minha mãe, que continuava a encarar meu pai, como se fosse explodir a qualquer momento. Segurei sua mão para enviar a mensagem que daríamos um jeito nisso.

— Mas aquela artista plástica talentosíssima, Vânia Braga, vai expor suas peças nesse leilão, pelo que eu fiquei sabendo. E agora que ela faz esculturas também de cavalos, pensei em adquirir algumas. Pretendo escolher pessoalmente as que mais me agradarem — mamãe disse sem olhar para o meu pai.

— Já temos esculturas de panteras feitas por ela. Você pode esperar para escolher outras ou eu mesmo peço para ela a atender pessoalmente aqui na nossa casa — papai encerrou o assunto.

O silêncio continuou sepulcral naquela mesa. A situação estava cada vez mais difícil. E o resto da semana, tenho certeza, seria desastrosa. O relacionamento dos meus pais estava por um fio.

...

Na manhã seguinte àquele dia tão louco acordei na maior animação! Beta e Clarinha por aqui seriam um frescor nesses dias meio nublados pela presença de Antônio, que estaria aqui em breve, além delas serem um apoio para que eu o enfrentasse com mais coragem.

Antes de descer para o café, resolvi enviar uma mensagem para Heitor e checar minhas redes sociais que estavam abandonadas há dias. Para Heitor enviei uma mensagem de texto:

"NÃO PAREI DE PENSAR EM NOSSA TARDE NA CACHOEIRA UM SÓ SEGUNDO. <3 NÃO POSSO MAIS FICAR SEM VOCÊ. QUERO VIVER NO SEU SORRISO E NO SEU OLHAR. NOS SEUS BRAÇOS É O MEU LUGAR. ;-)"

A resposta foi quase imediata:

"VOCÊ É O ENCAIXE PERFEITO DO MEU CORAÇÃO."

Ele tinha entendido a música e muito provavelmente pensado em tudo. Aquilo era mais um passo e era muito bom. E enquanto uma música romântica tocava no meu iPod, fui pensando em tudo que Heitor representava em minha vida e tentando entender toda essa loucura.

— Que música mais dor de cotovelo! — ouvi as risadas de Alice antes mesmo que ela estivesse dentro do meu quarto. — Isso tudo é por Heitor?

— Bom dia para você também, garota!

— Bom dia, cunhadinha! O que você está fazendo, além de ouvir essa música muito romântica e pensar no meu irmão? — e fez aquela carinha irônica de suspiros apaixonados.

— Estou conferindo meu Facebook, Twitter e Instagram. Respondendo e-mails e mensagens de amigos nas redes sociais. Essas coisas...

— Ah! Eu tenho Facebook, mas se meu irmão souber ele me mata.

— Por quê? O que tem demais nisso? Todos os jovens na sua idade têm. É só saber usar com sabedoria.

— Eu sei, mas ele fala assim: "Menos curtir na tela, mais curtir a vida. Uma vida mais intensa e menos compartilhada" — e falou tudo tentando imitar a voz e o jeito de falar de Heitor.

— Gente! Quem diria que Heitor era um homem de modernidades! — foi impossível não cair na risada. — Mas é sério! Ele não está de todo errado. Tem muito jovem que esquece de olhar para o sol e para as estrelas, apenas para fotografar o céu e compartilhar uma foto bonita nas redes sociais. Precisamos aprender a olhar mais sem o foco da lente e aproveitar os momentos com quem está por perto. Fora os perigos de compartilhar muitas coisas que se transformarão em informação para pessoas mal-intencionadas e bandidos. Em resumo, seu irmão está certo, use com sabedoria e moderação e não terá problemas.

— Eu sei!

— Agora vem aqui tirar uma selfie comigo! Vou postar com uma frase interessante que também é um recado.

— Recado para quem?

— Você verá! — abraçadas e de olho na lente do iPhone, fizemos uma careta sorrindo e não nos esquecemos dos dedinhos de paz & amor. Foto mais adolescente impossível. Mas ficamos lindas e valia postar.

— E agora, o que você vai escrever? — e antes mesmo de responder, escrevi e postei:

> "SÓ O RISO, O AMOR, A AMIZADE E O PRAZER MERECEM REVANCHE. O RESTO É MAIS QUE PERDA DE TEMPO, É PERDA DE VIDA. FELICIDADE, POR FAVOR, PERMANEÇA! #HASHTAGAMOR #VIDALINDA #SOHAPPY #DIASQUENÃOFICARÃOPARATRÁS"

— Entendi, Lírio! Isso é para o Antônio! Você é doida! — e caiu na risada. — Olha só! E já tem curtidas! Seus amigos são rápidos, hein!

— Tenho duas coisas para falar com você! A primeira é que faremos a ceia de Natal na fazenda dos Carneiro Leão e você irá comigo. Inclusive pedi para uma amiga trazer um vestido maravilhoso para você de uma loja lá de Belo Horizonte.

— Mas, Lírio...

— Calada, garota! Ainda não acabei! A segunda coisa é que minhas amigas, Roberta e Ana Clara chegam daqui a pouco e gostaria que você fosse com seu pai recebê-las na cidade. São elas que estão trazendo o seu vestido e acho que seu pai ficará sem graça sozinho com aquelas malucas.

— Mas...

— Shhh! Se pensa em dizer que não irá à ceia de Natal, esqueça! Já falei com seu pai e ele consentiu. Perguntei se queria ir junto, mas ele disse que irá para casa de um tio seu e que achava ótimo você ficar comigo, porque na casa dos seus tios só têm adultos e você sempre fica isolada em um canto.

— Mas como vou para uma festa tão íntima? Na casa do Felipe? Ele vai achar que sou uma intrometida.

— Ai, ai! Felipe está louco para ver você, ofereço meu dedo mindinho se estiver errada. Ele vai dar pulos de alegria, ainda mais porque você ficará deslumbrante com o vestido que minha mãe e eu escolhemos. É um vestido da grife Valentino, lindo de viver! Rosa-clarinho, tomara que caia e com o corpo bordado com cristais.

— Não posso aceitar, vocês já me deram coisas demais e isso deve custar o olho da cara.

— Não pense em nada disso! Apenas aproveite! O que minha mãe e eu mais queremos é ver você feliz.

— Obrigada, Lírio!

— Não me agradeça, vou cobrar isso em mais um favorzinho que envolve o Heitor.

— Você anda impossível, Lírio!

— Eu ando apaixonada, isso sim!

Apaixonada. Apaixonada demais! E pela primeira vez viverei isso sem pensar em mais nada. Felicidade tem nome: escolhas. Escolhas bem-feitas!

10

FELIPE

Eu estava completamente ligadão naquela menina e só a vi uma única vez na minha vida, porque realmente não me lembrava de tê-la conhecido anteriormente. Putz! Mas como é gostosa! E bonita! E tem uma cabeça muito parecida com a minha nessa questão de ser livre e conhecer o mundo. Poxa! Nós dois juntos daria um rock!

Quero falar com ela e talvez minha cunhada possa me ajudar.

— Alô! Lírio? É o Felipe.

— Oi, Felipe! Como você está? Tudo bem por aí?

— Tudo bem, cunhada! E você?

— Tudo ótimo! Em que posso ajudar?

— Então, eu queria falar com a Alice. Fiquei de ligar para ela para fazermos um passeio, mas só tenho o telefone da sua casa.

— Entendo. Olha, Felipe, acho você um rapaz muito bacana, mas quero deixar algumas coisas bem claras porque a Alice, além de ser como uma irmã para mim, é uma garota muito nova ainda.

— Tudo bem, Lírio. Diz aí!

— Primeiro eu quero saber que tipo de interesse você tem na Alice.

— Então... Cara, ela é bonita demais! Chamou minha atenção e acho que podemos sair e nos divertimos um pouco juntos.

— O que você chama de diversão?

— Uma saidinha, barzinho, alguma festa que estiver rolando por aí… E eu seria hipócrita de não dizer que alguns amassos seriam bem-vindos! — fiquei meio tenso com o silêncio da Lírio.

— Olha, Felipe, a Alice é uma menina de boa família, como ela mesma falou para você. Não é dessas jovens acostumadas a farras, álcool e rock and roll. Você me entende?

— Entendo demais! Conheço o pai dela e gosto bastante dele. Se toda vez que formos sair eu tiver de pedir autorização para o senhor Joaquim, farei isso sem o menor problema. Além do mais, sei bem do que você está falando e quero tranquilizar você quanto a isso. Não vou abusar da menina. A coisa que menos quero é problema. E nem em mil anos estou pensando em casamento, filhos e responsabilidades desse tipo. Eu sou responsável, Lírio. Do meu jeito, mas sou. Ainda não me decidi por uma faculdade ou curso, mas curto minhas competições de montaria e, por enquanto, pretendo ficar sossegado por aqui. Você sabe que nunca fui um garoto de problemas e maluquices — queria deixar minhas intenções bem claras e dar garantia da minha boa vontade.

— Tendo dito isso e me dado sua palavra, tem meu apoio de chamar a Alice para sair. Obviamente dentro dos limites que a garota estipular. E, por favor, deixe sempre bem claro seus sentimentos e pretensões. Alice é nova e confusão é a coisa mais normal do mundo nessa idade. Cuide dela, faça brotar muitos sorrisos naquele rostinho lindo e não terá problemas comigo.

— Sim, senhora, comandante! Estou batendo continência! — e sorri. — Posso ter agora o número do celular dela?

De posse do número de celular da Alice, ainda fiquei meio resistente em ligar. Sabia que Cindy e Crystal dariam um chilique quando soubessem que eu sairia com a filha do capataz da fazenda dos Gomes dos Reis. Meu pai era mais tranquilo nesse sentido, e o Antônio… Bem, o Antônio não liga para nada que não seja relacionado à vida dele e à de Lírio. Eu também tinha dúvidas sobre a opinião do senhor Joaquim em relação ao fato de eu querer sair com a filha dele, que ainda era menor de idade. Mas, se eu não tentasse, morreria com a dúvida. E não sou de ficar na vontade. Vou ligar!

— Alô! Alice?

— Sim. Quem fala?

— Não é possível que tantos rapazes liguem para você! Não é possível que você não reconheça minha voz, já que nos falamos há apenas um dia e algumas horas — tenho certeza de que ela ficou constrangida. Era engraçado. Esbocei um sorriso.

— Felipe? É você, Felipe?

— Ainda bem que não disse João, André ou Gabriel — tapei o bocal do celular para rir.

— Desculpa. É que nunca tinha falado com você por telefone. Não reconheci de imediato a sua voz. Como conseguiu o número do meu celular? Com a Lírio?

— Exatamente.

— E o que você quer comigo?

— Combinamos de sair. Ou por acaso estou ficando doido? — disse isso rindo muito.

— Não. Quer dizer. Sim, você disse, sim. Mas não achei que seria tão rápido. — Ela respondeu envergonhada.

— Sou um cara rápido. Isso é ruim para você?

— Não. Quer dizer... Que bom que ligou! — era engraçado, ela estava perdidinha.

— E então, podemos sair hoje? Quero levar você para passear em São João del-Rei. Vai ter uma festa de fim de ano na república de alguns amigos meus, a Pé na cova. As pessoas que estarão lá são bem animadas, acho que você vai gostar. Mas seja esperta! Não diga ao seu pai que iremos a uma festa em uma república. Diga que eu quero levar você para jantar em algum lugar. Pode falar que é no restaurante mexicano Taco & Tequila, que fica na subida da rua da Igreja São Francisco, na rua da universidade. E fala que eu levarei você bem cedo para casa, tipo antes das onze horas da noite.

Isso é antes da festa ficar animada de verdade, mas é melhor que nada. Não podemos abusar da confiança do senhor Joaquim. Eu me lembro bem de como ele era bravo! Posso buscar você na fazenda por volta das sete?

— Olha, Felipe, estou aqui na cidade com meu pai. Estamos aguardando algumas amigas da Lírio que chegarão para o Natal. O horário está ok para mim, mas eu preciso ver antes com meu pai. E não se esqueça de que meu irmão Heitor mora bem ali na pracinha da igreja, em um daqueles sobrados. Papai pode pedir para ele nos vigiar.

— E quem disse que não passaremos pelo restaurante? O resto deixa por minha conta. Aproveitando que seu pai está aí, me deixa falar com ele e pedir autorização de uma vez.

Depois de quase uma eternidade, a voz grossa e rouca do senhor Joaquim, dizia "alô" no telefone.

— Quanto tempo, senhor Joaquim! Sinto falta das nossas aulas de montaria. Como o senhor está?

— Faz anos mesmo rapaz — foi seco com a resposta. Isso era péssimo, muito péssimo. — O que você quer comigo e com minha filha?

— Então, senhor Joaquim, quero pedir sua permissão para levar Alice para jantar no Taco & Tequila hoje à noite — depois de um silêncio sepulcral, que pareceu durar quase uma eternidade, ele respondeu.

— Você é mais velho que minha filha! Sabia que Alice tem somente dezessete anos? De onde vocês se conhecem? O que realmente você quer com minha menininha? — estava saindo pior que a encomenda. Achei que seria difícil, mas nem tanto. Vamos ver se convenço a fera.

— Deixa eu tentar responder pergunta por pergunta, senhor Joaquim. Sou três anos mais velho que a Alice e, portanto, sei que ela é menor de idade. Nós nos conhecemos por causa da Lírio. E quero apenas levar Alice para passear, sem segundas intenções. E não se preocupe, Lírio já me ameaçou o suficiente sobre sair com a sua filha. Deixarei sua menina longe de más companhias, drogas e álcool. Até mesmo porque eu detesto essas coisas. Sou um tipo de rapaz bem tranquilo, senhor Joaquim — novamente o silêncio assustador se fazia presente.

— Vou dizer essas palavras apenas uma vez, portanto, escute bem e grave cada uma delas, rapaz. Minha menina é uma mocinha boa e de família. Não está acostumada a essas modernidades e liberdades do mundo de agora. Não posso prender a Alice a vida toda, apesar da vontade que tenho de fazer isso. Vou permitir que ela saia com você se chegar em casa do jeitinho que sair e bem cedo, nada de varar a noite com minha filha. Ela é a pessoa mais preciosa da minha vida. Se algo acontecer, serei obrigado a ser muito ruim mesmo, de verdade. E você e sua família vão se dar muito mal.

— Por mim, tudo certo, senhor Joaquim.

— Só mais um aviso. Tudo e qualquer coisa que acontecer com minha filha, tudo que você tiver a ousadia de fazer com ela, eu farei em dobro com você. Estamos entendidos? Ela estará sob sua responsabilidade e não está acostumada a sair. Mantenha minha princesa longe de álcool e de problemas e você viverá para montar seus cavalos mais um dia — meu Deus! Passou até um calafrio na minha coluna.

— Sim... Sim, senhor — gaguejei.

— Certo. Cumpra sua palavra e suas bolas permanecerão no lugar. Lembre-se de que não sou homem de brincadeiras e não tenho muita coisa a perder. Já você... — Deus do céu! Começo a repensar se vale a pena levar essa menina para sair.

— Tudo certo, senhor Joaquim — minha voz saiu trêmula e falha.

— Ainda tem uma chance de desistir dessa bobagem de sair com minha pequena, filho.

— Não é uma bobagem, senhor Joaquim. Sua filha é muito especial. São poucas as moças decentes e honestas hoje em dia. Valorizo muito isso. Além do mais, o senhor tem minha palavra de homem, porque quem não deve, não teme. Minhas intenções são as melhores possíveis.

— Seu pai sabe que você vai sair com a minha filha? Ele sabe quem somos? Que somos uma família simples e sem posses?

— Senhor Joaquim, essa questão não está em discussão. Não me interesso em ser amigo de uma pessoa pelas posses que ela tem, mas sim pela pessoa que ela é. E a Alice, sendo sua filha, tenho certeza de que é a melhor pessoa do mundo, com uma criação impecável. Tenho certeza do caráter, da índole e da honestidade dela. E isso basta para mim. E para meu pai também. Qualquer outra opinião é irrelevante.

— Certo. Até a noite, então. Vou passar a ligação para Alice novamente. Tenha um bom dia — seria ótimo ouvir a voz doce e feminina da Alice outra vez.

— Ai, Felipe. Peço desculpas pelo meu pai. Ele tem esse jeitão matuto, mas é a melhor pessoa do mundo — coitada! A menina estava o nervo exposto em pessoa.

— Fica tranquila, querida! Para quem encara cavalo bravo, seu pai é apenas um potro rebelde — rimos juntos. — Mas não diga a ele que falei isso. Mantenha minhas bolas a salvo.

— Ele não fará isso.

— Prefiro não arriscar.

— Então espero você às sete horas?

— Sim, esteja pronta. E mantenha o que conversamos antes. Não diga nada sobre a festa na república. Vamos ao restaurante e ponto final.

— Até mais tarde! — disse toda eufórica.

— Até, linda!

O dia se arrastou e minha expectativa só aumentava. Até que no meio da tarde fomos surpreendidos por Antônio que chegava de surpresa, acompanhado de sua secretária Sueli.

— Brother! Que saudade estávamos de você! — dei logo um abraço sem cerimônia. — E você, Sueli, seja muito bem-vinda! — disse com um cumprimento em forma de aperto de mão. Meu irmão gostava que qualquer um mantivesse distância de suas secretárias e assistentes.

— Como você está diferente, Felipe! Pelo visto o ar do campo o faz muito bem!

— Obrigado, Sueli. Você também está lindíssima, como sempre! — tentei ser galante sem parecer abusado.

— Não dê corda para esse moleque, Sueli — resmungou meu irmão. — E você se comporte com a minha secretária, entendido, Felipe?

— Fica tranquilo, mano! — nossa conversa foi interrompida por Cindy e Crystal, que havia chegado da capital pela manhã, e vinham recepcionar Antônio.

— Antônio, não acredito que você veio para o Natal, meu meio-irmão mais lindo do mundo! — que menina mais chata! Pensei comigo, estampando um sorriso falso no rosto. — Espero que tenha caprichado no meu presente — emendou a Barbie ruiva.

— Irmãzinha! Irmãzinha! Você vai acabar careca e sem sobrancelha de tanto tingir os cabelos de ruivo. Aceite o seu loiro e seja feliz! Não sei como sua mãe permite essa atrocidade — Antônio chamou a atenção de Crystal.

— Ah, meu enteado querido! Brincalhão como sempre. E cada dia mais lindo! — A esposa do nosso pai babou em cima do Antônio. Eu sempre achei ela exagerada demais com meu irmão. Foi só tentar dar um abraço e um beijo para ele sair fora.

— Não estou brincando, Cindy. Que você goste de mudar seu cabelo, tudo bem. Mas a minha irmã ainda é nova demais para ficar brincando de siga o arco-íris com o cabelo dela — meu irmão continuou resmungando e repelindo cada vez mais a nossa madrasta.

— Meu filho! — meu pai adentrou a sala de braços abertos para receber seu primogênito.

— Como vai, meu pai? — disse Antônio em um caloroso abraço seguindo de um firme aperto de mão.

— Estou bem mais feliz agora com toda a minha família reunida. Só falta a Lírio para completar nosso bando — notei o ar desgostoso de Sueli, que estampou um sorriso amarelado nos lábios quando ouviu meu pai falar da Lírio. Ali tinha coisa! — Ela veio nos visitar um dia desses e conversamos bastante. Gosto muito daquela menina, moça de ouro. Poucas são como ela nesse mundo perdido de meu Deus — ao notar a presença de Sueli, completou. — E claro, como a sua belíssima secretária, Sueli! Seja bem-vinda, filha! — Sueli agradeceu com um abraço meio sem jeito.

Enquanto os empregados subiam com as malas de Antônio e Sueli para arrumar seus respectivos quartos, fomos para a sala tomar um café com pão de queijo, como todo bom mineiro e, claro, colocar a prosa em dia.

Depois de Antônio dissertar por mais de uma hora sobre as suas conquistas em juris e tribunais — uma chatice sem fim — as mulheres, decerto entediadas, resolveram dar um pouco de espaço para que meu pai e eu tivéssemos um momento com Antônio, já que fazia tempos que não nos visitava.

— Filho, tudo acertado como você me pediu. Tudo dentro dos conformes — informou meu pai a Antônio. Mas eu não fazia ideia sobre o que falavam.

— Surgiu alguma dificuldade na cidade com meu pedido? — questionou Antônio.

— Não, meu filho. Como havia dito, tinha alguns favores para cobrar. Foi tudo bastante tranquilo — respondeu meu pai. Eu realmente estava fora daquela conversa.

Antônio resolveu subir para descansar do cansaço de dirigir de Belo Horizonte até aqui. Fui acompanhando meu irmão até seu antigo quarto e antes que eu pudesse deixá-lo em paz, me convocou para uma conversa de machos, de acordo com ele.

— Sente-se aí, garoto! — falou enquanto afrouxava a gravata, retirava o paletó e desabotoava os punhos da camisa. O papo parecia sério. — Quero saber o que decidiu fazer da sua vida? Vai ficar brincando de equitação até quando? Quando você pretende fazer uma faculdade e virar homem de verdade? — sabia que ele me ofenderia, é sempre assim toda vez que nos encontramos.

— Não estou a fim desse tipo de conversa, Antônio. As decisões da minha vida eu mesmo tomo, quando e como eu julgar necessário — fui bastante firme, já era hora do meu irmão mais velho entender que eu não era mais um menininho. Ele precisava aprender a me respeitar.

— Você toma as suas decisões, idiotas ou não, desde que elas não me afetem — retrucou.

— E como minhas decisões podem afetar sua vida?

— Quando recebo um e-mail do velho no meio da madrugada me pedindo ajuda com assuntos da fazenda.

— E o que eu tenho com o fato do pai ter pedido ajuda a você.

— Isso quer dizer que você está aqui sem fazer nada e muito menos auxiliando com o que nosso pai precisa. Quero deixar uma coisa bem clara, eu não assumirei a administração dessa fazenda e não me interesso sobre assuntos de cavalo, já basta o pai da Lírio achar que vou cuidar dos negócios dos haras dele depois que me casar com ela.

— Mas você se interessa pelos assuntos da fazenda quando afetam seu bolso, não é mesmo? E imagino que se interessa também pelo tamanho da fortuna que a Lírio herdará dos pais, até onde eu sei, bem maior que a nossa.

— Se falar comigo nesse tom novamente, vou me esquecer de que é meu irmão e...

— E o que, Antônio? Partir para a porrada? Eu não sou mais um garoto. Tenha a certeza de que revidarei e quebrarei alguns dos seus dentes também. Abaixa o tom quando falar comigo, você não é meu pai. Vive distante demais de nós que somos sua família para ficar de cobrança agora.

— Estou avisando, trate logo de dar um rumo nessa sua vidinha campestre e assume os negócios do pai. Acredite, você será o maior prejudicado. Eu tenho como manter meu estilo de vida sem isso aqui, ainda mais agora que fui convidado a me tornar sócio de um dos maiores escritórios de advocacia de São Paulo.

— Parabéns! Espero que seja feliz — me levantei e fui a caminho da porta. Já estava arrependido por meu irmão estar ali, ter vindo para as festas de fim de ano e por ter sentido saudade dele um dia.

— Aonde você pensa que vai? Não acabei essa conversa.

— Eu acabei e tenho um encontro.

— Com alguma moça aqui da região?

— E se for, qual o problema?

— Nenhum, até prefiro. Quem sabe ela coloca juízo na sua cabeça e faz com que queira ficar de vez fincado aqui nessas terras — bati a porta e saí, aquilo já era demais para aturar.

...

A caminho da Fazenda Santa Maria fiquei pensando nas idiotices ditas pelo meu irmão e no quanto eu devia temer dar de cara com o senhor Joaquim, pai da Alice. Tudo que sei é que eles ainda vivem em uma casinha nas terras da fazenda, então foi para lá que segui.

Ao estacionar o carro em frente à casa grande da fazenda dei de cara com Lírio, que estava na varanda e era só sorrisos ao conversar com duas moças que eu definitivamente não conhecia, uma morena com uma trança lateral que tinha um olhar meigo e uma expressão que indicava o quanto era tímida. Já o oposto era a loira de olhar agressivo que me olhou como se estivesse com um pedaço do meu pênis entre seus dentes. Bonitas, mas para mim, uma beleza bem comum, como a maioria que via por aí. Além do mais, pareciam mais velhas que eu.

— Boa noite, Lírio! Boa noite, moças! — me virei para Lírio. — Sabe onde está a Alice? Ficamos de sair hoje — antes mesmo que a Lírio pudesse abrir a boca, a loira respondeu.

— Não me diga que essa fofura já tem namorada e que a sortuda é aquela anjinha que foi nos buscar hoje mais cedo? Veja isso, Clarinha! — cutucou a amiga que estava ao lado. — Eu não tenho sorte mesmo! Achei que ao vir para o interior encontraria um peão lindo de olhos azuis para me domar e, veja só, o peão já tem dona!

— Não seja inconveniente, Roberta! — a morena chamou a atenção da loira pela brincadeira que havia feito comigo.

— Oi Felipe, meu querido! — Lírio desceu as escadas e veio me cumprimentar com um beijo. — Não ligue para a Beta. Aliás, como sou mal-educada, nem apresentei minhas amigas da capital para você! — apontou para a loira. — Essa é Roberta e essa é Ana Clara — terminou, apontando para a morena. — Nós morávamos juntas em Belo Horizonte

— e continuou: — Meninas, vocês não estão reconhecendo, mas esse é Felipe, o irmão mais novo de Antônio. Vocês se viram pouquíssimas vezes aqui na fazenda.

— Muito prazer rever vocês, senhoritas. Sejam bem-vindas à vida no mato! Espero que curtam! E desculpe por não as ter reconhecido, mas faz tempo que não as vejo mesmo.

— Se tudo por aqui for igual a você, garoto, é provável que eu me mude para cá antes do Ano Novo! — e com uma risada debochada, mais uma vez a loira tentava me deixar sem graça, inutilmente.

— Obrigada, Felipe! Eu adoro a tranquilidade da vida campestre — disse gentilmente a Ana Clara.

— Mas, então, Felipe, a Alice está na casa dela. Vá até lá! O senhor Joaquim vai amar ver você — como eu sabia que aquilo era uma ironia, comecei a tremer nas bases. Era hora de enfrentar a fera pessoalmente. E assim segui em frente.

Ao chegar à porta da casa de Alice, onde a Lírio havia me indicado, pensei duas vezes se batia à porta ou se saía correndo. Antes que eu pudesse concluir meu raciocínio, a porta se abriu e lá de dentro saiu o senhor Joaquim com uma carranca que metia medo e o velho chapéu na cabeça.

— Ah, é você? — disse em um tom irritado.

— Oi, senhor Joaquim! Como está? — tentei amenizar a tensão da situação e ser o mais educado, tranquilo e seguro possível. Precisava passar confiança para o velho.

— Pensei que havia desistido dessa bobagem de levar Alice para sair.

— Como disse ao senhor mais cedo, eu não tenho porque desistir, além de estar muito honrado em ter sido merecedor de sua confiança. A Alice estará em segurança em casa antes que o senhor sinta falta dela.

— Assim espero. E... — antes que ele pudesse concluir a frase, minha atenção foi tomada totalmente pela figura de Alice que saía toda sorridente de dentro de casa. Ela usava um vestido curto, botas de cano baixo e o cabelo preso que deixava à mostra todo aquele ar jovem que seu rosto expressava. Fiquei momentaneamente mudo.

— Espero que o senhor tenha se comportado bem com o Felipe, ouviu papai? — ela foi até o senhor Joaquim, também de queixo caído pela beleza de sua filha, deu um beijo no rosto de seu pai e se despediu.

— Boa noite, Felipe! — eu ainda estava atônito por tamanha beleza ali na minha frente. Eu realmente era um cara de sorte!

— Você está linda, Alice! — eu a puxei para perto e completei em seu ouvido. — Serei um cara invejado essa noite — ela apenas sorriu.

— Juízo, Alice! Não quero me arrepender de ter autorizado essa saída. Estamos entendidos? — o senhor Joaquim nos interrompeu.

— Papai, você já repetiu isso mil vezes lá dentro de casa. Fora todos os conselhos e regras que já estão bem decorados — Alice disse com um sorriso cúmplice para seu pai. Como era linda, meu Deus!

— Vamos? — disse. — Até mais tarde, senhor Joaquim — ele apenas acenou com a cabeça. Eu sabia que o senhor Joaquim era um homem de poucas palavras.

Segurei as mãos de Alice e fomos pelo caminho de pedras rumo à entrada da casa grande.

— Espero que papai não tenha sido grosseiro com você, ou ficarei bastante constrangida.

— Não se preocupe, Alice. Se eu tivesse uma filha linda como você, certamente faria o mesmo que ele.

Ao passarmos na frente da varanda da casa grade, em direção ao carro, vimos que Lírio ainda estava lá com suas amigas. Fiz apenas um aceno com a cabeça e abri a porta do carro para Alice se acomodar. Foi só entrar no carro para ela soltar uma frase que me falava muito sobre sua insegurança e inexperiência.

— Elas são lindas, não é, Felipe?

— Quem? — é lógico que eu havia entendido, mas preferi me fazer de bobo.

— As amigas da Lírio, Roberta e Ana Clara. Queria ser como elas. São tão sofisticadas!

— Elas são bonitas, sim, Alice. Mas nada de extraordinário. O que importa no momento está aqui e para mim é perfeito. Jamais queira ser diferente. As pessoas devem gostar de você como é. Se querem mudar algo, que mudem nelas e não nos outros — o recado estava dado. E pelo visto ela tinha compreendido, pois um sorriso largo e muito verdadeiro estampou seus lábios e olhos.

Dei a partida e saímos rumo a São João del-Rei. Percebi que ela tinha relaxado, mas uma certa ansiedade ainda teimava em dominar Alice. Era muito provável que eu fosse a primeira pessoa a levava para sair, o que era bem esquisito para uma menina na idade dela hoje em dia.

— Alice, escolha uma música! Tem uma lista bem interessante no meu iPod. Ele já está conectado ao som do carro — tentei suavizar o clima.

— O que você quer ouvir?

— A pergunta aqui é o que você quer ouvir, Alice? Essa noite é para você! — olhei rapidamente dando uma piscadinha para ela e voltei minha atenção ao volante. Percebi com o canto dos olhos que ela sorria para mim.

Depois de alguns minutos ela conseguiu escolher uma música e explodia no carro o som de uma balada eletrônica. Talvez tão animado quanto o estado de espírito de Alice.

Durante todo caminho ela se balançava como se dançasse e sussurrava as letras das músicas. Era lindo de ver toda aquela animação! Parecia uma criança abrindo um presente na manhã de Natal. Apenas quando chegamos próximo à pracinha da Igreja São Francisco notei que ela ficou um pouco preocupada, talvez com o irmão que vivia ali perto. Coloquei uma das minhas mãos em seu joelho para dizer que estava tudo bem.

— Fique tranquila! Estamos realmente indo ao restaurante e se lá estiver legal, não precisamos ir à festa na república, tudo bem?

— Não, tudo bem. É que tenho medo do meu pai ter pedido ao Heitor para nos vigiar. Se eu fizer algo diferente do que combinei com ele, ficarei presa em casa pelo resto da vida — olhei para ela e sorri da inocência que ela ainda mantinha aos dezessete anos de idade.

Terminamos de subir a rua e estacionei próximo ao restaurante. O local já estava cheio e animado. Entramos e o garçom que já me conhecia, nos levou até uma mesa. Olhares curiosos nos seguiram. Parei no caminho para cumprimentar alguns conhecidos e amigos. Uma dupla tocava e cantava pop rock dos anos 80 e 90. O que foi ótimo, já que Alice curtia esse tipo de som.

Não sabia exatamente o que Alice gostaria de experimentar, então pedi um pouquinho de cada coisa: tacos, nachos, quesadilla, burritos e potato skins. Tequila para mim e refrigerante para ela. Ela olhava para todos os lados, certamente conferindo se o irmão estava nos vigiando ou se havia algum conhecido do pai dela por perto.

— Espero que goste de comida mexicana, pedi mais do que devia — e sorri.

— Gosto sim! Mas queria pedir uma coisa — falou meio incerta se devia dizer aquilo ou não.

— Peça! A noite é para você.

— Quero experimentar algo alcóolico — e disse isso olhando para as mãos que repousavam em seu colo. Muito envergonhada.

Chamei o garçom e pedi uma caipivodka de morango, uma dessas bebidas doces e cor-de-rosa que as mulheres costumam gostar. E, claro, pedi que o teor alcóolico fosse reduzido, não queria que ela passasse mal em sua primeira experiência alcóolica. Queria proporcionar a ela a experiência que ela estava ansiosa para ter e não queria a ver passando mal e tendo problemas com o pai, que depois me mataria.

— O segredo, Alice, é beber devagar, saboreando a bebida, conhecendo seus efeitos e intercalando com água. E nunca beba sem comer algo, promete? — e disse tudo isso saboreando a minha tequila.

— Combinado! — ao tomar o primeiro gole, percebi o prazer e a satisfação atingir seus olhos. — Que delícia, Felipe! Obrigada por isso. Obrigada pela noite. Obrigada por tudo!

— Mas a noite nem começou, garota!

— Mas já é mais do que eu imaginei.

— Vejo você amanhã para a festa de Natal na minha casa?

— A Lírio quer que eu vá, mas não sei ainda.

— Claro que você vai e faço questão que chame seu pai e seu irmão também, claro.

— A verdade é que meu pai não iria mesmo. Ele sempre passa o Natal com meu tio em Tiradentes. Heitor parece um ermitão. Sempre vai para o mato acampar, pescar e ficar sozinho. Nem tento mais passar essas datas com ele. E eu, bom, eu sempre fico com a dona Ana Flor.

— Mas a dona Ana Flor irá para minha casa. Acho que vai ser mais que uma comemoração de Natal, já que o Antônio está cheio de conversinhas com meu pai. Imagino que ele vai comunicar o casamento com a Lírio. — Alice se engasgou com a bebida. — Ei, calma! Beba devagar! Preciso levar você viva para casa, lembre-se de que minhas bolas correm perigo!

— Você disse que seu irmão está aqui e que vai anunciar o casamento dele com a Lírio?

— Eu disse que meu irmão está aqui e que acho que ele veio com esse intuito.

— Mas que merda! — Alice estava visivelmente frustrada.

— Poxa! Não sabia que você detestava tanto assim o meu irmão. Na verdade, nem sabia que vocês se conheciam. Mas Antônio costuma causar esse efeito nas pessoas. Às vezes ele consegue ser bem desagradável, mas acredite, é boa pessoa.

— Não é isso Felipe. Não é nada disso — agora a frustação tinha se transformado em tristeza.

— Então quero saber o que é, porque você está triste. O que quer dizer que essa noite ficará perdida e não foi isso que programei.

— É que... na verdade... eu não posso falar. Mas acho que a Lírio mentiu para mim e para... Ah deixa!

— Não! Começou, termina logo.

— Não posso, Felipe — seu olhar estava distante e eu podia estar enganado, mas vi lágrimas em seus olhos.

— Por favor, já que não vai confiar em mim e me dizer o que houve, pelo menos mude essa carinha. Temos poucas horas juntos e pretendo aproveitar com a menina alegre que veio em meu carro e que entrou nesse bar agora há pouco.

— Desculpa — e antes que eu pudesse dizer algo, um cara alto e fortão parou bem ao lado da nossa mesa. — Heitor? — Alice estava tão pálida e assustada, que pensei que fosse desmaiar.

— Ah, então você é o Heitor? Poxa, cara, faz tanto tempo que não o vejo que não o reconheci de imediato. Eu sou o Felipe, irmão do Antônio. Tudo bem? — estendi minhas mãos e trocamos um forte aperto.

— Tudo bem, Felipe. Estava aqui perto e como meu velho disse que Alice estaria aqui com você, resolvi checar se está tudo bem. Você sabe, coisa de irmão mais velho — e olhou direto para o copo de bebida na frente da Alice.

— Claro que entendo, cara. Sente-se aqui com a gente! — e apontei para a cadeira ao lado de Alice.

— Estou realmente só passando, preciso concluir algumas coisas antes de pegar a estrada amanhã à tarde. Sempre acampo durante essas festas de fim de ano. Esse ano eu vou para um lugar perto de Varginha. Então tenho algumas horas de estrada pela frente.

— Não disse que ele nunca fica para as festas? — Alice revirou os olhos em um sinal de desgosto.

— Mas vim me despedir de você, irmãzinha!

— Você veio me vigiar, isso sim!

— E não deveria? Isso por acaso não é uma bebida alcóolica? — pegou o copo de Alice e tomou um gole.

— É sim, Heitor. E não é culpa do Felipe, eu pedi porque queria experimentar. Eu tenho dezessete anos, todas as minhas amigas já beberam e eu nem sabia como era.

— Certo. Você sabe que me preocupo muito com você, mas não sou careta como nosso pai. Se é só para experimentar, estou de acordo. Mas só esse copo e só dessa vez. Estamos entendidos, Felipe? — e se virou para mim.

— Entendido, Heitor.

— Heitor, não acho que você deveria acampar esse ano.

— Irmãzinha, ainda devo ver você amanhã. Infelizmente tenho meu último trabalho do ano agendado para amanhã. Não consegui outra data na agenda e o cliente precisa com certa urgência. Vou acompanhar um criador de cavalos até uma fazenda onde ele vai comprar material genético para um cruzamento que faremos. E a fazenda fica lá na região da Santa Maria. Ou seja, passo em casa para ver o pai e você.

— Promete? — perguntou Alice muito ansiosa. — Preciso muito falar com você.

— Tudo bem. Você parece preocupada? Algo de errado?

— Não. Só preciso falar com você.

— Certo. Então até amanhã. — Heitor olhou para mim e continuou. — E muito cuidado com minha irmãzinha. Não é porque tenho a mente mais aberta que aceitarei que você tenha certas liberdades com ela. Não quebre minha confiança ou se arrependerá de ter nascido.

Não consegui responder à ameaça. Sacudi a cabeça em concordância e vi Heitor saindo porta afora depois de dar um beijo em sua irmã.

— Desculpa por isso, Felipe! Papai e Heitor são muito protetores.

— Não tem problema, Alice. Eu os entendo — a saída com essa menina estava sendo uma novela, mas valia a pena!

A noite seguiu mais tranquila, apesar de Alice continuar com aquele ar de preocupação. Conversamos sobre diversas coisas, viagens, sonhos, estudo, profissão, gostos, paqueras, família, infância e amigos. Ela era divertida, inteligente e muito agradável. Além de ter sido um prazer ficar olhando para ela durante um bom tempo. Como era linda! E engraçada. Como me divertia! Há tempos eu não ria assim tão espontaneamente. Até fizemos fotos com os sombreiros enormes e coloridos do restaurante.

— Vamos, Alice!

— Para a festa na república? — Alice parecia em dúvida se ia na festa ou não, mas percebi que estava interessada e aproveitei a oportunidade.

— Venha! — segurei sua mão e saímos porta a fora.

A república universitária dos meus amigos ficava ali perto. Estacionamos na rua ao lado e entramos na bagunça. A casa estava lotada. Música alta, bebida por todos os lados, amigos rindo e falando bobagens e muitos casais se pegando e dançando.

— Felipe, cara! Achei que você não viria mais — gritou Theo, saindo da cozinha com dois copos de cerveja na mão. E foi logo me entregando um e agarrando Alice em um abraço.

— Agora sim, cara! Que gostosa é essa que você trouxe pra gente! — falou com a voz arrastada de quem já estava embriagado.

— Vai tirando essas suas mãos porcas e seus olhos gordos de cima da Alice. Ela não é para seu bico, nem para o bico de ninguém aqui — e a puxei para meus braços.

— Que isso, mano? Somos irmãos, porra! E irmãos dividem tudo! — e caiu na risada. Certamente lembrando dos velhos tempos de adolescentes quando ficávamos com a mesma garota.

— Já disse, cara, cai fora! Alice não é como as outras — e só quando falei sério e com o semblante embrutecido, ele compreendeu o que eu estava falando e deu espaço.

Theo era gente boa, mas muito porra louca. Nós nos conhecíamos desde crianças e já tínhamos feito bastante merda juntos. Mas eu vivia uma nova fase na minha vida, mais tranquilo e centrado. Alice, coitada, devia estar assustada, pois ficou calada o tempo todo.

— Está tudo bem, Alice. Nada acontecerá com você, eu estou aqui — e ela relaxou visivelmente em meus braços.

Fomos para a sala onde os casais dançavam loucamente ao som de Rihanna. E a pista literalmente fervia na maior pegação.

Fui surpreendido por uma Alice sexy e extrovertida dançando como se não houvesse amanhã. Ela jogou os braços para cima, fechou os olhos e pulava, rebolava e balançava o corpo freneticamente. Chamou a atenção de todo mundo. Os carinhas estavam a engolindo com os olhos. Se eu não fizesse algo, teria de quebrar alguns dentes pelo caminho. É claro que fui marcar meu território como todo bom macho alfa.

Eu a surpreendi pelas costas, abraçando sua cintura. Continuamos a nos mexer naquele ritmo e aquilo estava me deixando doido. Cada vez que meu nariz encostava em sua nuca, meu corpo respondia. E como eu sabia que aquilo podia ficar muito sem controle, preferi levar Alice embora dali logo. Era o melhor a se fazer.

No caminho para o carro ela tinha se transformado na Alice quietinha novamente. E o silêncio imperou porque eu não sabia exatamente o que dizer naquele momento. Nem sabia se palavras se faziam necessárias.

O caminho de volta estava quieto demais e resolvi quebrar o gelo.

— Você fez o maior sucesso lá na república.

— Eu gosto de dançar — foi tudo que ela disse.

— Percebi. Você dança muito bem. Estava ótima! Aliás, essa noite foi perfeita. Obrigado.

— Eu que agradeço tantas experiências legais e divertidas! — Ela olhou e sorriu para mim. E aquele sorriso estava mexendo diretamente comigo, mais precisamente com algo em minhas calças. Precisava mudar o foco ou bateria o carro.

— E então? Acha que seu irmão não vai mesmo contar para o seu pai que você bebeu um pouco?

— Não. Heitor tem palavra. E ele tem a mente mais moderna. Não liga para isso. Seria pior se tivesse nos encontrado aos beijos ou algo assim — e acho que ela falou isso sem pensar, pois ficou bastante vermelha e envergonhada depois.

— Acho que teria sido constrangedor — disse rindo, porque realmente era uma situação engraçada de se imaginar.

Parei o carro um pouco antes de pegar a estradinha da fazenda.

— Por que parou? A estrada pode ser bem perigosa a essa hora — me disse assustada.

Soltei meu cinto sem dizer nada. E fiz o mesmo com o dela. Aquela noite não podia ficar sem a "cereja do bolo". Olhei em seus olhos como se pedisse permissão, mas a verdade é que beijos roubados são os melhores e mais inesquecíveis. Segurei seu rosto com uma das mãos, coloquei a outra em sua nuca, olhei bem no fundo dos seus olhos e em seguida desci o olhar para aqueles lábios tentadores para indicar o que faria e dar chance a ela de recusar caso não quisesse. Como ela não o fez, dei-lhe um beijo molhado, profundo e muito gostoso. Um beijo com muita língua e cortes de respiração. E fiquei algum tempo me perdendo nela bem ali.

Quando a soltei, ela ainda estava com os olhos fechados. E permaneceu assim por um tempo. Sua respiração estava descompassada, seu peito subia e descia rapidamente. Ela tremia suavemente e suas bochechas estavam coradas. Quando abriu os olhos, vi as pupilas dilatadas naquele olhar perdido e encantador.

Não foi preciso dizer algo. Coloquei novamente o cinto de segurança nela e em mim e segui em frente, satisfeito e feliz pela noite totalmente agradável que tivemos.

Deixei Alice conforme combinado, segura e satisfeita na porta de casa. Dei a volta e parti, com a promessa de dias muito mais divertidos pela frente.

Alice era mais nova que eu, mas tinha uma coisa nela, uma maturidade, algo que não sei explicar. Ela mexia comigo mais do que todas as outras garotas que me deram bem mais que um beijo.

Eu precisava avaliar a noite, aquela garota e tudo que meu corpo estava tentando me dizer. Mas de uma coisa eu tinha certeza: aquela saída foi o início de algo muito maior. Porque as melhores coisas sempre estavam por vir. Sempre.

11

ANTÔNIO

Acordei bem cedo para conferir os preparativos do jantar, que deveria ser perfeito.

Lírio não me escaparia. Não depois de tantos anos, tantos planos, tantos momentos dedicados a ela. Heitor não a roubaria de mim. Não agora. Não hoje. Nunca.

— Você acha que vai dar certo? Que ela vai dizer 'sim'? — meus pensamentos foram interrompidos por Sueli que havia descido para o café da manhã.

— Não darei alternativas a ela. Vou me certificar de que ela diga sim, sem dúvidas.

— Do que está falando? O que você está planejando? Por acaso, tem cartas na manga?

— Sueli, se eu quisesse me confessar, procuraria um padre. Não a mulher com quem fodo esporadicamente.

— Não seja idiota, Antônio! — ela estava realmente ofendida, o que era engraçado. O que aquela mulher achava que representava na minha vida? Era apenas uma secretária muito eficiente. Tive vontade de rir, mas me segurei para não a ofender mais. Não era necessário. O ego dela já estava no chão. Sueli apenas me servia para que eu a ajudasse assim que estivesse formada em Direito. Era uma alpinista social, uma interesseira, isso sim. Mas muito eficiente como secretária e claro "quebrava um galho" na cama.

— Vou sair. Tenho que ir à cidade e preciso que cuide de tudo por aqui para mim. E já sabe, se a Lírio aparecer por aqui, boca fechada.

— O que você fará na cidade?

— Mas você não aprende, não é mesmo, Sueli? Você não tem nada com isso, mas já que estou de bom humor, vou contar. Irei conferir as informações que o detetive que contratamos descobriu.

— Ele deu retorno? Já?

— Eu pago as pessoas para que sejam eficientes, Sueli. E sim, ele me deu retorno.

— Não fiquei sabendo.

— Não seja inconveniente. Você acha mesmo que sabe tudo que eu faço? Não seja tola.

— Mas...

— Chega dessa conversa fiada. Estou indo. Se alguém perguntar por mim, avise que fui à cidade e retorno para o almoço — não esperei uma resposta. Peguei a chave do carro e sai rapidamente.

...

Toda vez que venho a São João del-Rei, sinto uma nostalgia da infância, da adolescência, dos amigos. Não era para ser desse jeito. Era para Heitor ainda ser meu melhor amigo, talvez casado com Lurdinha. Era para Lírio me amar e só a mim... Era para sermos amigos para sempre.

Passar por aquelas ruas apertadas e íngremes, observar as casas coloridas, aquela gente acolhedora vendo a vida passar pela janela de suas casas, ouvir os sinos das igrejas, observar os barzinhos familiares e as pracinhas que ainda conservam o costume das crianças brincando com bolas, bicicletas, bolinhas de gude, patins e skates. A Maria Fumaça atravessando a cidade em direção a Tiradentes. As cavalgadas tão tradicionais. Tudo que deixei para trás para encontrar meu futuro e merecer a mulher que escolhi. Droga! Será que a Lírio não enxergava nada disso?

Fui me afastando do centro histórico, entrando cada vez mais na periferia, quando me peguei pensando em como a vida deve ter judiado de Lurdinha. Maria de Lourdes. Lurdinha. Essa parecia que não tinha mudado nada e havia consagrado o que o povo da cidade sempre dizia que ela seria. Uma pena! Tão bonita e tão inconsequente.

Estacionei meu carro em uma rua de terra em frente a uma casinha simples. Um portão de latão e um muro branco todo pichado escondiam uma casa pequena de telha colonial e paredes verde-oliva. Achei que pudesse estar enganado, mas não. Aquele era exatamente o endereço que o detetive tinha passado. Lurdinha morava ali. Olhando pelas grades do portão vi um caminho de flores, onde havia uma bicicleta encostada, e logo em seguida uma varanda com uma cadeira de balanço ao lado da porta de entrada. Toquei a campainha...

— Mamãe, o portão está aberto. Entra aí! Pensei que a senhora só viria me buscar à noite — gritou uma mulher de dentro da casa. Se estava aberto e qualquer um podia entrar, eu também podia.

Subi os degraus da escada da varanda e parei de frente à porta sem saber se deveria entrar ou não. Foi quando ela abriu a porta e então percebi que não sabia o que esperava ver ali, pois me surpreendi com a mulher linda e exótica na qual Lurdinha tinha se transformado. Eu me senti um canalha pelo que faria, mas não tinha outro jeito. Seria o sofrimento dela ou a minha derrota.

— Lurdinha! — ela estava simples e muito sensual em um vestidinho curto de alcinhas finas, de tecido fino, quase transparente, que não deixava muita margem para a imaginação.

— Antônio? É você? Que alegria, meu Deus! — e pulou em meu pescoço, me abraçando e beijando o meu pescoço. Estava claro que seria mais fácil do que eu supunha.

— Bom saber que você fica feliz em me ver — eu a afastei um pouco ou seria dificílimo me controlar.

— Nossa! Pensei que fosse minha mãe. Jamais imaginei que você viria até minha humilde casa. Na verdade, jamais pensei que você se lembrava de uma mortal insignificante como eu.

— Você não vive mais com seus pais?

— Não. Papai e mamãe vivem em Tiradentes, compraram uma casa lá depois de venderem a nossa aqui. E eu comprei essa aqui. Bom, na verdade ainda estou pagando, mas foi o que deu para comprar. Deve imaginar como é o salário de professora, não é mesmo? — e sorriu.

— Posso entrar?

— Ai, que falta de educação a minha! Claro, Antônio. Entra, senta e fique à vontade. Gostaria de beber alguma coisa?

— Um café, se não for dar trabalho.

— Claro que não. Vou preparar. Sente-se aí e fique à vontade, volto já — enquanto ela adentrava a casa, olhei ao redor. Era uma casa simples, mas aconchegante. Tinha móveis simples, mas tudo levava o toque inconfundível de Lurdinha. Aquilo era um fato.

Eu precisava resolver logo o que eu tinha ido fazer ali. Não fazia sentido tentar retomar nossa amizade se eu destruiria o coração dela em seguida, sem contar sua reputação. E é bem provável que eu não a veria mais. Fui à cozinha em busca de Lurdinha. E ela estava lá, feliz, cantarolando e preparando uma bandeja de café com biscoitinhos caseiros.

— Quer dizer que além de professora infantil, você também cozinha. Quem diria, Lurdinha! — encostei-me ao batente da porta e fiquei deslumbrado pelo sorriso receptivo que ela me ofereceu.

— Não quis me esperar na sala?

— Fiquei entediado e também seria imperdível ver você colocando a mão na massa na cozinha — pisquei para ela. Era hora de começar a jogar.

— Mas me diga, Antônio. O que faz por aqui? Está relembrando os velhos tempos?

— Eu preferia começar um tempo novo, você não?

— Está certo… E o que é um tempo novo? — Lurdinha apontou a cadeira para que eu me sentasse com ela à mesa. Enquanto me servia o café, percebi o quanto ela era bonita, isso seria fácil e agradável de resolver se precisasse chegar a certo ponto.

— Eu acho que precisamos começar do zero, Lurdinha. Afinal, estamos mudados e amadurecidos. Somos outros. Então precisamos dar uma chance ao novo. Ao que está aí para acontecer — percebi um sorriso em seus lábios — Você tem namorado? — é claro que eu já sabia muito bem os tipos de relacionamentos que ela tinha.

— Não. Tenho alguns rolos por aí, nada sério.

— Pensei que você e o Heitor terminariam juntos — ela sorriu novamente com o que disse.

— Mas parece que você e a Lírio terminarão juntos, certo?

— Você acha mesmo?

— Sim.

— Que resposta firme. Tão certa, não acha? Você realmente pensa que ninguém pode me roubar da Lírio?

— Não sei, Antônio. Você que precisa me dizer isso. Você pode ser roubado dela? — tomei o café para me dar tempo de analisar como agir com Lurdinha. Eu não a via fazia tempo, mas ela sempre foi sincera demais, desbocada demais e debochada demais. Talvez eu tenha que fazer com que se sinta desprezada e para isso eu precisaria assumir que sabia do casinho que ela estava tendo com o pai da Lírio. Mas antes só precisava ajeitar uma coisinha no meu bolso.

— Então você só tem rolos por aí... Eu sempre quis saber como você seria como mulher, Lurdinha — ela arregalou os olhos e quase derrubou a xícara de café que segurava.

— E o que você pensa, Antônio? Que serei o prêmio da sua despedida de solteiro?

— O que você será depende do poder de convencimento que você tiver — a tática era fácil. Queria dar a ela esperança, possibilidades, para que confiasse em mim. Sempre soube que Lurdinha tinha uma queda por mim e saberia tirar proveito disso agora que era preciso.

— E como você pensa em ser convencido?

— Acho que você sempre foi esperta e criativa. Deixo ao seu encargo a escolha do que fazer.

Antes mesmo que eu pudesse pensar em dizer mais alguma coisa, Lurdinha havia dado a volta na mesa e parou bem de frente para mim, se curvou e olhou sedutoramente para dentro dos meus olhos. Por um momento, juro, me senti despido, de roupas e de alma. Ela parecia ler meus pensamentos…

— Sabe, Antônio, você acha que sou uma idiota porque ainda vivo aqui no interior. Mas não funciona assim. Eu sei que você se casará com a Lírio em qualquer circunstância, já que foi isso que desejou a vida inteira, além de ter a torcida da sua família e da família dela. Se o que você quer é ir para cama comigo, prefiro que seja direto e honesto. Por mais que o povo dessa cidade fale de mim, eu peço que haja com princípios comigo em respeito à nossa velha amizade — por essa eu não esperava, mas Lurdinha acabou me dando chance de ser mais direto e incisivo. Era melhor terminar com isso logo.

— Mas o povo dessa cidade tem motivos para falar não é, Lurdinha? Que maluquice é essa de ter um caso com o pai da Lírio? — pronto. Despejei a informação, agora era esperar ela desabar e falar.

Por alguns segundos tudo que vi foi uma mulher pálida, trêmula e sem saída na minha frente. Lurdinha deu de costas e foi para a pia lavar alguma coisa. Certamente queria tempo para pensar em uma saída para a afirmação que eu havia feito. Mas eu não deixaria que ela me escapasse.

— Não se preocupe, Lurdinha. O José Luiz e eu, antes de sermos sogros e genro, somos amigos e eu assumirei seus negócios em um futuro próximo. Ele confia tanto em mim que acabou me confessando esse deslize, como ele mesmo chamou — agora sim eu havia cutucado a onça.

— Deslize? Ele me classificou como um deslize? — ela se virou para mim e em seus olhos, além de lágrimas contidas, eu via o fogo da ira ardendo.

— Não é um deslize um homem casado há décadas, com a reputação que ele tem, com um nome a zelar, se envolver com uma mulher da idade da própria filha? — quanto mais eu desse corda, mais ela se enforcaria.

— Espero que aquele desgraçado tenha contado também que foi ele que veio me procurar. Não fui eu que fui atrás dele. Não fui eu que comprei presentes para ele. Não fui eu que paguei viagens de férias para ele. Não fui eu que fiz depósitos na conta bancária dele. E só para esclarecer, jamais toquei no dinheiro, devolvi cada centavo, pergunte ao José mesmo. Eu não me vendi, eu me envolvi com um desgraçado que não vale a pena, que não merece a mulher que fui para ele — jamais pensei que ela se abalaria tanto, achei que era só mais um caso dela, nada demais. Pelo visto eu me enganei nesse ponto, porque Lurdinha caía em lágrimas na minha frente.

— Espera, Lurdinha! — eu a levantei do chão e a sentei na cadeira. Peguei um copo com água para ela. Queria que ela se acalmasse. — Não é o fim do mundo, querida. E você certamente não é a primeira e nem será a última mulher a sofrer uma desilusão.

— Desilusão, Antônio? — ela olhava para mim totalmente descontrolada. — Desilusão é você entrar em uma loja, pedir o sapato que você desejou por muito tempo e descobrir que não fazem seu número. Isso é desilusão. O que eu estou sentindo é ódio. Ódio por ter ouvido aquele filho da puta dizer que não se entendia mais com a esposa, que não tinha espaço para ele na vida dela. Que não sentia mais nada por ela. E que... E que eu era uma brisa suave na vida dele, a melhor parte da semana, a única coisa que o fazia sorrir.

— Quanto tempo essa história durou, Lurdinha?

— Tempo suficiente para eu ter feito um aborto a pedido dele porque não podia assumir "ainda" os filhos que queria ter comigo. Como fui estúpida!

— Como é? — agora eu estava espantado com as novas informações que Lurdinha soltava.

— Sim. Depois que eu contei que estava grávida, ele apareceu aqui um dia e disse que o jatinho me aguardava para me levar à capital, onde um médico amigo dele daria um jeito no nosso probleminha sem causar dano algum. Só que ele se esqueceu do dano causado à minha alma.

— Sinto muito, Lurdinha! — e eu realmente sentia. Ninguém merecia passar por algo assim. A história era pior do que eu imaginava, o que era ótimo para mim.

— Eu fiquei isolada naquele hospital. Sozinha. Passei muito mal despois do procedimento, achei que fosse morrer junto com meu filho. Ele nem mesmo se dignou a me acompanhar, não tinha como explicar a ausência para a esposa. Foi um crime o que eu fiz, Antônio. Você mais que ninguém sabe disso. Eu sofri, senti dor. Dor física e dor na alma. Passei uma noite de cão tremendo em uma cama de hospital. Saí de lá sozinha e ainda tive que pegar um ônibus para voltar aqui para a cidade. E depois de tudo, ainda tentei entender o desgraçado e o perdoei. Mas nunca mais foi do mesmo jeito, e foi então que eu soube que eu era apenas um passatempo com dias contados — olhava para Lurdinha sem poder acreditar naquelas palavras. Era absurdo demais.

— Vocês ainda se encontram?

— No início dessa semana foi a última vez. Porque depois dele fazer tudo isso, me tratar feito lixo e ainda contar para você como se eu não valesse nada... Acabou. Acabou. Acabou — Lurdinha se levantou, enxugou as lágrimas e ergueu a cabeça. Era um sinal claro de que estava pronta para encerrar a conversa e eu não seria um crápula de continuar, o que eu tinha bastava. — Acho que você precisa ir, Antônio. Já ouviu o suficiente para rir de mim junto com seu sogro pelo resto dos seus dias.

Mas ela estava ali na minha frente tão fragilizada, tão destruída e parte disso era minha culpa. Senti que não poderia sair dali sem fazer alguma coisa, qualquer coisa. Em nome da amizade dos velhos tempos e do presente que ela me dava naquele momento com todas aquelas informações. Eu ainda era um ser humano, ou seja, era impossível não sentir empatia naquela situação.

Coloquei a mão no bolso discretamente e desliguei o celular que estava gravando toda a conversa que tive com Lurdinha. Dali para frente seriamos só nós dois, em um único momento.

E o estado em que me encontrei no momento seguinte podia ser classificado como loucura. Eu não podia fazer com ela as delícias selvagens que fazia com a Lírio, não naquele momento com ela em estado de choque. Ela precisava sentir alguma coisa, ela precisava sentir que alguém estava com ela. Lurdinha precisava sentir algum tipo de sentimento bom.

Eu me aproximei dela, que apenas me olhava, e quando toquei seu rosto e seus lábios com meus dedos, todo o corpo dela se enrijeceu e depois estremeceu com uma força violenta. Beijei seu pescoço e a vi fechar os olhos ao jogar a cabeça para trás. À medida que a beijava, aumentava o calor de seu corpo e ela respondia com gemidos e respirações intercaladas com suspiros onde tentava pronunciar meu nome.

Era doentio, sórdido. Mas também era romântico e amenizava a tensão sexual que deixamos no ar desde que entrei naquela casa.

Rasguei seu vestidinho em duas partes, segurei-a pela cintura e enganchei suas pernas em volta da minha cintura. Meus lábios tomaram os lábios de Lurdinha em um beijo descompassado de dentes e línguas, em uma dança frenética, ansiosa e desequilibrada. Tudo era intenso e repleto de necessidade.

— Meu quarto — ela sussurrou.

— Vai ter que ser aqui mesmo. Não tenho tempo e estou sem controle para esperar qualquer coisa que seja.

Eu a coloquei em cima da mesa e, enquanto ela se desfazia dos pedaços do vestido e da calcinha, coloquei um preservativo. A essa altura só queria me empenhar em ser o melhor que já tinha passado entre as pernas delas. Sim, amava uma competição! Eu me encaixei com precisão e dali para frente não mudei o ritmo e não desgrudei meus olhos dos olhos dela.

Não era como a Lírio. Nem melhor, nem pior. Era simplesmente diferente. E diferente era bom. E era surpreendente. Lurdinha se entregava docemente, me envolvia de tal forma que era impossível pensar em qualquer outra coisa. Entramos em um clima de luxúria e sofreguidão que eu ainda não tinha vivido com nenhuma mulher.

Depois de ter chorado copiosamente por tanto tempo, tempo em que me senti impotente, agora seu rosto se iluminava em um sorriso safado. Agindo como eu jamais fizera antes, intensifiquei o beijo e continuei tornando tudo mais intenso para ela. Aumentei meu ritmo e meus movimentos. Lurdinha começava a tremer, jogava a cabeça para trás e apertava os olhos. Ela estava se perdendo. E quando ela se levantou de uma vez, inesperadamente, agarrou minhas costas e me arranhou por cima da roupa mesmo, eu fui ao céu e voltei...

Eu a deitei novamente na mesa e comecei a meter forte, o corpo de Lurdinha batia na madeira e naquele momento eu sabia que não demoraria muito para nós dois chegarmos ao ápice. Fui mais fundo e cada vez mais rápido. A energia que vibrava entre nós dois era palpável. Havia, sim, uma aura selvagem tão bem conhecida por mim, mas outra coisa prevaleceu ali, uma suavidade que acabou me deixando fora de mim.

E quando percebi que gozaríamos, eu disse a única coisa que havia para ser dita.

— Olha para mim — e me esvai dentro dela, enquanto ela me apertava em um milhão de contrações.

Fiquei por um tempo admirando a beleza do corpo dela. E foi então que percebi a tatuagem em sua cintura com uma inscrição: *For you I kept an infinite love.*

— Faz muito tempo que você fez? — perguntei. Lurdinha ainda estava com o olhar perdido e vi escorrer uma lágrima.

— O quê?

— A tatuagem — e passei os dedos por cima da tatuagem.

— Faz — foi bastante evasiva em sua resposta. Entendi que não devia perguntar mais nada. Mulheres quando querem falar sobre algo simplesmente falam. Mas, então, para minha surpresa, ela continuou. — Frida Kahlo dizia que pintava rosas e assim elas não morriam. Eu fiz uma tatuagem, então eu não me esquecerei. Quando se perde uma coisa que não pode ser substituída, você precisa ter algo para dar suporte ao coração.

De repente a situação bateu em mim como um soco no estômago. O que eu tinha feito? O que eu estava fazendo com Lurdinha à beira do meu casamento com Lírio? Como eu trataria Lurdinha dali em diante? É claro que eu perdera meu juízo. O que eu estava pensando quando entrei naquela casa? O que havia acontecido era um erro. Estive com diversas mulheres enquanto namorei a Lírio, mas com Lurdinha eu tinha um passado de amizade, algo representativo. Droga! Não devia ter transado com ela.

Não tinha muito o que dizer. Ajeitei-me, me vesti novamente como o Antônio de sempre, porque aquele que estava ali momentos antes não era eu. E saí sem dar explicações. Não tinha explicações cabíveis para a situação, que era no mínimo constrangedora. E depois de ter diversas mulheres em minha cama, não entendia aquele constrangimento. Não sabia explicar. Pela primeira vez, eu não encontrava palavras que me tirassem daquela situação embaraçosa.

Não olhei para trás.

Entrei em meu carro e segui em frente.

Estava insuportável ficar ali, naquela hora, com meu silêncio, então liguei a rádio local para ouvir as notícias e me esquecer dos minutos passados. Mas então, Adriana Calcanhoto cantava *Depois de ter você*, e tudo parecia conspirar contra mim, até a canção.

...

Quando entrei pela porteira da fazenda do meu pai, eu já estava focado novamente. Nada me tiraria do rumo que desenhei para mim.

— Filho, que bom que já retornou da cidade!

— Oi, pai. Algum problema?

— Não. Estou recebendo um criador que vai comprar material genético de um dos nossos campeões e gostaria que você o conhecesse. Seria bom que você acompanhasse as coisas da fazenda, um dia morrerei e isso tudo ficará nas suas mãos.

— Pai, você sabe que nunca quis assumir uma vida no campo. Comece a pensar em Felipe. Ele é o mais indicado para assumir a administração do haras. Eu não entendo nada de cavalos e não tenho tempo para fazer isso agora. Se quer que eu vá conhecer esse senhor, tudo bem, mas devia chamar o Felipe para ir se inteirando dos assuntos da fazenda.

— O Felipe ainda é um moleque. Temos um administrador, só preciso que você esteja atento e que acompanhe. Cindy e eu pensamos em ir morar na Europa muito em breve, acho que eu mereço me aposentar, você não acha? E para isso preciso saber que alguém está cuidando dos negócios.

— Ah, pai, já vi que não adianta falar nada agora. Vamos lá acompanhar essa negociação.

— Vamos! Alfredo Guerra, o criador de quem falei, trouxe o tal do profissional que fará o cruzamento. A propósito, é um amigo seu, aquele tal Heitor Domingos. Dizem que ele é o melhor aqui da região, talvez até do Brasil — como um soco na boca do estômago, recebi o nome de Heitor.

— Heitor está aqui?

— Sim. Vamos até lá! — isso sim seria providencial. Era o momento de dar o recado a quem mais merecia recebê-lo.

Caminhamos até o estábulo e, ao me aproximar, avistei Heitor. Era impossível confundi-lo, não havia mudado muito. Aquele mesmo rosto segurando uma carranca turrona. Estava avaliando um dos nossos cavalos, um dos mais premiados, pelo que meu pai explicou.

— Boa tarde, senhores! Alfredo, quero que conheça meu filho Antônio, ele é doutor em Direito — Heitor que estava disperso avaliando o cavalo, ergueu a cabeça e me avistou. Seu semblante fechou ainda mais e seu único cumprimento foi o gesto de mexer a cabeça em minha direção, uma postura clara de insatisfação por eu estar ali.

— Boa tarde, rapaz! Seu pai é só elogios a você! É uma alegria enfim conhecê-lo. Quero apresentar o doutor que cuida agora dos meus cavalos. Heitor, venha aqui, filho! — sem jeito de dizer não, largou o cavalo com o auxiliar e veio em minha direção.

— Boa tarde, senhor Augusto! — virou-se para mim e finalmente nos encaramos olho no olho. — Como vai, Antônio? Quanto tempo!

— Vocês se conhecem, filho? — perguntou o tal senhor Alfredo.

— Sim, de outras épocas — respondeu Heitor.

— Os meninos eram amigos na infância — completou meu pai.

— Realmente, faz bastante tempo, Heitor. Você não mudou nada, continua o mesmo, lidando ainda com os animais — retruquei. A intenção era incomodar, intimidar, humilhar.

— E por que mudaria? Faço o que eu amo, sendo assim não trabalho um só dia, vivo de paixão. Tem coisa melhor? — ele entendeu o joguinho. Então jogaríamos.

— Meu pai quer que eu me inteire dos assuntos da fazenda, então eu gostaria de entender esse seu trabalhinho aqui.

— Meu trabalho aqui é para o senhor Alfredo Guerra e tem a ver com o fato de que queremos cavalos melhorados no haras dele, então precisamos ver se o doador de material genético da fazenda do seu pai se enquadra nos termos propostos.

— Vá em frente! Acompanharei seu trabalho — percebi que meu pai e o senhor Alfredo trocaram olhares e vieram atrás.

— O que exatamente você entende desses animais?

— Que eles rendem muitos valores à minha conta bancária — respondi ironicamente.

— Bom, seria interessante então explanarmos sobre o negócio do seu pai para você se inteirar do assunto — aquele tom que Heitor imprimia já estava me irritando.

— Fique à vontade para dar sua aulinha, Heitor.

— A raça Mangalarga Marchador surgiu há cerca de duzentos anos no Sul de Minas, por meio do cruzamento de um garanhão Alter com éguas nativas. Atualmente é a mais numerosa raça nacional de equinos. É importante levarmos em conta tanto sua beleza e andamento marchado, quanto seu desempenho na agropecuária. É exatamente essa versatilidade que eleva seus preços de mercado e consequentemente rende muitos valores na sua conta bancária, como você disse há alguns minutos.

— Tirando essa historinha que podemos ler no site da associação, o que exatamente você veio fazer aqui? — o joguinho continuava.

— Uma avaliação criteriosa, entre outras coisas. Como por exemplo, uma avaliação morfométrica, que é um importante instrumento de seleção por estar relacionada à funcionalidade dessa espécie. É importante avaliar a anatomia, fisiologia, mecânica e patologia, tendo em vista a aplicação funcional do animal e, consequentemente, sua importância econômica. E, para chegar às conclusões que desejamos, ainda será necessário avaliar características da saúde, temperamento, beleza, função, defeitos, idade e índices de desempenho do animal.

— E tudo isso é realmente necessário ou só uma perda de tempo, dinheiro e esforços?

— Se você levar em conta o custo que representa a criação e treinamento de um animal, para depois ele apresentar um baixo desempenho, você verá que essa avaliação precoce com critérios rigorosos e objetivos bem definidos é quase mais importante que todo o resto. A meta é obter animais com excelentes resultados nas funções que desempenham e ao mesmo tempo ter uma vida duradoura e produtiva — de repente ele parou de falar, me ignorou e começou a medir o cavalo à sua frente com alguns equipamentos.

— O que são essas coisas? — questionei. A ideia era fazer com que ele perdesse a paciência e a compostura.

— Isso é um hipômetro, isso é uma fita métrica e isso é um artrogoniômetro. Preciso explicar para que serve cada uma dessas coisas?

— Pensei que aspectos morfológicos fossem meramente estéticos — questionei mais uma vez para tirar o rapaz do sério.

— A maioria deles está diretamente relacionada à função e ao tipo de movimento que o animal é capaz de realizar, justificando-se, portanto, uma avaliação criteriosa da conformação e das proporções físicas durante essa seleção — e voltou a me ignorar. Aquilo estava me irritando demais. Mas antes que eu pudesse interromper mais uma vez, na tentativa de enfurecer Heitor, meu pai me chamou.

— Antônio?

— Sim, pai.

— Fico feliz que esteja se interessando pelos assuntos da fazenda. Como estava conversando aqui com o Alfredo, estamos exportando exemplares da raça para a Bélgica, Holanda, Portugal, Israel, Canadá, Uruguai,

Peru, Estados Unidos e Alemanha. É muito trabalho administrativo para um velho como eu e está na hora de um sangue novo e animado como você tomar essas rédeas.

— Eu mesmo resolvi investir mais depois que minha filha, Ângela, que é veterinária, insistiu na ideia — completou o tal Alfredo. Eu estava sendo, literalmente, bombardeado de informações sobre cavalos. — A raça vem se destacando nas atividades funcionais, como os concursos de marcha, enduros e cavalgadas. E isso é ótimo — completou.

Enquanto meu pai e o senhor Alfredo seguiram para o escritório, certamente para falarem de negócios, preferi aproveitar o espaço para dar meu recado definitivo a Heitor.

— Fica longe da Lírio — curto, direto e incisivo. Ele apenas me olhou.

— Lírio é adulta. Não acha que ela pode escolher com quem deseja conviver? — ele estava tentando marcar território.

— O que veio fazer aqui na minha casa, Heitor?

— Sinceramente, Antônio, preferia não ter vindo. Quando o senhor Alfredo disse que a fazenda onde ele estava negociando era aqui na região, imaginei tudo, menos a sua. Estou aqui a trabalho. De toda forma, fique tranquilo, por aqui eu já estou concluindo por hoje. Agora eu pretendo ir visitar o meu pai — desgraçado! Ele estava me desafiando. Dizer que visitaria o pai era a mesma coisa que dizer que estava a caminho da casa da Lírio. Filho da puta!

— Heitor, é meu último aviso amigável, em respeito à amizade que tivemos um dia, fique longe da minha noiva.

— Noiva? — sua cara de ironia estava pedindo um grande e estúpido murro, mas eu me seguraria.

— Sim, Heitor, noiva. Inclusive, essa noite, durante a ceia de Natal, anunciaremos a data do nosso casamento. A propósito, você está convidado, tenho certeza de que a Lírio ficaria muito feliz em compartilhar esse momento com você.

Sem nenhuma resposta, Heitor esboçou sua melhor cara de paisagem e saiu pisando duro, subiu em sua caminhonete e saiu a toda velocidade.

Nunca o vi tão furioso! Tenho certeza de que ele estaria aqui nessa noite. Ele sempre foi do tipo que precisava ver com os próprios olhos.

As cartas estavam lançadas à mesa. E por prudência, deixaria para falar com Lírio somente em cima da hora. Não pretendia dar chance ao azar. E como eu disse, não sou homem de ser deixado. Eu sempre consigo o que eu quero, sempre. Não importa as circunstâncias.

A única coisa que não estava certa naquilo tudo era o fato dos olhos magoados de Lurdinha não saírem da minha mente. O que estava acontecendo comigo?

"... EU QUERO APENAS ESTAR NO SEU PENSAMENTO
POR UM MOMENTO PENSAR QUE VOCÊ PENSA EM MIM
ONDE VOCÊ ESTIVER, NÃO SE ESQUEÇA DE MIM..."

NÃO SE ESQUEÇA DE MIM, DA NANA CAYMMI.

12

LÍRIO

— *Lírio, já se decidiu* sobre o que usar para o jantar dessa noite? — perguntava minha mãe pela milésima vez.

— Despois de vasculhar o seu closet e o meu finalmente encontrei algo que tem tudo a ver comigo! — respondi.

— Posso saber o que é? — ela não desistiria enquanto não soubesse exatamente que minha escolha seria adequada o bastante para a ocasião. Fui até o closet e busquei o vestido que já estava devidamente separado para a ocasião.

— Sabe a coleção Le Cheval do estilista Victor Dzenk? Achei majestosa demais e fiz minha escolha entre todas as maravilhas que ele criou inspirado no universo dos nossos cavalos Mangalarga Marchador.

— Eu me sinto aliviada em ouvir isso porque sei que não teria como errar com uma escolha como essa. Mas, ainda assim, pode por gentileza retirar essa capa para que eu veja o vestido escolhido? — a curiosidade da minha mãe quando se tratava de moda não tinha limites. Abri a capa protetora e mostrei a linda peça para ela.

— Prontinho? Esse vestido mídi com essa amarração no decote e essa estampa do sol no campo, complementada com traços de pelagem de cavalo malhado é perfeito!

— Você tem razão, coleção magnífica! Amei essa cartela de cores que faz alusão a uma nuvem de poeira que sobe da trotada do cavalo Mangalarga Marchador em um fim de tarde no haras.

— E você, mãe? O que usará na festa?

— Escolhi aquele vestido longo, preto, de poá, frente única e com a cintura marcada. Você sabe, a Cindy faz as festas na casa dela se transformarem no acontecimento do ano. Então se você não se preparar para o *red carpet*, se sentirá deslocada — rimos juntas do exagero em que a Cindy transformava um acontecimento comum como uma ceia de Natal.

— Mas agora estou preocupada. Tenho receio de que a Roberta e a Ana Clara se sintam deslocadas. — pensei alto.

— Não se preocupe. Como boa anfitriã que sua mãe é, liguei para as meninas antes delas virem para cá já prevendo que elas não trariam roupas de festa para a fazenda e falei da situação incomum. Elas estão cientes, certamente trouxeram algo adequado para um "baile de gala"— rimos novamente. E então ouvimos batidas na porta.

— Lírio, podemos entrar ou você está peladona aí? — gritava Roberta.

— Podem entrar — respondi.

— Temos um problema — Roberta entrou em meu quarto feito um furacão, arrastando Clarinha pelo braço.

— O que foi? O que você está fazendo, sua doida? — perguntei.

— Essa maluca aqui… É tudo culpa dela — e apontava um dedo inquisitivo para Clarinha que olhava envergonhada para minha mãe.

— O que é culpa da Clarinha, Beta? — questionei já sabendo que devia ser apenas mais um daqueles surtos exagerados da Roberta. Já estávamos acostumadas à excentricidade dela.

— Eu trouxe para essa tal festa de hoje um vestido longo, frente única, vermelho, lindo demais! Poderoso! E essa pessoa aqui… — apontou novamente para a Ana Clara e continuou a falar — que é uma tonta por sinal, resolveu do nada trazer um vestido vermelho também. Vamos cantar na festa como uma dupla sertaneja! O que acha disso? — Roberta soltava fogo pelas ventas.

— Bastante adequado para um ambiente de fazenda, não acha? Sertanejo é tudo de bom! Inclusive, coloca Henrique & Juliano no repertório porque eu adoro! — simplesmente gargalhei da situação.

— Não tem graça, Lírio! — Roberta me repreendeu.

— Mas o meu vestido é no tamanho mini e o modelo é tomara que caia. Muito diferente do seu. — disse Ana Clara para Roberta, que não respondeu e não mudou a expressão de chateada.

— Acalmem-se, meninas! Eu tenho a solução — minha mãe interferiu. — Tem um vestido que eu comprei para a Lírio há um bom tempo, mas vocês sabem como ela é, por se tratar de um vestido de festa nunca usou. Está novinho, com a etiqueta e tudo. Acho que serve em você, Ana Clara. Talvez precise de um ou outro ajuste que eu mesma posso fazer rapidinho. É um maxi dress de seda, estampado, manga longa também. A única questão que não sei se você vai gostar é do decote enorme que ele tem na frente. Mas posso garantir que é uma peça deslumbrante. Fica delicado e esvoaçante. Acho que combina muito com você. Se não me engano é de uma marca italiana, a Etro.

— Ah, vai ser sortuda assim! — brincou Roberta. — Traz um vestido, que convenhamos, não tem nada a ver com você e vai à festa com um vestido chiquérrimo e grifado.

— Que obviamente não posso aceitar — Clarinha virou-se para minha mãe e concluiu — Agradeço a atenção e o carinho, dona Ana Flor, mas não posso aceitar.

— Pode e vai. Fim de conversa. Eu já decidi — mamãe concluiu.

— Já que agora está tudo certo, podemos voltar para uma conversa civilizada e sem estresse? — brinquei.

— Só mais uma coisinha — minha mãe chamou a atenção. — Só quero ver a cara daquelas duas, Cindy e Crystal, quando a Roberta chegar nesse vestido vermelho poderoso.

— Por quê? — perguntou Roberta bastante intrigada.

— Porque as duas sempre usam vermelho no Natal, mas, é claro, não ficarão maravilhosas como você porque não têm a sua beleza, a sua elegância e o seu bom gosto. Alguém vai ficar muito irritada hoje! — mamãe terminou a frase cantarolando as palavras. E todas caímos na risada.

Depois que minha mãe saiu do quarto com a Ana Clara para conferirem o tal vestido, eu sabia que cairia na inquisição da Roberta. E foi dito e feito.

— Sente-se aqui, Lírio — e lá fui eu.

— Já sei. Quer saber como será essa noite... Se Antônio estará lá, como irei reagir...

— Pois é, garota. Você tomou uma decisão, que confesso, adorei. Nunca fui fã daquele coxinha! Mas eu quero saber se você está pronta para encarar a fera de frente e se está pronta, principalmente, para manter sua decisão no foco, mesmo sabendo que seu pai será contra.

— Coxinha? — caí na risada.

— É sim! Certinho, arrumadinho, engomadinho, mauricinho, burguês, riquinho, metido, enfadonho.

— Nossa! Você realmente é a fã número 1 do Antônio — ironizei. — Mas de onde saiu esse termo coxinha?

— Dizem que foi inspirado nas coxas brancas dos homens arrumadinhos que usam bermuda de alfaiataria para tomar sol. Agora chega de me enrolar e me responde, você está pronta para encerrar essa página da sua vida de uma vez por todas?

— Estou sim, Beta. Na verdade, essa página já foi virada. Comecei a escrever uma outra chamada Heitor.

— O quê? — soltou um berro. — E não me contou nada. Então você pegou o tal peão do passado?

— Calma! E fala baixo antes que a casa toda saiba disso. Estivemos juntos sim.

— E como foi?

— Não sei definir, não encontrei palavras para isso até agora.

— Meu Deus! Foi tão espetacular assim?

— Mais espetacular do que você pode imaginar.

— Mas como você enfiou esse homem aqui na sua casa sem o seu pai saber? Ou você foi até a casa dele? Sua descarada e doida!

— Nem uma coisa, nem a outra. Nós nos encontramos em uma cachoeira aqui da região.

— Mentira! Vocês transaram no mato? — lá estava Roberta dando aquele berro de novo.

— Fala baixo, Roberta! Você está parecendo a Alice, só que ela tem apenas dezessete anos de idade e você é velha. Segura a onda!

— Desculpa, mas isso é muito emocionante. Que inveja, porra! Arruma um peão para me levar na cachoeira também — e disse isso com aquela voz manhosa no fingimento. Roberta era muito engraçada.

— Pode deixar! Vamos juntas ao Rodeio de Barretos no próximo ano, ou melhor, na Nacional do Cavalo Mangalarga Marchador no Expominas em Belo Horizonte. Lá você encontrará muitos peões doidinhos para dar amor a quem quiser — era muito bom sorrir e ter conversas leves com minha amiga. Terapia do riso era com a Roberta mesmo! Ana Clara sempre foi a mais centrada de nós três, sempre estava lá para curar nossa ressaca, colocar um freio nas nossas maluquices e passar aquele tipo de sermão que só as mães fazem. Mas Roberta era a parte leve e engraçada, sempre bem disposta e com energia de sobra. Era também a mais protetora, suas amigas eram como sua família. Ali eu sabia que tinha encontrado amigas para uma vida inteira. Já sentia falta das nossas tardes com filme, sofá, caipirinha, pizza, brigadeiro de colher e potes de sorvete. Era assim que nós três encarávamos os anos de faculdade: juntas, rindo, chorando, brincando, brigando e aliviando. Coisa de amigas para sempre. Tínhamos certeza de que uma seria madrinha dos filhos da outra e que um dia, na velhice, jogaríamos baralho juntas porque tricô era coisa de vovózinha, como dizia a Beta.

O engraçado de tudo isso é que a Lurdinha e eu sempre fomos próximas assim e não a procurei desde que cheguei aqui. Estou muito em falta com ela e parte disso sei que se deve ao fato de ela dormir esporadicamente com Heitor. Tudo bem que não posso cobrar nada, afinal, eu estava lá na capital com Antônio, mas como explicar isso para o coração?

— Fala para mim como é o Heitor antes que eu tenha cólicas de curiosidade! — Roberta me tirou dos meus pensamentos.

— Heitor é… Ele é doce e agressivo ao mesmo tempo. É tipo um tigre, protetor e selvagem.

— Caramba! Você nunca disse nada assim do Antônio, Lírio — retrucou comigo.

— Antônio é sofisticado, dominador, perigoso. E é lindo! Você precisa aceitar, Antônio é lindo.

— Ah, tudo bem! Mas vai me dizer que esse Heitor, deus grego, é feio?

— Claro que não! Heitor tem uma beleza rústica. Ele é moreno, forte e incrivelmente sexy.

— Então temos um coxinha perigoso e um moreno selvagem. Você é uma vaca! — lançou o xingamento no ar e caiu na gargalhada.

— Por que eu sou uma vaca? — me fiz de indignada, mas sabíamos que ali tudo era brincadeira e leveza.

— Porque você tem dois homens com essas descrições, quase se matando por você e não move um único músculo para conseguir um peão para mim e para a Ana Clara. Mas para aquela pirralha da Alice você arrumou o delícia do irmão do Antônio, o Felipe. Estou oficialmente puta com você! — cruzou os braços na altura do peito e fez um bico emburrado, tentando conter um sorriso largo e agradável. Roberta era demais!

— Pode ir parando por aí! O Felipe combina muito com a Alice e você sabe disso. Ponto final. E quanto a Ana Clara, ela tem namorado. Você se esqueceu do Pedro? E você, bem… Você é a mais poderosa de nós três, vai passar feito um trator e dilacerar corações aqui na região. Portanto, já vou avisando, fica longe do Heitor! Eu posso ser tranquila, mas em meio ao perigo, viro uma gata selvagem, uma fera ferida e não uma vaca como você disse. — falei séria e até tentei segurar a risada, mas foi impossível conter a felicidade que transbordava em meu peito. E rimos, rimos muito.

…

Horas depois, eu estava conferindo os detalhes da minha maquiagem no espelho, quando ouvi batidas à porta. Pedi para entrar, achei que eram

Roberta e Ana Clara para me avisarem que já estavam prontas, mas, para a minha surpresa era Alice, que já estava arrumada e linda com o vestido que compramos para ela. Mas também estava com um semblante incrivelmente chateado.

— Você está lindíssima, minha querida! Não a vi o dia todo, achei que viria se arrumar aqui — e quando fui até ela para lhe dar um beijo, Alice se afastou. — O que foi, Alice?

— Você mentiu para mim — agora que eu não estava entendendo nada mesmo.

— Pode se acalmar e me dizer sobre o que está falando?

— Não precisa mentir mais, tentar me enganar para usar meu irmão. Eu já sei de tudo.

— Não estou entendo nada. O que tem Heitor? Seja mais clara e me explica de uma vez? — comecei a ficar irritada.

— Você me pediu para ajudar a marcar um encontro com Heitor e me disse que havia terminado com Antônio. Mas ontem, quando saí com Felipe, ele me disse que provavelmente toda a festa hoje, que estava sendo preparada com tanto esmero, era para seu noivado com o irmão dele. Mentirosa! Mentirosa! Isso não se faz! Confiei e agora você quer magoar meu irmão! Por quê? Por quê? — Alice estava descontrolada.

— Calma, Alice! — sentei-a em minha cama. — Em primeiro lugar, eu não menti para você. Eu realmente terminei com Antônio antes de vir aqui para a fazenda. Em segundo lugar, o mais provável é que o Felipe ainda não saiba de nada, talvez Antônio tenha deixado para contar depois das festas. Eu não sei dizer o motivo para ele ter feito isso, mas eu não menti para você em momento algum. Estou tentando, realmente, me entender com Heitor.

— Você ainda está mentindo — gritou. — Heitor esteve lá em casa hoje.

— Heitor esteve aqui? — eu estava surpresa por ele não ter vindo falar comigo.

— Veio sim. E quando fui contar para ele o que Felipe havia me dito, porque é minha obrigação proteger meu irmão, ele já sabia. Antônio mesmo fez questão de falar com ele mais cedo e ainda o convidou para a festa dessa noite. E eu só estou indo para dar apoio ao meu irmão, porque você mais uma vez destruirá o coração dele. Você é má! E o pior é que ele não acredita que você ficará noiva, por isso irá a essa festa, para comprovar com os próprios olhos — eu estava chocada com aquelas palavras.

— Alice, me escuta muito bem! Não sei o que está acontecendo, nem o motivo de Antônio ter feito uma coisa dessas. Na verdade, eu imagino o motivo. Mas eu garanto que essa não é a verdade. Garanto a você que, não importa o que aconteça naquela festa essa noite, eu sairei de lá com seu irmão na frente de todos e assumirei o que está havendo entre nós dois. Eu prometo isso a você, por nossa amizade.

— Eu não acredito mais em você! — soltou Alice.

— Mas não tem motivo para isso. Você estará lá e poderá comprovar. Fico feliz do Heitor estar lá, pois tudo se resolverá de vez. Já estou cansada das pessoas tomando decisões por mim, cuidando da minha vida. Não importa a raiva do Antônio, a fúria do meu pai. Eu assumirei as rédeas essa noite. Prometo isso a você.

Alice se acalmou mais, mas não tenho certeza se acreditou em mim. Mas eu estava decidida e, pela primeira vez na vida, sem dúvidas sobre o que eu queria e o que deveria fazer. O pior foi ela ter me contado que Heitor levaria Lurdinha, que pelo que entendi tinha desistido de passar o Natal com os pais em Tiradentes. Seria difícil engolir a primeira amiga que tive na vida, ao lado do homem que eu queria para mim. Mas tudo se resolveria em breve.

Minutos depois estávamos todos prontos. Papai nos aguardava na sala, Alice também já estava por lá. Primeiro descemos mamãe e eu e, desde o dia em que cheguei, aquela era a primeira vez que via meu pai olhar para ela com aquele olhar de admiração. Mas admiração não é paixão e muito menos amor. Alguns minutinhos depois desciam pelas escadas Ana Clara e Roberta, mais lindas que nunca! O vestido ficou perfeito em Clarinha e adorei ela ter deixado o cabelo solto. Roberta, como sempre deslumbrante, e realmente exibia um vestido magnífico.

— Serei um homem muito invejado essa noite. As mais belas mulheres desse país estarão me acompanhando — papai não perdeu tempo em soltar um galanteio.

— Agradeço muito, senhor José Luiz. O senhor tem toda razão. Então vamos logo, porque a noite é uma criança e me disseram que as festas na casa dessas pessoas costumam não ter fim — adiantou-se Roberta, dando o braço ao meu pai e saindo para a varanda. Rimos, porque Roberta era assim, assanhada, espaçosa, mas muito divertida.

— Em que carro vamos, José? — questionou minha mãe. Acho que ela estava preocupada em termos de ir em dois carros e a estrada a noite é um pouco perigosa.

— Não se preocupe, Ana Flor. Já pensei em tudo. Vamos de Hilux, pois cabemos todos confortavelmente nele e nosso segurança poderá guiar, para o caso de bebermos um pouquinho além da conta — e sorriu.

...

A casa grande estava repleta de luzes piscas, renas brilhantes e duendes iluminados espalhados pelo telhado e subindo as paredes... E a quantidade de laços e luzes nas cercas era de assustar. Fora o Papai Noel gigante no telhado e a árvore megalomaníaca na entrada. Anjos e estrelas por todos os lados, guirlandas em todas as janelas.

— Olá! Meu nome é exagero! — ironizou Roberta.

— Eu avisei — respondi entediada.

— Esta mulher não tem limites, vai quebrar as finanças do compadre qualquer hora dessas — meu pai resmungou. — Não há fortuna que suporte uma mulher sem classe, sem limites e sem noção. — finalizou.

— Você realmente pensa assim, José? — questionou minha mãe. E eu sabia que aquela pergunta tinha outro significado. Mas papai não respondeu e eu nem esperava que o fizesse.

Descemos do carro e vi papai combinando algo com o motorista. Ao nos aproximarmos do portão, ficamos ainda mais chocadas.

— Tem um tapete vermelho — disse Ana Clara.

— Eu avisei — respondeu mamãe.

— Não! — gritou Roberta. — Tem algo imitando neve no gramado do jardim! Meu Deus! — e caiu na risada.

— Dona Cindy e seu gosto peculiar — concluí.

— Vamos logo ou seremos os últimos a chegar a essa palhaçada — disse meu pai.

— Lírio? — Roberta segurou meu braço, deixando todos passarem na frente, menos Ana Clara, que ficou ali com nós duas.

— O que foi? — perguntei.

— Você está pronta? — e direcionou o olhar para a varanda da casa. Eu sabia que ela falava de Antônio.

— Estaremos com você e, principalmente, estaremos do seu lado — completou Clarinha.

— Estou. Estou pronta há muito tempo. Vamos! — respondi.

Cindy e sua filha Crystal nos recepcionaram. E, como previsto pela minha mãe, as duas vestiam vestidos vermelhos. Não um vermelho fechado, chique e bem cortado como o vestido da Roberta. A Cindy usava um vestido longo tão justo e com o bojo tão decotado, que os seios saltavam para fora. Já a Crystal era a Barbie em pessoa só que às avessas, pois tudo estava exagerado e sem proporção.

— Maravilha! Agora a família está completa! — disse Cindy toda animada. Ali certamente já tinha mais champanhe do que ela aguentava. Mas foi só colocar os olhos na produção espetacular de Roberta para fazer uma cara de poucos amigos. Tive muita vontade de rir. Minha mãe estava certa quanto a isso e certamente queria rir. Essa seria nossa piada particular durante toda noite.

— O que essa garota faz aqui? — falou Crystal em um tom muito desagradável, apontando para Alice.

Juro que achei que Alice enfiaria a cabeça na saia do seu vestido e fugiria correndo. Mas fui surpreendida por uma garota esperta com a autoestima muito melhor do que eu podia prever.

— Boa noite, senhora Cindy. Boa noite, Crystal. Em primeiro lugar, agradeço o convite da sua mãe, muito gentil da parte de uma senhora tão elegante. E também, claro, o convite reforçado por seu meio-irmão, Felipe, feito ontem à noite quando saímos para jantar — respondeu Alice em um tom suave, mas firme, e o melhor, olhando bem de cima para dentro dos olhos daquela chata e insuportável da Crystal. Mordi a língua para não cair na risada.

— Você e Felipe? Ah, fala sério? Quer me fazer rolar de rir? — debochou Crystal. E fiquei torcendo para Alice se segurar e não revidar para não perder a elegância demonstrada segundos antes. Porém, que aquela garota insuportável merecia alguns bons tapas, merecia! Mas não era hora de descermos do salto.

— Você enlouqueceu, Crystal? — ralhou Cindy, dando um beliscão no braço da filha. — Peço desculpas a vocês. Sabem como são essas adolescentes... É claro que estamos felizes que esteja aqui, Alice. Amigos dos meus amigos também são meus amigos — completou segurando as mãos de Alice que estampava um sorriso irônico no rosto.

— Mas, mãe! Essa garota é filha dos empregados dos pais da Lírio! — pronto! A bomba tinha sido lançada na porta da casa, antes mesmo que entrássemos. Precisaria interferir porque a Cindy fechou a cara na hora que ouviu a expressão filha dos empregados. Mas minha mãe se antecipou.

— Sim. Alice é filha de Helena e Joaquim. O pai dela não é apenas um colaborador essencial do nosso haras, ele é o coordenador de tudo lá dentro. José não sobreviveria sem ele. Ademais, somos amigos. A mãe de Alice sempre foi minha melhor amiga e agora que infelizmente ela não está mais entre nós eu cuido da Alice como se fosse minha filha e ficaria feliz em ver que ela está sendo tratada como tal pelas pessoas que considero amigas — mamãe despejou cada palavra com a maior classe.

Foi exatamente nesse momento que Felipe chegou e vi seus olhos brilharem além da conta ao se deparar com Alice bem ali na sua frente. Eu não tinha errado. Esses dois ainda escreveriam uma linda história e, se eu pudesse ajudar, faria de coração.

Nesse momento, qualquer discussão havia se dissolvido. Felipe nos cumprimentou totalmente eufórico e em seguida arrastou Alice para dentro da casa sem olhar para trás, nem ao menos se deu conta da presença desagradável da madrasta e da meia-irmã. Confesso que achei ótimo.

Entramos e cumprimentamos o senhor Augusto, que já pegou meu pai de conversa. Mamãe estava perdida porque, pelo visto, Cindy não a largaria durante toda a noite. Haja paciência! Era um desafio suportar aquilo. Ana Clara, Roberta e eu ficamos ali paradas. Vez ou outra vinham amigos dos meus pais ou seus filhos falar comigo. Roberta soltava uma piadinha safada e Clarinha morria de vergonha. Era engraçado!

E nada de Antônio até aquele momento... Então, eu o vi descendo as escadas. E logo atrás dele aquela mulher inconveniente, sua secretária Sueli, que vestia um microvestido preto, de paetês, colado ao corpo. Insuportável e inadequada, pelo visto! Nunca gostei daquela mulher, ela tinha um monte de sorrisinhos falsos para mim, que se eu pudesse a faria engolir um por um. Quando as meninas viram para onde eu estava olhando, se juntaram a mim.

— Força, amiga! — disse Clarinha, que segurava meu braço.

— O que aquela periguete faz aqui? — sussurrou Beta no meu ouvido. Apenas olhei para ela e balancei a cabeça em negativa, porque realmente não sabia o que aquela mulher fazia ali. Mas também não importava mais. Eu sempre achei que Antônio dormia com ela, agora eu tinha certeza e não ligava.

Antes que eu pedisse, Ana Clara arrastou Roberta para o jardim atrás da casa, onde acontecia a festa. Queria espaço para fazer o que eu precisava fazer. Só não sei se Sueli saberia fazer o mesmo e desaparecer da minha frente.

Antônio se aproximou com calma e com a mesma imponência de sempre. Parecia muito seguro de si e pouquíssimo abalado pelo nosso rompimento. Quando então se aproximou, não me cumprimentou, não me disse nada, não me tocou. Qual era o plano dele? Droga! Detestava não saber como agir. Qual era o protocolo que eu deveria usar com o meu ex-futuro-marido?

— Dona Sueli, vá para a festa e, se perguntarem por mim, diga que estou no escritório com a Lírio e não quero ser interrompido — Sueli apenas concordou e saiu em direção à festa que acontecia do lado de fora.

Antônio me pegou pelo braço e me arrastou até o escritório e, assim que entramos, ele trancou a porta e retirou a chave. Eu estava muito ferrada!

Ele não me convidou a sentar. Apenas passou por mim, encostou na beirada da mesa, de frente para mim e retirou do bolso um papel que eu identifiquei muito bem o que era. E começou a ler...

"Antônio,

Eu sei que você deve estar decepcionado e muito chateado comigo. Mas eu precisava tomar as rédeas da minha vida. Você sabe que nunca foi minha intenção vir para a capital. Eu jamais havia pensado em sair da fazenda. Meu mundo é lá. Quando você veio com esse anel e o pedido de casamento, eu simplesmente me desesperei. Eu não tenho mais certeza de que é você. Na verdade, nunca tive essa certeza. Preciso de tempo. Preciso me conhecer, me entender. Preciso tomar as decisões por mim mesma. Dê-me tempo. Quando eu me sentir inteira, completa, satisfeita, eu o procuro e você saberá o que decidi. Enquanto isso, toca a sua vida sem mim. Faça o que tiver de fazer. Eu só desejo o melhor para você. Afinal de contas, sempre seremos amigos, os melhores amigos. Sempre. Um beijo!

Lírio. "

— Antônio... — ele nem me deixou começar a falar.

— O que você pensa? Quantos anos acha que tem para terminar comigo por um bilhete? Não somos mais adolescentes, Lírio. Não estamos no colégio. Isso que vivemos é o mundo real. Coloca seus pés no chão. Acha mesmo que seu pai permitirá que você fique com Heitor?

— Deixa Heitor fora disso, Antônio! — gritei descontrolada.

Ele veio até mim, segurou meus dois braços e pressionou seu corpo ao meu. Olhou bem no fundo dos meus olhos e começou a descer seus lábios pelo meu rosto, meu pescoço...

— Pare com isso, Antônio. Não faz isso com a gente! Podemos ser amigos como sempre fomos. Aceita e siga com a sua vida, por favor — Suas mãos apertaram ainda mais meus braços e ele começou a me sacudir.

— Acha mesmo que sou homem de perder, Lírio? Você é minha. Minha mulher. Eu fiz de você uma mulher. Sem mim você será um nada — Antônio enlouqueceu o suficiente para me agarrar à força e começar a me beijar ali, mesmo comigo tentando desviar de suas investidas com todas as minhas forças.

— Não, Antônio, por favor. Por favor! — mas nada que eu dissesse adiantaria, ele estava decidido a tomar qualquer tipo de atitude que o fizesse se sentir meu dono. Mas, quando ele começou a subir a saia do meu vestido, meu sangue ferveu. O que ele pensava que eu era? Plantei o maior tapa que consegui no rosto dele, o suficiente para o desequilibrar e o afastar momentaneamente de mim.

Quando achei que a situação estava controlada, ele veio para cima com a maior fúria novamente. Puxou-me pelos cabelos e me jogou no sofá que ficava no canto da sala.

— Agora, Lírio, você só sai daqui depois que for minha. E pode tentar gritar se quiser, além da música estar na maior altura lá fora, essa sala tem proteção acústica, nada sai daqui. Pode gritar e espernear, você sabe que eu vou gostar mais ainda de dominar você assim, um animal indomável.

— Chega, Antônio. Não precisa ser assim. Você tem que aceitar que acabou. Você não é meu dono, nunca foi. Nosso namoro foi uma bobagem da infância, um capricho dos nossos pais, você nem me ama e sabe disso. Pare, Antônio! — mas quanto mais eu criava resistência, mais ele me dominava, me apertava e me beijava. — Vai, me estupra! — gritei. — É isso mesmo que o ilustre advogado criminalista deseja fazer? Vai em frente. Não resisto mais — fechei os olhos e esperei a merda acontecer.

Mas nada aconteceu. Ele parou e ficou lá, apenas olhando para mim, com aquela cara de serial killer. Era doentio.

— Estupro? Ficou doida, Lírio? Quando foi que fiz uma coisa dessas? Nunca, jamais precisei fazer disso. As mulheres se jogam aos meus pés. O que nós dois curtimos é bem diferente. É só uma brincadeira mais animada. Mas estupro? Você enlouqueceu, só pode.

— Estupro sim, Antônio. Se eu não deixei e não me dispus a participar, é violência, é crime. Será que precisarei definir para você, que já está cansado de saber, como funciona o BDSM? Isso aqui que você está fazendo não é um fetiche, é uma vingança. E se você levar em frente, sairei daqui para a polícia. Eu não tenho medo de você e não ligo mais para o que meu pai acha, o seu pai ou a droga do mundo inteiro. A única coisa que importa sou eu, entendeu?

Ele saiu de cima de mim, sentou-se em uma das pontas do sofá. Eu me levantei rapidamente, ajeitei minha roupa e procurei ir para o outro lado da sala, ficar o mais longe possível. Antônio estava de cabeça quente e aquela conversa podia ficar pior do que eu imaginava. Com a cabeça baixa e os dedos entrelaçados uns nos outros por cima das penas, ele parecia raciocinar sobre tudo.

— Você transou com ele? — tudo bem, eu estava pronta para aquela pergunta, sabia que ela viria.

— Sim. Mas que fique claro que não considero isso uma traição, nós já tínhamos terminado — falei.

— Por um bilhete?

— Adiantaria sentarmos para conversar, Antônio? Olha só como está sendo isso aqui!

Depois de quase uma eternidade de silêncio, Antônio se levantou e foi até a mesa, retirou o celular do bolso e o diálogo que ouvi nos minutos que seguiram foi perturbador.

Agora tudo fazia sentido. Fazia sentido minha mãe ter tanta certeza da traição do meu pai. Fazia sentido ela se irritar cada vez que eu tocava no nome de Lurdinha. Tudo, absolutamente tudo, fazia sentido.

Era perturbador ouvir a Lurdinha desabafar naquela gravação. Ela parecia tão ferida. Estava realmente gostando do meu pai, que a meu ver apenas brincou com ela todo esse tempo. Ou não. Vai saber. E aquela coisa do aborto foi demais. Se minha mãe soubesse de tudo aquilo, que ela apenas desconfiava, morreria. Morreria. Meu Deus! Agora eu sabia o que Antônio queria com aquilo. Não, Deus! Não, por favor!

— Lembra-se da nossa amiga, Lurdinha? Ela está mais gata que nunca. E pelo visto, mais safada também — com um sorriso diabólico no rosto, Antônio ironizou sobre aquele assunto tão sério.

— Por que você tem essa gravação? — questionei.

— Porque eu queria garantir que daqui exatamente duas semanas estivéssemos dizendo um enorme sim no altar do padre Quirino.

— Como é? — do que ele estava falando?

— Nosso casamento está todo organizado. Civil, religioso, festa, seus pais, minha família.

— Você ficou louco? Nunca assinei nada.

— Sério, Lírio? Acha mesmo que seria uma mísera assinatura que me barraria? Sabe quem eu sou ou preciso lembrar a você?

— Você é um monstro. Como não vi isso antes?

— Você estava ocupada, tentando encontrar uma forma de voltar para o mato e ficar com um peão. Mas enquanto isso, eu usava meu nome, meu dinheiro e minha influência. Isso é o Brasil, querida, infelizmente. É assim que as coisas são e agora estamos aqui — comecei a rir de nervoso.

— Você acha mesmo que vou me casar com você?

— Não sei, Lírio. Responda-me você. O quanto você ama sua mãe? Como você acha que ela ficaria com esse escândalo que os jornais adorariam publicar na íntegra?

— Você não faria isso, seu mau-caráter. Seu pai jamais o perdoaria e você me perderia de vez.

— Eu já perdi, Lírio. Estou aqui recuperando. E sinceramente, pouco ligo para as lágrimas da sua mãe ou os problemas do seu pai. Eu só ligo para você. Você sabe disso!

— Você é doente, Antônio. Isso não é amor. Amor não é isso.

— Você pode estar certa, mas no momento você é o que eu quero.

— Acha mesmo que esse escândalo não o afetaria? Acha que não descobririam que foi você?

— Tenho influência, minha querida, na polícia e na imprensa. Nada disso respingará em mim, mas certamente seu pai estará arruinado e sua mãe moralmente destruída.

— Você não pensa na Lurdinha? — somente nesse momento o vi vacilar por um segundo. Apenas por um segundo.

— Infelizmente alguém precisará sair ferido. A vida é uma questão de escolhas. Estou escolhendo nós dois. O resto é resto.

— Se eu colocar a mão nesse seu celular, destruo o vídeo e mato você, Antônio. Eu mato você!

— E de acordo com o artigo 147, ameaçar alguém, por palavra, escrito ou gesto, ou qualquer outro meio simbólico, de causar-lhe mal injusto e grave, pode gerar uma pena de detenção, de um a seis meses, ou multa — e riu sarcasticamente. — Não se iluda. Acha mesmo que não tenho uma cópia em segurança? Dona Sueli já cuidou disso para mim. Não sou um advogado brilhante à toa, Lírio.

— E você acha que pode me ameaçar?

— É meu dever com a justiça denunciar um aborto por coação. O que seu pai fez é crime. O nome dele depois disso nunca mais sairá da lama. E tenha a certeza de que nesse momento já tenho uma equipe coletando provas processuais sobre esse caso para mim. Está nas suas mãos toda essa história ser enterrada no dia do nosso casamento ou estourar nos próximos dias. Acredite, usarei toda a minha influência para colocar isso em todo e qualquer jornal, revista e portal da internet. Não falarei para pensar no seu pai, ele não merece. Mas acho que sua mãe precisa ser levada em consideração aqui.

— Que consideração você está tendo por ela, desgraçado? — eu tremia tanto que pensei que fosse desmaiar. O ódio tomava conta do meu corpo.

— Eu? Eu não tenho coração, Lírio. Mas você tem e vai usá-lo. E vai sair por aquela porta comigo de braços dados. Vamos pegar duas taças e anunciar a toda aquela gente que está lá fora, incluindo a imprensa de São João del-Rei que eu fiz questão de convidar para essa festa de hoje, que nos casaremos logo após o Ano Novo. Que estamos felizes, nos amamos e resolvemos fazer uma surpresa para nossas famílias e amigos queridos. E claro, como tudo está pronto, você pode ficar tranquila quanto aos preparativos. Até seu vestido já está aqui — eu queria arrancar os dois olhos daquele desgraçado ali mesmo com os meus dedos.

— E se eu não fizer nada disso? — perguntei em tom de desafio.

— Arcará com as consequências e o desabamento moral daquela fazenda que você chama de lar. E, claro, toda a dor que causará à sua mãe, sendo uma filha muito egoísta que só pensa em si mesma, tudo para ficar com um peão que não vale nada.

— Você é um monstro, Antônio. Nunca pensei que diria isso a alguém na minha vida, mas odeio você. A partir desse momento, eu odeio você! Você é um canalha! E poderá até ter meu corpo, minha obediência, mas jamais terá minha alma e meu coração. Esses ficarão com Heitor. A parte mais linda de mim ficará com Heitor, como sempre esteve com ele — eu precisava fingir aceitar aquela merda toda até encontrar uma forma de recuperar minha liberdade e essa droga de gravação. Então, eu desapareceria para sempre da vida daquele desgraçado do Antônio. Eu também não poderia perdoar meu pai. Ele é o maior culpado disso tudo. De tudo. — Sabe, Antônio... Você pode ter nome, dinheiro, o diabo, mas ainda assim Heitor é muito mais homem que você. Ele foi muito mais homem em uma única vez comigo do que você durante todo o tempo — e eu sabia que aquele tapa viria certeiro em minha face.

E eu não liguei. Eu precisava sentir algo, tirar forças do ódio para me libertar em breve dessa desgraça na qual minha vida se enterraria nos próximos dias. Eu só precisava dar um jeito de falar com Alice antes de Antônio anunciar essa merda. Ela precisava entender pelo menos parte dessa coisa toda e explicar para Heitor. Depois eu contaria tudo para ele, com mais calma, talvez lá na cachoeira.

Antes que meus pensamentos se alinhassem, Antônio me arrastava para fora do escritório. E enquanto íamos em direção ao jardim, vi com o canto dos olhos que Heitor entrava na casa de braços dados com Lurdinha. Droga! A merda poderia ser maior agora? Deus, me ajuda!

Nunca, nunca mesmo, tinha visto Heitor tão lindo e tão longe do que ele era de fato. Um cara durão que curtia a vida no mato, que amava lidar com os animais, sujo de terra, calçando botas e com chapéu na cabeça. Ali era um homem sofisticado, usando terno e gravata de seda. De repente, tive muita inveja de Lurdinha, que além de estar ali no lugar que deveria me pertencer, estava ainda mais linda do que sempre foi. Usava um macacão preto, longo, maravilhoso, com arabescos em veludo por todo o tecido, sem contar a gola toda bordada em pedraria. Estava muito sofisticada e a escolha de um rabo de cavalo bem alto como penteado, dava um ar simples e despretensioso. Ela sempre foi uma pessoa segura, forte, sexy e muito mais bonita que eu.

De repente senti uma dor no peito ao lembrar da forma como ela contava o que meu pai havia lhe feito e tudo que senti foi uma enorme vontade de ir até ela, pedi perdão por ele e a abraçar. Mas eu não podia fazer isso. Não podia me esquecer da sua parcela de culpa ao se envolver com um homem casado, pai da sua melhor amiga, ou pelo menos que era sua melhor amiga, e do quanto feriu minha mãe. Ah, minha mãe... A maior vítima dessa história toda.

Quando Antônio percebeu que eu estava desatenta ao que ele dizia e acompanhou com o olhar a direção para onde eu olhava, também avistou o casal que chegava. E é claro que não perdeu tempo em atuar na sua cena preferida da noite. Agarrou-me pela cintura e me beijou. Não retribuí, mas duvidava muito que da distância onde estava, Heitor perceberia isso. Quando me soltou, resolveu que o beijo foi pouco e terminou de bombardear meu universo falando com Heitor.

— Que bom que veio, Heitor. Não perdeu a melhor parte, acontecerá daqui a pouco. E você, Lurdinha, cada dia mais linda! Vocês formam um casal e tanto — despejou Antônio em cima deles. — Não vai cumprimentar nosso casal de amigos preferido, meu amor? — direcionou suas palavras para mim.

Quase sem chão, sem ar e sem voz, precisei dizer algo antes que a situação fugisse do controle.

— Oi, Heitor! Nós já tivemos a oportunidade de nos encontrarmos por aí, não é? Espero que possamos nos falar com mais calma daqui a pouco — rezava para que ele entendesse meu recado, mesmo com Antônio apertando meu braço fortemente ao ouvir aquilo. As palavras saíram engasgadas, enquanto eu tentava segurar as lágrimas que teimavam em querer rolar. — Oi, Lurdinha! — eu a envolvi em um abraço, até certo ponto, verdadeiro. — Estava com muita saudade de você! Você está cada dia mais bela! É bom rever você depois de tanto tempo! — tentei ser o mais agradável possível.

— Oi, Lírio! Que bom ver você novamente. Realmente vários anos se passaram, muita coisa ficou para trás — o que ela queria dizer com aquilo?

— Como vai, Antônio? Tudo bem, Lírio? — respondeu Heitor com o ar mais sério que já vi na minha vida. Agarrou Lurdinha pela cintura, nos pediu licença e foi para a área da festa. Agora a merda não tinha mais conserto. Eu precisaria focar em uma coisa de cada vez. Primeiro, proteger minha mãe. Depois conseguir uma forma de me livrar das garras de Antônio. E talvez, muito talvez, eu podia contar com aquela vaca da Sueli, principalmente se minha desconfiança fosse real e ela estivesse apaixonada por Antônio. E por fim, recuperar, mais uma vez a confiança e o carinho de Heitor. Eu podia, eu podia fazer isso. Eu precisava fazer. Todos os meus passos a partir de agora teriam que ser cautelosos e premeditados.

Minha vida estava descendo pelo ralo e eu não tinha controle algum da situação. Foi difícil encarar o olhar acusador de Heitor, ainda mais depois de tudo que disse para ele e para a Alice. Meu Deus! Alice! Eu precisava falar com Alice. Tentei me soltar das mãos de Antônio quando chegamos ao jardim que estava todo iluminado e decorado com motivos natalinos. Mas ele não permitiu e foi uma sucessão de cumprimentos a pessoas que eu desejava ignorar. Vez ou outra, meu olhar encontrava o de Heitor, que bebia e se agarrava propositalmente a Lurdinha, só para me machucar. Tentei localizar Roberta e Ana Clara, mas o espaço estava repleto de pessoas e elas deviam estar conversando com alguém. Também não vi Alice e Felipe. Mamãe me olhava com um olhar de interrogação, mas também não conseguiu se aproximar, muitas senhoras esposas de criadores queriam falar com ela.

Foi quando tudo aconteceu. E foi tão de repente, que não pude ter outra reação se não aceitar e deixar para contornar a situação depois. Antônio foi até o palco, onde uma banda fazia covers de duplas sertanejas, pediu a atenção de todos e começou a falar. Tudo isso sem desgrudar de mim e eu agia como um robô, longe do controle e da proporção que a situação tomaria naquele momento.

— Boa noite, senhores e senhoras, amigos e familiares, gente querida que me viu crescer por esses campos. É uma enorme alegria reunir todos vocês aqui nessa noite para uma comemoração tão especial quanto o Natal. Essa é uma data para estarmos ao lado das pessoas que fazem sentido à nossa vida e é quando eu mais penso em minha família. Em família. Como todos sabem, fico impossibilitado de vir muitas vezes aqui na região por causa do meu trabalho como advogado na capital, é o que eu sempre quis para minha vida e tem dado tão certo que recentemente recebi um convite para me associar ao maior escritório de advocacia do país, com sede em São Paulo. Em breve estarei de mudança definitiva para lá. Mas para a felicidade de um homem estar completa, não basta uma família amorosa, Deus sempre à frente e um trabalho bem-sucedido, é necessário uma companheira para seguir junto esse caminho e partilhar todas essas alegrias e claro, filhos, uma casa cheia e viva. A Lírio e eu estamos juntos há anos, desde que ela fez quatorze anos de idade e eu disse em cima de um palco como esse que me casaria com ela. Eu sei que é um grande passo, mas eu nunca tive tanta certeza sobre uma coisa em minha vida e depois de discutirmos a decisão, Lírio e eu comunicamos essa noite e oficializamos o nosso noivado, já emendando que pretendemos nos casar logo após o Ano Novo. E, senhor José Luiz, dona Ana Flor e meu pai, gostaríamos muito de suas bênçãos — Antônio falava sem parar, enquanto as pessoas começaram a aplaudir e gritar. Eu via tudo em câmera lenta e, por um segundo, achei que fosse desmaiar.

Procurei Heitor com o olhar, mas não o encontrei. Encontrei Roberta e Ana Clara que me fuzilavam com os olhos com uma expressão de total confusão, minha mãe também parecia chateada. Tudo acontecia ao meu redor e eu não conseguia raciocinar. Vi um garçom chegando com taças de champanhe e entregando ao Antônio e a mim. Vi meus pais, o pai e a madrasta de Antônio subindo ao palco. Mas simplesmente não conseguia reagir. Por um minuto senti uma catarse absurda e pensei ter morrido ali, na frente de todo mundo. Achei que fosse apenas o meu espírito assistindo a tudo de longe, como as vozes que vinham em minha direção e eu não conseguia distinguir nenhuma palavra. Meus olhos não focavam em nada e meu cérebro estava possuído de raiva e vingança. Eu só queria me encolher no colo da minha mãe e chorar como uma criança boba, indefesa e patética. Reage, Lírio! Você precisa reagir!

Somente quando Antônio me apertou em seus braços e me beijou eu consegui voltar à realidade e a náusea veio forte, dura e ardida. Olhei para ele pela última vez como a menina boba do interior que todo mundo podia manipular. Daquele momento em diante eu seria uma fera ferida, uma mulher indomável e nada me impediria de destruir os planos de Antônio e recuperar a minha felicidade. Levantei a taça e brindei. E sorri. E olhei nos fundos daqueles olhos azuis com todo o desprezo que encontrei dentro do meu ser.

Com os pensamentos ainda vagueando pelo jardim em busca do rosto de Heitor, ouvi meu pai e o pai de Antônio discursarem sobre o quanto estavam felizes com essa união desejada por anos. Fiquei olhando meu pai chamando Antônio de filho, sem saber o que esse filho havia aprontado com ele e por causa disso que minha vida estava desmoronando. Olhei para o meu pai com uma mágoa que não sabia se teria remédio. Além de trair a minha mãe, usou minha melhor amiga e a tratou feito um lixo, cometeu um crime que eu considero asqueroso e estava ali, sorrindo e se fazendo de autoridade para uma gente hipócrita que só estava presente para bajular todos os milhões que a família de Antônio gostam de ostentar.

A festa continuou e parecia nunca ter fim. E eu ainda não tinha conseguido me aproximar das minhas amigas para explicar. Estava nervosa sobre Heitor e preocupada com Alice, pois prometi algo a ela e não cumpri. Depois da ceia, Cindy insistiu que a festa deveria continuar e que todos deveriam retornar ao jardim para uma espécie de baile, ela queria ver todos dançando. Mulher chata! Não estava suportando mais nada.

Antônio e eu tivemos que ser os primeiros a dançar por insistência da Cindy. Mas o melhor foi quando todos vieram para a pista. Consegui avistar Heitor e ele me olhava com tanto ódio e desprezo que tive medo de me aproximar, mas era a minha chance de estar com ele sem que Antônio causasse um mal-estar. Ali, na frente dos convidados, ele manteria seu ar superior.

Esbarrei em Lurdinha que estava tão colada a Heitor que não dava margem para o oxigênio passar, o que me irritava bastante. Percebi Heitor falando algo no ouvido de Lurdinha, que em seguida chamou a atenção de Antônio.

— Em nome dos velhos tempos, Antônio, dança comigo? — disse sem pestanejar. Como eu invejava a postura segura de Lurdinha.

Antônio relutou por um segundo, mas não teve alternativa. É claro que ele havia entendido a jogada, mas se via obrigado a jogar ou sua máscara de bom moço seria revelada. Soltou-me e fez um gesto batendo no bolso do terno, me lembrando do celular que estava ali com a gravação, segurou Lurdinha pela cintura e começou a dançar.

Olhei para Heitor que parecia querer me partir ao meio, mas foi sensato o suficiente para me estender a mão para começarmos a dançar. E como se o DJ da festa soubesse o que acontecia ali, colocou para tocar *Estranho Jeito de Amar*, de Sandy & Junior. As lágrimas que eu tentava segurar desde o início de tudo rolaram livres dos meus olhos molhando a roupa de Heitor. Precisei deixar rolar, era coisa demais para segurar, estava me matando.

— Fico admirado em ver que, além de ter se transformado em uma mulher oferecida e dissimulada, você também se tornou uma grande manipuladora, mentirosa e descarada — Heitor tomou a iniciativa para falar. Eu ainda não estava pronta, mas tínhamos pouco tempo e eu precisava aproveitar e tentar explicar algo, já que não podia contar tudo, não podia expor minha mãe.

— Heitor, não é nada disso. Aconteceram coisas...

— Chega, Lírio! Acha mesmo que vai mentir de novo e que eu vou cair como um bobo?

— Heitor, eu amo você! — pronto! Quando dei por mim, as palavras já haviam escapado dos meus lábios.

— E vai se casar com Antônio. Linda forma de amar! Eu não caio mais na sua, Lírio. Sofri muito por ter passado tantos anos me sentindo um idiota, por não ter lutado por você. Agora vejo que fiz o melhor para mim, porque você não é digna. É uma interesseira. E o pior, sem precisar. Não está satisfeita com a fortuna que herdará do seu pai? — e a cada palavra que saía de sua boca, seus braços me apertavam ainda mais em seu corpo. O corpo de Heitor dizia o contrário das suas palavras.

— Antônio é uma pessoa horrível. Ele tem uma coisa... Se o que ele tem for revelado, muitas pessoas vão se ferir. Pessoas que eu gosto, pessoas que você gosta. Dê-me um tempo. Só mais um tempo. Eu prometo que solucionarei toda essa merda.

— Tempo? Tempo, Lírio? É sério isso que você está falando? Dei anos a você. Agora você vem me dizer que está sendo chantageada por Antônio e que só vai se casar com ele por causa disso. Que pessoas que eu gosto vão se ferir. Você enlouqueceu? Acha que tem crédito comigo para que eu acredite nessa maluquice?

— Eu prometo...

— Não prometa mais nada. Não para mim. A nossa história fica por aqui. Termina aqui.

— Não me casarei com Antônio.

— Não, Lírio? — olhou duramente no fundo dos meus olhos. — Sabe o motivo pelo qual estou aqui essa noite? Porque não acreditei no que Antônio havia me dito e queria o confrontar quando você saísse daqui comigo. Eu estava disposto a pedir você em casamento. Quer a prova? Coloque sua mão na altura do bolso do meu paletó e sinta uma caixinha quadrada — fiz exatamente como ele falou. Ai, meu Deus! — Seria o seu anel — e concluiu com lágrimas nos olhos.

— Você ainda irá colocá-lo em meu dedo, Heitor. Eu juro — fiz de tudo para não chorar mais, mas estava difícil segurar as emoções. Meu coração estava exposto, aberto e todos ali naquela pista de dança pisavam nele ao mesmo tempo. Era como eu me sentia.

— Passei em frente à joalheria desde aquele dia na cachoeira e custei a tomar essa decisão. Mas entrei e comprei. Sempre, sempre, desde sempre a amei. Desde criança. Esse amor cresceu junto comigo. Até tentei arrancá-lo de dentro de mim, mas não pude. Estava vivendo conformado até você aparecer com toda aquela conversa. Você foi cruel. Nunca mais quero saber de você... Assim que sair daqui, pedirei a Lurdinha em casamento e aceitarei o emprego que me ofereceram em Goiás. E espero que você consiga ser feliz. Mas já não tenho tanta certeza disso. Pessoas que vivem na mentira, hora ou outra se afundam na lama.

— Heitor, pelo amor de Deus! Não faça isso comigo! Não faça isso com a gente. Você é o amor da minha vida.

— Seja feliz, Lírio — e antes mesmo que a música terminasse, Heitor me largou sozinha na pista de dança, foi até Antônio e pegou Lurdinha.

"... NÃO TEM QUE SER ASSIM
TANTO DESENCONTRO, MÁGOA E DOR
PRA QUE QUE A GENTE TEM QUE
SE ARRISCAR
ENTÃO VOLTA PRA MIM
DEIXA O TEMPO CURAR
ESSE ESTRANHO JEITO DE AMAR..."

Fiquei ali, na maior solidão do mundo, mesmo rodeada de pessoas, observando o amor da minha vida se afastar com a mulher com quem ele estava disposto a se casar. E não seria eu. E eu não seria dele. E ele não seria meu.

Fui arrastada para fora da pista por Roberta e Ana Clara que estavam muito chateadas.

— Começa a falar exatamente o que aconteceu essa noite — Roberta cobrou explicações.

— Calma, Beta, deixa a Lírio respirar, não vê que ela está abalada, quase desmaiando? Alguma coisa aconteceu — Ana Clara ponderou.

— O que aquele desgraçado fez? Eu sou capaz de partir a cara dele! — Roberta estava ficando nervosa e, assim como para Heitor, eu não podia falar muita coisa.

— Não posso falar tudo. Basta saber que Antônio pode destruir a vida de uma pessoa que amo demais se eu não me casar com ele — desabafei.

— Aquele desgraçado a está chantageando?

— Sim, Roberta.

— Jamais pensei que ele desceria tão baixo — comentou Clarinha.

— Mas o que ele pode ter contra você? Porque vamos combinar, você é tão santinha quanto a Ana Clara. Nunca usou drogas, não roubou um banco, até porque nem precisa, não é mesmo? Mas, sério, o que pode ser tão grave?

— É muito grave, Beta. E se eu pelo menos não fingir que estou indo na dele ele vai machucar demais uma pessoa que para mim é muito mais importante do que eu mesma.

— Nós estamos com você, querida. Para tudo que precisar — Ana Clara me abraçou. E Roberta abraçou a nós duas em seguida. Era um abraço triplo me enchendo de força e esperança, porque eu precisaria.

— Isso não ficará assim, meninas! Darei um jeito de destruir o que Antônio tem contra mim e irei atrás de Heitor. Eu recuperarei meu amor.

— Estamos com você e terá de nos aturar, pois não iremos embora enquanto sua vida não entrar nos eixos novamente — concluiu Roberta.

— E podem fazer algo agora mesmo.

— É só dizer, Lírio! Quem temos que matar? — Roberta sempre tentando suavizar as situações difíceis com seu bom humor de sempre.

— Ainda não precisam matar ninguém. Por enquanto, procurem Alice. Ela deve estar uma fera comigo. Antes de virmos para essa droga de festa, conversamos e disse que ficaria de vez com o irmão dela e agora tudo isso aconteceu. Ela deve achar que menti para ela, e o pior, que brinquei com os sentimentos de Heitor. Expliquem-na o que contei a vocês e peça a ela para me procurar em casa assim que for possível.

— E onde essa menina se enfiou? Só a vi de relance durante a festa — questionou Clara.

— Deve estar com Felipe. Um palpite? No quarto dele! Você sabe onde fica, Lírio? — Roberta falou.

— Segundo andar, corredor da direita, terceira porta à direita — respondi, agradecendo-as com os olhos.

— Estamos indo! — e as duas saíram em direção à casa. Isso precisava funcionar. Tudo que eu não podia ter no momento é o ódio de Alice, porque somente ela me faria ter acesso a Heitor.

Caminhei em direção à sala. Não queria ficar ali no ambiente de Antônio. Também não queria me despedir de ninguém. O melhor era sair à francesa e esperar por todos lá fora, no carro. Não aguentava mais essa noite. Um desastre. O pior Natal da minha vida.

Quando atravessei a sala de jantar, a caminho da saída, senti uma mão segurando meu braço. De solavanco fui para trás e encostei em Antônio.

— Aonde pensa que vai? — senti seu hálito quente e alcoolizado em minha orelha.

— Para casa. Solta meu braço, Antônio. Sai de perto de mim! — falei entre os dentes, segurando o ódio que ardia dentro de mim.

— Casa? Você está em casa, amor. Não tem porque fingirmos que não temos uma vida de casal, nós nos casaremos em duas semanas — disse isso enquanto descia suavemente a mão no meu ombro e braço.

— Eu sinto nojo de você!

— Tem certeza, Lírio? Porque quando está debaixo de mim, parece sentir outra coisa — e riu em meu ouvido. O ódio e o nojo cresciam dentro de mim, mas eu precisava manter a aparência.

Antes que eu plantasse as mãos na cara daquele homem, minha mãe apareceu com uma expressão de decepção que ela não conseguia disfarçar.

— Antônio, posso trocar duas palavrinhas com minha filha? — ele apenas me deu um beijo no rosto e se afastou para a outra sala.

— Vai me explicar o que aconteceu aqui essa noite, minha filha? — minha mãe segurou minhas duas mãos e olhou no fundo dos meus olhos. E eu não queria mentir para ela, nem sabia se conseguiria, mas era preciso.

— É complicado, mãe. Mas confia em mim, foi o certo. Na verdade, foi o melhor para o momento.

— O que está acontecendo, minha filha? — ela tinha lágrimas nos olhos. Certamente sentia que a história dela iria se repetir comigo.

— Mãe, eu não posso falar muito agora. Apenas confia em mim. As coisas se ajeitarão em breve. Eu não deixarei que a felicidade escorra pelos meus dedos e a senhora deveria fazer o mesmo.

— Do que está falando, Lírio?

— Eu vejo como o senhor Joaquim a olha. Ele ainda a ama. É muito triste dizer isso e eu sei que não falei antes quando conversamos, mas o pai não a merece. Aproveita a oportunidade que a vida está oferecendo. A dona Helena não está mais com a gente, nem com ele... Divorciar-se não tem nada de mais hoje em dia e a senhora tem as fazendas que o vovô lhe deixou, pode se virar sozinha sem o pai. Faça isso por mim. A senhora deve isso à vida.

— Você enlouqueceu, minha filha? — ela tinha lágrimas nos olhos. Aproximei-me e sequei as lágrimas com meus dedos.

— Mãe, a senhora é jovem, linda e segura. Pode recomeçar e ainda tem uma oportunidade de ser feliz. Ignore a opinião das pessoas. O que eu estou dizendo é que ficarei do seu lado sempre, não importa que tipo de atitude precise tomar. Eu sempre estarei aqui — dei um beijo em seu rosto.

— Você não pode se casar com Antônio, Lírio. Você me disse que não o ama — ela desviava do assunto para não ter de me encarar e dizer que eu estava certa sobre ela abandonar meu pai.

— Mãe, apenas fique do meu lado também. Eu darei um jeito no que aconteceu essa noite, só preciso de alguns dias. E... — antes que eu pudesse concluir a frase, meu pai veio até nós acompanhado de Antônio. Ele me deu um beijo na testa e outro na boca da minha mãe, que não correspondeu.

— Vamos, Ana Flor! As meninas nos aguardam lá fora. Antônio e Lírio têm muita coisa para decidir sobre os próximos dias, ela dormirá aqui essa noite — eu não tinha mais escapatória, Antônio já havia falado com meu pai. Minha mãe olhou para mim com piedade e até tentou ajudar prevendo que eu não queria ficar ali.

— Mas, José, ela está com visitas em casa. Não pode abandonar as meninas, não é, minha filha?

— Que isso, Ana Flor? Claro que pode! Nós faremos companhia para as meninas até amanhã, quando ela retornar para casa. Deixe os pombinhos colocarem o planejamento deles em dia, não seja inconveniente — minha mãe não tinha mais o que argumentar.

...

Eu estava tão irritada com tudo e tão sem paciência para a família de Antônio, que preferi subir logo e me deitar, assim também eu teria uma desculpa. Poderia fingir cansaço e um sono profundo. Nem mesmo arrisquei retirar meu vestido. Eu podia dormir com uma camiseta de Antônio, mas não queria dar a ele uma chance de me ver sem roupas e não me deixar escapar de um sexo forçado. Seria terrível.

Pequei um travesseiro e um lençol para me cobrir. Me ajeitei no divã que ficava de frente para a cama dele, não queria dividir mais a cama com Antônio. E fechei os olhos. Foi o suficiente para flashes da noite vir em minha mente. Eu via Heitor, Lurdinha, meu pai, Antônio, minha mãe, todos girando em um carrossel de terror em minha cabeça. A vontade de chorar veio forte, mordi a língua para segurar um suspiro e apenas deixei uma única lágrima solitária escorrer pelo canto do olho.

Dolorida. Aquela lágrima foi dolorida!

O sono começou realmente a me dominar, quando percebi Antônio entrando no quarto, apertei os olhos, controlei a respiração e me mantive o mais quieta possível para que ele me deixasse em paz. Mas não foi suficiente. Ele não desistiria fácil assim.

— Acorda, Lírio! Quero você na minha cama. Peguei uma camisola com a chata da Cindy para que durma mais confortável — ele me sacudia pelos ombros.

— Olha, me deixe aqui, Antônio. Estou cansada, com sono e não tenho a menor pretensão de dormir com você — fui direta.

— E quem disse que você tem opção? E se tivesse acha mesmo que eu permitiria que se afastasse de mim?

— Antônio, não força isso, tudo bem? Você pode me obrigar a casar com você e sustentar o título por um capricho, mas não pode me obrigar a ir para cama com você. Até por que, no momento, sinto nojo de você e não conseguiria aguentar você me tocando. Quis que eu dormisse aqui, pois bem, aqui estou. Mantemos as aparências. Mas é só isso. Nunca mais você encostará em mim — ele apenas riu ironicamente.

— Nunca mais tocarei em você? Tem certeza, Lírio? Você transou com Heitor e isso eu não posso suportar — pegou-me pelos cabelos e me fez ficar de pé imediatamente.

Enquanto tentava me beijar, eu me esquivava e me desdobrava em esforços para fugir de seus braços. Antônio era muito forte e eu não tinha chance de fugir. Mais que droga! Jamais devia ter aceitado dormir aqui. Droga! Droga! Droga!

Em minutos ele conseguiu me dominar e eu estava presa debaixo do peso de seu corpo, sob a cama. Com lágrimas nos olhos eu implorei. Implorei para que aquilo não acontecesse. Eu não queria ser dele novamente, eu simplesmente não podia, não conseguia. Mas minha roupa estava sendo retirada de mim à força. Ele não respeitaria minha vontade e eu nem podia gritar, pedir por ajuda. Eu seria estuprada ali, no quarto do meu ex-namorado, com toda a família dentro da casa. Consegui escapar mais cedo, mas eu não tinha para onde fugir naquele momento.

Senti medo. Pavor. Tive calafrios. Eu era mulher fazia tempo, mas não importava a idade, violência é violência. Comecei a tremer ainda mais. Ele perguntou se eu estava com medo e quando não respondi, apenas deixei as lágrimas descerem, a situação humilhante parecia o agradar ainda mais. Não era como antes, quando vivíamos cenas de BDSM, tudo combinado com os dois curtindo. Ali era de verdade, ele estava me violentando sem sentir a menor culpa. Senti-me tão indefesa que decidi não abrir mais os olhos, nem movi mais nenhum músculo do meu corpo por conta própria. Antônio passava as mãos em minha pele e eu só sentia o peso do seu corpo, não como antes, mas como algo que me incomodava, que me impedia de respirar. Eu só queria que ele parasse. Mas ele me virou de costas, me posicionou como um animal e continuou com toda fúria que podia.

Desisti de apenas permitir que acontecesse e quis gritar em buscar de socorro, mas minha voz havia sumido, perdi toda e qualquer reação, não conseguia sequer pensar no que fazer como próximo passo. Aguentei os apertos, as mordidas muito fortes, os tapas, o sexo anal, as tentativas de meter sua mão inteira dentro de mim, suportei toda a violência. Muita dor. Dor física e dor na alma. Ele ria em meu ouvido e me chamava de puta, de vadia. Aguentei por quase uma hora. Já dormente, afogada em minha tristeza, fechei os olhos e permiti finalmente que ele terminasse com toda violência aquilo que havia começado no escritório do seu pai horas antes. A violência já era terrível, horrível por si só. Soma-se ao fato de que eu era a mulher que ele supostamente amava, deixou o fato ainda mais nojento e doloroso. Asqueroso.

Ele terminou e, sem qualquer ato de delicadeza, saiu de dentro de mim e foi tomar um banho, como se eu fosse algo sujo que ele precisava lavar de seu corpo. E eu fiquei naquela cama, morta. Sentia-me morta. Fiquei meia hora sem conseguir me mexer ou acreditar no que Antônio tinha feito. Eu sabia que ele era controlador e até meio inescrupuloso no trabalho, mas jamais pensei que chegaria a isso, a cometer um crime. Quando finalmente consegui me levantar, senti escorrer entre minhas coxas o resultado daquela violência. E junto com seu sêmen veio uma linha de sangue para me lembrar do quão animalesco ele tinha sido. Tortura pura e gratuita. Ele nem ao menos tinha se preocupado em usar preservativo. Foi tão brutal e ignorante que nem se deu conta da proteção ou talvez achasse que não precisaria mais, uma vez que nos casaríamos em breve. Vi também as marcas arroxeadas por todo meu corpo. Tinha até mesmo pequenos furos feitos por seus dentes em meus seios. Minavam sangue...

Quando ele saiu do banheiro, apenas me disse para não demorar e caiu em sua cama, pegou um livro de Direito Criminal, o que era muito irônico, e me ignorou completamente. Não houve nenhum ato de carinho, de respeito, nada. Não pediu desculpa mesmo depois de ter esfriado a cabeça no banho. O lado humano de Antônio não existia, era tudo uma fachada que agora tinha desmoronado também para mim.

Tomei banho por duas horas, acho. Esfregando-me, me sentindo culpada, fraca, imunda, qualquer coisa, menos uma mulher decente. A mulher, por mais indomável que seja, sempre está exposta a tudo de pior simplesmente por ser mulher. E percebo que não importa se você tem quinze ou cinquenta anos de idade, se é virgem ou já transou com um time de futebol, o terror é sempre o mesmo. Infelizmente, somos ensinadas a não nos arriscarmos, a nos escondermos, quando, na verdade, os homens deveriam ser instruídos desde de pequenos a não estuprar, a não cometer um ato bárbaro como aquele. Antônio foi um covarde e tudo que eu podia fazer era me encolher no chão do banheiro e chorar.

Não pude dormir e não podia ir embora porque ele ainda ameaçava jogar o nome da minha mãe na lama. Passei a noite sentada no chão, de frente para cama onde Antônio dormia feito um bebê. Até achei seu celular, mas de nada adiantaria apagar a gravação, ele havia deixado bem claro que já tinha uma cópia em segurança. E só serviria para ele ficar mais furioso ainda. Escutei toda a gravação novamente e tive ainda mais nojo do meu pai. Ele era o culpado por eu estar vivendo todo aquele terror. A minha tristeza era toda culpa dele. Mas eu não podia deixar Antônio jogar o nome da minha família na lama, além de toda tristeza que eu causaria à minha mãe.

Antônio começou a se revirar na cama e olhei no celular o horário, já chegava às cinco da madrugada. Foi quando ele me avistou no chão, de frente para ele, com o rosto inchado pelo fato de ter chorado por muito tempo.

— Não dormiu? Ficou aí no chão? — perguntou como se ele não tivesse sido um monstro há poucas horas.

— E você, dormiu bem depois de ter me violentado? — olhei direto em seus olhos.

— Vamos nos casar em poucos dias, não a violentei, tomei o que já era meu há muito tempo. Só isso — respondeu na maior calma.

— Mas de acordo com essa legislação que você diz defender, todo ato sexual não consensual é estupro. O que configura seu ato forçado e violento comigo — havia ódio em cada palavra que saía da minha boca.

— O que é isso, meu amor? Estupro é um crime hediondo. Eu apenas transei mais hard com *você*, como sempre fazemos. Aquela coisa do *Cinquenta Tons de Cinza*... — e riu da minha cara.

— Odeio você ainda mais — eu nem me movia, mas ele se sentou na cama e ficou olhando diretamente para mim. — Você usou a violência sexual para me intimidar e me oprimir. Está tentando me mostrar seu poder sobre mim. O que você fez não tem nada a ver com desejo sexual, Christian Grey ou BDSM. Foi apenas uma forma de colocar o medo na minha alma. Você não vale nada! — completei.

— Cala a sua boca e venha aqui me servir — disse isso com um sorriso sarcástico nos lábios, enquanto afastava o lençol para me apresentar sua nudez. Eu sabia bem como ele queria que eu o servisse. Mas eu não tinha mais estômago, nem forças para aturar esse tipo de coisa.

— Acha mesmo que vou permitir que você abuse de mim novamente? Eu mato você antes disso, Antônio. Nunca mais você abusará de mim, nem física, nem psicologicamente. Meu corpo, minhas regras. Eu sei por que você fez isso comigo. Porque além de me chantagear com aquela gravação, você quer me intimidar e me manter debaixo do medo. Mas isso acabou, Antônio. Está me ouvindo bem? Acabou! — gritei. — Se colocar as suas mãos sujas em mim novamente, será a última vez que terá mãos.

Levantei-me, terminei de me vestir e olhei bem no fundo dos olhos daquele homem antes de sair porta afora. Ele sabia que eu não o denunciaria à polícia e não faria nada que colocasse o sofrimento da minha mãe em jogo, mas ele também tinha certeza que jamais me teria novamente. Muito menos à força. Porque eu realmente o mataria e não me importaria com mais nada se ele me estuprasse outra vez.

Desci as escadas feito um furacão, fui até a cozinha e perguntei pelo motorista da casa. Em minutos eu estava saindo daquele lugar rumo a São João del-Rei e não tinha a menor pretensão de voltar ali. Eu resolveria toda a merda definitivamente ou não me chamaria Lírio Modesto Leal Gomes dos Reis, futura mulher de Heitor Souza Domingos e mãe de seus futuros filhos. Era naquele futuro que minha felicidade estava e era para lá que eu planejava ir. E lá eu permaneceria.

13

HEITOR

— *Bom dia, gato!* Eu comprei um presente para você! — Lurdinha me acordava com aquele sorriso lindo de sempre e eu estava muito grato por ela ter passado a noite comigo. Se eu ficasse sozinho, cometeria uma loucura, certamente o suicídio estava na lista de coisas a fazer na manhã de Natal mais solitária e triste da minha vida.

— Bom dia, Lurdinha! — sorri, ajeitei-me na cama e puxei a loira mais linda do mundo para o meu colo. — Eu tenho uma sugestão de presente que me agradaria muito — me esfreguei nela. — É disso que estamos falando?

— Ai, Heitor! Você não tem jeito mesmo — sorriu, abraçou meu pescoço e beijou meus lábios com o mesmo carinho de sempre. A vida machucava Lurdinha, mas ela tinha esse dom de permanecer a mesma. Um sorriso sedutor nos lábios e um brilho nos olhos que eu não sabia como ela colocava ali, mesmo estando com o coração partido.

Na noite passada ela tinha me confessado que o amante dela era o pai da Lírio. Quase caí duro de tanta surpresa. Mas acho que ela estava se abrindo porque precisava desabafar e em vez de julgar, eu devia fazer o papel de amigo que ela sempre fez por mim. Apenas escutar para a apoiar da maneira que fosse possível.

Lurdinha me contou que se apaixonou pelo senhor José para se esquecer do grande amor da sua vida, que eu tinha certeza que era Antônio. Disse também que esse tinha sido o maior erro da sua vida se apaixonar por um homem que a detestava quando éramos mais novos e que certamente só a queria para usar, para ter algum prazer em colocar uma novidade em sua vidinha perfeita. Mas eu senti muito mais tristeza naquelas palavras. Não sei bem o motivo, mas Lurdinha ainda me escondia algo que a matava por dentro e que certamente era muito grave, principalmente por ela estar escondendo. Lurdinha normalmente me contava tudo.

Não podia pressionar, não queria lhe ferir ainda mais. Talvez fosse hora de valorizar quem passou anos tentando me distrair, reduzir minha tristeza. Mas eu precisava ser sincero. Não podia mentir e enganar Lurdinha, ela tinha que saber exatamente no que estaria se metendo.

— Lurdinha, quais são seus planos daqui para frente? — perguntei enquanto ela se esforçava para despertar meu desejo.

— O que foi, peão? — droga! Ela tinha que me chamar como Lírio fazia. — O que você quer? Outra dose da noite passada? Pensei em preparar um café de Natal para nós dois, o que acha? Então depois voltamos aqui para essa cama e mandamos ver! — Lurdinha e seu jeitinho de contornar os assuntos difíceis.

— Lurdinha, é sério, quero conversar.

— Não quero falar sobre o que contei ontem para você — ela devia estar se desviando do assunto sobre o pai da Lírio.

— Não é sobre isso que quero falar. Quero saber seus planos, o que pensa em fazer quando suas férias acabarem? — ela começou a rir um riso forçado e vi quando uma lágrima escorreu de seus olhos. — Agora chega, Lurdinha! Sente-se aqui e fale comigo sobre o que está acontecendo com você — fui sério e firme o suficiente para ela entender que eu não estava de brincadeira naquele momento. Afastei suas mãos de mim e estampei minha costumeira carranca no rosto.

— Eu não tenho mais trabalho. Sendo assim, minhas férias serão bem prolongadas — e sorriu com uma tristeza profunda no olhar.

— Como é, querida?

— Fui demitida. Eu sabia que isso podia acontecer. Muitos boatos sobre mim chegaram à direção da escola… Era questão de tempo. Estou desempregada. E eu sei que a dona Ana Flor tem algo a ver com isso. Ela é amiga da dona da escola, deve ter pedido a minha cabeça.

— Ela sabe de você e do marido dela?

— Não tenho certeza, mas pela forma como me trata ultimamente, acredito que sim. As fofocas já devem ter chegado até ela.

— E o que você pretende fazer quanto a tudo isso?

— Na verdade, preciso procurar um emprego, o problema é que minha formação não me oferece muitas opções. E não sei até que ponto os boatos podem ter se espalhado, então não faço ideia se conseguirei outro emprego aqui na cidade. Talvez eu precise vender minha casa e viver com meus pais em Tiradentes. Ou talvez o melhor seja partir para a capital, lá terei muitas opções de escolinhas onde eu possa dar aula. Eu amo trabalhar com as crianças.

— Não acredito que esse boato tenha se espalhado. Só fiquei sabendo porque você me contou. E acho que a dona Ana Flor não teria tomado esse tipo de atitude de pedir sua cabeça. Sinceramente, é mais fácil que o próprio José Luiz tenha feito isso para afastar você da cidade antes que de fato o boato se espalhasse e sujasse o nome dele.

— Você tem razão, pode ter sido ele mesmo. Como sou burra, não tinha pensado nisso — disse enquanto seu olhar vagava na linha do horizonte, uma clara demonstração de que seu corpo estava ali comigo, mas sua alma estava bem longe.

— E então, senhorita desempregada, qual será o próximo passo?

— Conseguir um emprego em Belo Horizonte? — Lurdinha caiu na gargalhada.

— Ou… — peguei a caixinha das alianças na gaveta do criado ao lado da minha cama. — Casar-se com um velho amigo e se aventurar em Goiás comigo. O que acha? Aceita se casar comigo, Lurdinha? — abri a caixinha e lhe mostrei as alianças.

Lurdinha ficou boquiaberta por um tempo e bastante sem reação. Não sabia dizer se de espanto ou de raiva, porque ela tinha certeza de que não era minha opção. Eu jamais mentiria para ela. Olhei em seus olhos e vi uma nuvem de lágrimas e em seus lábios um leve sorriso talvez de pena da minha atitude patética e desesperada. Eu precisava me explicar.

— Eu tenho plena consciência que somos somente amigos, mas eu tenho um carinho enorme por você desde sempre. E você faz com que eu me sinta bem na cama e fora dela. E já que o amor não deu certo para nós dois, acho que podemos seguir juntos. Eu não posso oferecer uma vida de luxos infinitos, mas garanto que o pão e a alegria nunca faltarão. Já a conheço o suficiente para prometer que respeitarei sua individualidade e que jamais deixarei de ser seu amigo. Não farei cobranças. E tentarei realizar alguns dos seus sonhos, desde que estejam dentro das possibilidades dos meus braços. Serei gentil, protetor e cuidadoso com nossa família e principalmente com os filhos que por ventura venhamos a ter. Prometo não deixar nossas noites de sexo doido caírem na rotina e tentarei colocar um sorriso nos seus lábios todas as manhãs. Prometo jamais deixar a solidão entrar na sua vida. E tentarei pelo resto dos meus dias, todos os dias, me apaixonar verdadeiramente por você. Talvez eu não chegue a amar, mas nunca, nada, vai me fazer esquecer do valor que você tem em minha vida. Então, se não tiver uma opção um pouco melhor, aceitaria ser minha companheira nessa vida? — ótimo! Acho que conseguira me expressar, já era um passo sem volta. A decisão estava tomada e as cartas estavam na mesa. E pela cara de espanto de Lurdinha, acredito que ela jamais esperava por isso.

— E então? Fiz uma pergunta. Quer dizer, um pedido. Posso ter uma resposta? Estou aqui morrendo de ansiedade. É a primeira vez que peço alguém em casamento, então não sei se fiz isso do jeito que tem que ser feito. Na verdade, nem sei se há um jeito certo. O fato é que posso garantir a você que a respeitarei de hoje até o dia em que decidirmos que essa loucura dará certo. Estou ficando velho e sinto que passa da hora de formar uma família. Não quero me sentir sozinho como tem sido nesses últimos anos. Não quero esperar por alguém que não merece, por algo que jamais acontecerá. Pelo amor de Deus, diga algo, criatura, nem que seja um 'não', porra!

— Heitor... É que... Você me pegou bem de surpresa. E acho que está fazendo isso somente porque a Lírio se casará com Antônio em breve — Lurdinha disse com suas mãos segurando meu rosto, enquanto seus olhos estudavam os meus.

— Eu disse a mim mesmo que não mentiria para você. Estou com meu coração destruído e pode ser que seja esse o primeiro motivo que me levou a tomar essa decisão. Mas somos perfeitos um para o outro. E eu não pensaria em mais ninguém para dar esse passo na minha vida a não ser você. Você sempre esteve ao meu lado, enxugou minhas lágrimas quando a Lírio foi embora, me ajudou a levantar diversas vezes e me aceita do jeitinho que eu sou. Turrão, matuto, um peão, como você mesmo disse há pouco. E principalmente, não se envergonha de mim. É você quem está aqui do meu lado, me fazendo sorrir. É com você que eu estou. Vamos, diga sim e me aceita de uma vez por todas, porra!

— Heitor...

— E então, Lurdinha?

— Eu amo você, Heitor, mas como amigo. É claro que a gente se dá bem na cama e fora dela também. Pode até ser que dê certo. Mas eu tenho medo de estragar sua vida. Minha reputação anda das piores e você, bem... você é um profissional respeitado.

— Lurdinha, eu estou oferecendo a você o meu sobrenome. Acha mesmo que eu ligo para o que as pessoas pensam? São um bando de hipócritas! — percebi que ela queria dizer sim, mas estava vacilando. — Antônio nunca se casará com você e o pai da Lírio menos ainda. Eu estou disposto a fazer isso dar certo. Somos pouco demais para aquela gente, mas podemos ser felizes juntos.

— Sim — foi tudo que ela disse. Eu precisava confirmar.

— Sim o quê?

— Sim, eu aceito. Mas depois não vai me culpar por eu não poder fazer você feliz.

— É sério? Você aceita?

— Sim, aceito me casar com você, Heitor Souza Domingos.

— Até que enfim! Pensei que teria de amarrar você na cama e te torturar até me dizer 'sim'— agarrei os cabelos sedosos de Lurdinha e dei-lhe um beijo de acabar com o seu fôlego. Soltei-a e coloquei uma das alianças em seu dedo anelar da mão direita. Fiz o mesmo comigo. — Em breve trocarei essa aliança de mão.

Não era fácil apagar todo o passado, mas era necessário para começar uma história nova. E eu estava disposto a fazer de Lurdinha uma mulher feliz.

Enquanto seus olhos brilhavam, retirei a única peça de roupa que cobria seu corpo, uma camisa minha. Toquei cada parte, cada curva, cada pedaço. E cada vez que eu fechava os olhos, a imagem mais viva que nunca de Lírio naquela cachoeira vinha nitidamente em minha mente. Seu cheiro, seu sorriso, seu jeito de fazer amor. Precisava ser forte o bastante para não deixar Lurdinha perceber. Aquilo era horrível, Lírio tinha me estragado para qualquer outra mulher.

Tirei Lurdinha de cima do meu colo, a coloquei de costas para cima e dei um tapa forte em sua bunda. Era hora de colocar para fora o animal que vivia dentro de mim, esquecer Lírio e colocar a Lurdinha na minha vida definitivamente. Ela sim dava conta do tranco que era estar comigo.

Desci da cama e fui até meu banheiro. Busquei as cordas que Lurdinha já conhecia muito bem e não me esqueci das vendas que ela adorava. Imobilizei seus braços para trás enquanto ela ainda estava de joelhos sob a cama. Vendei seus olhos e prendi seu cabelo em um rabo de cavalo. Aquela visão era quase o paraíso. Como eu gostava de ver uma mulher completamente entregue em minha cama.

Busquei meu chicote de adestramento com a ponta de couro e pedi que ela contasse cada chibatada.

— Lurdinha, por que você vai apanhar?

— Para o seu prazer e para o meu prazer, senhor.

— Esteja ciente de que isso nada tem a ver com castigo e disciplina, é apenas para o nosso prazer. E qual é nossa palavra de segurança?

— Cavalo.

— Ótimo! Não se esqueça dela — e antes que eu iniciasse a sessão de surra, a campainha começou a tocar insistentemente. — Mas que saco! Quem pode ser a essa hora de uma manhã de Natal?

— É melhor ver, Heitor. Pode ser alguma coisa séria com seu pai ou sua irmã. Vá lá, espero por você aqui. Prometo não sair do lugar — e riu baixinho.

Deixei o chicote em cima da cama e vesti somente uma calça de moletom. Fui até à janela da sala, abri e quando olhei para baixo, Lírio estava lá na porta da minha casa, com o dedo esquecido na campainha. Ela tinha enlouquecido?

— O que você quer aqui a essa hora? — gritei para ela.

— Preciso falar com você, Heitor. E não irei embora até fazer isso.

— Você enlouqueceu? As pessoas ouvirão. Onde está seu noivo?

— Heitor, me deixa subir, por favor — falou em total desespero e começou a chorar.

— Que droga, Lírio! — resmunguei. Desci as escadas para abrir a porta para aquela mulher.

Abri a porta e olhei para ela... Estava lá, amarrotada, descabelada, com o rosto todo vermelho, lágrimas escorrendo. Parecia que não tinha voltado para casa. Claro, devia ter dormido com Antônio ontem. E o que estava fazendo ali? Foi conferir o resultado do que havia feito comigo? Rir de mim? Mas ela estava enganada.

— Preciso falar com você — ela iniciou essa conversa. Merda! Eu não tinha vontade nem estrutura psicológica para lidar com a Lírio naquele momento.

— Não temos mais nada para falar. Não percebe o papel ridículo que está fazendo aqui na porta da minha casa? — retruquei. Tudo que eu queria é que ela fosse embora logo.

— Não! — ela se aproximou e colocou um dedo bem no meu peito. — Tenho muito a dizer e você vai me ouvir. Quero entrar e você não me impedirá ou ficarei aqui o dia todo se for preciso.

— Que droga você pensa que está fazendo, mulher? — arranquei grosseiramente seu dedo de cima da minha pele. Eu não podia suportar aquele toque. — Acha que tem algum direito sobre mim? Você enlouqueceu? Até onde me consta, você está a pouquíssimos dias do seu casamento — Lírio não me respondeu mais nada, apenas passou por mim como uma fera e subiu as escadas em direção à minha sala.

Fui logo atrás, subi os degraus de dois em dois, o ódio dominando meu raciocínio. Segurei o braço dela no último degrau da escada e a puxei para junto de mim. Era ainda mais difícil sentir aquele corpo colado ao meu, seu cheiro me intoxicando. Eu precisava arrancar aquela mulher de dentro de mim.

— Quero que você desça essa escada e dê o fora daqui. Não me procure mais. Está me ouvindo? Não me procure mais!

— Eu não sairei daqui sem falar com você. Eu não sairei! — e começou a gritar e me desafiar.

— Heitor? Heitor? O que está acontecendo aí? Preciso que me ajude aqui — ouvi a voz alta de Lurdinha vindo do meu quarto. E por um momento, me esqueci totalmente que ela me esperava, amarrada e vendada, em minha cama. Era isso que Lírio fazia comigo. Ela me desestabilizava, tirava minha vida da linha reta. Droga! Precisava dar atenção à mulher que tinha acabado de pedir em casamento. Lurdinha não merecia isso.

— Quem está com você? — Lírio perguntou soltando fogo pelos olhos.

— Não é da sua conta! Fique aqui e não se atreva a vir atrás ou perderei a cabeça com você — respondi e fui em direção ao meu quarto. Entrei e achei Lurdinha sentada sobre a cama. Retirei as algemas dos seus punhos e cobri seu corpo com um lençol.

— Peço desculpas. Lírio apareceu aqui e está insistindo em falar comigo.

— Acho que você deve ouvir o que ela tem a dizer — respondeu Lurdinha com total serenidade.

— Mas ela e eu já não temos mais nada a dizer um para o outro. Tudo que precisava se esclarecer foi esclarecido ontem — disse enquanto esfregava os pulsos de Lurdinha que ainda estavam vermelhos pelo uso das algemas.

— Heitor, você acabou de me pedir em casamento, mas está com os pensamentos fora de ordem e o coração machucado. Eu entendo que você tenha muita coisa para conversar com a Lírio — e deu sua costumeira risadinha, mas dessa vez com pouquíssima animação. — Meu querido, você precisa encerrar definitivamente essa história para iniciar outra. Vou tomar um banho e em seguida irei até lá cumprimentar a Lírio, nada tenho contra ela, exceto talvez o fato de ela ter estraçalhado o seu coração ontem à noite. — Lurdinha me deu um beijo no rosto, levantou, deixou o lençol cair e seguiu para o banheiro.

Retornei à sala e encontrei Lírio encostada no parapeito da janela, olhando o dia nascer na cidade.

— Seja breve, estou ocupado. Hoje é um dia para estarmos com pessoas que nos fazem bem — esclareci o quanto sua presença em minha casa me desagradava.

— É a Lurdinha lá dentro? — ela se virou e me olhou com um olhar triste e cheio de lágrimas.

— É sim — fui seco.

— Você a pediu em casamento?

— Sim. Como disse que faria. Eu tenho palavra — mostrei o dedo com a aliança.

— Por que está fazendo isso com a gente?

— Você é louca? Você destruiu qualquer possibilidade entre nós dois. Estou apenas seguindo com minha vida, como sempre devia ter seguido, e com a mulher que sempre esteve ao meu lado nos bons e nos piores momentos.

— Lurdinha é amante do meu pai.

— Ela foi. E eu sei disso, ela mesma me confessou ontem. Não temos segredos um com o outro. E quando decidi me casar com ela, decidi também passar por cima de todo o passado que ela teve e recomeçar desse ponto aqui em diante — ela veio até mim e tentou me abraçar com as mãos em minha nunca. Imediatamente me afastei. Eu não causaria esse tipo de mal-estar a Lurdinha.

— Você não a ama, eu sei disso.

— Sim e ela sabe disso também. Como disse, não há assuntos mal resolvidos entre Lurdinha e eu. Ela sabe que eu não a amo como ela merece, mas que estou disposto a fazer de tudo para que um dia seja assim. Posso oferecer a ela um nome e proteção.

— E eu? Como eu fico? Ela vai se sujeitar a isso? A essa migalha que você pode oferecer?

"O QUE VEIO FAZER AQUI, SE QUER ME OUVIR VOU TE DIZER
A VERDADE DE TUDO QUE VOCÊ QUERIA SABER
NÃO SOU CULPADO PELOS SEUS ERROS
QUEM DIRIA QUE UM DIA OS PAPÉIS IAM SE INVERTER
E NÃO TOQUE MAIS NO NOME DELA NÃO TEM NADA A VER
SUAS COISAS JÁ DEIXEI LÁ FORA JÁ PODE IR EMBORA
VOU DIZER O QUE É QUE ELA TEM QUE NÃO TEM EM VOCÊ
ENTÃO SENTA E ESCUTA CALADA E VÊ SE NÃO CHORA
ELA QUIS O AMOR QUE UM DIA VOCÊ JOGOU FORA!
FOI ELA QUEM PEGOU NA MINHA MÃO QUANDO VOCÊ SOLTOU
FOI ELA QUEM ME ACEITOU DO JEITO QUE EU SOU
DO JEITO QUE VOCÊ DEIXOU
FOI ELA QUEM ME AJUDOU A LEVANTAR QUANDO EU CAÍ
FOI ELA QUE ENXUGOU AS MINHAS LÁGRIMAS, ME FEZ SORRIR
ELA ME ACEITOU DO JEITO QUE EU SOU
E É COM ELA QUE EU ESTOU."

É COM ELA QUE EU ESTOU, DE CRISTIANO ARAÚJO.

— Até onde sei você se casará com Antônio Theodoro Botelho Faro Carneiro Leão. Será em breve a senhora Carneiro Leão. Enfim haverá a união das duas famílias mais poderosas da região, quiçá do Estado, não é mesmo? — era possível identificar o ressentimento em meu tom de voz. Por mais que eu disfarçasse, a mágoa estava ali.

— Eu já disse, Heitor, não me casarei com Antônio. Ele está me chantageando. Eu...

— Chega de mentiras, Lírio! Eu esperei por você por uma década, acreditei que realmente era apenas uma coisa do passado, uma relação da infância, uma bobagem, mas vocês dois claramente têm uma vida juntos, toda uma história. Há definitivamente um laço entre vocês. E há também toda a pressão familiar que você não consegue ignorar e passar por cima.

— Não é nada disso, Heitor.

— Pelo visto vocês dormiram juntos ontem, está com a mesma roupa, não voltou para sua casa.

— Lurdinha também está aqui.

— Sim, eu dormi com Lurdinha. A diferença é que não sou eu nesse momento na sala da sua casa, implorando para mais um momento de sexo com alguém comprometido.

— Eu não estou aqui implorando por sexo.

— Não? — ri da situação que era ridícula.

— Não! Estou aqui implorando para que espere que eu resolva toda essa merda.

Antes que eu pudesse responder, Lurdinha entrou na sala com cabelos molhados e arrumada.

— Bom dia, Lírio! — ela se virou para cumprimentar a amiga de anos que estava ali para tomar seu noivo. Lurdinha era muito corajosa e firme. Eu admirava isso em uma mulher.

— Oi, Lurdinha. Acho que não é um bom momento para você aparecer — Lírio respondeu com grosseria. Lurdinha não revidou. No momento em que Lurdinha percebeu que eu responderia para a defender, ela mesma concluiu a situação da sua forma.

— Não se preocupe, Lírio. Na verdade, eu já estava de saída. Tenho algumas coisas a fazer. E acredito que vocês têm também muita coisa para falar um para o outro. Darei espaço. Espero que se resolvam. Sempre fomos amigos e essa situação é constrangedora e desnecessária — virou-se para mim e continuou. — Fique tranquilo, gato! Você sabe onde me encontrar — deu uma piscadinha, veio até mim e me deu um beijo no rosto, em seguida foi em direção à escada. — Feliz Natal para os dois! — foram suas palavras antes de sair.

— Feliz agora que Lurdinha se foi? — perguntei irritado. Não queria que Lurdinha sofresse mais, principalmente por minha causa.

— Por que ela? — Lírio questionou com os olhos repletos de lágrimas.

— Ela me aceitou do jeito que eu sou e todas vezes que precisei, era ela quem estava aqui. Ela caminhou ao meu lado todo esse tempo sem esperar nada de volta. E mais do que uma amante, ela sempre foi minha amiga de verdade.

— Eu sempre fui sua amiga. Todas as vezes que voltei à fazenda procurei por você. Mas você me evitava, pedia ao seu pai para esconder de mim onde estava. Não foi fácil...

— Você acha que eu sou um brinquedo, Lírio? Que você usa para se distrair, brinca com os sentimentos e depois me joga fora?

— Eu já disse! — gritou histérica. — E repetirei somente mais uma vez. Eu não aceitei aquele casamento porque amo o Antônio e quero passar o resto da minha vida com ele. Eu aceitei porque estou sendo chantageada e não posso deixar que outras pessoas sofram só porque meu noivo tem um capricho e não aceita que nosso relacionamento já acabou — ela disse enfurecida.

— Eu não confio mais em você.

— E acredita nisso? — Lírio se despiu e me mostrou arroxeados e as manchas de sangue em todo seu corpo.

— O que significa isso? — meus olhos cegaram por um momento. Eu não podia crer que Antônio pudesse chegar ao ponto de agredir a própria noiva.

— O resultado da noite de amor que você acha que eu tive com Antônio — lágrimas minaram em seus olhos. — Meu corpo estava lá porque ele forçou a situação, mas eu não. Minha alma estava bem longe, meu coração estava aqui com você.

Fiquei sem palavras. Por um momento me senti um touro bravo em meio a uma tourada espanhola, tudo que eu via na minha frente era sangue e um pano vermelho se movendo. Não podia permitir essa merda. Se ele a estava chantageando e a tinha agredido daquela forma eu não podia mais ficar omisso. Não permitiria que aquele desgraçado encostasse mais um só dedo nela. Eu o mataria antes disso, mesmo que passasse o resto dos meus dias atrás das grades.

Quando consegui voltar à razão, Lírio já não estava em minha sala. Fora embora, deixando a porta aberta e uma ferida que me cortava não a carne, mais a alma. Como eu resolveria essa bagunça? Como cuidar da Lírio sem ferir a Lurdinha? Eu tinha acabado de pedir minha melhor amiga em casamento. Mas Antônio tinha passado dos limites e receberia uma visitinha minha e de todo o meu ódio.

Corri para o quarto, porque seria impossível segurar a minha raiva por muito mais tempo. Eu precisava ver a cara daquele desgraçado o mais rápido possível. Acabaria com ele! Tomei um banho o mais rápido que pude e estava trocando de roupas quando notei em cima da minha cama um papel dobrado onde estava escrito: "Heitor". Era a letra de Lurdinha. Ela tinha deixado um bilhete. Ao abrir o papel, vi cair sobre a cama a aliança que havia colocado em seu dedo momentos antes de Lírio chegar e toda aquela conversa constrangedora acontecer. Senti uma dor tremenda no peito, doía demais saber que Lurdinha estava magoada por minha culpa. Comecei a me sentir um canalha e foi com esse sentimento que li aquelas linhas…

"Gato,

Eu sei que não teria escolha mais óbvia para você do que eu. Sei também que você me faria a mulher mais feliz desse mundo. E sei que ao seu lado, e com o passar do tempo, provavelmente eu me esqueceria de todas as desgraças da minha vida e o amaria loucamente. Você é o cara mais digno de amor que eu conheço! Mas eu também sei que a mulher da sua vida é a que está na sala com você nesse momento. E sei que a recíproca é verdadeira. Você também é o homem da vida dela. Eu o libero do pedido de casamento que me fez. Sem mágoas, sem ressentimentos. Nossa amizade permanece intacta e firme, será assim para sempre. Mas eu sei a hora de pular fora e é exatamente isso que estou fazendo agora. Ao menos um de nós dois merece uma oportunidade de ser verdadeiramente feliz. Lute pelo seu amor e brigue por sua felicidade. Eu também tenho um novo rumo para minha vida. Eu não enxergava isso antes, mas agora eu sei o que devo fazer. Vou embora, mas assim que meu coração estiver mais tranquilo, mando notícias. Confesso que sempre amei aquele imbecil do Antônio, mas a vida é assim. Há momentos que para ganhar, é necessário perder. Love U, cowboy! Daqui até o infinito. Mas tem a ver mais com amizade do que com um relacionamento amoroso. Eu só quero que você seja feliz. Pode fazer isso por nós dois?

E não tenha pena de mim, porque eu estou cantando Cazuza para as pessoas que desejam me ver na lama.

"O Tempo Não Para":

".... Mas se você achar
Que eu tô derrotado
Saiba que ainda estão rolando os dados
Porque o tempo, o tempo não pára..."

Um beijo.

Com amor,

Maria de Lourdes Custódio Guimarães.

P.S.: Foi uma noite memorável para uma despedida. Valeu cada segundo estar com você."

Não acredito que fiz isso com a Lurdinha! Eu precisava cuidar dela, mas não podia deixar de resolver aquela merda com Antônio. Era urgente demais! Peguei a chave da caminhonete e saí feito louco pela estrada. Não conseguiria me segurar assim que colocasse meus olhos naquele desgraçado.

Quando avistei a porteira da fazenda, tenho certeza de que meus olhos estavam anuviados pela mancha de sangue do ódio, pois não esperei que alguém abrisse aquela porra para mim. Desci da caminhonete, pulei o portão e fui em direção à casa grande feito um touro bravo.

— Antônio! Antônio, seu merdinha! Não se esconda feito uma mulherzinha, venha aqui! Será que sua coragem é apenas para agredir mulheres? Antônio? Está me ouvindo? — eu gritava feito um louco. A fúria estava incontrolável.

Quando vi aquele cara, que fora meu amigo por tantos anos, sair para a varanda e olhar para mim com aquela expressão de desprezo... Ali eu soube que o mataria com minhas próprias mãos. Desgraçado!

— Você enlouqueceu, Heitor? — falou como se eu fosse um louco e ele um santo. Eu mataria esse cara!

— Venha até aqui para que eu mostre a você o que me enlouqueceu, seu filho da puta! — gritei para ele.

— Volta para sua casa, Heitor. É Natal e ninguém quer confusão por aqui. Você está alcoolizado? — ironizou.

— Eu não preciso estar alcoolizado para tomar uma atitude de homem. Uma atitude que eu devia ter tomado há muitos anos — respondi possuído de ódio.

Antônio desceu a escadaria e veio caminhando até próximo de onde eu estava como se me desafiasse a fazer qualquer coisa. Naquele momento, alguns peões e o capataz da fazenda dele já tinham surgido no foco do meu olhar.

— Heitor, não sei o que está acontecendo com você, mas eu não sou um homem de confusão e você está transtornado, assustando as pessoas que trabalham aqui. É Natal, volte para casa, vá ficar com sua família! Você é meu amigo, não me obrigue a pedir aos seguranças que o retirem daqui a força.

— Você é um filho da puta de um covarde, Antônio! E será a última vez que encosta suas mãos na Lírio. Está me ouvindo? — não pude esperar mais. Parti para cima!

Quando ele se deu conta, eu já havia acertado um soco de direita bem em seu nariz. O sangue jorrou e ele foi com tudo para trás, se desequilibrando e caindo no chão. Levantou-se enlouquecido, sangrando e veio para cima de mim. Antônio conseguiu me atingir com um soco no estômago, que me fez perder o ar e tudo girou por alguns segundos. E continuou partindo para cima, acertando meu olho esquerdo. Só quando percebi que meu supercílio sangrava foi que me dei conta que os peões da fazenda, vinham em minha direção. Aquilo me enfureceu ainda mais.

— É assim, covarde? Vai precisar da ajuda dos capangas do seu pai? — parti para cima e perdi a conta da quantidade de socos que dei na cara dele. — Reage, filho da puta! Briga feito homem! — então senti mãos segurando meus braços. Eram os peões que haviam me imobilizado.

— Soltem-no! — gritou Antônio quase sem ar, com o rosto todo inchado e sujo de sangue.

— Mas, senhor? — respondeu um dos peões.

— Já disse! Soltem-no!

E assim fui solto e quando ia partir mais uma vez para cima de Antônio, vi seu pai, o pai da Lírio e Felipe aparecem na varanda da casa.

— Mas o que está acontecendo aqui? — gritou o senhor Augusto.

— Chamarei a polícia imediatamente. — disse o pai da Lírio enquanto pegava o celular.

A senhora Cindy e a sua filha Crystal apareceram na porta, horrorizadas com a cena e a situação lamentável de Antônio, e desceram as escadas correndo para o ampararem.

Minha raiva não havia diminuído e, quando percebi, o senhor Augusto e o senhor José Luiz já estavam próximo a mim.

— Perdeu o juízo, filho? Recebi você ontem aqui em minha casa de braços abertos e é assim que paga? Quase matando meu filho?

— Não vê que esse aí é um delinquente desde garoto, compadre? — disse o pai da Lírio. — Tenho pena do seu pai. Para um homem tão correto, é vergonhoso ter um filho como você — completou olhando para mim como se eu fosse um lixo.

— Vergonhoso é o senhor permitir que sua filha se case com um homem que a agride — gritei, olhando para os dois senhores imponentes à minha frente.

— Você enlouqueceu, só pode. Mas a polícia já está chegando — disse o senhor José Luiz.

— Você está insinuando que Antônio bate na Lírio? Você está alcoolizado ou usando drogas, rapaz? — se fez de ofendido o senhor Augusto.

— Não, senhor Augusto. Não estou alcoolizado e jamais usei drogas. Estou bem sóbrio. Sóbrio o suficiente para ter visto com meus próprios olhos nessa manhã o corpo da Lírio repleto de hematomas feitos pelo seu filho — me virei para o senhor José Luiz e continuei. — O senhor devia ter vergonha de querer forçar esse casamento. A Lírio não quer. Não se importa por ela ser agredida por um homem? Por Antônio a forçar a dormir com ele? Isso é estupro, porra!

— Você enlouqueceu! — gritou Antônio de onde estava, enquanto sua madrasta e irmã o amparavam.

— Seja homem ao menos dessa vez, Antônio! Assuma seus erros. Assuma que estuprou a Lírio. Porque foi exatamente isso que você fez — respondi ainda em fúria.

— Heitor, mantenha a calma! — Felipe se aproximou de mim. — Você está com a cabeça quente. Pode estar fazendo acusações sobre as quais se complicará depois. Vamos conversar com calma, você nos explica exatamente o que viu e o que sabe.

— Não seja tolo, Felipe! Veja a acusação que esse homem fez ao seu irmão! Acha mesmo que temos o que conversar? Ele vai conversar agora é com a justiça — o senhor Augusto já tinha esquentado a cabeça.

— Não se preocupe, pai. Processarei esse delinquente por calúnia, difamação, invasão de propriedade e agressão. Farei o possível para que ele passe um bom tempo na cadeia! — concluiu Antônio, cuspindo no chão o sangue que saía de sua boca.

— Augusto, meu amor, precisamos levar Antônio ao hospital da cidade imediatamente. Ele está sangrando muito, pode ter quebrando alguma coisa, arrebentado alguma coisa por dentro — disse a senhora Cindy, que estava bastante nervosa.

— Precisamos esperar a chegada da polícia. Em seguida vamos para o hospital. Certamente precisaremos de laudos para incriminar esse delinquente — respondeu o pai da Lírio. — E você nem pense em fugir daqui. Criminoso! — disse apontando o dedo para mim.

— Eu sou homem e assumo o que digo e o que faço. Não tenho medo da justiça. Mas o seu genro deveria ter — respondi. — Ligue para sua filha. Escute-a. Questione o que houve com ela essa noite e peça para ver as marcas em seu corpo — finalizei.

Todos olhavam para mim quando gritei aquelas últimas palavras. E o silêncio veio tenso e cortante logo em seguida. Aqueles minutos pareceram um século. Mas, de repente, todo aquele silêncio foi interrompido pelo barulho do carro da polícia que chegava à fazenda.

Observei tudo a distância... O senhor Augusto e o senhor José Luiz indo até os policiais e certamente dizendo que invadi a fazenda com o intuito de matar Antônio. O que não era totalmente mentira. Depois os policiais foram até Antônio, a senhora Cindy e Crystal.

— Você terá problemas — fui arrancado dos meus pensamentos por Felipe que havia se aproximado de mim.

— Tenha certeza de que seu irmão também terá — respondi.

— Dispersei os funcionários da fazenda para evitar que isso tudo se espalhe desnecessariamente.

— Não me importa se essa merda se espalhar. Seu irmão merece.

— O que você falou sobre a Lírio é verdade?

— Olha para mim, garoto! Acha que eu teria motivos para arrebentar a cara do seu irmão se eu não tivesse visto com meus próprios olhos?

— É que Antônio parece estar tão apaixonado! E sempre trata a Lírio com delicadeza. Precisa compreender que é estranho dizer que ele a agrediu, que chegou ao ponto de violentar a própria noiva.

— Ele é um sociopata desgraçado! Dissimulado! Um agressor filho da puta! — apontei para o merdinha na frente e continuei. — E você fique longe da minha irmã! Não sei que tipo de pessoa você é e, se for como seu irmão, quero-o a quilômetros de distância da minha irmã. Estamos entendidos?

— Desculpa, Heitor, mas não me afastarei da sua irmã. Gosto dela e não sou Antônio. Não me meta nessa confusão. Você não sabe quem eu sou para ficar aí me julgando.

Antes que eu pudesse quebrar a cara daquele moleque, o sargento Rodrigues chegou perto de mim.

— Ê, Heitor! O que aconteceu aqui, cara? Você uma pessoa tão tranquila, muito na sua. Não estou entendendo.

— Aquele desgraçado! — apontei para Antônio. — Está agredindo a Lírio.

— Heitor, você tem provas disso? No mais, o caminho não é esse. Invadir propriedade alheia e agredir uma pessoa. Agressão doméstica é caso para a delegacia da mulher. A própria senhorita Lírio deveria vir até a nossa unidade e fazer uma queixa formal. Você sabe que está errado!

— Sei, sargento. Mas não aguentei... Quando ela foi até minha casa essa manhã... Eu enlouqueci, entende? Não sou homem de saber de um absurdo desses e ignorar. Eu tinha que fazer alguma coisa.

— Mas você terá de vir com a gente até a delegacia. Você é meu amigo, cara. É amigo do cabo Brandão. Mas não sei o que o delegado Medeiros fará sobre isso. Você agrediu e fez acusações muito sérias envolvendo as duas famílias mais importantes da região. Até tentei acalmar os ânimos com a família ali, mas foi impossível. Terei de algemar você.

— Eu tenho provas! Chame Lírio até a delegacia. Lurdinha também estava na minha casa no momento em que Lírio chegou lá.

— Tudo bem, Heitor. Mas você terá que nos acompanhar assim mesmo. Tenho certeza de que tudo se esclarecerá, mas preciso cumprir minha função. É minha obrigação.

Virei-me de costas para o sargento Rodrigues e cruzei meus braços nas costas para que ele algemasse minhas mãos. Enquanto caminhava em direção à viatura, percebi que Antônio entrava no carro da família dele.

— Por que o desgraçado não está algemado também?

— A família pediu para que ele fosse até um hospital primeiro, está sangrando muito. Você moeu o cara, Heitor! Em seguida tomaremos os depoimentos deles e seguiremos com os devidos procedimentos.

— Ele não me parece tão mal assim. Pode muito bem ir até a delegacia — falei.

— Ele vai, Heitor. Não complica mais a sua situação, ela não está nada boa, amigo.

Entramos no carro e seguimos para a delegacia em São João del-Rei. Mas eu não deixaria aquela situação virar para cima de mim. Antônio era um agressor e um sociopata desgraçado. Ele pagaria por tudo que tivesse feito a Lírio passar todo esse tempo. Ele me pagaria!

14

JOSÉ LUIZ

A situação era ridícula. Eu não entendia nada. Como aquele delinquente teve coragem de invadir a fazenda de Augusto, espancar o Antônio e ainda gritar aos quatro ventos aquela denúncia descabida de que Lírio era agredida pelo noivo e que tinha sido estuprada por ele. Aquele Heitor devia ser um drogado! Sentia muito pena pelo Joaquim. Ter um filho assim devia ser triste demais.

Segui para a cidade no meu carro, acompanhando na estrada meu compadre que levava Antônio para o hospital. Ao chegarmos à Santa Casa de Misericórdia da cidade, Antônio recebeu atendimento de urgência e foi encaminhado para fazer exames mais elaborados para verificar se havia lesões mais graves. Cindy o acompanhou, enquanto Augusto e Felipe foram para a delegacia prestar queixa formalmente. Crystal ficara em casa com Sueli, a secretária de Antônio.

Aproveitei que a situação estava sob controle e fui para um local mais discreto ligar para a Lírio. Só sabia que ela tinha dormido na casa de Antônio na noite anterior. Quando desci para o café essa manhã, ela ainda não tinha retornado e quando cheguei à casa do Augusto, para resolvermos questões de negócios, Lírio já tinha saído e, de acordo com a empregada, ela fez isso bem cedo. Estava tudo muito estranho e era hora de colocar essa história a limpo. Somente a Lírio poderia me explicar o que ocorrera realmente.

— Alô! Fazenda Santa Maria, bom dia!

— É o José Luiz. Chame a Lírio imediatamente — ordenei à empregada da casa.

— Um momento, senhor!

Depois de quase uma eternidade, o que me deixou bastante impaciente, alguém retornou ao telefone.

— O que aconteceu, José? — era Ana Flor ao telefone.

— Acho que fui claro ao dizer que quero falar imediatamente com a Lírio.

— Foi sim, José. Mas a Lírio ainda está no banho. Atendi porque fiquei preocupada, a Maria disse que você estava nervoso ao telefone.

— E estou! Arranque essa menina do banho e diga para me atender agora! — gritei com Ana Flor.

— Não adianta ser grosso comigo, José. Já estou vacinada contra suas grosserias e desrespeitos. E enquanto você não me explicar o que está acontecendo, não chamarei nossa filha — Ana Flor estava decidida a me irritar.

— Estou no hospital.

— O que houve? — sua voz não alterou, ela pouco se importava com o que podia acontecer comigo. Eu estava em um hospital e não é um parque de diversões.

— Não é dessa vez que ficará viúva, querida, apesar da sua vontade. Mas estou aqui acompanhando o Augusto que trouxe Antônio todo arrebentado — me expliquei.

— O que aconteceu com Antônio? — o tom de voz de Ana Flor não se alterou, ela também não se importava com o que acontecia com seu quase genro.

— Aquela besta do filho do Joaquim o espancou. Invadiu a propriedade do Augusto e espancou Antônio.

— Meu Deus! Heitor está bem? Onde ele está? Por que ele fez isso? — não acreditava no que meus ouvidos ouviam naquele momento.

— O delinquente com quem você está se preocupando, em vez de se preocupar com o futuro marido da sua filha, foi preso. Chamei as autoridades para ele.

— Você avisou Joaquim?

— Por que eu faria isso? É obrigação da polícia fazer isso.

— Joaquim é nosso amigo. É o mínimo de consideração que deveria ter depois de entregar o filho dele à polícia — antes que eu pudesse responder, ouvi a voz de Lírio questionando a mãe sobre quem estava na cadeia.

— Pai? O que aconteceu? Por que Heitor foi preso? — Lírio estava esbaforida quando finalmente atendeu minha ligação.

— Venha imediatamente para a cidade, Lírio. Seu noivo precisa de você e certamente você precisará dar declarações na delegacia. Aquela besta animalesca do Heitor fez acusações muito graves que envolvem você.

— Mas por quê?

— Não tenho tempo para explicar agora. Venha imediatamente para o hospital. Estou na Santa Casa de Misericórdia.

— Estou a caminho.

Enquanto esperava Lírio chegar, fui até o quarto para onde tinham transferido Antônio. Queria fazer companhia para ele. A porta estava entreaberta e fiquei completamente estarrecido pelo o que vi e ouvi. Aquela vagabunda da Cindy se declarava para Antônio. Sempre soube que o compadre tinha errado feio ao se casar com essa mulher.

— Quase morri quando o vi todo ensanguentado naquele chão — disse Cindy enquanto se esfregava em Antônio deitado naquela cama de hospital.

— Sai desse quarto imediatamente! Acha que sinto alguma coisa por você? Sinto raiva, asco, desprezo. Você nunca me enganou, desde o início eu sabia que estava com meu pai pelo dinheiro e, quando teve o descaramento de engravidar do velho, tive certeza. Você é baixa, imunda, mentirosa, uma oportunista. Saia daqui! — gritou Antônio.

— Eu amei seu pai no início e cuidei de você e do seu irmão como se fossem meus filhos. Mas à medida que você crescia, se transformava em homem, acabei me apaixonando por você.

— Quanto nojo sinto de você! Acha que não percebo? Eu não venho à fazenda por sua causa. Eu me afastei do meu pai por sua causa. Acha que eu não percebia seus olhares e suas insinuações quando eu era adolescente? Fique longe de mim ou acabarei com a sua vida!

— Mas, Antônio! — lá estava aquela vagabunda tentando beijar o meu genro. — Eu quero você! Você merece mais do que aquela lagarta de goiaba insossa. Lírio não é mulher para você!

— Você que é? — Antônio caiu na gargalhada. — Faz-me rir, vagabunda! E vou dizendo logo uma coisa, se você não juntar suas tralhas e pedir o divórcio ao meu pai, eu acabarei com sua vida. Farei questão de fazer com que saia desse casamento com menos do que sonhou em roubar do meu pai. E não se preocupe, posso cuidar da minha irmã. Agora, vagabunda, saia desse quarto, antes que eu perca a cabeça com você. E mais uma coisa, se ousar falar dessa forma pejorativa da minha noiva novamente, você não viverá para subir em um salto outra vez. Saia daqui, vagabunda! — gritou Antônio.

Quando percebi que Cindy sairia e iria se deparar comigo na porta, entrei no corredor ao lado rapidamente. Esse não era o assunto mais importante no momento, mas certamente eu teria a obrigação de falar com o compadre sobre essa situação. Não podia deixar que ele vivesse enganado. Que mulher mais ordinária! Ela também nunca me enganou, sabia que ali tinha coisa.

Somente quando tive certeza de que aquela mulher tinha desaparecido dali, segui novamente para o quarto de Antônio. Bati à porta.

— Posso entrar, filho?

— Claro, senhor José — ele se sentou na cama com dificuldade.

— Já sabe os resultados dos exames? — perguntei.

— Ainda não, mas tenho quase certeza de que está tudo bem — respondeu Antônio.

— Agora que estamos aqui sozinhos e a situação já se acalmou, gostaria que me contasse sua versão dos fatos. Por que aquele delinquente do Heitor estava furioso e dizendo todas aquelas coisas?

— Não sei, sogro. Heitor sempre foi esquentado, aquele gênio difícil dele. E também sempre o achei meio perturbado. Vai saber o que deu naquele cara hoje! Ontem estava tudo bem, ele estava lá na festa, acompanhado da namorada, a Lurdinha — ouvir o nome de Lurdinha me deixou em alerta.

— Não acho que o Heitor e a Lurdinha sejam namorados.

— Por quê? Acho que combinam bastante. Vieram da mesma classe social e são pessoas complicadas — eu não podia falar mais nada ou me autoboicotaria e me colocaria em uma situação difícil.

— Liguei para a Lírio. Ela está vindo para o hospital.

— Não precisava incomodar a Lírio com isso, senhor José. Eu estou bem, daqui a pouco devo ser liberado e apenas passarei na delegacia para formalizar a denúncia e declarar minha versão dos fatos. Preciso solicitar que a queixa seja encaminhada a um juiz.

— Sim, filho. Mas não posso deixar a situação assim. Aquele desajustado gritou em alto e bom som para toda a sua fazenda ouvir que minha filha era uma mulher agredida. Ele falou até em estupro. Não posso deixar que essa situação se espalhe assim, sem que minha filha tenha como se defender. Quero que ela passe por um exame de corpo de delito para provar sua inocência e o fato de que ela jamais sofreu agressão alguma.

— Não é necessário mesmo, senhor José. E não quero que minha noiva passe por uma situação desconcertante como essa. Na verdade, eu não posso permitir isso. Conversarei com a Lírio e pedirei apenas que dê uma declaração ao delegado Medeiros. Não é necessário mais que isso.

— De jeito nenhum, filho. Ela fará o exame porque não quero que depois essa gentinha hipócrita da região a chame de mulher agredida. Ela fará o exame e ponto final. E também a Lírio é muito tranquila, não se oporá ou se sentirá constrangida em ajudar o noivo. Assim que ela chegar aqui, solicitarei o exame.

— No seu lugar, senhor José Luiz, eu não faria isso. Tenho certeza de que a Lírio pensa a mesma coisa. Não queremos que mais um escândalo seja jogado na boca do povo a essa altura — Antônio mudou o comportamento totalmente.

— Do que está falando, filho? — questionei.

— Não queremos que a dona Ana flor saiba do casinho que o senhor mantém com Lurdinha ou que as autoridades tomem ciência do fato do senhor ter obrigado a Lurdinha a abortar um filho seu. Inclusive, acho que isso seria o estopim para o fim de seu casamento também — meu mundo desabou bem ali. Certamente eu estava pálido e sem entender como aquilo havia chegado ao ouvido de Antônio.

— Do que você está falando? Você também enlouqueceu, Antônio? Que maluquice, que idiotice é essa?

— Pode tirar essa máscara, sogro — falou para mim sorrindo, com a maior ironia do mundo. — Eu já sei tudo que aconteceu, e ainda acontece pelo visto, com o senhor e a Lurdinha. Para ser sincero sou a favor de aproveitarmos a diversão que mulheres como a Lurdinha nos proporcionam. Mas acho que foi meio exagerado obrigar a moça a abortar. Meio feio, não concorda?

— Escuta aqui, Antônio!

— Escuta o senhor, sogro. Se quer continuar com seu casinho, o problema é seu. Se quer continuar se fazendo de santo, o problema também é seu. Mas não venha me fazer de idiota, sou inteligente demais para isso. Respeita a relação de cumplicidade que nós dois temos.

— Desde quando você sabe disso?

— Faz um tempinho. Mas depois que Lurdinha confirmou e me contou essa história do aborto... Foi aí que tive certeza.

— E o que isso tem a ver com o que aconteceu hoje?

— Tem muita coisa, mas seu eu for explicar agora alguém pode nos ouvir e duvido muito que o senhor queira isso — comecei a acreditar que Antônio pudesse estar realmente fazendo algo à minha filha, mas não acreditava em agressão.

— O que você fez à minha filha? — a irritação e o descontrole começaram a aparecer. E eu dava sinais de que perderia o controle mesmo com ele ali em uma cama de hospital.

— Nada que já não fizéssemos antes — ironizou mais uma vez.

— Escuta aqui, Antônio, você é como um filho para mim, mas não aceitarei que faça qualquer coisa que machuque minha filha. Você é homem, sabe que meu caso com Lurdinha foi uma besteira. Ela se ofereceu e simplesmente resolvi usar o que qualquer outro usaria.

— Como eu disse sogro, não tenho nada contra acrescentar uma emoção à vida, mas o que o senhor fez à Lurdinha é muito sério. É mais que sério, é criminoso.

— Minha filha sabe? — José perguntou aflito.

— Sabe.

— Por que você fez isso, Antônio? Sempre estive do seu lado.

— Estou garantindo que meu casamento com a sua filha seja do jeito que eu sempre imaginei.

— O que você quer dizer com isso?

— Pergunte para a Lírio.

Eu já não tinha mais paciência para Antônio e, na verdade, entendi bem o que ele deixou claro com tudo aquilo, que eu estava nas mãos dele. Mas minha maior preocupação nesse momento era o fato da Lírio saber, o que ela estava julgando sobre o fato, sobre mim e, principalmente, se tinha a intenção de contar à Ana Flor.

Saindo do quarto de Antônio, avistei minha filha que vinha com uma expressão muito desgostosa. É claro, ela sabia do meu caso com sua amiga e de toda essa situação entre Antônio e Heitor.

— Pode me explicar o que aconteceu, pai? Porque fui à delegacia e o delegado Medeiros estava com o senhor Augusto e Felipe e simplesmente não quis me receber e me explicar o motivo do Heitor estar enjaulado — a irritação, a impaciência e a ira estavam presentes naquelas palavras.

— Heitor está preso por invasão à propriedade alheia e agressão física a Antônio e moral a você — foi o melhor resumo que pude fazer naquele momento em que minha cabeça explodia.

— Agressão moral à minha pessoa? Não sejam ridículos! Eu quero que o senhor retire o Heitor daquela delegacia imediatamente — Lírio estava furiosa. — Ele apenas me defendeu! — ela gritou.

— Antônio é seu noivo e será seu marido em poucos dias — disse aquelas palavras tentando convencer não somente a Lírio, mas a mim mesmo, de que aquilo ainda era o melhor para minha filha.

— Sim, papai — disse ela em tom de ironia. — E isso só acontecerá porque o senhor é um monstro. Mas não se preocupe, darei um jeito de conseguir uma solução antes que seja tarde demais. Mesmo que para isso eu precise sacrificar pessoas que eu amo e que não mereciam estar participando de toda essa sujeira — tentei segurar seu braço, mas ela foi incisiva, bateu o pé e seguiu rumo ao quarto de Antônio.

Aquela vadia da Lurdinha pagaria por isso!

...

— Abra essa porta imediatamente, Lurdinha! — minutos depois eu esmurrava a porta da casa de Lurdinha. Tinha perdido a cabeça de vez e não ligava mais se alguém me visse ali, eu podia comprar o silêncio de qualquer um.

Quando ela abriu a porta com aquele olhar assustado, aquele cabelo em ondas todo desgrenhado e aquele vestidinho branco que era o significado da palavra pecado, pensei que me perderia e me renderia ao poder que aquela menina possuía sobre mim. Mas fui mais forte. Precisava sumir com ela antes que Ana Flor soubesse de tudo e viesse atrás dela para comprovar a história. Lírio estava em seu limite e Antônio tinha me encurralado por causa desse casinho que jamais deveria ter acontecido de fato.

Abri meu paletó e mostrei à ninfeta a arma que eu carregava comigo.

— Não dê um pio ou faça qualquer movimento, do contrário você morre aqui mesmo. Essa arma é fria e tem um silenciador, jamais saberão que fui eu, para todos os efeitos estou no hospital com Antônio.

— Atirar em mim? Você enlouqueceu, José? E que merda é essa de dizer que o Antônio está no hospital? O que está acontecendo? — perguntou de um fôlego só.

— Maria de Lourdes, saia sem fazer qualquer alarde, passe por mim sorrindo e siga em frente até meu carro. Sente-se no banco do carona, coloque o cinto e não dê um pio — meus olhos ardiam de ódio. De ódio de mim mesmo. Porque no fundo a Lurdinha era o que eu queria. Mas não havia essa possibilidade, principalmente porque estava em meus planos me candidatar para prefeito de São João del-Rei. Eu precisaria da minha família, do meu nome, do meu dinheiro, do meu prestígio e da minha maldita honra.

— José... — Lurdinha começou a chorar e eu tive vontade de esquecer os vizinhos e fazer o servicinho sujo ali mesmo. Não tinha mais paciência e, se demorasse mais, não teria mais coragem.

— Cala a boca! — gritei e esbofeteei seu rosto para que acabasse com aquela cena de histeria.

Finalmente ela entendeu que não tinha mais o que fazer. Fechou a porta da sua casa cuidadosamente e seguiu para meu carro.

Antes de entrar, respirei fundo duas vezes pedindo a Deus algum tipo de iluminação. Mas tudo que vinha à minha mente era o que eu tinha construído durante todos aqueles anos.

Tomei coragem, entrei no carro, prendi o cinto dela e segui rumo à estrada. Peguei a arma com uma das mãos e a coloquei junto ao volante. Precisava convencer a mim mesmo daquilo. Foi quando o desespero bateu em Lurdinha mais uma vez e lá estava a histeria para a qual eu não tinha paciência alguma.

— José, me escuta, por favor. Você não está pensando — soluçava, chorava, esfregava o nariz com as costas das mãos e quase não pronunciava as palavras inteiras. — Eu nunca mais procurarei por você, eu desisti. Desisti de você, desisti dessa vida, desisti dessa cidade. Eu vou embora. Quando você chegou lá em casa, eu estava colocando minhas coisas na mala. Por favor, me deixa aqui e nunca mais terá que ouvir de mim. Você ou qualquer outra pessoa dessa cidade.

O desespero tomou conta dela, destravou o cinto de segurança, virou-se no banco e começou a balançar meu braço. Perdi a paciência, troquei a arma de mão e com o cabo da pistola dei uma coronhada na testa dela. Maldita! Ela tinha provocado tudo aquilo! Pelo menos agora ficaria quieta no seu lugar.

Ela ainda soluçava no banco ao meu lado e aquilo me irritava porque me dava ainda mais consciência da presença dela ali ao meu lado. E seu cheiro me torturava. Eu preferia não gostar. Seu supercílio sangrava, seus lábios estavam machucados, seu nariz escorria, seus olhos estavam afogados em lágrimas e seu cabelo estava uma bagunça em seu rosto... E mesmo assim ainda estava linda. Apenas seus olhos azuis tinham perdido aquela luz que tanto me encantava. Lurdinha olhava para a linha do horizonte à sua frente com a certeza de que estava sendo levada para um encontro com sua morte. De tempo em tempo seu choro ficava mais forte, mais doído.

Liguei a rádio em volume alto para abafar aquela dor que penetrava meus ouvidos e perfurava minha alma. Foi irônico, porque Cazuza dedilhava em seu violão e cantava tristemente a letra corta-pulso de Cartola em *O mundo é um moinho*.

"... PRESTE ATENÇÃO, QUERIDA
EMBORA EU SAIBA QUE ESTÁS RESOLVIDA
EM CADA ESQUINA CAI UM POUCO A TUA VIDA
EM POUCO TEMPO NÃO SERÁS MAIS O QUE ÉS ..."
SÓ NÃO SABIA SE AQUELA MÚSICA ERA PARA ELA OU PARA MIM...

— O que você vai fazer comigo, José? Você se esqueceu de tudo que vivemos nesses anos? Eu tenho a idade da Lírio! Eu dediquei tanto da minha vida a você... — lamentava entre lágrimas, sangue e soluços.

— Eu vou matar você, Lurdinha — pronto. Tinha proferido aquela frase monstruosa. E de repente tudo ficou tão real. Nunca tinha matado alguém.

— E o que vai fazer com meu corpo? Porque acho que sou bem grandinha para me esconder em qualquer lugar — Lurdinha tentava se acalmar com sua ironia, mas não estava conseguindo, o desespero estava levando a melhor.

— O que é isso, Lurdinha? A cidade inteira tem plena consciência da puta que você é e metade das senhoras daquele lugar desejam ver você mortinha. Se eu der cabo da sua vida e jogar seu corpo no Rio das Mortes Pequeno, quando o encontrarem encerrarão o caso como passional. Pensarão que alguma mulher traída deu fim à sua vida como vingança ao marido. São tantas que logo desistirão de procurar.

De repente a música silenciou o carro e o choro de Lurdinha cessou. Ela parecia aceitar que aquilo era o mais correto. Para mim e para ela. Aceitar a morte parecia o mais claro a se fazer. Eu dirigi não sei quanto tempo, estávamos em um lugar ermo, silencioso e bonito. A estrada era linda! Sempre gostei de dirigir em estradas, observando as árvores frondosas ficando para trás, o gado pastando e a terra entrando pelos vidros abertos.

À frente se via apenas uma placa de atenção para uma curva sinuosa. De um lado as árvores e barrancos, do outro, enormes paredes de pedra e terra firme. Quanto antes acabássemos com isso, melhor para nós dois.

Foi no segundo seguinte que tudo aconteceu.

15

ANA FLOR

— *Joaquim! Joaquim*! — eu batia à porta do homem que sempre amei.

— Bom dia, dona Ana Flor. Papai não está aqui em casa. Acho que ele foi para os estábulos. Posso ajudar em alguma coisa?

Não podia assustar Alice com a notícia de que o irmão estava preso. Precisava deixar para o pai decidir o que fazer primeiro.

— Não, querida. Estou com uma emergência em uma das torneiras do meu banheiro. Pode deixar que eu procuro pelo seu pai.

— Tudo bem, dona Ana Flor. Se ele chegar aqui antes de encontrar com a senhora peço para ele ir até a casa grande verificar o problema.

— Obrigada, querida! E não se preocupe em cozinhar para o seu pai hoje. Pedirei à Maria para trazer o almoço de vocês até aqui. Aproveite o dia para descansar.

— Dona Ana Flor, recebi seu presente essa manhã. Não tenho como agradecer! — Alice disse.

— Só quero que você seja feliz, minha filha! — lhe dei um beijo no alto da cabeça e segui em direção aos estábulos para procurar por Joaquim.

Cheguei à porteira do estábulo e não vi Joaquim por ali, mas como o espaço era enorme, adentrei e fui procurar por ele.

— Joaquim? Você está por aqui? — gritei e acabei assustando alguns cavalos que ali estavam, mas isso não era importante naquele momento.

— Estou aqui nos fundos! — ouvi sua voz rouca e dura, como sempre. E senti um arrepio cortar meu corpo e dissolver minha alma.

Cheguei ao fundo e o vi no chão mexendo na maravalha, um tipo de raspa de madeira para fazer cama para cavalo.

— Aí está você! — apenas senti um puxão forte no meu braço e em um segundo estava espremida em uma das baias com ele. — O que foi Joaquim? — perguntei rindo da situação.

— Não viu o cavalo atrás da senhora? É um dos animais novos aqui da fazenda e está muito arisco ainda. Outro dia ele machucou um dos nossos funcionários — me soltou, emburrou-se e continuou: — O que faz aqui?

— José não está na fazenda. Queria falar com você… — fui interrompida por um dos peões que chegou lá.

— Senhor Joaquim? Tem um potro que não está bem. Preciso que o senhor avalie se é necessário chamar um profissional.

— João, onde deixou sua educação? Não viu a senhora Reis bem aqui na sua frente? — chamou a atenção do peão.

— Nossa! — se envergonhou e foi logo retirando o chapéu. — Desculpe-me, senhora! Foi tanta correria que não vi a senhora aqui. Sinto muito. Como vai a senhora?

— Não se preocupe, garoto! — sorri. — Quantos anos você tem?

— Dezoito, senhora.

— Estuda?

— Fiz até o sétimo ano do ensino fundamental. Parei para trabalhar e ajudar meus pais, pois tenho uma irmã doente.

Virei-me para o Joaquim e disse:

— Joaquim, esse rapaz é muito novo para trabalhos pesados.

— Ele está acostumado, senhora — resmungou Joaquim.

— Estou sim, senhora, e preciso muito do trabalho! — disse apreensivo o rapaz, receoso em perder o emprego.

— Joaquim, ele tem o porte de um adolescente. Por favor! Coloque-o nas atividades mais leves, para cuidar dos animais menores. O canil, por exemplo. Reduza a carga horária dele, mas não é para reduzir o salário. Se o José perguntar porque motivo fez isso, peça para ele falar comigo — me virei para o rapaz. — E você, rapaz, para continuar a trabalhar aqui terá de voltar à escola imediatamente. Procure um supletivo se não quiser uma escola regular, mas volte imediatamente. Quero que traga sua matrícula para que eu verifique.

Ele parecia espantado comigo...

— Como vou agradecer a senhora?

— Estudando. Se você tem problemas financeiros em casa, vai precisar ter um estudo para conseguir um emprego melhor. E peça para seus pais trazerem sua irmã aqui, quero ver como posso ajudar.

— Muito obrigada, senhora! — seus olhos estavam marejados.

— Tudo bem, João. Já agradeceu o suficiente à senhora Reis. Vai me ajudar com isso aqui, por hora e depois verei quais serão suas novas atividades — interrompeu Joaquim, que disfarçava um meio sorriso no canto do lábio. Certamente pela satisfação com a minha atitude de ajudar o rapaz. Joaquim era um homem bom demais, correto demais.

— O que devo fazer, senhor?

— Estou arrumando a cama desse cavalo. A cama de uma baia é um substrato de material absorvente que se coloca sobre o piso para dar mais conforto ao animal. É tão fundamental quanto a sua própria alimentação e exige cuidados diários e atenção redobrada, principalmente para cavalos de esportes que passam a maior parte do seu tempo em baias, por exemplo. Uma boa cama deve ser macia, seca e plana, com boas propriedades absorventes, evitando assim o mau cheiro pela decomposição da urina e das fezes. Não deve ser úmida, se não irá colaborar para o apodrecimento da ranilha e com o amolecimento dos cascos. A cama permite também nivelar melhor o chão, de maneira que o animal não se canse nem adquira aprumos viciosos. Uma cama suja ou mal-cuidada pode facilitar o aparecimento de doenças e danos aos cascos, além de problemas respiratórios devido à forte presença de amônia, principalmente quando a urina não é bem drenada ou limpa.

Para se ter uma boa cama, independentemente do material usado, o segredo é a limpeza, conservação e reposição. É preciso revirar diariamente, retirando tanto as fezes quanto todos os focos de umidade, e também repor a maravalha. Entendido? Compreendeu a importância disso aqui? — o rapaz balançou a cabeça afirmativamente. — Então termine e eu volto para ver como ficou depois. Coloque o animal aí quando estiver pronto. E cuidado com ele, está muito arisco ainda — o garoto apenas sacudiu a cabeça com o tanto de informação e foi tentar finalizar o serviço.

Joaquim saiu andando para fora e eu o segui.

— Então, senhora Reis, o que posso fazer pela senhora?

— Pare com esse 'senhora', Joaquim. Sempre fui apenas Flor para você. O que aconteceu com a gente?

— A senhora é minha patroa, esposa do meu patrão. Isso já devia explicar muita coisa.

— Não seja covarde, Joaquim! Você sabe que meu casamento com o José está por um fio. Você sabe tudo que ele anda fazendo por aí.

— Não me meto na vida dos patrões — deu-me as costas e já ia embora.

— Ainda estou falando com você! — gritei muito irritada. Aquele desprezo dele já estava ficando ridículo. Ele retornou.

— Então me diz logo o que a senhora quer, porque quero passar o dia de hoje com meus filhos.

— Por isso mesmo estou aqui. Porque se não fizer algo, Heitor passará o dia de hoje na cadeia — pronto, soltei a notícia de uma só vez.

— Do que está falando? — ele me questionou assustado.

— Venha comigo. Vamos para a cidade no meu carro. Explico no caminho. Estamos perdendo tempo aqui.

Sua postura mudou significativamente. Joaquim era assim, quando se tratava de seus filhos a razão dava lugar ao seu lado passional. Ele me seguiu em silêncio, mas senti a apreensão vinda de seu corpo.

Ao chegarmos à entrada da casa principal, meu SUV já estava preparado nos esperando. Joaquim se adiantou e abriu a porta do carona para mim, mas eu não sabia exatamente se ele estava em condições de conduzir a direção.

— Prefiro dirigir.

— Não. Sinto-me mais seguro conduzindo.

— Você está nervoso.

— Não estou.

— Você se esqueceu de que eu o conheço há tempos? Tempo suficiente para saber que quando suas sobrancelhas sobem para o alto da testa, seu olhar se perde no tempo e os dedos das suas mãos se enfiam a coçar desesperadamente a frente desse cabelo é porque está no mais alto grau de ansiedade e preocupação. Você sabe que estou certa e que será mais seguro que eu conduza. Além disso, sou excelente condutora, melhor que muito homem por aí. Fui treinada por um jovem audacioso, que me ensinou a pilotar feito macho — e lhe dei uma piscadinha para lembrar-lhe de que ele me ensinou a dirigir um carro há anos atrás.

— Tudo bem, a senhora me convenceu — ele contornou o carro e abriu a porta para mim, entrei e esperei que ele estivesse devidamente acomodado no carona. Seguimos para a cidade.

Ao sairmos dos limites da propriedade, liguei na rádio local para amenizar o clima tenso dentro do carro. Abri os vidros e deixei o ar do campo entrar. Ele ficava visivelmente mais tenso e desconfortável a cada minuto que passava. Joaquim era um livro aberto, fácil de ler, fácil de compreender e fácil de amar. Helena teve muita sorte, tinha ao seu lado um homem como poucos. E enquanto Djavan cantava seu *Oceano*, eu explicava para Joaquim o pouco que eu sabia sobre o que tinha acontecido com Heitor.

— Duvido que o Heitor tenha feito qualquer coisa séria para justificar essa prisão — interrompeu-me.

— Penso igual, Joaquim. Conheço aquele garoto desde pequeno. Sempre muito honrado, responsável, correto e honesto. Além de inteligente e muito trabalhador.

— Aposto que tem a ver com a Lírio.

— Joaquim, não aponte culpados antes de saber dos fatos.

— Não estou culpando sua filha, Flor. Estou dizendo que o amor que Heitor sente por ela ainda o levará ao inferno. Agora, aí está.

— Flor... Faz tempo que você não me chama de Flor — parei para pensar com cuidado em que palavras usar. — O que aconteceu com a gente, Joaquim?

— Você fez uma escolha e eu fiz a minha. Não tem nada difícil de entender nisso.

— Eu sempre o amei.

— E agora ama seu marido.

— Não coloque palavras em minha boca.

— Pisa nesse acelerador, Ana Flor!

— O que foi? Agora quer morrer? Matar a nós dois?

— Não. Apenas quero ver logo meu filho — olhou-me realmente com preocupação. Eu podia compreender aquilo. Ele tinha pelos seus filhos o mesmo amor que eu tinha pela Lírio.

— Peço desculpas, Joaquim. Estou aqui falando de nós dois quando está claro que o foco é o Heitor. Sinto muito. Mas quero deixar claro que essa conversa não terminou.

O resto do tempo na estrada foi tenso, esquisito e difícil. Mas por fim chegamos à cidade e fui direto para a delegacia. Faria o que fosse preciso para ajudar Heitor, inclusive disponibilizar dinheiro e advogados.

Ao pararmos em frente à delegacia, Joaquim deu um pulo do carro e saiu em disparado para dentro. Parecia um terremoto, pronto para derrubar aquelas paredes e retirar seu filho de lá. Tentei segui-lo, mas foi impossível. Ele sequer agradeceu ou olhou para trás, me queria o mais distante possível.

Ao entrar no prédio, observei que a Lírio já estava lá com meu advogado e aquilo me tranquilizou. Fui cumprimentá-los e encontrar o Joaquim para conversar com o advogado.

— Lírio, minha filha!

— Mãe! Estou preocupada com a Clarinha e com a Beta.

— Fica tranquila, filha! Elas ainda descansavam quando saí de casa. Mais tarde ligo para elas. Mas, me explica, o que aconteceu com o Heitor.

— Longa história, mãe, depois eu explico. A parte importante é que ele será solto sob a fiança, que eu já paguei.

— E Antônio? Você o viu? Ele está bem?

— Na boa, mãe, não me fale do Antônio no próximo século, tudo bem?

— Opa! Espera um pouco, mocinha! Ontem você me disse que terminaria tudo com ele, mas na festa voltou atrás e firmou o noivado, anunciando inclusive o casamento. Exijo que me diga o que está acontecendo

E quando Lírio começaria a me explicar, vimos Joaquim vir correndo até nós. Parecia mais preocupado do que antes.

— Senhora Reis, tentaram ligar para o seu celular — os olhos de Joaquim saltavam para fora.

— Acho que deixei no carro. Mas quem tentava me ligar? O que aconteceu? Problemas na fazenda?

— O senhor José sofreu um acidente na estrada. Estão trazendo ele para a cidade, mas acreditam que precisará ser levado às pressas para Belo Horizonte. Foi grave — Joaquim despejou a bomba.

— Ai, meu Deus! — perdi o ar e fui de encontro ao chão.

Acordei em um sofá imundo da delegacia. Ainda estava zonza. O que teria acontecido com José, meu Deus?

Fui retirada de lá por Lírio e literalmente enfiada em seu carro. Não percebia mais nada ao meu redor. A vida parecia em suspensão. Observei pelo retrovisor Lírio se despedir de Heitor carinhosamente. Ele e Joaquim entraram em meu carro e Lírio veio em minha direção.

— Tudo bem, mãe? — entrou e ligou o carro. — Vamos lá ver o que aconteceu com o pai. Fica tranquila! Vai dar tudo certo. O senhor Joaquim foi apenas deixar Heitor em casa e virá nos encontrar.

— Heitor... — balbuciei, pois não conseguia reunir o raciocínio para ter a capacidade de falar.

— Heitor está bem, mãe — sorri.

Passei anos ao lado de José... Amando Joaquim... tentando me apegar aos sentimentos de José. Ele é o pai da minha filha, minha Lírio. Jamais desejei que algo de ruim acontecesse com ele e agora isso. Me sinto culpada. Sinto... Não sinto nada, estou anestesiada. Como ele está? Não tinha respostas.

Não podia ser um castigo, eu repetia como um mantra.

16

LÍRIO

Chegamos ao hospital. Minha mãe parecia anestesiada. Desci do carro, a peguei pela mão e a conduzi porta adentro do hospital. Em um segundo uma das enfermeiras da equipe veio nos receber.

— Senhora Reis, Lírio...

— Olá! Como está meu pai?

— Peço que me acompanhem para a sala de espera da cirurgia.

— Cirurgia?

— Foi preciso. Mas um médico virá em breve conversar com as duas.

— Mas como ele está? — por fim minha mãe conseguiu falar.

— Um médico virá lhes informar, senhora — disse isso, pediu licença e voltou para a recepção.

Vi o senhor Joaquim vindo em nossa direção.

— Já tem notícias, Lírio?

— Ainda não, senhor Joaquim. Tudo que disseram é que ele estava sendo operado e que devíamos esperar aqui.

— Como sua mãe está?

— Ainda sem acreditar. Nervosa. Tensa. Triste.

— Deixei Heitor em casa e vim para cá. Ele queria vir ficar com você, mas o proibi. Acho que não é o melhor momento agora.

— Fez o certo. Agora precisamos pensar no meu pai.

— Você parece calma, filha. Mas sei que aí dentro não está assim.

— O senhor me conhece — sorri na tristeza. — Preciso ser forte para minha mãe. Ainda não sabemos o que aconteceu. E no pior preciso ficar de pé, porque ela vai cair — acenei com a cabeça em direção à minha mãe que se balançava aos soluços sentada no sofá.

Passaram-se longas nove horas. Eu já tinha tentado fazer minha mãe comer alguma coisa diversas vezes, mas não adiantava. Ana Clara e Roberta já estavam ao meu lado, me ajudando a me manter firme. Roberta já tinha conseguido duas informações, mas nada que nos esclarecesse realmente o estado do meu pai. O jeito era aguardar. Era fim de noite e eu estava exausta. Não tinha nada que pudesse ser feito a não ser esperar e tomar pela milésima vez aquele café horrível daquelas máquinas de hospital.

Heitor tinha ligado cerca de dez vezes para o celular do seu pai. Não pude falar com ele, todos estavam ali, inclusive a família de Antônio e eu não podia piorar as coisas naquele momento. Esperar era só o que eu podia fazer, tudo o que mais detestava na vida. Encarava o entra e sai de médicos pela porta principal da sala de cirurgia, aguardando por notícias de meu pai.

Mais uma hora se passou... Foi quando, em nossa direção, vinha um médico, completamente e visivelmente exausto.

— Vocês são a família do senhor Reis? — minha mãe se adiantou e o pai de Antônio foi junto para ampará-la.

— Sou a esposa.

— Sinto muito conhecê-la nessa situação, senhora...

— Ana Flor.

— Senhora Ana Flor.

— Seu marido sofreu um acidente na estrada e o estado no qual ele chegou aqui deixou nossa equipe muito preocupada. Fizemos o melhor possível.

— Ai, meu Deus! José morreu? Ele morreu? Eu não acredito! — minha mãe chorava desesperadamente.

— Calma, mãe — aproximei-me para ajudar e poder conversar melhor com o médico.

— Acalmem-se todos. Ele está vivo. Mas as próximas quarenta e oito horas serão decisivas. O acidente foi grave.

— Mas o carro do meu pai é tão seguro. E eu nunca o vi correr, ainda mais nessas estradas ruins que temos por aqui.

— Mas certamente dessa vez ele devia estar em uma velocidade absurda, mas quem poderá dizer isso com certeza serão os peritos.

— E o que houve com ele? Precisou de cirurgia por qual motivo?

— Seu pai fraturou a coluna cervical, mais precisamente as vértebras C3 e C4, além de ter um traumatismo no crânio significativo.

— E isso quer dizer exatamente o quê, doutor? — perguntei. Minha amiga Roberta se aproximou de mim e concluiu:

— Que seu pai poderá ter sequelas seríssimas. Ela se virou para o médico e questionou: — Não teria sido melhor encaminhá-lo para a capital?

— Teria sido sim, mas com as condições vitais que ele apresentava nem mesmo um helicóptero com UTI seria seguro. E você é quem?

— Sou Roberta, amiga da família. Sou médica em Belo Horizonte.

— Prazer, Roberta. Mas, como disse, deslocá-lo daqui seria pior. Não descarto uma transferência assim que ele sair da CTI, mas ainda precisamos esperar as próximas horas.

— Posso ver meu marido? — indagou minha mãe.

— Acredito que não seja bom nem para ele nem para a senhora. O carro deve ter capotado muitas vezes antes de despencar morro abaixo, pois o senhor José está repleto de escoriações. Vou esperar um pouco mais antes liberar visitas. Quer um conselho? Vocês passaram o dia aqui, é melhor irem para suas casas e descansarem. Ele vai precisar que vocês estejam bem. Nossa equipe estará aqui garantindo o melhor atendimento. E, no menor sinal de mudança para melhor ou pior, entraremos em contato.

— Mãe, o doutor está certo.

— Não quero deixar seu pai aqui sozinho, Lírio — seu rosto estava inchado de tanto chorar.

— Eu fico, mãe. Vocês todos podem ir para casa. Quero pedir inclusive que o senhor Joaquim leve a Ana Clara e a Roberta junto com ele.

Foi quando a bomba de verdade mesmo caiu sobre nossas cabeças. O médico a despejou bem naquele momento.

— Ah, já ia me esquecendo, quanto à mocinha que estava no carro com o senhor Reis... A quem devo informar sobre as condições dela?

Minha mãe que saía amparada pelo senhor Augusto, voltou para entender de que moça o médico estava falando.

— Que mocinha, doutor? — perguntei.

— Uma loira, alta, olhos azuis, bonita, mais ou menos da sua idade. Acho que uma enfermeira me disse que o nome dela é Maria de Lourdes.

— Lurdinha! — mamãe soltou em um fio de voz que demonstrava tristeza e raiva ao mesmo tempo.

— Sim, doutor, é a Lurdinha, uma conhecida da família, como ela está? — perguntei, enquanto minha mãe dava as costas e ia embora. Ela claramente sentia-se esgotada e não queria saber mais nada.

— Bom, o quadro dela é estável, mas está muito machucada. Pelo estado dela, diria que o cinto dela cedeu e ela rolou pelo asfalto — o médico olhou para mim com uma ruga na testa. — Senhorita Reis, poderia me acompanhar até meu consultório?

Entendi que o assunto, além de sério, era sigiloso. Eu me despedi das meninas e segui o médico hospital adentro. Chegamos à sua sala e, assim que passei pela porta, ele a trancou.

— Sente-se, por favor, senhorita.

— Pode me chamar apenas de Lírio, doutor.

— Tudo bem, Lírio. O assunto é delicado e não quis abordar mais lá fora porque percebi a reação da sua mãe. Decidi por respeitar esse momento de dor dela.

— Agradeço por isso, doutor. Mas pode ser claro e direto comigo.

— A Maria de Lourdes chegou aqui realmente muito machucada e posso jurar que ela tentou pular do carro do seu pai, pelos tipos de lesões e escoriações que verifiquei no corpo dela. E mais, ela tinha um ferimento de projétil de arma de fogo que pegou de raspão na lateral esquerda do abdômen. Não chegou a entrar e perfurar qualquer estrutura importante, mas é visível a lesão.

— Meu Deus! — eu estava estarrecida com aquilo! Como meu pai podia ter chegado àquele ponto? Permaneci estática por alguns momentos, digerindo aquelas palavras. Imediatamente levei a mão à boca, pois senti meu estômago nauseante.

O médico entendeu, pois levantou-se prontamente para me socorrer. Me levou até o lavabo de sua sala e lá despejei todo o amargor que passou o dia entalado em meu estômago desde o momento que saí do quarto de hospital onde Antônio se encontrava.

O doutor segurou meus cabelos, me auxiliou a lavar o rosto e depois me ajudou a sentar novamente.

— Lírio, vou solicitar um exame para sabermos se está tudo bem com você. Posso passar uma medicação para esse mal-estar também. Imagino que seja toda a tensão do dia de hoje.

— Não. Tudo bem, doutor. É que foi muita coisa. Muita mesmo! Não quero fazer exames, nem remédio algum.

— Certo, mas se sentir que vai precisar de uma ajuda para suportar esses dias, me procure — e me entregou seu cartão. Devia ser novo na cidade.

— Quero pedir uma gentileza, doutor.

— Pode pedir, Lírio - o médico me encarou com delicadeza, deixando transparecer uma leve preocupação em seu olhar.

— Por favor, não passe informações sobre meu pai para a imprensa. Queremos resguardar esse momento triste e tenso até que tudo esteja bem. Peço que fale sobre isso com a equipe que recebeu meu pai. Não queremos visitas e muito menos a imprensa.

— Claro, Lírio. Perfeitamente.

— E só mais uma coisa, pode ser discreto com todas essas coisas sobre a Lurdinha? — disse a ele. Eu precisava tentar proteger minha mãe de mais esse desgosto.

— Olha, Lírio, com toda sinceridade, adoraria fazer o melhor para você e sua família, mas não posso omitir o acontecido dos pais dela e da justiça. Se eu for questionado, precisarei dizer a verdade e liberar o laudo de atendimento da moça.

— Eu entendo — era terrível, mas o médico estava certo. — E como ela está? Cresci junto com a Lurdinha... Era minha melhor amiga.

— Ela tem lesões importantes, mas em comparação ao estado que poderia estar, eu diria que ela teve muita sorte. Ela já está em um quarto, devidamente monitorada, mas poderá receber visitas assim que acordar.

— Eu gostaria muito de vê-la antes dos pais dela chegarem aqui.

— Tudo bem. Se ela não se importar, eu não me oporei.

— Obrigada.

— Queria poder fazer mais... — o médico segurou minhas mãos entre as suas e me olhou profundamente... Ali eu percebi um sentimento de bondade extrema.

Ele não tinha certeza do que estava acontecendo, mas certamente tinha uma noção. E sim, era triste, era terrível.

— Estarei aqui no hospital, não posso deixar meu pai sozinho nessa situação. É meu pai apesar de tudo. Então, quando a Lurdinha acordar, peça para alguém me chamar — ele assentiu com a cabeça.

Saí da sala do médico e fui em direção à capela. Orar era tudo que me sobrava naquele momento. Orar pela recuperação da Lurdinha, orar pela sobrevivência do meu pai, orar para que Antônio caísse na real, orar pela paz de espírito da minha mãe, orar para que Heitor compreendesse tudo e me perdoasse... Era muita oração para muitos problemas grandes, mas eu tinha um Deus maior ainda e confiava nele.

Fiquei naquele ambiente espiritual e tranquilizador até conseguir me acalmar de tudo que tinha vivido nas últimas horas. Passei pela recepção, peguei um pouco de café na máquina e já estava voltando para a área do CTI, quando uma enfermeira me chamou.

— Senhorita Lírio!

— Sim.

— A paciente Maria de Lourdes acordou. O doutor pediu que a localizássemos. Pode ir até o quarto dela, se a senhorita quiser vê-la. Ela disse que receberia a senhorita.

— Ah, obrigada! — segui a enfermeira. Durante o trajeto fiquei pensando no que dizer a ela. Pedir desculpas pela coisa horrível que meu pai fez a ela? Reclamar por ela estar dormindo com meu pai? Apenas ouvir? Não sabia qual era o protocolo naquela situação.

— Pode entrar, senhorita — acordei do meu devaneio com a voz da enfermeira me autorizando a entrar. Não tinha mais o que pensar, precisava encarar os fatos de vez.

Ao entrar no quarto, me assustei com a aparência debilitada de Lurdinha. Fios saíam de seu corpo e terminavam em uma máquina que fazia um barulho muito angustiante. Seu rosto estava completamente inchado, um de seus olhos tinha sumido de tão roxo. A agulha que penetrava a veia de sua mão era o menos angustiante quando todo o restante do braço estava enfaixado. Sua cabeça também estava enfaixada de uma ponta a outra. Seu corpo parecia tão frágil naquela cama... Foi impossível segurar as lágrimas.

— Lírio... — sua voz saiu como um sopro.

— Oi, Lurdinha. Sou eu sim, estou aqui — me aproximei de sua cama e toquei uma de suas mãos.

Com dificuldade ela abriu um dos olhos e tentou sorrir com o canto do lábio.

— A-in-da estou vi-va.

— E vai permanecer viva, sua boba! — brinquei para tentar amenizar a tensão daquele momento. Era sofrido, para ela e para mim.

— Per-do-a— ela quase não conseguia me dizer nada.

— Não tente falar nada agora, Lurdinha. Seus pais já devem estar chegando. Guarde suas forças para eles.

— Não. Dei-xa-fa-lar— insistiu.

— O que você quer falar?

— Seu pai.

— Eu sei de tudo, Lurdinha. Não precisa se esforçar tanto. Tranquilize-se.

— Não.

— Per-dão. Amiga. Amo.

— Ama meu pai?

— Não. Vo-cê— sua respiração estava tão fraquinha... As lágrimas escorriam pelo meu rosto e manchavam o lençol daquela cama.

— Está tudo bem, Lurdinha. Vai ficar tudo bem. Não se preocupe. Você vai se recuperar e vamos dar um jeito em tudo — falei em tom suave, tentando acalmá-la.

— Per-do-a.

— Sim, eu perdoo você. Agora chega de falar e tente descansar um pouco — e no fundo, aquele foi o perdão mais sincero que proferi na minha vida. Saiu do coração.

Lurdinha era apenas uma garota, como eu, como muitas outras. Talvez mais perdida que a maioria, mas ainda assim uma garota. Como tantas que vemos por aí amanhecerem mortas em um canto qualquer. E isso, provavelmente, quase aconteceu com ela.

Enquanto vivermos em um mundo onde existe esse pensamento machista, em que há um sistema hierárquico de gêneros com o masculino sempre em posição superior ao que é feminino, nós mulheres sofreremos coisas desse tipo. E o machismo é tão amplo que até os homens homossexuais, ou mesmo os heterossexuais que se classificam como metrossexuais, por exemplo, também são alvos de exclusão e preconceito nessa sociedade machista e arcaica.

Quantos casos de estupro e feminicídio ainda precisaremos engolir até que medidas sérias sejam realmente tomadas? Lurdinha podia estar morta... E pensar que seria pelas mãos do homem que venerei durante anos... Isso doía e dilacerava minha alma.

Quando soltei a mão de Lurdinha e já ia saindo, ouvi seu resquício de voz me chamar.

— Fica.

— Você precisa descansar, Lurdinha. E seus pais provavelmente já devem estar chegando.

— Não. Que-ro-fa-lar.

— Tudo bem — se ela sentia que precisava desabafar, eu daria esse conforto a ela.

— A-mei seu pa-i. Mas já ti-nha a-ca-ba-do. Ia embo-ra-pa-ra capital. Ele me pe-gou. Pra ma-tar— começou a tossir forte.

— Agora chega, Lurdinha! Chamarei um médico e continuaremos essa conversa quando você estiver bem — quando me ergui, ela segurou meu punho com a força que ainda restava em seu corpo.

— Não. Fa-lar. Agora — acho que ela pensava que morreria e queria desabafar. Aguardei mais um momento, mas, se ela se desestabilizasse novamente, chamaria o médico imediatamente.

— Faz anos — como se eu não imaginasse que eles estavam juntos há bastante tempo. — Engravidei. Ele me fez ti-rar. Agora ia me ma-tar. Jo-gar no rio. Não que-ro mais ser assim. Pu-lei do carro. Eu vi-ver. Per-do-a— o efeito da anestesia fazia com que ela embolasse as palavras, mas eu compreendia tudo.

Depois de tudo que eu tinha visto e ouvido nos últimos dias nada mais me abalava, nem mesmo aquilo.

— Já disse que te perdoo e agora quero que você me prometa algo.

— Sim.

— Vai levantar logo dessa cama. Você não combina nada com ela — sorri em meio às lágrimas que escorriam. Dei um beijo em sua testa e, quando ia saindo, ela me chamou mais uma vez.

— Lírio.

— Você precisa descansar, Lurdinha.

— Sei. Só mais u-ma-coi-sa. Hei-tor. Ama vo-cê.

Sorri para ela e saí do quarto. Ela não precisava me dizer aquilo, mas disse e eu tinha que agradecer. No fundo eu já sabia, mas ouvir era reconfortante, ainda mais naquele momento.

Aquela conversa foi reconfortante. Lavei parte da minha alma.

...

Acabei cochilando no sofá de espera da antessala do CTI. O cansaço me abateu. Acordei com toda a movimentação e correria da equipe médica entrando e saindo do local onde meu pai estava. Despertei de uma só vez e dei um pulo.

Tentei parar uma das enfermeiras, falar com qualquer um dos médicos, mas ninguém parava, nenhum deles falava comigo, só me diziam para aguardar. Mas aguardar o quê? Já estava ficando desesperada.

Eu me agachei no chão ali mesmo, colocando a cabeça entre os joelhos, fazendo a única coisa que podia: chorar.

Fiquei ali não sei por quanto tempo até que um dos médicos veio falar comigo. Eu me ergui e me preparei para o pior. Deixei meu coração se resignar. Enxuguei as lágrimas com as costas das mãos e olhei para aquele médico como se fizesse um pedido de socorro.

— Senhorita, seu pai teve uma parada cardiorrespiratória. Precisamos reanimá-lo e sua situação é aparentemente estável no momento.

Não tive forças para responder. Somente chorei e chorei. Sentei-me no chão novamente e chorei tudo que pude.

Agradeci ao médico com um sorriso, foi o melhor que pude fazer. Meu emocional estava apodrecido. Eu não aguentava mais. Suportei até demais.

Sabia que as próximas horas seriam decisivas. Em muitos sentidos.

...

O dia amanheceu, mas dentro de mim a noite ainda permanecia. Era muita tristeza que sentia.

Acho que era a milionésima vez que eu ia à maldita máquina de café da recepção, dessa vez peguei batatas chips e um chocolate também. A fome começava a apertar.

Voltei para a sala de espera e enquanto comia, ouvi meu celular disparar. Nem mesmo olhei para atender.

— Estou a caminho — hum?

— Heitor? Heitor? Heitor! — mas que merda! O gênio imperativo de Heitor estava de volta, mas sinceramente eu não tinha forças para lidar com nada daquele tipo. Suspirei fundo e voltei a comer.

Encostei novamente no sofá e acabei adormecendo olhando para o teto. O cansaço estava vencendo meu corpo. Já era a segunda noite em claro desde Antônio e aquela maldita festa de Natal.

Despertei algum tempo depois. Aliás, fui despertada pelo mesmo médico com quem havia conversado no dia anterior. Ele sorria. Talvez aquilo fosse um sinal positivo da situação de meu pai. Eu precisava me agarrar a qualquer gota de esperança.

— Bom dia, Lírio.

— Bom dia, doutor.

— Tenho boas notícias.

— Melhor coisa para se ouvir. Diga quais são essas boas notícias.

— Bom, para começar, sua amiga melhorou muito e vou retirar os aparelhos de monitoramento dela. E, para terminar, depois do susto da madrugada, seu pai finalmente se estabilizou. Está relativamente bem para o quadro dele. Ainda não acordou, mas vou liberar visitas, uma por vez, por dois minutinhos e sem manifestações de emoção dentro do quarto. Tudo bem?

Pulei do sofá de uma só vez e me senti pronta novamente. Tudo que eu queria era ver meu pai. Segui o médico, que me fez vestir um tipo de aparato para não levar qualquer tipo de microrganismo para o local onde meu pai estava. Não queríamos uma infecção por ali.

Antes mesmo de entrar no ambiente, pude vê-lo pela enorme janela de vidro bem de frente à sua cama. Eram tantos tubos e fios, que quase não se via as feições dele. Mas estava visivelmente muito machucado e seu corpo não dava sinais de vida.

Olhei para o médico em busca de respostas.

— Não se preocupe, Lírio. Estamos mantendo seu pai sedado até que o edema no cérebro reduza. É um procedimento padrão. Parece ruim, mas ele está bem melhor no momento. Entre e converse com ele.

— Ele pode me ouvir?

— Algumas pessoas defendem que sim, outras que não, mas a verdade é que acredito em um grande talvez. Pelo sim, pelo não, o carinho da família só pode fazer bem. Converse com ele, diga que está aqui e que tudo ficará bem.

Entrei. Era tudo muito silencioso, só ouvia a máquina que monitorava seu coração, seus sinais vitais e o respirador que, de tempo em tempo, enchia os pulmões do meu pai para mantê-lo vivo.

Naquele momento eu não sabia exatamente o que sentia. Era uma mistura de piedade, raiva e nojo. Nem sei mais o quê. Toquei sua pele fria e tentei não pensar no fato de que, além de trair minha mãe com minha amiga, ainda tinha tentado matar uma pessoa. Era asqueroso demais. Mas ainda era meu pai. O homem que segurou minhas mãos e me ensinou a caminhar.

O mesmo homem que me levantava na altura dos pés de fruta para me ver conquistar aquele pedacinho do que eu queria. Era o mesmo homem para quem eu corria quando sentia qualquer tipo de medo. Era meu pai. E foi por muitos anos um grande herói, mesmo com todo o machismo e aquela forma estúpida como ele tratava mamãe e eu.

Mas ali naquela cama, todo entubado, parecia somente um ser humano muito frágil. Nada de arrogância. Nada de machismo. Nada da imponência com a qual o enxerguei a vida toda. Quando ele voltaria a ser como antes? Será que eu queria mesmo o pai de antes?

Eu só não queria vê-lo sofrendo daquele jeito.

Toquei mais uma vez sua pele fria. Beijei sua mão e saí dali o mais rápido possível. Aquela náusea insistia em vir novamente. Um arrepio.

Quando saía da sala de espera, dei de cara com minha mãe que chegava ao hospital. Era outra mulher. Estava descansada, bem vestida e me lembrou o quanto uma boa noite de sono faz diferença.

Ela veio até mim, me beijou no rosto e torceu o nariz porque eu estava um lixo. Como eu conhecia meus pais!

— Você precisa de um banho, um café de verdade e uma cama urgente.

— Eu sei, mãe.

— Por isso já dei instruções ao Heitor para cuidar disso por mim.

— Heitor?

— Sim — ele mesmo respondeu, vindo até mim. Nem tinha notado que ele estava ali.

— Preciso conversar com a senhora, mãe.

— Se for sobre a Lurdinha, não se preocupe. Heitor e eu tivemos uma conversa esclarecedora — e piscou de forma cúmplice para o homem enorme ao seu lado.

— Ainda assim, não posso ir embora agora. Quero ficar até papai estar melhor.

— Vou transferi-lo, minha filha. Será melhor para ele. Providenciarei para que vá para o Hospital MaterDei, na capital. Lá seu pai terá todos os recursos necessários para sua recuperação.

— Mas não será perigoso transferi-lo?

— Bom, conversei com o médico e ele me disse que tudo que estava ao alcance desse hospital fazer, foi feito. E o principal, que seu pai está estável agora. Então, vamos tentar um tratamento mais adequado em Belo Horizonte e, se precisar, levaremos ele para São Paulo, para o Hospital Sírio Libanês.

— Se você diz que é seguro e que é o melhor, vou apenas passar em casa, pegar algumas coisas e sigo para lá com você.

— Não precisa, Lírio. Quero que você fique cuidando das coisas na fazenda. Eu assumo daqui. E também a Roberta irá comigo para qualquer emergência. A Ana Clara também irá. Ela disse que precisa ver o namorado, já que passou o Natal longe dele. Você devia fazer o mesmo.

— O quê? Ir ver o Antônio? Isso é piada?

— Não, minha filha. Você tinha um propósito naquela noite. Coloque-o em prática. Acho que essa vida guarda surpresas muito melhores para você — olhou de relance para Heitor e sorriu.

Minha mãe me deu um beijo e me disse que o senhor Joaquim também iria com ela para ajudar no que fosse preciso. E me pediu para cuidar da Alice.

Dei um beijo em minha mãe. Desejei boa sorte com a transferência do meu pai e segui ao lado de Heitor para o carro.

Eu precisava comer direito, tomar um banho e dormir algumas horas na minha cama. Depois eu iria até a fazenda de Antônio, afinal tudo que estava acontecendo era em parte culpa dele também.

Heitor estava calado. Mais calado do que de costume.

Entrei em sua caminhonete e seguimos para a estrada.

17

HEITOR

Ainda estava irado com tudo. Minha raiva não havia passado.

Apesar do sol tímido que surgia, o dia amanhecia frio.

Quando acordei hoje e conversei com meu pai por telefone, tomei a decisão de contar tudo à senhora Ana Flor. Ela sempre tinha sido boa comigo e com minha família, além de ter ficado ao lado da minha mãe até o fim. Eu devia isso a ela.

Saí cedinho de casa e cheguei à fazenda antes do café. Quando ela acordou, eu já estava lá e pedi para que conversássemos e ela aceitou.

Fui curto e grosso, como é da minha natureza. Não sei ser de outra forma. Eu pego os problemas e resolvo como dá. É assim e pronto.

Esperava uma mulher humilhada, chocada e desesperada pela dor da traição. Mas me surpreendi pela força da mãe da Lírio. Ela confessou que já sabia do casinho do marido com a Lurdinha. E antes que eu pudesse dizer qualquer outra coisa, reverteu o assunto para mim. Começou a falar da Lírio, de mim, de nós. Fiquei sem saber o que dizer e como agir.

E me dispensou rapidinho com as únicas palavras que eu não esperava ouvir naquele momento: "Acho que a Lírio precisa de um homem como você. Faça com que ela perceba isso, rapaz. Mas não demore ou ela irá fugir porque está magoada e não vê outra saída. Tome a dianteira!"

Sim, eu fiquei mudo. Mas tomei uma decisão. Lírio era minha e eu podia fazê-la feliz. Saí da fazenda e fui direto para o hospital ver a Lurdinha, afinal ela havia se acidentado e eu a tinha pedido em casamento horas antes. Ela merecia uma explicação e todo meu respeito.

Mas, quando cheguei lá, levei outra rasteira. Ela praticamente me embrulhou para presente e enviou para Lírio.

Lurdinha é dessas pessoas surpreendentes. Está sempre pensando nos outros. Só que naquele quesito ela estava certa. Lírio era minha. Fora feita para mim. E eu estava decidido a pegar de vez o que era meu.

Quando olhei para o lado, Lírio tinha pegado no sono. Dormia tranquilamente. Era possível ouvir as batidas de seu peito e o subir e descer da sua respiração tranquila. Estiquei meu braço e tirei uma mecha de cabelo que cobria seu rosto. Ela acordou, me olhou e bocejou.

Foi então que decidi mudar o rumo do caminho. Abri os vidros do carro para entra o ar fresco e frio da manhã, liguei a rádio para despertar minha dorminhoca e mudei a rota da estrada. Bruno & Marrone cantava *Meu Disfarce*, o que era bem apropriado para o caso.

"... QUERO SER O SEU AMADO, NÃO SOMENTE O SEU AMIGO. "

Assobiava junto aos acordes e tamborilava os dedos no volante. Era de nervoso. Era de paixão.

Mas eu não dei conta. Não quis saber de respeitar aquele momento da Lírio. Nunca me segurei quando o assunto era satisfazer a cabeça de baixo. Com Lírio, que tinha amor envolvido, menos ainda. Não dava mais. Cantei o pneu no meio da estrada e atravessei para pegar uma estradinha de terra, velha conhecida minha. Lírio se assustou com a mudança brusca de caminho e se sobressaltou no banco da caminhonete.

— O que foi, Heitor? Para onde estamos indo? Que lugar é esse?

— Sossega, garota! Você está precisando relaxar e eu vou dar um jeito nisso agora — sorri de lado para ela.

— Você não pode estar falando sério, Heitor? Meu pai pode estar morrendo agora e minha amiga está em estado triste naquele hospital. Estou há horas sem dormir, sem comer, sem banho, depois de ter sido completamente humilhada por Antônio.

— Cala a boca, Lírio! — peguei seus cabelos na nuca e a puxei para mim, parei a caminhonete por um segundo e dei um beijo de doer naquela boca deliciosa que sempre devia ter sido somente minha.

Quando ela conseguiu recobrar o ritmo da respiração, não tinha mais argumentos. E eu não tinha mais paciência para aquela brincadeira de gato e rato que estávamos vivendo. Se ela queria ser minha, ela tinha que saber onde estava se metendo. Enfiei a caminhonete perto de um riacho, onde a vegetação era densa e nos protegia dos olhares curiosos. Nunca fui de ligar muito se alguém me veria fodendo uma mulher ou outra por aí, mas a minha Lírio era uma princesa e eu jamais permitiria que ela ficasse exposta dessa forma, afinal era para ela ser somente minha.

Olhei pela janela naquele dia de sol fraco. Era lindo como o riacho tinha um reflexo prateado e as gotas de orvalho ainda escorriam pela vegetação. Respirei fundo e trouxe à tona meu lado mais cafajeste.

— Saia do carro, Lírio.

— Para que, Heitor? Está frio.

— Saia do carro. Não me faça falar de novo.

Quando a teimosia indomável dela resolveu se render à minha dominação, ela desceu da caminhonete. Contornei o lado e fui até onde ela estava. Eu tinha tudo que precisava ali mesmo. Peguei a Lírio no colo e praticamente não senti seu peso. Coloquei-a em cima da carroceria.

— Fique aí quietinha. Volto já — voltei à cabine da caminhonete e procurei na minha lista de músicas preferidas uma que desse o tom certo ao momento e achei a música perfeita, com um ritmo agradável para estimular os movimentos. *Angel*, do Massive Attack. Configurei para repetir no sistema de som da caminhonete e fui para a carroceria.

Lírio estava encolhida em um cantinho, brincando com algumas folhas de árvores que tinham caído ali.

— Agora você vai me dizer porque estou aqui?

— Porque vou foder você.

— Aqui? — começou a rir de forma irônica.

— É, Lírio. Bem aqui. Estou com cara de quem está brincando?

— Alguém pode ver a gente e...

— Ninguém vai ver nada aqui.

— Já pensou acordar amanhã e descobrir que tem um vídeo no YouTube com milhões de visualizações somente para verem sua bunda maravilhosa? — ironizou e sorriu.

— Você terá problemas.

— Eu? Por que eu?

— A concorrência aumentaria bastante — sorri ironicamente, devolvendo a piadinha.

— Como se já não fosse grande a fila, não é, Heitor? — aquele rostinho irritado me encantava!

Aproximei do local onde Lírio estava, peguei-a pela cintura, levantei-a e prensei seu corpo na parte de trás da cabine. Olhei em seus olhos e minha mensagem era clara: "não se preocupe, tudo será para o seu prazer, jamais irei machucar você." Ela precisava saber disso. Ela precisava entender a diferença entre o que Antônio fez e o que eu faria.

Agarrei seus cabelos cheirosos e mordisquei seus lábios, descendo pelo pescoço. Voltei à sua boca e me perdi ao levar Lírio comigo em um beijo intenso, molhado e quente. Quando nos desgrudamos por alguns segundos para respirar, o estado em que nos encontrávamos poderia ser caracterizado como uma agitação incontrolável. As pupilas da Lírio tinham dilatado e sua respiração era profunda, forte e ruidosa. Ela mordia os lábios e apertava meus braços com tanta força que senti a pele arder. Ela estava claramente muito excitada.

Consegui tomá-la para mim, ela havia cedido. Ali havia claramente um fogo ardendo. Lírio veio para cima, mordeu meu queixo e em seguida mordeu com força meu lábio inferior. Podia estar enganado, mas senti o gosto amargo de sangue em minha língua. Eu não ligava, realmente não ligava. Pelo contrário, aquela mulher indomável me excitava loucamente. Beijei seu pescoço, obrigando-a a se recostar novamente na caminhonete. Ela puxou meus cabelos e levou meu rosto até a região de seus seios. Ela estava me dando um direcionamento do que queria e precisava. Ah, mas aquela ferinha entenderia que quem mandava naquela porra era eu. Apertei meu corpo contra o dela. Queria que soubesse como eu já estava excitado. Ela estremeceu ao me sentir duro e pulsante em sua barriga!

À medida que eu aumentava a intensidade do beijo, sentia exalar pelo seu corpo uma fragrância maravilhosa e viciante. Eu podia passar a vida sentindo aquilo todos os dias. Enfiei meus dedos dentro de sua calça e a senti úmida e muito quente. Lírio respondeu ao meu estímulo com vibrações e gemidos. Seus mamilos estavam tão enrijecidos que era possível vê-los através da blusa e da lingerie.

Retirei sua blusa e arranquei seu sutiã. Ela estremeceu quando o vento frio de dezembro tocou a pele rosa dos seus mamilos. Era um convite à degustação. Abocanhei sem dó ou piedade. Mordi com força, suguei, lambi e soprei para vê-los ficarem ainda maiores e avermelhados.

Não tinha mais paciência, a queria logo completamente nua, livre, minha. Ajoelhei-me e arranquei sua calça com sua calcinha de uma só vez. Olhei para aquela boceta rosada e completamente depilada... Uma perdição. Minha perdição. Minha.

— Só minha! — externei meu maior desejo.

Lírio recostou-se ainda mais na caminhonete, abriu as pernas, e enquanto olhava no mais profundo dos meus olhos, puxou minha cabeça, oferecendo-se descaradamente, buscando seu prazer. Encaixou minha boca com tanta precisão naquela delícia que eu nem precisei me mexer. Ela mesmo descia e subia rebolando em meus lábios, fazendo com que minha língua fosse aonde mais lhe dava prazer.

Adorava quando as mulheres ficavam excitadas comigo. Amava vê-las nesse estado, conscientes de seus corpos maravilhosos, buscando atender seus desejos. Homens e mulheres, somos todos iguais. Merecemos dar e receber prazer.

Eu estava ficando alucinado ao ver a Lírio com fome de me comer. Sim, era isso. Ela tinha fome de mim naquele momento. E queria ser comida e bem fodida. Aquele clima de luxúria, sem qualquer pudor com a minha Lírio, era melhor do que qualquer putaria que eu pudesse ter desejado um dia na vida.

Lírio me mostrou uma vulgaridade provocativa explícita. Era a mulher perfeita para mim. A dominadora e a submissa em uma única versão infalivelmente sedutora. Quem diria que aquela menina desastrada, que parecia ter nascido com dois pés esquerdos, iria se tornar um vulcão deliciosamente quente. Eu só conseguia pensar no quanto minha vida seria feliz dali para frente.

Minhas mãos quentes e fortes apertavam sua cintura e, alternadamente, subiam até seus seios, provocando-os entre um toque suave e um beliscão cretino. Meu coração estava acelerado e a onda de prazer só aumentava. Lírio não permitia que eu retirasse minha boca de sua boceta. Estava claro que ela queria gozar enquanto eu estivesse ali, para sentir seu gosto, suas vibrações, seu êxtase. E eu beberia cada gota de seu prazer.

Era sexo? Sim. Mas também era amor. Um amor muito profundo!

Tenho um dragão que mora em mim e Lírio estava preste a conhecê-lo. Se ela aprovaria, eu não fazia ideia, mas eu não estava disposto a começar uma vida com ela sem que soubesse quem eu era na cama e que tipo de sexo eu gostava. Ela precisaria aceitar e estar disposta a aprender a curtir. Porque eu jamais obrigaria uma mulher a fazer qualquer coisa que não fosse de sua vontade. Assim como eu estava disposto a fazer o que fosse preciso para fazê-la muito feliz.

Lírio estava em seu limite. Não sabia se devia torturá-la mais um pouco ou deixar que gozasse logo para que eu pudesse me soltar de vez e libertar meu dragão adormecido. Optei por trabalhar um pouco mais naquele sexo oral maravilhoso.

Aprendi uma habilidade no sexo oral que enlouquecia as mulheres. Primeiro eu sugava, sugava forte, como se fosse tirar o mundo de dentro delas. Em seguida chupava os grandes lábios e, quando elas já estavam bastante escorregadias, eu começava a lamber lentamente toda a boceta, deixando a língua bem macia, sem muita pressão. Então, quando elas começavam a implorar por mais, eu me dedicava todo afinco em seu clitóris, para só no fim enfiar uma língua dura e frenética o mais profundo que eu conseguisse atingir. Era exatamente a técnica que estava aplicando à Lírio naquele momento. Minha língua afundou dentro dela com força, com vontade de alargá-la. Uma ceia sendo degustada.

Lírio perdeu totalmente o controle. Ela não mais detinha a chave de seu próprio corpo. Eu era seu dono naquele momento em que engolia cada gota do seu gosto. O clímax chegaria em breve e a deixaria com a cabeça girando. Girando o suficiente para se submeter a mim da forma como eu bem quisesse.

Voltei a lamber seu clitóris e enfiei dois dedos em sua boceta. Com a outra mão, subi até um de seus seios e comecei a massageá-lo em um ritmo intenso e delirante. Mas foi quando os pelos grossos da barba do meu queixo tocaram seu clitóris que ela urrou em um grito de prazer e dor. Era o orgasmo tomando seu corpo, sua mente e seus sentidos. Seu coração acelerou tanto que eu conseguia ouvir as batidas fortes e rápidas. Parecia que pularia de dentro do peito a qualquer momento. Seu grito de prazer ecoou pela natureza exuberante que nos cercava. E, somente quando tive plena certeza de que a calmaria havia chegado, retirei meus lábios de sua pele. Eu me levantei, sentindo uma leve dormência em meus joelhos, dei-lhe um beijo nos lábios e sussurrei em seu ouvido:

— Sua boceta é deliciosa! Quero comer você todos os dias até o fim da minha vida — percebi seu sorriso de satisfação. Não tinha forças para me responder, ainda estava perdida em seu próprio prazer.

Enquanto Lírio se recuperava, desabotoei a calça e desci meu zíper. Era minha vez de ir em busca do meu próprio prazer e, se tivesse sorte, dar mais um pouco de prazer à minha mulher. Olhei em volta e não acreditei quando pus meus olhos sob o chicote de adestramento e a caixa de luvas de látex bem ali. “Obrigado, Zootecnia! ” Era o combo de acessórios perfeito para a ocasião.

— Vire-se!— ela obedeceu prontamente.

Peguei a caixa de luvas e puxei uma. Peguei os pulsos da Lírio e trouxe para suas costas, de encontro ao meu corpo. Prendi-os com as luvas, conferindo o nó para não causar mal-estar ou problemas de circulação.

— Vire-se de frente — ela novamente obedeceu sem pestanejar.

— Ajoelhe-se.

Lírio ajoelhou-se. E aquela era a visão mais deliciosa da vida!

— Abra a boca.

E quando ela o fez, segurei meu pau pela base e comecei a deslizá-lo pelos seus lábios. Ela tentou fechar os olhos, mas a interrompi.

— Olhe para mim o tempo todo.

Eu tinha plena consciência do quanto meu pau era grande, mas isso não me impediria de tentar ir o mais fundo possível da garganta daquela mulher. Entrava rápido até sua garganta e saía logo em seguida. Em alguns momentos, forçava sua cabeça por alguns segundos para me manter completamente dentro dela. Quando percebia que ela se sufocava, retirava meu pau todo babado.

Quando percebi que perderia meu controle, me afastei daqueles lábios e ordenei que se levantasse. Peguei mais uma luva na caixa, a levei até próximo da cabine da caminhonete, a virei de costas, soltei seus punhos, os trouxe para frente de seu corpo e os prendi novamente. Busquei mais uma luva e prendi uma ponta da luva nos punhos já contidos. Em seguida, fiz com que se curvasse de costas, empinando toda aquela bunda deliciosa para trás, elevei seus braços amarrados para frente ao longo de sua cabeça e os prendi no metal da cabine, fazendo com que, daquela forma, ela não conseguisse se levantar.

Admirei aquela posição e me excitei ainda mais. Olhei sua bunda e a fenda de sua boceta ainda úmida e rosada. Deliciosa. Dei-lhe um tapa na bunda com força suficiente para projetar seu corpo para frente. Ela não reclamou, apenas gemeu. O que me surpreendeu incrivelmente. Mais uma vez.

— Lírio! — chamei sua atenção. — Diga uma palavra de segurança, uma palavra fácil de ser lembrada e pronunciada — pensei que ela me perguntaria do que se tratava. Mas, contra tudo que eu acreditava saber sobre aquela mulher, ela apenas me respondeu.

— Chocolate, senhor.

Ao ouvir aquilo, todos os pelos do meu corpo ficaram em alerta.

— Repita.

— CHO-CO-LA-TE — e aquela doce palavra dançou sensualmente em sua língua.

— Use-a quando não quiser que eu continue a fazer qualquer coisa que estiver fazendo. Use-a quando chegar ao seu limite de dor. Quando a usar, pararei de fazer o que estiver fazendo imediatamente.

Peguei o chicote de adestramento que estava ali e comecei a alisar a bunda de Lírio com ele. Percebi o quanto ela se excitava, pois começou a rebolar feito uma serpente. Eu dei outro tapa em sua bunda e lá estava outro gemido ofegante. Eu me sentia triunfante.

Peguei o cabo do chicote e, com ele, esfreguei o clitóris ainda intumescido daquela mulher maravilhosa que se entregava a mim de forma tão intensa. Esfreguei ali até que ela começou a implorar por mais um orgasmo. Ainda com o cabo do chicote, enterrei-o dentro da boceta dela, arrancando um longo assobio de prazer. Fiquei naquele vai e vem com o cabo até que a área estivesse mais quente e mais rosada.

Retirei o cabo, dobrei o chicote ao meio e lhe dei uma chicotada entre o fim da bunda e o início das coxas. Tenho certeza de que ardia, mas ela demonstrava somente sentir prazer. Eu estava ficando alucinado. Depois da sexta chicotada, não suportava mais a tensão e a vontade de enfiar meu pau dentro daquela carne deliciosa. Soltei o chicote, segurei Lírio pela cintura e entrei com força, de uma só vez.

Em um movimento maquinal, para não dizer animal, me enterrava naquela carne frágil, quente, molhada e muito apertada. Gememos e fui ao delírio. Sua bunda comprimia cada movimento de vai e vem do meu pau e Lírio já tremia em um novo espasmo de prazer. Aquilo era realmente triunfante! Meus dentes rangiam de tensão, eu metia ainda fundo e seu peito arfava de prazer. Corri os lábios pelas suas costas em uma clara demonstração de carinho em meio ao ato animal, para que soubesse que eu a estava fodendo sim, mas a estava amando também. Comecei a latejar. Cada vez mais nos entregávamos ao ato primitivo.

— Goza para mim, minha Lírio. Minha doce flor!

E ela não mais resistiu. Obediente, se entregou novamente ao clímax, gritando meu nome de uma forma quase incompreensível em meio à dor e ao prazer. Gozei logo em seguida, me agarrando ainda mais ao seu corpo e derramando dentro dela toda a minha devoção.

Soltei seus punhos e os esfreguei para ativar novamente a circulação. Deitei-me ali mesmo e a puxei para meus braços. Ainda com o corpo trêmulo pelas sensações deliciosas. Consegui olhar em seus olhos e sussurrar a frase mais certa a ser dita para aquela mulher: "Eu amo você! ". O sorriso que recebi em seguida foi recompensador. Ficamos ali agarrados um ao outro no que me pareceu uma eternidade. Estávamos relaxados, satisfeitos e muito felizes.

— Machuquei você? — me lembrei de perguntar. Eu ainda precisava conhecer os limites da minha mulher.

— Não — ela sorriu.

— Você sabia que podia usar a palavra de segurança a qualquer momento, certo?

— Sim.

— Então, isso quer dizer que foi tudo bem?

— Foi maravilhoso, Heitor! — e sorriu olhando nos meus olhos.

— Quer dizer que você curtiu o sexo um pouco mais bruto, sua safada? — disse sorrindo.

— Eu sou praticante de BDSM, Heitor. Faz tempo — aquilo foi revelador. Mas também senti ciúme ao saber que outros homens, ou pior, que Antônio, já tinham testado seus limites. — Já fui domme e sub.

— Com Antônio?

— Com ele somente sub. Fui domme com uma espécie de treinador que encontrei na Europa, em uma viagem de férias.

— Na última noite, você e Antônio… — ela me interrompeu.

— Ele me estuprou. Isso aqui tem a ver com consenso entre as partes. Qualquer coisa que fuja disso é violência.

— Desgraçado!

— Esqueça-o. Já tivemos confusão demais para uma vida toda! Um dia ele cairá na real. E quando isso acontecer, vai se arrepender amargamente. Eu o conheço o suficiente para saber que será assim.

— Preciso levar você para sua casa. Prometi para sua mãe.

— O que é isso? A versão bom moço retornou? Prefiro a versão vou amarrar e foder você até que perca os sentidos. Quero ir para a sua casa, Heitor. Quero conhecer a sua cama.

— Vamos ter tempo para isso, minha flor. Ainda apresentarei a você minhas cordas e chicotes! — sorri maliciosamente para Lírio — Mas, antes disso, você precisa resolver de uma vez por todas a sua vida com aquele cretino do Antônio. Afinal, a cidade inteira acha que vocês se casarão em algumas semanas.

— Ai, a parte chata! Mas você está certo! Quando eu entrar na sua casa, quero que seja para valer.

— E também preciso ficar um pouco com a Lurdinha — um bico emburrado estampou o rosto da Lírio.

— Não é legal ouvir que o cara que acabou de me foder e dizer que me ama irá logo em seguida atrás da ex.

— Ah, por favor, Lírio! Não seja boba e ciumenta. A Lurdinha é nossa amiga, acabou de passar por um momento muito difícil e precisa de mim.

— Estou brincando, eu entendo Heitor. E acho louvável você ser esse cara tão maravilhoso assim!

Dei um tapa na sua bunda e disse para irmos logo, antes que eu desistisse e começasse tudo outra vez.

Voltamos para a estrada e tinha certeza de que o sorriso que estava estampado no meu rosto era ridículo, porque de tempo em tempo Lírio olhava para mim e dava uma risada.

— O que foi, mocinha? Coloquei um nariz de palhaço depois do sexo? — perguntei.

— Não. Mas essa expressão de satisfação me deixa muito feliz! Afinal, era eu lá. Em resumo, devo ser muito foda nisso, correto?

— Foda mesmo, garota! Não é qualquer mulher que dá conta de mim sem reclamar…

— E você vai aprender que não sou mulher de reclamar.

Fomos nos aproximando da propriedade dos pais de Lírio. Mas a vontade que eu tinha era de dar meia-volta e levar aquela mulher para minha casa. Não estava nem perto de estar satisfeito. Mas eu tinha que fazer as coisas direito dessa vez. Ela seria minha, mas quando saísse dessa casa, ela teria o meu sobrenome, nem que para isso eu tivesse que passar por cima de toda a cidade.

— Quando vejo você novamente? — Lírio perguntou.

— Assim que der. Eu realmente preciso cuidar da Lurdinha. Eu a conheço bem, ela não vai querer ir para a casa dos pais e não quero que ela fique sozinha até que esteja recuperada.

— Eu preciso contar uma coisa com relação à Lurdinha… — havia algo mais naquela frase e eu não estava gostando.

— Diga, minha flor.

— Meu pai… Ele tentou matar a Lurdinha. Eu sei, isso é terrível em muitos sentidos, mas ele está pagando caro pelas suas atitudes erradas. Parece que o mundo realmente devolve na mesma moeda, não é? — tinha tanta tristeza em seu olhar que por um momento repensei se deveria deixá-la ali ou levá-la comigo.

— Lírio, eu sei que é seu pai e que essa é uma situação muito difícil. Mas eu não posso aceitar, engolir e simplesmente esquecer. Estamos falando da Lurdinha. E por mais que saibamos que ela não é santa, ela também nunca fez mal a alguém. Ela é meio desorientada, tem esse lado meio impulsivo e incontrolável, mas é uma pessoa boa e, num certo ponto, eu diria que é até bem sofrida. Entenda, você cresceu em uma situação bastante confortável. Lurdinha é como eu, muitas vezes comeu o pão que o diabo amassou para sobreviver nessa sociedade hipócrita e materialista. Já foi muito humilhada.

— Isso não justifica ela ter tido um caso com meu pai.

— Como também não justifica seu pai ter atentado contra a vida dela. E precisamos lembrar quem é a parte comprometida nessa história. Lurdinha está errada e já falei sobre o que penso. Mas seu pai, Lírio... Ele foi adúltero, cruel e não pensou nada no sofrimento que causaria à família. E tem sua mãe no meio de tudo...

— Por favor, não fale do bebê que Lurdinha abortou, nem da tentativa de assassinato. Vou pensar como contar para ela, no momento ideal, sabe? Não pode ser assim... Ela ficará arrasada.

— Não pensava em contar qualquer coisa assim para sua mãe e acredito que a Lurdinha também não pensa em fazer isso. Mas eu a orientarei a procurar a delegacia. Ela precisará disso para seguir em frente.

— Eu jamais pediria que ela omitisse um fato grave assim, Heitor. Mesmo sendo o meu pai. Eu apenas quero preparar minha mãe primeiro.

— Sua mãe é forte, ela dará conta. E estaremos aqui para o que ela precisar — falei.

Foi quando percebi Alice vindo na direção do carro e tinha uma expressão de muita raiva estampada em seu rosto. Abri o vidro da caminhonete.

— Oi, irmãzinha! — recebi um rosto emburrado como resposta. Desci do carro antes mesmo que ela pudesse responder alguma coisa.

— Venha aqui, pirralha! Conta o que está acontecendo?

— Heitor, você é muito burro mesmo! — opa! Aquilo era novidade para mim. Ela jamais me faltava com respeito. — Não acredito que você está com a Lírio, mesmo depois dela ter feito você de idiota! Não aceito isso, Heitor! — ah, então era isso.

— Você não sabe do que está falando, Alice. Em primeiro lugar, abaixa esse tom de voz imediatamente. Você não tem que se meter na minha vida e nas minhas decisões. E só para concluir, não é nada do que você está pensando, mas isso é assunto para adultos.

— Não é nada disso que estou pensando? Primeiro a Lírio me convence a ajudar a promover um encontro entre vocês dois, depois tem toda aquela palhaçada do casamento com o Antônio, mesmo depois de me garantir que ficaria com você. Isso é atitude de vagabunda! — já ia tomar uma atitude séria com Alice, quando vi Lírio romper meu campo de visão.

— Calma, Heitor! A sua irmã está certa. Prometi uma coisa para ela e não cumpri. Ela ama você e essa atitude é totalmente compreensível — Lírio tentava apaziguar a situação.

— Isso não lhe dá o direito de ser uma completa babaca e desrespeitosa comigo e com você — me virei para a Alice e concluí. — Peça desculpas imediatamente para a Lírio. Você a ofendeu sem motivo e, caso não perceba, você vive dentro da propriedade dela. Peça desculpas agora mesmo, Alice! — tinha perdido a paciência.

— Não peço desculpas coisa alguma. E quanto a morar aqui, irei embora em breve. Espero não colocar meus olhos mais em vocês e nessa situação ridícula. Como pode não perceber que ela o está fazendo de idiota? — agora a paciência tinha acabado. Dei dois passos em direção de Alice que me desafiava com aquele nariz empinado, mas antes que eu perdesse a cabeça senti as mãos delicadas de Lírio segurarem meu braço e me conterem.

— Heitor, por favor! Acho que sua irmã e eu precisamos ter uma conversinha. Ela precisa entender o que está acontecendo! Acho que você já pode ir, lembre-se de que tem uma coisa importante a fazer — não tinha muitos argumentos, quando Lírio pedia algo, ela simplesmente me desarmava.

— Escuta aqui, Alice, só mais uma coisa, fique longe daquele rapaz, o Felipe. Aquela gente nos odeia e se ele fizer algum mal a você, irei para a cadeia porque o matarei — deixei o aviso.

Não esperei pela resposta da atrevida. Dei as costas, entrei na caminhonete e saí cantando pneu.

18

ANTÔNIO

Os dias foram passando. Lírio não falava comigo. Não vinha me ver, não me recebia, não atendia minhas ligações. Eu simplesmente tinha horror quando as situações fugiam ao meu controle.

A única distração que eu tinha era Sueli que estava ali para me atender no que eu bem precisasse. Uma vadia das melhores, era eficiente no trabalho e não reclamava de qualquer coisa que eu impusesse na cama. Mas jamais serviria para ser minha mulher. Mas, enquanto ela acreditasse que tinha essa possibilidade, atenderia a minha necessidade. E a situação era confortável.

Lírio era a mulher perfeita para mim. Tinha nome, sabia se colocar bem em qualquer situação e como era maravilhosa na cama! A gente se entendia nesse nosso mundo de tapas e beijos. Eu não podia perder minha mulher para aquele caipira do Heitor.

Meu tempo se reduzia a cada dia. Eu precisava ir embora e assumir meu cargo em São Paulo. Mas Lírio me culpava pelo que tinha acontecido à Lurdinha e ao seu pai. De certa forma, eu também me culpava por toda aquela confusão. É o que acontece quando a gente coloca as emoções na frente da razão, faz merda. Mas eu podia colocar essa história nos eixos novamente.

Acordei decidido a ir atrás de Lurdinha. Fiquei sabendo que ela tinha passado vários dias na casa de Heitor, mas Sueli descobriu que há dois dias ela tinha retornado para sua própria casa. Certamente já estava melhor. Peguei o carro e dirigi para lá. Eu precisava colocar as coisas no lugar.

Ao chegar, toquei a campainha. Esperei o que pareceu uma eternidade. Quando tinha desistido de esperar e já ia saindo, ouvi o barulho da porta se abrindo.

— Antônio? — aquela voz inconfundível me chamou.

Eu me virei e fui tomado por um sentimento de culpa ainda maior. Sabe quando se leva um soco no estômago? A sensação era essa, de perder o ar e encolher de dor. Lurdinha estava mais magra, abatida e pálida. Ainda tinha arroxeados nos braços e rosto e se apoiava em uma muleta para se manter de pé.

— Lurdinha! — sorri para ela.

— O que está fazendo aqui? — é claro que eu já esperava ser hostilizado. — Quase morri por sua culpa. Devia ter um pingo de vergonha nessa sua cara e nem sequer dirigir o olhar para mim nunca mais. Vai embora! — ela gritou.

— Só quero um minuto, Lurdinha. Preciso me desculpar antes de ir embora.

Ela relutou, mas era a Lurdinha e claro que me deixaria entrar. Mas dessa vez foi diferente. Não fechou a porta e não me ofereceu nem água. Parecia arredia, com medo e precavida. Não era para menos, depois de quase morrer, ela precisava se proteger.

— Eu juro que não estou aqui para fazer mal algum, nem a você nem a ninguém. Eu só quero realmente me desculpar — sim, eu estava sendo sincero naquela questão. Lurdinha merecia um pedido de desculpas e talvez eu pudesse fazer algo financeiramente para ajudar. Precisava recompensá-la depois do que aconteceu.

— Apenas fale logo o que tiver para falar e vá embora. Preciso fazer repouso. Quero ficar boa logo para dar o fora dessa cidade — tinha tanta mágoa em seu olhar e em suas palavras.

— Eu sei que fui um cretino sem coração, mas Lírio estava escapando das minhas mãos…

— E pelo visto escapou mesmo. Ela parece estar a caminho dos braços aos quais ela sempre pertenceu, os de Heitor — ela me interrompeu e sua intenção era me machucar.

— É fogo de palha. Lírio me ama. Passamos tempo demais juntos. Quando todo esse desconforto pelos últimos acontecimentos passarem, ela cairá em si e voltará para mim.

— Se você quer viver em ilusão, então continue acreditando nisso aí — respondeu. — Você nem mesmo sabe o que é amor, Antônio.

— Eu amo a Lírio.

— Você se ama, Antônio. E ama seus planos para o futuro. Só isso.

— Você está enganada.

— Se você amasse a Lírio como diz, teria pulado fora há muito tempo. Ela jamais será feliz com você. Não percebe isso? Lírio foi feita para o campo, para as coisas simples, para uma vida tranquila, sem muitos luxos.

— Ela cresceu no luxo, Lurdinha.

— Sim, porque não tinha opção. Agora ela tem. E não é você.

— Ela me ama, eu sei disso.

— Antônio, eu não devia ter pena de você, afinal quase morri por sua culpa. Mas eu vou te dar um conselho. Caia em si antes que a vida passe sem você perceber. O amor não machuca, porque quando isso acontece não é amor, é doença. O amor não é manipulador, porque quem faz exigências para amar, não quer um amor e sim uma posse. É muito fácil confundir amor com desejo. Aliás, sexo não é amor. O amor é nobre e não se mistura com sentimentos mesquinhos, pequenos e sujos. Então, é bom se lembrar de que desejar a companhia de alguém é uma coisa, imaginar o outro como um escravo particular para curar suas inseguranças é outra. E eu, infelizmente, precisei quase morrer para compreender isso.

— E de onde saiu toda essa lucidez do dia para a noite?

— Amadureci. Aprendi a me amar acima de qualquer coisa. Mas amar mesmo! Amar quem sou e o que sou, na essência, com meus defeitos e minhas qualidades. Estou me dando a chance de me redescobrir e me aceitar. Descobrir tudo sobre mim antes de partir para conhecer qualquer outra pessoa. Eu preciso desse tempo de cura, sabe? Eu compreendi que apenas quando eu estiver satisfeita comigo mesma estarei pronta para explorar o mundo e para descobrir em outras pessoas motivos para somar e não para me completar como eu pensava antes. Porque nós temos que ser inteiros, o outro vem para que possamos transbordar. Reinvente-se também, Antônio.

— Eu já passei desse ponto, Lurdinha. Eu sou o que muitos gostariam de ser e não conseguem, ou simplesmente não podem — ela riu.

— Antônio. Antônio. Você apenas acredita que tudo vai bem. Mas me ouça, você não é o dono de todas as delícias da vida e certamente dores também lhe habitam. Você só não consegue admitir. As pessoas talvez até o invejem mesmo. Mas o que elas realmente invejam? Um currículo? Uma conta bancária? Um nome de família? Fotos em revistas de fofocas? A vida é mais que isso. Ambição é bom. Perseguir os sonhos com integridade é bom. Mas essas coisas não duram para sempre e certamente não trazem satisfação eterna. Eu sei que não é fácil reprogramar a velocidade e as prioridades da vida, mas é possível, além de algo muito bem-vindo. É o espaço aberto à liberdade, capaz de nos proporcionar a sensação de plenitude que só o reencontro conosco pode nos proporcionar. Sem lucros e sem utilidades oportunistas, apenas pela realização do que há de melhor em cada um de nós.

— Resolveu filosofar agora? — era uma nova versão de Lurdinha, mais lúcida e sensata. Eu precisava admitir.

— Amadurecer tem dessas coisas. A gente passa por algumas crises que não consegue entender ou mesmo decifrar, mas tem seu lado bom — disse com lágrimas em seus olhos.

— Eu quero ajudar você nesse recomeço — enfiei a mão no bolso do blazer e peguei o talão de cheques. Deixaria uma quantia considerável para ela recomeçar onde bem entendesse. Eu devia isso a ela.

— Você vai me dar dinheiro?

— Sim. Assim você ficará despreocupada para essa sua nova fase. Poderá ir embora. Comprar um pequeno imóvel em qualquer cidade e se manter até conseguir um emprego.

— Antônio, por favor, não me ofenda mais. Pegue seu talão de cheques e saia da minha casa — levantei o olhar sem entender absolutamente nada.

— O que foi? O que fiz de errado agora?

— Você não consegue entender mesmo...

— Você vai precisar de dinheiro, sei que não tem nada.

— Sabe a coisa mais importante que aprendi com toda essa história? Que a felicidade vibra na frequência das coisas mais simples. Sabe o que tem me feito esperar pelo dia seguinte? As coisas que o dinheiro não compra e que o tempo não derruba, como o valor de uma amizade, o prazer de estar com meus pais ou o simples fato de precisar lutar para ter como sobreviver no dia seguinte. Essas coisas normais do cotidiano, entende? Portanto, não me ofenda mais me oferecendo seu dinheiro. Não preciso dele. Se tivesse me oferecido seu ombro para me apoiar teria valido muito mais. Mas você é assim, não é, Antônio? Acha que tudo se resolve com dinheiro e não consegue enxergar as coisas que estão à sua frente. Olha, o amor verdadeiro e a felicidade podem estar bem na sua frente. Você é capaz de tropeçar neles e não perceber.

Não sabia o que responder, o que fazer. A única forma que eu tinha de ajudar Lurdinha era com meu dinheiro. Não sabia mais o que fazer.

— É melhor você ir embora, Antônio.

— Ficarei preocupado com você.

— Agora? Agora você se lembrou de se preocupar comigo? Eu podia estar morta, sabia?

— Jamais pensei que o José Luiz....

— Nunca, mas nunca mesmo, fale novamente o nome desse homem na minha presença. Tudo que está acontecendo com ele é merecido. Agora vá embora! Não me procure mais.

Saí da casa de Lurdinha completamente desnorteado. De repente meu mundo desabava sobre meus pés. Jamais perdi o controle de situações importantes. Jamais! Eu não sabia como lidar com isso.

Enquanto dirigia de volta para casa fiquei pensando em tudo que Lurdinha tinha me dito. Sobre o amor, sobre a vida, sobre a Lírio... Mas eu me preparei a vida inteira para viver com a Lírio, toda minha programação a incluía. Como simplesmente desistir agora?

Cheguei em casa transtornado. Conversar com Lurdinha parecia ter sido a pior decisão, pelo menos naquele momento. Passei pelo meu irmão, que tentou me falar alguma coisa, mas eu estava preocupado demais para dar atenção ao pirralho naquele momento. Fui para o meu quarto e direto para a ducha. A melhor coisa naquele momento era esfriar a cabeça.

Arranquei a roupa e abri a ducha no máximo. A água fria doía na pele, mas parecia lavar a sensação de impotência que me incomodava. Abri os braços, coloquei as mãos espalmadas na parede acima da minha cabeça e deixei a água escorrer pelo meu corpo. Fiquei ali tempo suficiente para me esquecer um pouco dos problemas. Fechei os olhos e permiti que a sensação boa me acolhesse.

Foi quando senti mãos pequenas descerem ao longo das minhas costas. Mãos conhecidas. Lábios que aqueciam os pedaços de pele e depositavam beijos carinhosos. Virei-me e continuei de olhos ainda fechados, apenas sentindo aquela sensação confortante de adoração. Inclinei-me um pouco para ser beijado. Atirei-me sobre ela e decidi, pelo menos por alguns minutos, não pensar em mais nada.

Sueli sabia como me agradar. Ela me oferecia seus lábios, seus seios e gemia demonstrando satisfação. Segurei-a firme pelos cabelos para que entendesse que eu queria subjugá-la. Ela parou de se mexer e apenas esperou pelo que eu quisesse fazer com o corpo dela.

Beijei seus lábios com força suficiente para doer, mordi sua orelha, seu pescoço, lambi seus seios e mordisquei seu mamilo no limiar entre a dor e o prazer. Deixei chupões em sua barriga reta e deliciosa, mas me recusei a fazer sexo oral nela. Não daria certo, uma vez que o único sabor que eu queria sentir era o da minha Lírio. Mordi suas coxas e quando ela começou a gemer, levantei bruscamente, a virei de costas para mim e colei seu rosto no vidro do box. Eu a penetrei com tanta força que não ouvi sequer um gemido de prazer, mas sim um suspiro de dor e aquilo me excitou ainda mais. Entrei no meu ritmo preferido, com força, com fogo, rápido, seco, profundo e profano.

Virei aquele corpo que estava ali à minha disposição de frente novamente, encaixei as pernas dela na minha cintura e voltei a meter sem a menor dó de qualquer tipo de dor que ela pudesse estar sentindo. Eu só queria descarregar minha raiva em alguma coisa. Ela tentou me beijar e não deixei. Naquele segundo ela era apenas um objeto. E a fodia firme e viril, como sempre fui. Eu controlo. Eu posso, eu sou.

Virei Sueli de costas novamente, a segurei pela garganta e comecei a meter novamente. Quanto mais perto do orgasmo eu chegava, mais eu comprimia sua respiração. Aquilo me excitava, aquele poder... Ela parecia confusa, mas eu não ligava, afinal ela que tinha se oferecido. Não era momento para sedução e carícias, eu queria apenas foder sem me preocupar em dar prazer.

Quando ela começou a bater no vidro do box em um sinal claro de que não aguentaria mais e estava ficando sem ar eu não a soltei de imediato, coloquei mais força e impulso em minhas metidas. E somente quando senti os primeiros jatos saírem de mim e o orgasmo tomar meu corpo, soltei minha mão de seu pescoço.

Senti que Sueli havia ficado tonta, então precisei abraçá-la para impedir que caísse. Ficamos ali até ela se recuperar. Então saí do box largando-a lá para que se limpasse. Peguei uma toalha e fui para o quarto me arrumar.

Ainda estava de toalha quando um furacão saiu do banheiro e veio para cima de mim aos berros e tapas. Sueli estava furiosa. Era só o que faltava.

— Que porra foi aquela ali no banheiro, hein, Antônio? Você enlouqueceu? Estava tentando me matar, me estuprar? Que merda, Antônio! — e gritava enquanto me dava murros no peito.

Precisei conter seus punhos e gritar com ela.

— Cala a boca, Sueli! Quer que todo mundo nos escute?

— Não ligo, porra! Você quase me matou!

— Ah, para com isso! Você gosta! Sempre foi uma vadia na cama.

— Vadia? Vadia, Antônio? Eu sempre tentei agradar você! Porque, caso não tenha entendido, sou a única mulher que o ama de verdade.

— Ama? — comecei a rir e debochar das palavras que ouvira. — Se enxerga, garota! Acreditou em algum momento que eu ficaria com você?

Senti o tapa alcançando meu rosto e ao mesmo tempo percebi a porta do meu quarto abrindo.

— O que está acontecendo aqui? — era meu pai. Aquela era a situação mais constrangedora da minha vida. Meu pai pegar minha assistente e eu só de toalhas, discutindo em meu quarto. Como explicar?
— Estou aguardando uma explicação, Antônio. E o que a dona Sueli faz aqui e nesses trajes? — meu pai me questionou.

— Não vê, querido? Não percebe? Eles estavam transando. Devem ser amantes faz tempo — disse Cindy ao presenciar a cena. Eu mataria aquela mulher, minha paciência com ela tinha acabado de vez. Puta desgraçada.

— É isso mesmo, Antônio? Você trai sua noiva com sua assistente? Agora entendo o motivo da Lírio ter sumido daqui. Ela pegou vocês? É isso? Seja homem e responda, meu filho!

Eu me mantive em silêncio.

— Você me envergonha, meu filho. Não respeitou sua noiva e a amizade que temos com a família dela. Não respeitou minha casa e nem a mim que sou seu pai. Quem é você, Antônio?

— Um cafajeste, desgraçado! — respondeu Sueli. — E sabe, senhor Augusto, não precisa me expulsar da sua casa, eu mesma estou indo embora. Tenho vergonha na cara. Seu filho é o pior tipo de homem com o qual já cruzei nessa minha vida. Lamento muito pelo senhor ter testemunhado isso — virou-se para mim e continuou. — Quanto a você, Antônio, peço demissão agora mesmo, nesse momento. Porque a única coisa que sempre fui era uma empregadinha, não é mesmo? Mas não mais. Até consigo entender a Lírio agora. Sinto pena de você e da vida vazia que você escolheu viver. É perfeitamente compreensível a Lírio ter preferido o tal Heitor, ao menos ele me pareceu ter honra e ser um homem de verdade. Você se acha muito, mas posso garantir que não é. Porque a masculinidade de um homem a gente mede pela cabeça de cima, mas me parece que a sua se reduz à cabeça de baixo, sendo assim, minúscula mesmo. Adeus — e saiu pisando firme.

Naquele momento o circo já estava armado, uma vez que Felipe e Crystal tinham chegado para presenciar o clímax da discussão.

— Mano, o que você fez com a Sueli? — questionou Felipe.

— Cala a boca, moleque! E vocês todos, fora do meu quarto!

— Você enlouqueceu, Antônio?

— Pai, não me faça falar coisas que irão machucar o senhor! — ameacei. E vi Cindy congelar o olhar em mim. Ela sabia que eu me referia a ela.

— Vamos, Augusto! Todos estamos com a cabeça quente agora. Depois vocês conversam. — insistiu Cindy com papai.

— Não. Não sairei daqui até Antônio me explicar o que está acontecendo — papai estava irredutível. — Quero que vocês desçam. Deixem-me aqui sozinho com meu filho.

— Mas, Augusto!

— Agora, Cindy! Vocês também, Felipe e Crystal. Agora! — deu um grito. Intimidados, todos desceram, largando papai comigo.

Conversei com meu pai por longas duas horas. Ouvi sermões diferentes e demagogos para cada merda que ele achava que eu pudesse ter feito. Como se ele fosse um homem muito perfeito, claro! Mas também coloquei para fora o motivo que me afastou de casa durante tantos anos. Falei do assédio da esposa dele comigo, das coisas que ela revelou a mim enquanto eu estava naquela cama de hospital. É claro que ele acreditou, lá no fundo ele sabia com quem tinha se casado, mas eu também sabia que ele a perdoaria e daria mais uma chance. Velhos hábitos nunca morrem...

Eu não podia ficar ali depois de tudo que foi esclarecido naquelas duas horas dentro daquele quarto. Resolvi voltar a Belo Horizonte. E de lá, direto para minha nova vida em São Paulo.

Não tinha desistido da Lírio. Não ainda. Mas precisava dar tempo ao tempo e pensar em uma forma diferente de trazê-la até mim novamente.

Naquele mesmo dia vi Sueli partir. Ela fez as malas e nem se despediu. Horas mais tarde, quando a ira passou e eu pensava com mais clareza, vi a idiotice que tinha feito com ela. Mas não estava a fim de correr atrás e pedir desculpas. Como muitas coisas na minha vida, Sueli era passageira. Ela esqueceria aquele dia, esqueceria de mim e seguiria com sua vida sem preocupações. Pelo menos era no que eu preferia acreditar.

Não dormi aquela noite. As coisas estavam piores ainda na minha cabeça. Fiz minhas malas e desci. Quando cheguei à sala de jantar para o café, meu pai, Felipe e Crystal estavam com os olhos inchados de chorar. Um sinal claro de que a casa havia caído para a safada da Cindy.

— Sente-se, Antônio — Felipe tentava amenizar a tensão.

— Não. Tomarei café na estrada. Estou de partida.

— Quando retorna? — meu pai perguntou sem me dirigir o olhar, continuou fingindo que estava lendo o jornal.

— Um dia, pai. Estou de mudança para São Paulo.

— E como ficam as coisas com a Lírio?

— Acho que não será necessário dizer nada. No dia em que eu estava naquele hospital ela foi bastante incisiva em me dizer adeus.

— Espero que você compreenda que procurou tudo isso com suas próprias escolhas — apenas assenti balançando a cabeça.

Fui até Felipe que se levantou para me dar um abraço.

— Se cuida, mano!

— E você vê se amadurece, garoto!

Dei um beijo no topo da cabeça da Crystal, que se limitou a me olhar com ressentimento. Ela me perdoaria um dia, tinha certeza.

Toquei o ombro do meu pai, que apenas colocou sua mão por cima da minha e balbuciou um "Deus o abençoe".

Saí por aquela porta sem saber quando retornaria. Estou indo embora deixando metade dos meus planos para trás. Entrei no meu carro e peguei a estrada. O sol começava a despontar na linha do horizonte quando a solidão bateu. Um vazio ridículo. Liguei o rádio e, enquanto Luan Santana cantava, me permiti chorar.

"... É QUE EU TE AMO E FALO NA SUA CARA
SE TIRAR VOCÊ DE MIM NÃO SOBRA NADA
O TEU SORRISO ME DESMONTA INTEIRO..."

ESCREVE AÍ

19

LÍRIO

— *Acorda, Lírio!* — ouvia ao longe a voz doce da Alice me chamando. Foi quando senti um cutucão. — Acorda, Lírio!

— Bom dia para você também, Alice! — respondi bocejando, sem nem ao menos conseguir abrir os olhos.

— Bom dia! Desculpa por acordar você assim de novo. Mas o Heitor está ao telefone e disse ser urgente. Ele não quis me adiantar o assunto.

— Por que não disse logo que era ele? — sentei logo na cama e peguei o telefone da mão de Alice.

— Heitor?

— Oi, flor!

— O que houve? O que há de urgente?

— Precisarei me ausentar por um tempo.

— Por quê? — começava a me preocupar.

— Preciso assumir aquele cargo em Goiás. Será importante para minha carreira. E o pessoal me pressionou e me pediu para ir o mais breve possível. Irei hoje para a capital e de lá pego um voo até meu destino final.

— Destino final? Está pensando em morar lá de vez? É isso que você quer? — questionei Heitor.

— Por um tempo terá de ser, minha flor. E espero que você entenda.

— Depois de tudo…

— Eu sei. Também não queria ter de partir, mas esse tempo longe será positivo.

— Positivo? Como?

— Para você pensar na proposta.

— Que proposta?

— A que faço agora. Quer se casar comigo? — muda, atordoada, nervosa e descompensada. Fiquei tão sem fala que pareceu que até o ar faltou.

— Como assim, do que você está falando, Heitor?

— Só preciso que me responda sim ou não. Não tenho nada para oferecer a não ser o meu amor durante todos os dias de nossas vidas.

— É sério isso? Porque não estou para brincadeiras. Você me acordou de madrugada, meu humor nem existe nesse horário, então espero que isso seja muito sério.

— Ainda estou aguardando a minha resposta.

— Sim.

— Essa é a minha resposta?

— Sim.

— Caralho! — soltou um palavrão de tão eufórico.

— Venha aqui para a minha casa. Precisamos conversar.

— Já estou na estrada.

— Que estrada? Para vir para cá?

— Não, minha flor. Estou a caminho de Belo Horizonte. Estou assistindo a um sol maravilhoso nascer e pensando em quanta sorte tenho nessa vida. Alguém lá no alto gosta muito de mim!

— Não sei se gosta tanto assim não, porque estou com vontade de matar você. Como me faz um pedido dessa importância e cai fora sem nem ao menos se despedir?

— É só por um tempinho. E eu disse a mim mesmo que precisava sair da cidade sabendo que você seria minha, que me esperaria.

— Sempre. — eu disse.

— Sempre. — Heitor respondeu.

Heitor desligou o telefone e eu fiquei com uma promessa de casamento. Não sabia se sorria ou se chorava.

Quando caí em mim, percebi que Alice estava ali o tempo todo. E certamente não estava entendendo nada. Olhava para mim como quem aguarda uma explicação.

— Era seu irmão.

— Isso eu sei, fui eu que o atendi. Esqueceu?

— É verdade! Como sou idiota! — e sorri.

— Mas, e aí? O que houve? Está tudo bem?

— Tudo perfeito. Exceto talvez pelo fato de que quero fazer picadinho dele.

— Como é?

— Ele me pediu em casamento e eu aceitei.

— Lírio! Isso é maravilhoso! — abraçou-me bem apertado. — Mas ainda continuo sem entender...

— E eu entendo menos ainda. Como é que pode? Ser pedida em casamento por telefone, de madrugada e na mesma ligação ouvir seu noivo dizer que está na estrada indo embora para Goiás.

— Quê? — os olhos de Alice pareciam que saltariam para fora. — Mas como ele foi viajar e me deixou aqui? Nem se despediu...

— Ele volta. Em breve. Assim espero.

— Heitor enlouqueceu. Só pode. Eu me sinto cada dia mais abandonada. Todo mundo me deixa.

Coitada! Alice estava sentindo falta do pai. O senhor Joaquim estava na capital com minha mãe há muito tempo. Mas eu estava aqui cuidando dela. Desde que tivemos uma conversa franca e sincera, ela entendeu meus motivos para fazer o que fiz na festa de Natal e retomamos nossa amizade.

— Ah, conta outra, Alice! Você nem parece tão sozinha — sorri. — Felipe vem aqui quase todos os dias. Isso quando não vem para levar você para passear.

— E quando papai voltar acaba tudo isso.

— Não acaba, não. Conversarei com seu pai, já disse. Felipe tem se comportado bem e o considero um rapaz muito legal! Vai dar tudo certo. Espere e confie — dei uma piscadinha cúmplice para ela.

— Desde que ele me pediu em namoro eu ando tão feliz! Uma felicidade que eu não tinha desde que minha mãe morreu. Eu gravei uma música para ele.

— Sério? Ah, eu quero ouvir!

— Fiz um vídeo onde estou cantando e tocando e violão. Quer ver mesmo? — Alice perguntou meio tímida.

— É claro que quero! Coloca para tocar aí! — a animação de Alice me contagiava! Até me sentia como uma adolescente outra vez.

— É a música de uma cantora de Belo Horizonte que eu adoro! Ela se chama Mayara Fernandes, é linda e canta superbem! A música se chama *Um retrato*.

Uma voz jovem e um rostinho repleto de sonhos preencheu a tela do celular. Ela estava claramente apaixonada.

O amor jovem é um ritual de passagem. Sabe-se que um amor foi o primeiro quando ele continua a ser o único. Ou quando se perdeu para sempre, mas ficou na memória mesmo com tantos amores depois. É como sei que sempre foi, é e será eterno com Heitor.

Sempre foi ele.

Quando a música terminou, levantei e a aplaudi de pé. Era muita coragem, na idade de Alice, amar e ainda assumir isso daquela forma. Eu tinha medo de que ela se ferisse... Mas o que seria da vida sem um pouco de emoção, não é mesmo?

— Felipe não curte muito sertanejo.

— Posso falar com sinceridade?

— Pode, claro, Lírio!

— Ele vai amar esse vídeo. Porque é você nele. E mais! Será impossível ele ouvir essa música um dia sem se lembrar de você.

— Eu acho que estou apaixonada, Lírio...

— Eu tenho certeza de que está — caí na gargalhada da falta de maturidade da Alice para esses assuntos.

— E se ele não sentir o mesmo?

— É um risco que você precisa estar disposta a correr. E quer um conselho? Viva essa fase intensamente, mas sem sofrer, haja o que houver. Veja meu caso com seu irmão. Foi preciso passar anos, outros relacionamentos, para que entendêssemos que sempre fomos feitos um para o outros. A verdade é que pode até ser que haja outros garotos na sua vida e, com sinceridade, espero que sim, que você viva muitas experiências antes de achar que tem certeza de algo. Mas, se o Felipe for o seu primeiro amor, ele será único e um dia você saberá, e ele também. E se não for ele... Bom, então você terá lembranças gostosas para levar para a vida inteira.

— Então você acha que devo enviar o vídeo para ele?

— Ainda não enviou? Está esperando o quê?! — e sorri encorajando-a.

— Você está feliz com o pedido do meu irmão?

— Se eu ficar mais feliz, morro, porque o coração não suportaria. Mas ainda quero matar aquele maluco! Como pode me pedir em casamento da estrada? Só o Heitor mesmo! — e rimos juntas.

— Lírio?

— Sim.

— E o Antônio? Não se falaram mais?

— Não. Só sei o que o senhor Augusto me falou, que ele resolveu voltar para a capital e que assumiria em breve o cargo com o qual tanto sonhou, em São Paulo.

— Não tem medo que ele volte e faça algo?

— Eu tenho medo é de uma vida sem sentido e é isso que eu teria se tivesse me casado com ele.

— Você acha que ele ainda será feliz?

— Eu desejo que ele tenha, principalmente, paz de espírito. Se ele será feliz, sinceramente, não sei. Felicidade é de dentro para fora e o Antônio continua buscando nos lugares errados, da forma errada.

— Vou para o meu quarto — Alice me deu um beijo no rosto. Eu realmente tinha ganhado a irmã que sempre desejei ter. — Mais tarde tomamos café juntas.

Fiquei ali no meu quarto, sozinha e emocionada, pensando no que havia acontecido nos minutos anteriores... Não acreditava ainda. Que loucura! Heitor era maluco! Ele me pediu em casamento por telefone, enquanto estava a caminho de ir viver em outra cidade. O filho da mãe nem se despediu. Mas eu entendo, se ele viesse se despedir, seria difícil partir. Meu Deus! Mas quando será que ele voltaria? Morreria de ansiedade.

Eu precisava contar para minha mãe e aproveitar para ter notícias do meu pai. Era isso, eu precisava ligar para minha mãe, ela me acalmaria.

— Mãe! Desculpa acordar a senhora a essa hora!

— O que foi, minha filha? Aconteceu alguma coisa?

— Não, mãe. Fica tranquila. Quer dizer, aconteceu, mas é uma coisa muito boa!

— Então, me diz, filha, porque agora estou muito curiosa!

— O Heitor. Ele me pediu em casamento.

— Ah, pequena, que alegria! Quando foi que aconteceu? Queria tanto estar aí com você para comemorarmos!

— Foi há alguns minutos! — disse entre risadas e soluços das lágrimas que caíam de tanta emoção.

— Como assim? Agora de madrugada? Ele estava aí?

— Não. O Heitor parece ser o cara mais antirromantismo do universo! — precisei rir. — Ele me pediu em casamento da estrada a caminho da capital. Está indo morar em Goiás por um tempo por causa de um trabalho importante. E agora não sei se fico e espero como ele me pediu ou se faço as malas e vou atrás dele hoje mesmo — disse com a voz embargada pelas lágrimas.

— Filha... Tente se acalmar! Eu sei que a emoção é forte. Afinal, acredito eu, que você esperava por esse momento desde criança — mamãe sabia! Ela sempre soube! — Mas ele pediu para esperar, então espere. Tudo tem o tempo certo. Talvez seja apenas por um ano e isso é pouco tempo para quem já esperou até hoje. Concorda comigo?

— Acho que você tem razão, mãe. Pareço uma tola! Acho que é a ansiedade, a felicidade, o medo de que ele conheça outra pessoa e me esqueça. É tanta coisa que nem sei!

— Heitor a ama, Lírio. Só tem olhos para você. Não se preocupe com tolices. Um ano é um ótimo tempo! Poderemos fazer os preparativos juntas e com calma.

— Mãe, você sabe que gosto das coisas simples, sem grandes produções e exageros. Nada daquelas festas megalomaníacas de quando eu era adolescente, pelo amor de Deus! E eu vou me casar aqui na fazenda, no meio da terra e dos cavalos que eu amo. E vou usar tênis All Star! — de repente tive um flashback da minha festa de quatorze anos de idade e me lembrei de que foi ali que descobri que amava Heitor, só não sabia ainda o que fazer com aquele sentimento e como lutar por ele.

Mamãe riu. O que era bom, pois estava vivendo momento tensos há tanto tempo.

— Viu só? Concentre-se nessas coisas e o tempo para Heitor voltar passará em um piscar de olhos! E você pode focar na sua carreira. Eu me lembro de você falando que queria lecionar para as crianças na escola do povoado. Procure a diretora por lá, converse e deixe seu currículo. Será bom ocupar seu tempo.

— Sim, você está certa, mamãe! Como é bom ouvir seus conselhos! Mas ainda estou ansiosa, só que agora sei como lidar e como reduzir esse sentimento. E agora me diz, como o papai está?

— Então, minha filha, eu ligaria hoje para você, em um horário mais adequado — ouvi a risadinha de deboche. — Mas já que estamos nos falando, vou comunicar algumas decisões que tomei em relação ao seu pai.

— Mas ele teve alguma melhora, mãe?

— Olha, Lírio, precisamos aceitar que as sequelas do seu pai são permanentes. Essa é a opinião dos diversos médicos que o avaliaram. Precisamos aprender a conviver com as novas necessidades dele. Aceitar e fazer com que ele tenha o máximo de conforto possível. Para ser muito sincera, filha, não sei o que teria sido pior para ele, ficar nessa condição de dependência ou ter ido para a cadeia com a denúncia da Lurdinha. Eu também penso muito como será daqui para frente, porque não estou disposta a fazer mais do que já fiz e não pretendo ficar enraizada em uma relação doentia. Eu quero viver e espero que você entenda isso.

— Mamãe, jamais cobraria algo da senhora. Eu sei que sente uma espécie de obrigação moral para cuidar dele, mas não tem, não mesmo. Não depois de tudo que sabemos que aconteceu.

— Lírio, entenda, não estou aqui cuidando de tudo até hoje por uma obrigação moral. Estou aqui pelos anos que vivemos juntos como um casal. Bem ou mal, sempre o respeitei como tal, mesmo que ele não tenha feito o mesmo. Faço isso por você, que é nossa filha e a maior riqueza que tenho na vida. É porque você existe que não me arrependo desse casamento falido, que infelizmente chegou ao fim. Eu sei que as pessoas falarão mal, que eu abandonei seu pai no pior momento da vida dele, mas não ligarei para a opinião de ninguém dessa vez. Pela primeira vez em muito tempo me colocarei em primeiro lugar nessa vida.

— Mãe, eu apoio toda e qualquer decisão que a senhora tomar. Entendo seu sofrimento e desejo muito que a senhora possa recomeçar. Talvez, quem sabe, a senhora e o senhor Joaquim se resolvem? São adultos e não devem satisfação para absolutamente ninguém. E vocês têm meu incondicional apoio. Quanto ao pai, farei tudo que puder para ele.

— Pois bem, filha, o Joaquim é uma história do passado. E além de toda lealdade que ele sempre teve pelo seu pai, vai sempre pensar em primeiro lugar nos filhos e tem toda razão. Talvez Heitor não se importe, mas a Alice... Não sei até onde ela aceitaria que outra ocupe o lugar de sua mãe.

— Acho que a senhora está sendo precipitada. Se resolverem que vale a pena tentar, conversem com a Alice depois. Vocês podem até não acreditar, mas ela está amadurecendo rápido e em breve será uma adulta. Vocês dois não podem deixar as oportunidades passarem por causa de outras pessoas, mesmo que essas pessoas sejamos nós, seus filhos. Mas, me diga, como faremos com o papai? Imagino que não pretenda trazê-lo para a sede da fazenda que era dos seus pais, certo?

— Olha, filha, preciso inclusive saber sua opinião. Pretendo internar seu pai em uma clínica de reabilitação, onde ele terá atendimento médico especializado e equipe de enfermagem pronta para dar a ele todo conforto e cuidado vinte e quatro horas por dia. Um lugar maravilhoso que pesquisei! Tem muito verde, terapia equestre, terapia na água, equipe multidisciplinar fantástica e uma configuração que atenda às necessidades que seu pai terá de hoje em diante. Além do mais, você poderá ir visitá-lo sempre que desejar. Em resumo, um local onde tenho certeza de que ele receberá cuidados e carinho. Quando e se ele se recuperar a ponto de conseguir o mínimo de dignidade para viver fora da clínica, você terá toda liberdade para escolher o que fazer. Provavelmente após sair o divórcio litigioso, você será nomeada responsável legal dele e dos bens materiais que pertencem a ele.

— Não se preocupe, mãe. Tome suas decisões com muita tranquilidade e saiba que tem meu apoio incondicional.

— Obrigada, filha.

— Mãe…

— Sim?

— Você conseguirá perdoá-lo um dia?

— Eu já perdoei, Lírio. Sou cristã e vejo isso como algo bom não somente para ele, mas também para a minha alma. E eu disse isso a ele. Mas expliquei também que ele terá de conviver com o resultado das suas escolhas mal-feitas. Sinto muito pelo estado em que seu pai se encontra, mas o único sentimento que tenho por ele é pena.

— Obrigada, mãe. Você é uma mulher superior, uma pessoa maravilhosa. Tenho orgulho de ser sua filha!

— Obrigada, querida! Estarei aí em duas semanas quando terminar de tomar as providências por aqui. Avisa para a Alice que o Joaquim está com muita saudade e que voltamos em breve. Ele está sendo meu braço direito aqui. Não sei o que faria sem esse apoio.

— Pode deixar, mãe! Estou cuidando da Alice e está tudo bem por aqui. Bom, talvez a fazenda e os cavalos estejam sentindo falta do senhor Joaquim, mas tenho me esforçado para entender o funcionamento de tudo aqui para providenciar para que nada saia dos trilhos. Estou até finalizando os preparativos de um leilão que já estava programado.

— Obrigada, filha! Assim que eu retornar, assumirei as rédeas dos negócios e libero você para cuidar da sua vida.

— Não se preocupe, mãe. Somos uma família e funcionamos unidas. Até breve.

— Até breve! Amo você, minha princesinha!

— Também amo você, mãe!

Conversar com minha mãe era sempre um divisor de águas do meu dia, que saía da correnteza para um lago calmo. Minha mãe sempre foi uma mulher decente e muito firme.

Já meu pai era uma tempestade. Um homem forte e muito impulsivo, talvez mais impulsivo do que devia. Agora está lá, preso a uma cama e a um corpo inerte. Devido às lesões que ele teve nas vértebras cervicais, na medula e no cérebro, ele tinha ficado tetraplégico e perdido a capacidade de falar. Era triste ver um homem tão jovem e tão bem-sucedido preso a um futuro amargo. Mas eu faria o possível para vê-lo ao menos confortável e bem assistido. E faria o possível para conseguir qualquer possibilidade de tratamento que pudesse melhorar a condição de vida dele.

...

Os dias se passavam da mesma forma... Eu cuidava das coisas da fazenda, esperando ansiosamente pelo retorno da minha mãe e do senhor Joaquim e observando a Alice com cautela para que ela não cometesse nenhum tipo de bobagem no auge de sua adolescência. Também falava muito com a Roberta e a Ana Clara por chamada de vídeo no Facebook. Morria de saudade daquelas meninas e, agora que cada uma estava morando em uma cidade, eu sentia a necessidade de nos reunirmos, mesmo que fosse virtualmente. Roberta tinha conseguido sua tão sonhada vaga na Santa Casa do Rio de Janeiro e Ana Clara estava fazendo trabalhos sociais em comunidades carentes do Nordeste. No meu tempo livre, eu procurava vagas nas escolas do vilarejo próximo à fazenda para lecionar para as crianças locais. E por fim olhava uma coisa ou outra sobre o casamento. Mas, juro, se minha mãe não retornasse logo, eu ligaria para o Heitor e cancelaria esse casamento, porque eu não tinha a menor paciência para bolos, laços e flores.

Heitor era um outro problema. Desde o dia do telefonema, em que tinha feito o pedido de casamento e contado sobre sua ida para Goiás, não tínhamos nos falado muito. Todas as vezes que ligava ele estava ocupado demais com alguma questão do novo emprego e o máximo que fazia todos os dias era me enviar logo cedo um emoji de flores no WhatsApp. As flores eram o único sinal que ele ainda considerava a proposta que tinha me feito. Quando parasse de enviar essas flores virtuais eu entenderia como seu adeus muito canalha.

Beta e Clarinha achavam que eu estava ficando paranoica por causa de Heitor. Mas ele parecia mais distante agora do que quando ainda éramos somente amigos. Mas o pior eram as ideias que ficavam flutuando na minha mente, de que ele tinha conhecido uma mulher mais interessante que eu, já que todas as vezes que ligava ele estava feliz e ocupado demais.

E eu continuava aqui, vivendo repleta de dúvidas. Mas como dizia Falcão em sua música brega: *Amanhã será tomorrow*.

Não tive mais notícias de Antônio. Confesso que por um tempo eu nem queria mesmo, mas aquele pico do ódio e de raiva já tinha passado. Eu sabia que ele estava em São Paulo. E, coincidentemente ou não, foi lá que Lurdinha foi viver também.

O fato mais curioso e comentado atualmente nas rodinhas de fofocas aqui na região era o desaparecimento da dona Cindy. Ninguém sabia de fato o que tinha acontecido, mas a família dizia que ela tinha ido passar uma temporada na Europa. Enfim, era estranho, mas como eles não queriam comentar, preferia respeitar esse espaço.

Minha mãe chegaria neste sábado. E eu não via a hora disso acontecer. Eu realmente não nasci para administrar os negócios da família. Meu pai sempre esteve certo: faltava a ele um filho homem.

...

Finalmente sábado havia chegado e eu estava oficialmente puta da vida com o Heitor. Há três dias que ele nem sequer mandava a porra do emoji de flores, além de não responder minhas mensagens e não atender minhas ligações.

Eu já tinha redigido três mensagens de texto para terminar com ele, mas tinha decidido não enviar. Porra! Estava quase indo à polícia dar queixa de seu desaparecimento. Depois de tudo que passamos, como ele podia fazer isso? Se tinha descoberto que havia sido precipitado e que não me queria mais como esposa, devia ser homem suficiente para me falar.

Mas eu estava decidida! Assim que minha mãe chegasse com o senhor Joaquim, eu descobriria com o pai dele o endereço de onde ele estava e, se preciso, fretaria um jatinho até lá. Colocaria o assunto na mesa e esclareceria essa merda toda.

Comecei a ouvir uma movimentação pela casa e, quando saí do escritório, fui surpreendida ao ver que minha mãe chegava junto com o senhor Joaquim. Que alívio a ver em casa depois de longos dois meses. Ela tinha passado o Ano Novo longe de casa, uma coisa que detestava. E o Carnaval, que esse ano seria em março, já se aproximava. E tinha toda aquela questão da escola de samba Beija-Flor homenagear o cavalo Mangalarga Marchador. Não dava para os maiores criadores da raça, que no caso era a nossa fazenda, ficarem de fora.

— Lírio! — a satisfação em seu rosto ao me ver era visível.

— Seja bem-vinda à sua casa, mãe! — e a abracei com toda força. Ali tinha muita saudade envolvida.

— Anda, filha! Vista-se! Vamos a São João del-Rei, temos salão de beleza agendado.

— Como é, mãe? — ela nem bem tinha chegado e já queria ir ao salão de beleza? Tudo bem que a dona era amiga dela, mas o que poderia ser tão urgente que não podia esperar?

— Filha, estou precisando de cuidados. Fiquei semanas no hospital e quero passar um tempo com minha filhota, portanto uni o útil ao agradável. Liguei ontem para a Magna e pedi para reservar horários para nós duas hoje.

— Mas, mãe…

— Nem comece a reclamar, Lírio. Já decidi e espero que você faça isso por sua mãe — ela se virou para o senhor Joaquim. — Chame a Alice, por favor. O salão é para ela também. Quero levar meus dois amores para um dia de cuidados.

Antes que o senhor Joaquim desaparecesse da minha vista, eu o interrompi e perguntei sobre Heitor.

— Senhor Joaquim, sabe do Heitor? Ele está bem? Há três dias não tenho notícias.

— Ele está bem sim, filha. Fica tranquila.

— Eu gostaria de ter o endereço do local onde ele está vivendo. Como o senhor já deve saber, ele me pediu em casamento, mas não sei muita coisa desde então.

— Esses dados de endereço estão na minha agenda, filha. Vou desfazer minha mala e mais tarde passo tudo direitinho para você. E, por favor, pare de me chamar de senhor. Pode me chamar de Joaquim ou de sogro, como preferir... afinal você sempre foi como uma filha para mim. E agora mais ainda. É uma alegria tê-la em nossa família — eu o abracei pelo pescoço de tanta alegria que senti ao ser recebida com tanto carinho pelo pai do homem que eu tanto amava!

Só não sabia se Heitor me amava ainda...

Tudo bem, eu podia suportar algumas horas no salão antes de sair correndo para matar meu pseudo-noivo.

...

No caminho para a cidade decidi ir no banco de trás e deixar Alice matar as saudades que estava da minha mãe. *Believe* da Cher animava o carro em alto volume. E, enquanto eu me entediava checando as mensagens do celular mil vezes para ver se Heitor tinha respondido, minha mãe e Alice cantavam a música em alto e bom som. Essas duas nasceram para serem uma da outra, não havia dúvidas.

— Canta, Lírio! — gritou Alice em tom acima do volume da música.

— Anime-se, filha! Passamos por coisa demais! Merecemos esse tempo divertido e repleto de alegria!

Eu nem sabia o que responder, não entendia que tipo de bicho tinha mordido aquelas duas. Mas, se estavam felizes, então estava ótimo para mim!

Quando chegamos ao salão, o lugar estava bem diferente do que me lembrava da última vez que tinha ido até lá. Tinha flores frescas, champanhe aberto e funk tocando como som ambiente. Identifiquei a música porque já tinha visto Alice cantando pela casa. Uma letra bem engraçada, diga-se de passagem. *Tá pra nascer homem que vai mandar em mim,* da Valesca Popozuda. Um gosto meio duvidoso para a idade da dona do salão.

— Ana Flor, minha amiga! — disse Magna vindo em nossa direção.

— Oi, Magna! Eu tenho tanta coisa para contar — disse mamãe.

— Mas temos tempo, com tudo que você agendou ficaremos horas juntas! — ai, meu Deus! Agora era minha vez de chorar. Como assim, horas? Minha mãe enlouqueceu?

Lancei um olhar cúmplice para a Alice, que apenas deu de ombros como se também não entendesse nada.

— Agora me dê seu celular.

— Como é, mãe?

— É um dia para relaxar, quero você desconectada.

— Mas, mãe…

— Sem 'mas', minha filha. Entrega logo! — e, como eu sabia que não adiantaria argumentar, mesmo contrariada entreguei meu celular. Logo em seguida fui sequestrada para o segundo andar do salão.

Fui torturada por horas! Depilação, banho disso, massagem daquilo, manicure, hidratação capilar e, por fim, até mesmo fizeram um penteado e maquiagem… Supostamente para continuarmos nossa festinha à noite em casa. Estava claro que minha mãe tinha enlouquecido de vez!

…

Quando avistei a entrada da fazenda senti vontade de sair correndo e pular no rio para desfazer todas aquelas coisas no meu rosto e cabelo. Mas, se eu me 'desmontasse', minha mãe certamente ficaria decepcionada. Eu podia aguentar um pouco mais.

Nem bem coloquei o pé na fazenda quando Alice se esquivou por um lado e minha mãe me arrastou para seu quarto. Coitada da Alice, já devia estar cansada das maluquices da minha mãe.

Quando entrei no quarto da minha mãe, foi impossível não sentir saudades do sorriso largo do meu pai. Uma lágrima tentou escorrer pelo cantinho do meu olho, mas me lembrei da maquiagem bonita e segurei a onda até aquela lembrança dolorosa passar.

Minha mãe tinha se enfiado em seu closet. Aposto que queria brincar de Barbie comigo e me vestir em um de seus vestidos maravilhosos e caríssimos que não tinham nada a ver comigo.

Quando retornou, estava com uma capa preta enorme nas mãos. Sabia! Era um vestido. "Vamos, Lírio! Você dá conta! É só um vestido! " Eu tentava me convencer.

— Filha, esse é um momento dos mais importantes para mim — ela estava com lágrimas nos olhos.

— Mãe! — fui em sua direção. Ela não estava bem mesmo. — Sua maquiagem vai borrar, dona Ana Flor! — e sorri tentando apaziguar os nervos de minha mãe.

— Venha! — ela abriu a capa e retirou de dentro um vestido maravilhoso! Tomara que caia e longo. O busto era todo em pérolas e a saia era fluida, feita de algum tipo de seda especial. A saia em duas camadas tinha o fundo perolado e, por cima, muitas estampas de lírios nas cores rosa, amarelo e folhas verdes. Para finalizar tinha uma faixa na cintura, no mesmo tecido da saia e na mesma cor das folhas verdes da estampa. E o fecho lateral da faixa era um lindo lírio artificial. Uau! Eu precisava confessar que aquele vestido era magnífico. E seria um desperdício usá-lo ali na fazenda para uma festinha entre mulheres. Eu queria guardá-lo para usar no meu casamento. Sim! Eu não era uma noiva convencional e aquele vestido tinha me conquistado!

— Vista-se. — foi tudo que ela conseguiu dizer, pois estava com a voz trêmula pela emoção.

Retirei minha roupa e coloquei o vestido cuidadosamente. Queria realmente preservá-lo para o casamento. Se houvesse mesmo um casamento, já que Heitor tinha resolvido me ignorar e me decepcionar depois de tudo que vivemos.

Quando olhei no espelho fiquei boquiaberta... Era perfeito! Parecia ter sido feito nas minhas medidas! Girei no quarto e minha mãe apenas chorava. Não conseguia dizer nada, mas a meu ver ela tinha gostado muito do resultado do combo maquiagem + penteado + vestido.

Então percebi que ela procurava o celular na bolsa.

— Mãe, por favor, não me fotografa. Não quero divulgar esse vestido por aí. Acabei de decidir que quero me casar usando ele. É lindo demais!

Ela parecia não me ouvir. Apenas discou alguns números e quando alguém atendeu ela apenas disse: "Ela está pronta".

Meu Deus! O que estava acontecendo?

Ouvimos batidas à porta.

— Pode entrar — respondeu minha mãe.

Perdi o chão quando vi Lurdinha entrando com os olhos vermelhos de tanto chorar. Ela tinha uma caixa de veludo preto nas mãos. Estava vestida para uma festa e estava linda como sempre. Seu vestido era verde como a faixa do meu vestido e o modelo se parecia muito com o meu. Ela não disse nada e eu também não tive condições, era um maremoto de emoções dentro de mim. Minha mãe estava recebendo a amante do meu pai em seu quarto e parecia tranquila quanto a isso. Apenas não parava de chorar.

Lurdinha me entregou a caixa e eu a recebi com as mãos trêmulas. Abri a tampa e vi um envelope vermelho. Abri o envelope e a letra viril de Heitor tomou meu campo de visão. Bambeei e quase caí ali mesmo. Lurdinha e minha mãe me seguraram e me levaram até próximo à cama. Sentei-me e elas continuavam em silêncio, apenas chorando. Eu não estava entendendo nada. Então li o cartão.

"Seguindo a tradição das noivas, isso é algo velho:

Sabemos que a Lurdinha é toda errada, mas ela nos ama. Crescemos juntos e, de certa forma, ela nos uniu. Precisamos perdoar o passado para entrar com o pé direito no futuro. Este véu pertenceu à sua avó, mãe do seu pai. Não pude trazê-lo aqui hoje por causa de sua condição de saúde, mas essa é minha forma de dizer que aceito você com tudo de lindo e com todos os problemas que também virão. Porque a vida, para ser perfeita, tem de ter imperfeição. Então aí está algo para simbolizar a ligação com a família. Nos dias de luta que virão, estarei sempre segurando ao seu lado."

Meu Deus! Eu já não podia conter as lágrimas! Foda-se a maquiagem! Agora estava tudo muito claro. Eu estava me casando! Meu Deus! Meu Deus! Meu Deus! Tomei um pouco da água que minha mãe tinha me dado. Eu me levantei e abracei Lurdinha por um tempo que me pareceu uma eternidade. Então ela se abaixou, retirou o véu da caixa e colocou em minha cabeça. Era lindo! Curtinho e repleto de minúsculas pérolas em um bordado delicado. Antes que eu conseguisse recuperar minha voz e dizer algo, Lurdinha saiu do quarto.

Ouvi novamente outra batida à porta.

Então minha amiga querida Ana Clara entrou. Usava um vestido idêntico ao de Lurdinha e trazia mais uma caixa de veludo preto nas mãos. Ela me abraçou e me entregou a caixa. Retirei o envelope vermelho e li o cartão:

"Isto é algo azul:

A cor que simbolizava a fidelidade na Roma Antiga passa a representar hoje a minha fidelidade com esse compromisso, que para mim será eterno. Em meu coração não houve ninguém antes de você e jamais haverá alguém depois."

Clarinha retirou da caixa uma cinta-liga azul-claro. Apoiei o pé na cama e a coloquei na perna direita. Foi quando notei por dentro da barra do meu vestido os nomes das minhas amigas: MARIA DE LOURDES, ANA CLARA, ROBERTA e ALICE. Aquela era outra tradição. E pensar que nunca liguei para nada disso... Mas certamente fazia todo o sentido e a diferença naquele momento.

Minha maquiagem devia estar horrível, porque as lágrimas não paravam de rolar. E eu nem queria que parassem. Queria sentir tudo para poder lembrar de cada uma dessas coisas um dia, quando estivesse bem velhinha.

Roberta não bateu à porta. Claro, era a cara dela ser a diferente. Uma gostosa diferença para um dia muito especial.

— Essa caixa é para você — era igual às outras anteriores. — E eu não gostei do verde desse vestido. Da próxima vez, quero vermelho, fica melhor em mim — acabei sorrindo.

— Espero que não tenha uma outra vez... — respondi. Abri o envelope e lá estava mais uma vez a letra do meu amado.

"Isto é algo emprestado:

Representa a amizade de pessoas queridas que sempre estarão à nossa volta. Porque quero que nossa casa sempre esteja repleta de afeto, sorrisos, música, família e amigos especiais."

Antes que eu pudesse abrir a caixinha menor que estava dentro da caixa, Beta o fez. E já foi enfiando seus brincos preferidos nas minhas orelhas.

— Vê se não perde minhas gotas de diamante da Cartier, viu? São meus queridinhos, você sabe! — foi bom sorrir para variar.

Quando Beta saiu, Alice entrou tímida e maravilhosa em seu vestido igualmente verde e lindo. Ela me entregou uma caixa e foi abraçar minha mãe. Esse bilhete dizia:

"Isto é algo novo e também é um presente:

Como não tive tempo de pedir sua mão devidamente, com um anel adequado, quero que receba esse relicário em sinal da minha adoração por você. Isso é para trazer sorte para a nossa nova vida que se inicia agora. Eu amo você e enquanto meus pulmões tiverem ar, o pão à mesa, a proteção à casa e o amor à você jamais faltarão."

Quando abri a caixa, fiquei emocionada com a beleza da joia que meu amado tinha mandado fazer especialmente para mim. Um relicário de ouro em formato de coração. Por cima do bordão, em fios de ouro, havia um lindo lírio. E quando o abri lá estava nossa foto do dia do meu aniversário de quatorze anos. Tão jovens... De repente, todos aqueles sonhos vieram à tona. Talvez o mais importante deles estivesse se realizando ali, naquele momento. Coloquei o relicário e me pus a chorar.

— Não se preocupe, Lírio. Pensamos em tudo. A Magna está aqui para retocar sua maquiagem.

E enquanto Magna ajeitava meu rosto, que parecia ter derretido, questionei minha mãe sobre tudo que estava acontecendo.

— Heitor queria que fosse especial, filha. Ele organizou tudo sozinho. Cuidei apenas do seu vestido, dos vestidos das meninas e do coquetel simples para brindarmos esse momento inesquecível. Nem eu sabia que tudo isso seria feito.

— Mãe! — eu não consegui me expressar.

— Lírio, minha filha, ele fez tudo com as próprias mãos. A pérgola para a cerimônia, toda a decoração... Cortou o bambu, comprou os tecidos, escolheu as flores. Há dias ele está fazendo tudo aqui escondido, com a ajuda dos nossos funcionários.

— Então ele nunca viajou?

— Nunca. Todo esse tempo ele esteve aqui com você.

— Meu Deus!

— Prontinho, princesa Lírio! — suspirou Magna. — Espero você no altar, garota! E anda logo porque você está atrasada. E, pela impaciência do noivo que vi lá, é melhor ir rápido antes que ele venha buscar você com o cabresto! — e caímos na risada.

— Não está faltando nada, minha filha?

— Não sei, mãe, nunca me casei. O que pode ser? — olhei em volta, mas não lembrei de nada.

— Os sapatos, minha filha! Ou você pretendia ir até o altar descalça? — e sorriu para mim.

Ela entrou no closet e voltou com uma caixa toda branca. Retirou a tampa e me mostrou. Dentro havia um tênis All Star baixinho e todo branco.

— Tênis, mãe? — perguntei surpresa demais.

— Você pediu. Eu atendi. Esse dia é seu e será perfeito.

E, antes que eu pudesse enfiar o tênis nos pés, ela pegou uma nota de cem reais e colocou debaixo da palmilha do pé direito.

— E o que isso significa, mãe?

— Mais uma tradição. Mesmo que vocês enfrentem tempos de dificuldade, dinheiro nunca faltará — sorri porque tudo aqui, de repente, parecia fazer tanto sentido e ser tão especial.

Enfim pronta, a ansiedade bateu forte e eu não conseguia esperar. Descemos a escada cuidadosamente. Minha mãe estava deslumbrante.

— Vejo você no altar. Deus a abençoe, filha. Tenho certeza de que será muito feliz — me deu um beijo no rosto e saiu.

Quando cheguei à varanda, meu premiado cavalo Faraó me aguardava devidamente limpo e selado. E, ao lado dele, estava o senhor Joaquim, a segunda figura paterna que tive nessa vida. Ele me ajudou a montar.

— Eu a guiarei até o local da cerimônia. Heitor escolheu um local distante da casa para que você não descobrisse antes da hora, filha.

— Eu amo seu filho com todas as forças do universo.

— Eu sei disso, filha. E abençoo muito essa união.

Não pude acreditar no que meus olhos viam quando chegamos ao local da cerimônia. Heitor tinha montado uma pérgola de bambu bem de frente para o rio onde brincávamos quando éramos crianças. Havia tecidos brancos esvoaçantes por toda a pérgola e flores do campo por todo o lado. Não tinha um tapete vermelho para eu entrar, mas um tapete rústico de esteira trançada feito pelas mãos habilidosas do meu amado e, nas laterais dele, de ponta a ponta, vasos de vime acomodando lindas, frescas e perfumadas flores do campo. Ao lado de cada vaso, enormes velas artesanais iluminavam o caminho. Mini-luzinhas por todo lado iluminavam o local com bancos de jardim para os convidados se sentarem.

Os convidados eram os mais queridos possível... Os funcionários da fazenda e seus familiares, essa gente simples e boa com quem cresci e amava conviver. Alguns poucos amigos do Heitor e as minhas amigas do coração. E, para minha surpresa, Felipe acompanhava Alice. Não vi seu pai, mas eu não podia esperar a presença do senhor Augusto ali. Era demais para ele.

A noite estava perfeita! A lua, como um diamante gigante, nos abençoava e refletia na água límpida do lago. Um ou outro vagalume passava por ali e era possível ouvir o barulho da água, o canto dos grilos e todos os sons da natureza que faziam tanto sentido para mim.

Vi a charmosa mesa de bolo e doces e eu sabia que aquele era o toque infalível da minha mãe. Os bem-casados tinham sido embrulhados em um papel maravilhoso com lírios em alto relevo e as nossas iniciais: L & H. Eles representavam nossa eterna união.

Ao lado do altar eu vi um piano de cauda. Meu Deus! Era um piano de cauda no meio de toda aquela grama. Só meu amado mesmo para pensar em tantos detalhes que eu jamais pensaria. Vi o juiz da cidade e o padre Quirino... Mas nada de Heitor.

— Venha, Lírio — desci do meu cavalo com a ajuda do meu futuro sogro. — Minha filha, eu sei que não sou seu pai, mas ficaria muito honrado em conduzi-la — e ergueu a mão, que eu aceitei de bom grado. Não havia pessoa mais adequada para me conduzir ao altar.

Quando alcançamos a ponta inicial do meu tapete especial, diversas crianças vestidas de branco me cercaram e começaram a me entregar lindos lírios brancos. Abaixei para beijar cada um daqueles rostinhos fofos. Recebi todas as flores quando, por fim, uma das crianças, com um saco de veludo branco nas mãos, colocou as flores ali dentro e fez um laço com a fita. Foi então que percebi que estavam montando um lindo buquê de lírios para mim.

Tudo era tão perfeito! Cada detalhe pensado para ser inesquecível.

E, quando as crianças se dispersaram, eu foquei no altar e lá estava o meu peão! O meu escolhido. O meu amor. O meu Heitor! Vestia uma calça e uma camisa de algodão na cor branca e estava descalço, como ele sempre gostou.

Fazia tantos dias que eu não o via, que senti vontade de me soltar dos braços do meu sogro e correr para beijar meu quase marido. Mas me contive. Eu me contive para ser uma noiva perfeitamente normal.

O pianista deu início a um som que me lembrava as notas musicais de uma marcha nupcial. Nesse momento as pessoas se levantaram e Heitor começou a cantar. Meu Deus! Ele ia cantar para minha entrada. Eu queria gritar: "Alguém filma isso, por favor! ", mas minha voz nem saía. E minha maquiagem já era, pois as lágrimas vinham forte e rolavam rosto abaixo.

"TÔ TE ESPERANDO NO ALTAR
HOJE A GENTE VAI CASAR, PARECE ATÉ MENTIRA
EU TAMBÉM ESPEREI TANTO TEMPO POR ESSE MOMENTO
NÃO VAI TER CONVIDADOS, NEM FESTA, MAS VAI TER CASAMENTO
TÔ TE ESPERANDO NO ALTAR
HOJE A GENTE VAI CASAR
HOJE A GENTE VAI CASAR! "

HOJE A GENTE VAI CASAR, DE RODRIGO MARIM

20

HEITOR

Sonhos se realizam para quem acredita e sabe esperar. Meu sonho estava ali, bem na minha frente. Acho que amava a Lírio desde o momento em que a conheci, quando ainda éramos bem criancinhas.

Eu sabia que aquela moleca rebelde, arredia e indomável tinha que ser minha.

Depois da troca de votos perante o juiz, o padre e nossos amigos, recebemos uma chuva de arroz. Um sinal de que todos ali presentes nos desejavam prosperidade, fertilidade, saúde e felicidade. Fizemos nossa dancinha. Nada de valsa. Foi um sertanejo como nós dois curtíamos. Brindamos e cortamos o bolo. Fizemos tudo que todo casal merece fazer no dia mais lindo de suas vidas.

Ironicamente, quando Lírio jogou o seu buquê, a amiga solteira a pegar foi Lurdinha. E eu realmente desejava que ela encontrasse o amor verdadeiro e que pudesse ser tão feliz quanto Lírio e eu. Dizem que o buquê simbolizava a harmonia e o ato de jogá-lo às solteiras significava compartilhar a felicidade. Queria que essa tradição fosse verdade e que a felicidade chegasse para Lurdinha.

E eu tinha mais uma surpresa para minha flor. Decidi que o melhor seria sairmos à francesa, porque eu não queria fazer com que a festa acabasse. As pessoas estavam muito felizes, todos dançando, bebendo e se divertindo. Por isso, chamei Lírio em um canto.

— Florzinha, eu quero ficar sozinho com você agora mesmo.

— Hum... Atrevidinho! E o que sugere? Deixar os convidados e fugir?

— Exatamente. Bem à francesa.

— É sério? — não respondi. Puxei minha mulher pela cintura e segui rumo à casa grande.

— Heitor! Não consigo correr com esse vestido — eu a peguei em meus braços e continuei seguindo em frente.

Faraó continuava selado à nossa espera.

— Para onde você vai me levar?

— Surpresa! Confia em mim, flor!

— Cegamente, meu marido. Meu cowboy delícia!

Coloquei-a montada no Faraó e subi logo atrás, abraçando-a pela cintura. Tomei as rédeas e seguimos pelo escuro da noite. Depois de alguns minutos, chegamos a uma parte deliciosa das terras da fazenda. Na verdade, aquele pedaço de terra tinha sido um presente dos avós maternos da Lírio para os meus avós. E meu pai, gentilmente, nos presenteou com ele.

Já tinha uma casinha no terreno, mas eu resolvi sofisticá-la um pouquinho para oferecer um pouco mais de conforto à minha mulher. Agora aquela casinha linda também tinha uma gostosa varandinha, uma sala com lareira, uma suíte master e mais dois quartos, além de uma cozinha perfeitamente equipada, já que eu amava cozinhar e faria muito isso para agradar minha esposa. Tinha também refeito todo o jardim para a minha flor.

Quando nos aproximávamos da casinha, Lírio percebeu a construção ao longe, pois eu tinha iluminado todo o caminho de entrada com lanternas e velas.

— O que é aquilo, Heitor? Não me lembro de ter visto antes por aqui.

— Isso porque você não vinha muito para esse lado, meu amor. Esse pequeno terreno seu avô doou ao meu avô. Foi um presente de casamento que meu pai nos deu — apontei com o dedo na direção da casa, que àquela altura já podia ser vista perfeitamente. — E aquele é seu novo 'lar doce lar'.

Ela ficou calada, apenas olhando para a frente. Meu coração gelou. Será que Lírio preferiria viver na casa grande? Continuamos o trajeto em silêncio e, ao chegarmos em frente à casa, eu a ajudei a descer e fui abrir a porta para ela.

— Vou carregar você para dentro.

— Espera um minuto. Esse barulho é de água?

— Sim, passa um manancial bem ali atrás.

— Você está brincando?

— Não, amor. É verdade! Uma água linda, limpa e refrescante — ela olhava na linha do horizonte, mas com aquela escuridão seria impossível ver qualquer coisa.

Não queria esperar mais. Peguei a Lírio em meus braços e entrei com ela em nossa casa. Ao entrar na sala, coloquei ela no chão e deixei que inspecionasse o local.

— Veja bem, minha flor, se você quiser morar na casa grande, posso fazer isso por você.

— Ficou louco, Heitor! Essa casinha me ganhou só pelas árvores frutíferas em volta e pelo manancial. E só de imaginar que você reformou isso aqui com tanto carinho... Eu já amo esse nosso pedacinho de chão e não trocaria por nada. Quero apenas pedir uma coisa.

— Peça, meu amor! Se eu puder atender, farei de coração.

— Sabe aquela árvore frondosa ali da frente?

— Sim.

— Quero um balancinho nela. Para mim e, futuramente, para nossos filhos — Lírio me pediu.

— Considere o pedido atendido.

— A casa está toda equipada?

— Olha, dado as condições financeiras do seu marido, equipei o máximo que consegui. Mas, assim que sairmos por aí, compraremos qualquer coisa que você quiser e precisar.

— Não se preocupe, Heitor. Está tudo maravilhoso para mim. Eu quero sempre morar com você em uma casinha. Não importa o tamanho dela. Se você estiver comigo, todo o resto é mobília. O essencial, o que me fará feliz, será você e todos os filhos que Deus nos enviar.

— E falando em filhos, acho que podemos começar a produzir alguns agora mesmo. O que acha?

— Eu acho que você está falando muito e agindo pouco, senhor meu marido — ah, eu surpreenderia minha esposa essa noite.

Eu a peguei no colo novamente e a levei para o nosso quarto, colocando-a sobre nossa cama. Então coloquei o ambiente à meia-luz e, no sistema de som, a música *Just the way you are*, do Bruno Mars e comecei a me despir lentamente. Aquela música dizia exatamente o que eu achava da minha Lírio.

— Isso aí, cowboy delícia! Mostra para mim esse elefantinho! — caí na risada.

— Elefantinho? — questionei ainda morrendo de rir.

— Sim! Já viu o tamanho do pau de um elefante? Ele me lembra o seu.

— Você não existe, florzinha! Se eu fosse um elefante, você estaria morta.

— Então venha aqui me matar, elefantinho!

— Eu vou — terminei de me despir e subi na cama. Comecei a beijar minha mulher. — Mas hoje farei somente amor com você. Você me devolveu essa capacidade no momento em que me amou. Não estou dizendo que vamos ficar só nessa coisa de sexo tradicional, ainda teremos nossos momentos deliciosos de sexo selvagem, mas agora eu também consigo amar.

Virei minha amada de costas, abri o zíper de seu vestido, retirei seu véu e descalcei seu tênis… Minha menina! Beijei cada centímetro de seu corpo. E antes de penetrá-la, a preparei para me receber e deixei claro o quanto a amava.

Fiz amor suave, sem pressa, adorando cada pedacinho do corpo da minha esposa. E cada vez que eu sentia sua pele e seu perfume, eu agradecia a Deus pelo presente que ele colocara em minha vida. Lírio era linda, doce, forte e dedicada. Uma mulher que estava pronta para mostrar seu lado mais selvagem e indomável quando fosse preciso.

Ao terminar a acolhi em uma conchinha maravilhosa e protetora, sentindo todo seu corpo colado ao meu até ela adormecer...

Enquanto ela dormia eu admirava seu rosto, seu corpo, sua vida entregue aos meus cuidados. Pensei no quanto os homens se enganavam em relação às suas parceiras e, por isso mesmo, fracassavam em suas relações. Uma mulher não tinha de ser perfeita. Mas a relação entre ela e seu parceiro tinha de ser, sim. Perfeita como a minha relação com a Lírio, que sobreviveu a muitas coisas desesperadoras e desastrosas.

Aprendia com essa mulher fantástica todos os dias e o ensinamento mais importante que ela me passara foi saber esperar. Porque não é preciso vencer todos os dias, mas é importante sempre lutar.

Eu a amo com toda força que vive em mim. Conheci muitas mulheres que me satisfizeram, mas somente ela foi capaz de me fazer feliz. Eu tenho um amor indomável.

E foi com essa sensação de prazer, de preenchimento e de satisfação que adormeci, naquela que certamente tinha sido a melhor noite da minha vida.

...

— Bom dia, minha flor!

— Bom dia, amor!

— Você precisa arrumar sua mala? — comecei a falar enquanto tomávamos o café da manhã em uma mesa maravilhosa que certamente a dona Ana Flor devia ter pedido a uma das empregadas da fazenda para arrumar.

— E para onde vamos?

— Achei que queria participar do Carnaval. Pelo menos foi o que sua mãe me disse há algum tempo. Confesso que não curto muito a ideia de ver a minha flor expondo esse corpo maravilhoso para o mundo ver, mas, se é de sua vontade, vamos lá! Posso suportar isso!

— Ai, não acredito! — Lírio levantou-se, pulou em meu colo de alegria e me encheu de beijos.

Sentei minha menina em meu colo...

— Você está feliz?

— Tem como eu não estar? — e me beijou.

— Eu a farei muito feliz.

— Sempre.

— Sempre.

...

Dias deliciosos nos cercavam. Pessoas queridas também estavam sempre por perto. Ao chegar na cidade do Rio de Janeiro, nos hospedamos no Copacabana Palace Hotel. Como meu trabalho tinha me impedido de viajar em lua de mel, essa seria uma excelente forma de curtir alguns dias especiais ao lado da minha mulher. E, enquanto isso, também aproveitaríamos o Carnaval na Marquês de Sapucaí.

No dia do desfile da escola de samba Beija-Flor de Nilópolis, chegamos cedinho ao sambódromo e fomos direto para o camarote. Lírio precisava se preparar para cruzar a avenida do samba e brilhar na vida mais uma vez. O lugar realmente tinha uma energia contagiante. Revemos alguns amigos e encontramos com muita gente querida.

Lírio ficou majestosa em meio àquela roupa repleta de penas e pedrarias brilhantes. Ela desfilaria como destaque em um dos principais carros alegóricos e acho que eu estava mais ansioso do que ela.

— Está tenso, amor?

— Um pouco.

— Por causa da altura do carro em que estarei?

— Também. Mas tem muita gente vendo você com essa roupa minúscula e eu não poderei quebrar o nariz de todos por aqui.

— Não seja bobo! — rimos juntos. — Eu só tenho olhos para você, meu peão delícia!

A escola seria a terceira a desfilar. O enredo foi "Amigo Fiel, do cavalo do amanhecer ao Mangalarga Marchador". Ao longo do desfile, a escola explicaria o surgimento do cavalo Mangalarga Marchador em Minas Gerais e momentos da história relacionados aos cavalos. No segundo momento, abordaria o cruzamento do Alter-Real, até chegar ao Mangalarga Marchador, a espécime brasileira. Um tema lindo e que tinha tudo a ver com nossa vida, pois crescemos em meio a esses animais imponentes. Foi o amor por eles que me levou a ser zootecnista e foi por amar esses animais que a Lírio voltou para casa e para mim.

A agremiação levou cerca de 3.726 componentes, divididos em 44 alas e 8 alegorias. Estava lindo de se ver, mas eu só tinha olhos para a minha Lírio que brilhava mais que nunca. Parecia ter sido feita para aquilo. Como ela estava feliz cantando o samba-enredo, sambando em cima daquela alegoria, balançando as mãos para o público e mandando beijos e mais beijos para mim. Finalmente eu podia dizer orgulhosamente que aquela mulher maravilhosa era somente minha.

> "SOU MANGALARGA MARCHADOR! UM VENCEDOR, MEU LIMITE É O CÉU! EU VIM BRILHAR COM A BEIJA-FLOR... VALENTE GUERREIRO, AMIGO FIEL! " — SAMBA-ENREDO DA BEIJA-FLOR EM 2013.

...

Eu deixei de ser um navio ao notar que ser um porto era mais eterno. Deixei de ser tão controlador quando aprendi a admirar uma mulher que segurava as rédeas e o chicote melhor que muitos homens. Fomos encontrando nosso equilíbrio para tudo nessa vida e muitas vezes, vi a mulher indomável deixar de ser forte para viver momentos de bailarina em uma caixinha de música. Era o equilíbrio perfeito. Tinha até mesmo o momento de ser anjo, quando nossos filhos foram chegando e Lírio se iluminou como mãe.

A vida nunca tinha sido tão perfeita! E o coração... Esse foi sempre indomável. Ele sempre nos levou ao caminho que era do alvo dele.

EPÍLOGO

— ***Bisavó! Bisavó! Corre!***

— Espera, Helena! Devagar! A bisavó não consegue mais correr tanto assim.

— Mas eu quero nadar no rio!

— Tudo bem, mas vamos devagar porque a bisavó, além de estar muito velha, ainda tem dois pés esquerdos como dizia seu bisavô, ou seja, sou uma desastrada.

— Quem chegar por último paga um presente para a outra, combinado?

Aquelas palavras da minha bisnetinha me levaram automaticamente à minha infância e às horas de brincadeiras que passei ao lado do meu amor Heitor e de nossos amigos Lurdinha e Antônio.

Há dois anos eu tinha perdido meu Heitor. Ele faleceu em sua rede de balanço, segurando a minha mão, na sua hora preferida do dia: o entardecer.

Fomos mais felizes do que julgamos que seríamos nessa vida. Tivemos dois filhos lindos, Bernardo e, nossa caçula, Julia. Bernardo é médico, o primeiro cardiocirurgião a fazer um transplante de coração artificial com total sucesso no Brasil. Julia seguiu os passos de seus avós e preferiu assumir a administração das fazendas da família. Ela tinha, assim como Heitor, um enorme amor pelos cavalos e uma habilidade extrema para os negócios.

Juntos eles nos deram cinco maravilhosos netos e seis bisnetos. Helena — filha do Joaquim, que era o filho mais velho de Julia — estava com seis anos de idade e era a que mais se parecia comigo... Em tudo! Não desgrudava da barra da minha saia, onde eu colocava os pés, aquele pingo de gente também estava.

Heitor faleceu de amor, como ele insistia em dizer que seria. Passamos cinco décadas juntos antes da vida o levar. Um dia seu coração resolveu que precisava descansar e simplesmente parou. Foram cinquenta anos de amor incondicional, carinho e cuidados mútuos, além de um sexo fabuloso que não deixamos nunca cair na rotina.

A vida seguiu perfeitamente bem. Trabalhamos, viajamos por todos os continentes e nos amamos. Perdemos muitas pessoas ao longo do caminho, mas ele sempre segurou minha mão, como prometeu no dia do nosso casamento. Aquele dia... aquele dia nunca saiu de dentro da minha cabeça e do meu coração.

Eu lecionei em uma escolinha por um tempo, mas depois que Bernardo nasceu, decidi me dedicar à criação de nossos filhos. Outro motivo que exigiu minha presença em tempo integral na fazenda foi o fato de Heitor jamais ter aceitado a administração do haras e de toda a fortuna que herdei dos meus pais. Ele me orientava e me ajudava quando a questão envolvia os animais, mas sempre fez questão de frisar que queria ganhar a vida com o seu suor. E foi o que fez. Todo o resto, acabamos deixando para nossos filhos, netos e bisnetos.

Ele foi um profissional brilhante, um pai amoroso e dedicado e um marido exemplar e apaixonado.

Meu pai morreu dois anos depois do meu casamento com Heitor. Sua saúde se debilitou dia após dia, até que seu corpo não aguentou. Minha mãe faleceu há algum tempo também. Mas tinha refeito a vida e teve uma nova oportunidade de ser feliz. Joaquim e ela nunca chegaram a ser casar de fato, mas viveram juntos e felizes, melhor do que muito casal tradicional. Ele cuidou para que minha mãe fosse feliz a cada amanhecer e a cada anoitecer, como ela gostava de me contar.

Alice viajou o mundo como sempre quis e, quando se cansou dessa vida nômade, retornou, fez faculdade de gastronomia e abriu um restaurante com pinta de bistrô italiano em São João del-Rei. O restaurante era muito premiado e vinham turistas do mundo inteiro para conhecer. Esse dom para a cozinha ela herdara da mãe. Casou-se com o amor da sua vida, Felipe. Ele se tornou um grande atleta do hipismo e ganhou diversas competições em Olimpíadas. Quando se aposentou, montou uma escolinha de equitação para crianças e mantinha um lindo projeto social para menores carentes e crianças com Síndrome de Down. Ele também se tornou administrador da fazenda de seu pai. Não sei dizer até hoje se assumiu por vontade própria ou por não ter outra opção. O importante é que construíram uma família muito feliz.

Roberta, minha amiga querida, se tornou uma cirurgiã plástica brilhante. Vive viajando para ministrar palestra nas melhores escolas médicas mundo afora. Ela, a Ana Clara e eu nos encontramos aqui na fazenda pelo menos três vezes ao ano. Beta nunca se casou, mas, como diz até hoje, foi muito bem usada. Clarinha se casou com Pedro, o único namorado que teve nessa vida, e ainda era uma romântica incurável. Seu filho mais velho era casado com minha Julia. E eram felizes demais.

O pai de Antônio, o senhor Augusto, faleceu faz tempo e nunca mais tivemos muito contato. Ele não me tratava mal, mas acredito que morreu me ignorando por eu não ter me casado com seu filho. Depois que soubemos o real motivo pelo qual a Cindy havia ido embora da cidade, ficamos chocados. O fato é que o amor do senhor Augusto por ela falou mais alto, ele a perdoou e foram viver com a filha na Europa.

Vai entender os caminhos do coração... A última notícia que tivemos da Crystal, a filha mais nova deles, é que tinha se casado com um jogador de futebol alemão, mas como ela nunca quis conviver muito conosco, a deixamos para lá.

Lurdinha se tornou uma modelo poderosa e uma atriz de sucesso desde que foi embora para São Paulo. Um olheiro a descobriu na porta da escolinha onde ela dava aulas. A danada já tinha inúmeras campanhas para grifes nacionais, vinte novelas, diversas participações em séries e cinco filmes em seu currículo. E continuava linda como sempre foi, mesmo agora que já era tão idosa quanto eu. Ela chegou a ficar casada com Antônio durante alguns anos, com quem teve um filho, mas não suportou seu ciúme e sua forma controladora de querer levar a vida. A liberdade com a qual Lurdinha gostava de viver levou a melhor. Sempre nos encontramos, ao menos uma vez por ano. Na última vez que a vi ela estava namorando um rapaz de vinte e seis anos de idade. Enfim... ela conseguiu o que queria: sucesso, dinheiro e glamour.

Antônio se tornou um juiz brilhante, se aposentou e entrou para a política. Era Senador. A última notícia que tive dele é que tinha se casado novamente, só que dessa vez com o "verdadeiro amor da sua vida". Pelo menos era o que dizia a notinha no jornal. Também nunca quis voltar a conviver com seu irmão, mas parece que tinha conseguido colocar sua vida nos eixos que sempre julgou serem os corretos. Tenho a sensação de que era uma alma atormentada, afogada em arrependimentos. Mas nessa vida, cada um colhe o que planta. Eu o perdoei, porque o perdão traz alegria onde a mágoa produziu tristeza, e cura, onde a mágoa causou doença. O perdão é a assepsia da alma, a faxina da mente e a alforria do coração. Perdoar não significa que aprovava o comportamento dele, significa que eliminara qualquer ressentimento por tais erros para preservar a minha própria paz.

A vida era linda e ela me provava isso quase todos os dias. A vida é um intervalo de tempo extraordinário com o qual Deus nos presenteou! Ela vai ser sempre como uma roda gigante e, se não aguentarmos o frio na barriga na hora da descida, não sentiremos o vento no rosto e a sensação única da subida. A vista lá de cima é incrível! O que a vida quer de nós é coragem!

Acredito que o melhor da vida mora nas reticências ...

Sinto uma saudade doída de Heitor. Da forma como ele me amava. Do cuidado que ele tinha com nosso casamento. Do seu amor quase doentio pelos nossos filhos. Quem nunca sentiu saudade, ainda é virgem de amor... Mas ele se foi e eu fiquei. "Às vezes o coração rasgado pela dor, vira retalho. Recomenda-se nesses casos costurá-lo com uma linha chamada recomeço."

E eu tento recomeçar todos os dias quando abro os olhos e ainda estou na nossa casinha. Aliás, nunca saímos de lá, daquele lar que ele fez com tanto amor.

— Bisavó, corre!

— Já vou, Helena! Não podemos demorar, a chuva vai chegar logo.

— Como você sabe, bisavó?

— Não sei explicar. Apenas sei, minha querida.

Retirei as sandálias dos pés de Helena e me descalcei. Subi a barra da minha calça, segurei as mãozinhas pequeninas da minha bisneta e fomos até o meio do rio, que não tinha muita correnteza naquele dia. Enquanto Helena jogava água para cima e brincava com as gotículas que tocavam seu rosto, eu via o passado, o presente e o futuro se encontrarem ali, naquelas duas gerações.

Toquei o relicário em meu pescoço, onde eu ainda carregava aquela antiga fotografia de minha infância, e senti meu coração bater forte. Palpitar com aquele mesmo amor que Heitor dedicou a mim durante toda a sua vida.

Nada era mais momentâneo que a vida, então tínhamos que a aproveitar ao máximo e com toda intensidade... Porque ela não se deixava domar. A vida... Ah, a vida! A vida tem sempre razão e ela não existe se você não encontrar alguém ou um motivo para amar com loucura e paixão. Mas tudo chega a seu tempo.

"EU SEI QUE VOU TE AMAR
POR TODA A MINHA VIDA EU VOU TE AMAR
EM CADA DESPEDIDA EU VOU TE AMAR
DESESPERADAMENTE, EU SEI QUE VOU TE AMAR
... POR TODA A MINHA VIDA."

EU SEI QUE VOU TE AMAR, DE VINÍCIUS DE MORAES E TOM JOBIM

AGRADECIMENTO

Tudo que um livro precisa para que a mágica aconteça é de alguém que acredite nele. Foi assim que essa obra começou… De uma viagem ao Rio de Janeiro entre três amigas.

Como eu sempre digo, escrever é uma ação solitária, mas extremamente prazerosa. Ao mesmo tempo em que se está sozinha, também se está acompanhada de muitas vidas e histórias. É complexo. É paradoxal.

Tudo que eu quero é que você se divirta e se emocione com cada palavra deixada nessas páginas. Eu amo cada personagem. Eles têm vida própria na minha mente. Lírio, Heitor, Antônio, Lurdinha, Alice, Felipe... Cada um com sua personalidade, suas conquistas e seus dilemas, como nós. E agora eu tenho a alegria de compartilhar todos eles com você.

Deixo também um agradecimento aos leitores que conquistei. É uma delícia conhecer vocês, fazer selfies, escrever dedicatórias, ouvir a opinião sobre cada personagem...

Aos familiares, aos amigos "de pertinho" e aos virtuais, aos professores: todas essas pessoas importantes e maravilhosas que caminham ao meu lado nessa estrada deliciosa que é viver. E agradeço a Deus, que transforma meus sonhos em realidade. E quando o sonho é grande, os obstáculos ficam pequeninos.

"A exclamação é como uma roupa especial: é só colocar para deixar tudo mais vibrante." Então, peço que você transforme essas palavras em exclamações e vibre junto comigo!

Primeira edição (agosto/2016)
Papel de Capa Cartão Triplex Ningbo 300g
Papel de Miolo Off-White Lux Cream 70g
Tipografias Adobe Garamond Pro, Gibson e Jitzu Swash
Gráfica GRAFILAR Gráfica